UWE KLAUSNER

Die Kiliansverschwörung

DER RAUB DER KILIANSRELIQUIEN Würzburg am Main, Anno Domini 1416. Ein unglaublicher Frevel erschüttert die Stadt und bringt Fürstbischof Johann von Brunn in eine äußerst prekäre Situation: Ausgerechnet fünf Tage vor Kiliani, dem höchsten Feiertag der Diözese, werden die Reliquien der drei Frankenapostel Kilian, Kolonat und Totnan gestohlen. Und Tausende von Pilgern befinden sich bereits in der Stadt. Die Lage droht zu eskalieren, sollten die Reliquien nicht bis zum Fest des heiligen Kilian am 8. Juli wieder auftauchen.

Doch noch ist nicht aller Tage Abend. Berengar von Gamburg, der Vogt des Grafen von Wertheim, ist per Zufall Zeuge eines Gesprächs zwischen Dieb und Auftraggeber geworden. Er wird mit der Lösung des Falls beauftragt. Widerwillig zwar, aber dennoch mit einer gehörigen Portion Wut im Bauch, weil es sich bei dem Räuber um einen »alten Bekannten« handelt, macht er sich ans Werk. Dabei kann er sich der Unterstützung eines ebenso treuen wie scharfsinnigen Freundes gewiss sein: Bruder Hilpert, Bibliothekarius zu Maulbronn und einer der führenden Köpfe des Zisterzienserordens.

Foto © Braune

Uwe Klausner, Jahrgang 1956, geboren und aufgewachsen in Heidelberg, hat in Mannheim und Heidelberg Geschichte und Anglistik studiert und lebt heute mit seiner Familie in Bad Mergentheim. Neben seiner Tätigkeit als Autor hat er bereits mehrere Theaterstücke verfasst.

Bisherige Veröffentlichungen im Gmeiner-Verlag:
Eichmann-Syndikat (2012)
Engel der Rache (2012)
Kennedy-Syndrom (2011)
Bernstein-Connection (2011)
Die Bräute des Satans (2010)
Odessa-Komplott (2010)
Pilger des Zorns (2009)
Walhalla-Code (2009)
Die Pforten der Hölle (2007)

UWE KLAUSNER

Die Kilians-verschwörung

Historischer Roman

GMEINER *Original*

Besuchen Sie uns im Internet:
www.gmeiner-verlag.de

Im Ehnried 5, 88605 Meßkirch
Telefon 07575/2095-0
info@gmeiner-verlag.de

4. Auflage 2013

Lektorat: Claudia Senghaas, Kirchardt
Umschlaggestaltung: U.O.R.G. Lutz Eberle, Stuttgart
unter Verwendung des Bildes »Étienne Chevalier mit dem Hl. Stephan«
von Jean Fouquet
Karte auf S. 8–9 wurde gestaltet von: Ingenieurbüro Schwegler, Spechbach
Druck: GGP Media GmbH, Pößneck
Printed in Germany
ISBN 978-3-89977-768-0

Für meine Kinder

HAUPTPERSONEN

HILPERT VON MAULBRONN, *36 Jahre, Bibliothekarius, Inquisitor und hochgebildeter Asket, damit beauftragt, den Raub der Kilianreliquien aufzuklären*

BERENGAR VON GAMBURG, *29, bärbeißiger Vogt des Grafen von Wertheim, Freund Hilperts und unverzichtbarer Helfer bei seinen Ermittlungen*

BRUDER WILFRIED, *32, Stallmeister aus dem Kloster Bronnbach und Gefährte Hilperts, außer einem wachen Verstand mit einer gehörigen Portion Muskelkraft gesegnet*

JOHANN VON BRUNN *(1372–1440), Bischof von Würzburg und Machtpolitiker reinsten Wassers, skrupellos, hinterlistig und extrem einfallsreich, besonders dann, wenn es um die Durchsetzung seiner Interessen geht*

ODDO DI COLONNA *(1368–1431), Kardinaldiakon und Parteigänger des in der Heidelberger Burg gefangen gehaltenen Gegenpapstes* JOHANNES XXIII.

DEMETRIUS, *23, Mitglied des Würzburger Domkapitels und Erzdiakon*

SCHWESTER IRMINGARDIS, *20, Benediktinerin aus dem Kloster St. Afra zu Würzburg*

AGILULF, *50, Münzfälscher, Hehler und Reliquienhändler*

HILDEGARD, *seine Frau*

WIGBERT, *Totengräber und Halbbruder von Agilulf*

Ansgar, *Agilulfs Komplize und Nachbar*

Bertram von Klingenberg, *Domschüler*

Dorothea von Waldenburg, *Konkubine des Bischofs*

Eckehard Büttner, *Weinhändler und ›Geschäftsmann‹*

Eustachius von Marmelstein, *Domkapitular und Vikarius*

Fredegar von Stetten, *Chorherr im Neumünster*

Gumpert, *Schmied und Gelegenheitsdieb*

Hieronymus von Weissenfels, *bischöflicher Kammerherr*

Bruder Hilarius, *Prior des Franziskanerklosters*

Heribert, *Berengars Schwager*

Krätze *und* Skrofulus, *Müllkutscher*

Lazarus, *genannt ›der Poet‹, Patronus des Siechenhauses*

Melisande, *Dirne*

Sieglinde, *Berengars Schwester*

Stoffel, *ein blinder Bettler*

Würzburg i

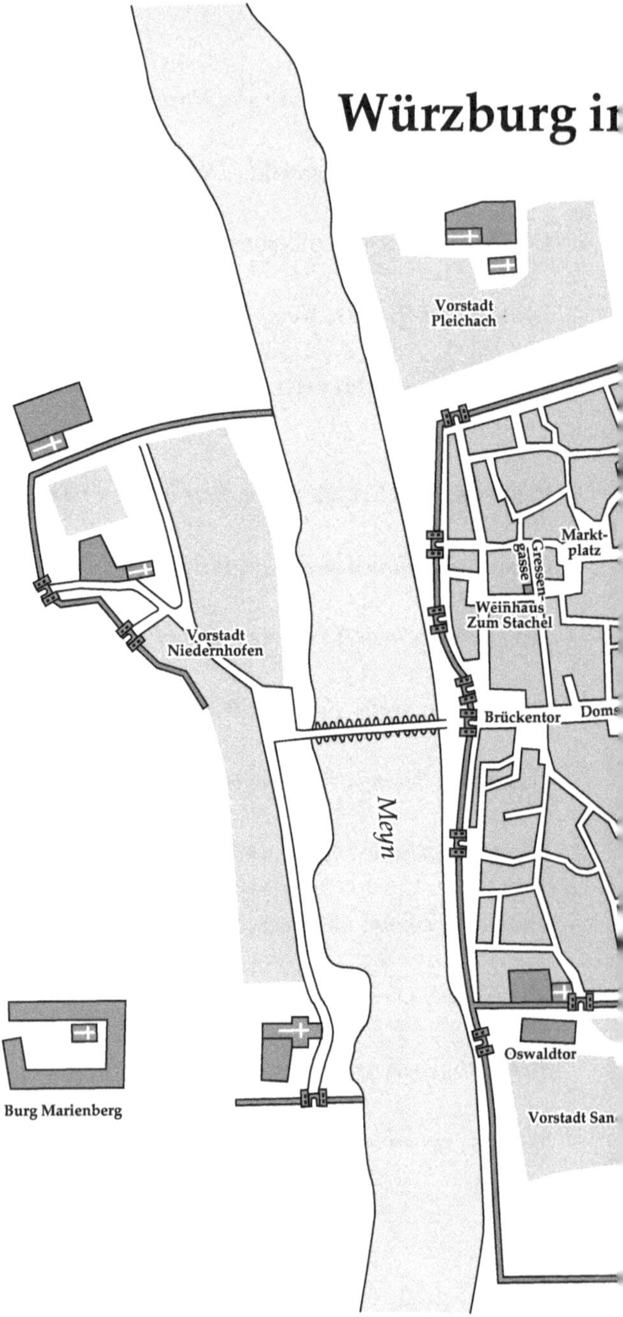
Vorstadt Pleichach
Vorstadt Niedernhofen
Markt-platz
Gressen-gasse
Weinhaus Zum Stachel
Brückentor
Doms
Meyn
Oswaldtor
Vorstadt San
Burg Marienberg

Mittelalter

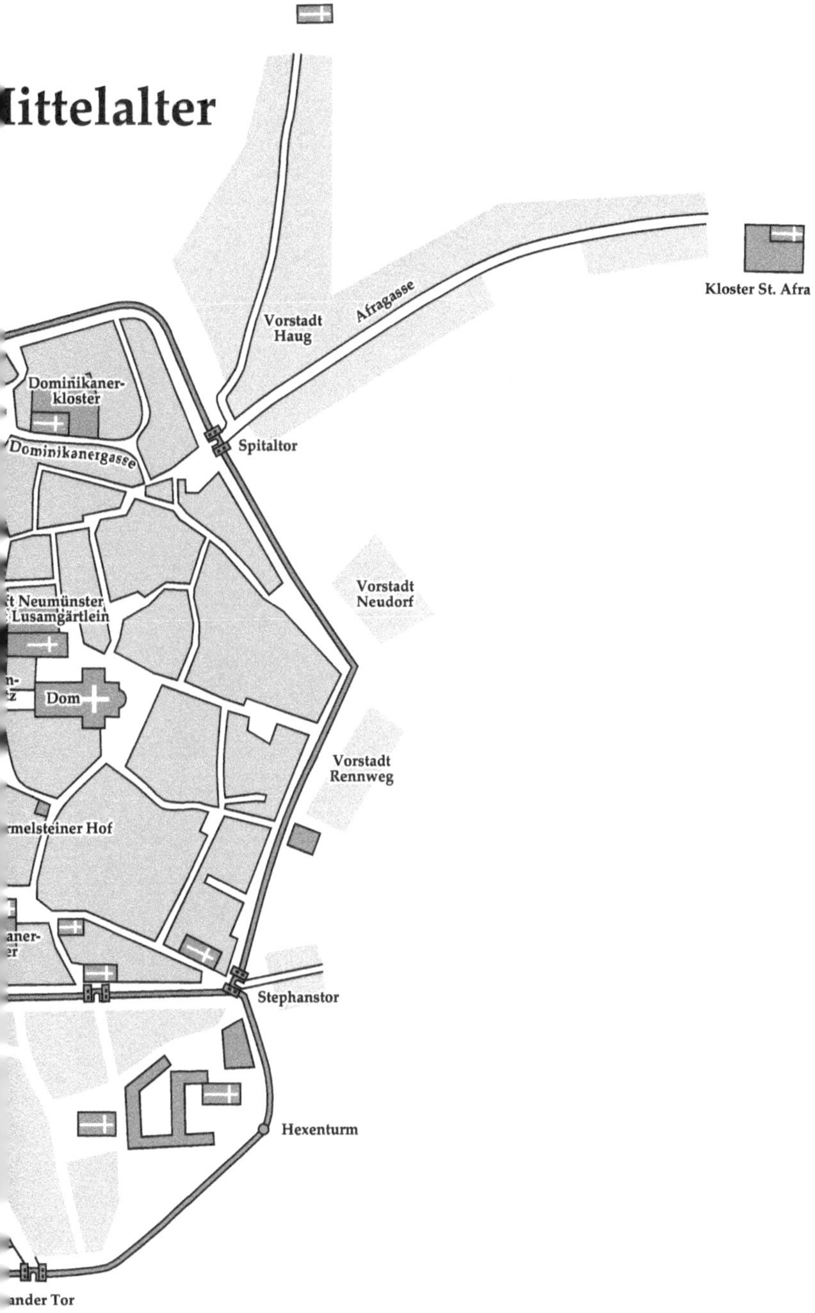

PROLOG

1

Porta Appia in Rom, kurz vor Mitternacht (20.1.1416)

»Santa Maria Vergine – steh mir bei!«

Und das ausgerechnet ihm. Lorenzo, die Ruhe in Person, bekreuzigte sich. Er hatte Angst. Angst wie nie zuvor.

Als der Spuk begann, der ihn mit Brachialgewalt aus dem Halbschlaf riss, war er eingenickt. Die Schafweide war mit Raureif bedeckt, und das Mitternachtsläuten von San Sebastiano hallte durch die Nacht. In der Ferne, inmitten von Pinien, Steineichen und Zypressen, ragten die Türme der Porta Appia empor, und auf den Ölbäumen sammelte sich bleifarbener Tau. Die Grabmäler entlang der Heerstraße, Relikte aus ruhmreichen Tagen, ragten aus grau gestreiften Dunstschleiern empor, und der Mond übergoss die Landschaft mit fahlem Glanz. Selbst von den Straßenräubern, die hier, unweit der Tore Roms, betuchten Pilgern auflauerten, war nichts zu sehen.

Alles war friedlich und still. Zumindest sah es danach aus. Bis Lorenzos Nickerchen ein jähes Ende fand.

Als sich die Kolonne der Kapuzenmänner seinem Rastplatz näherte, wäre der alte Hirte vor Schreck fast in Ohnmacht gefallen. »Heilige Jungfrau Maria!«, wiederholte er und umklammerte seinen Stab, unsicher, ob er ihn als Waffe benutzen oder nicht besser die Flucht ergreifen solle. Dass er die Teilnehmer der nächtlichen Prozession nicht erkennen konnte, war eine Sache. Eine andere, dass sie kein Wort miteinander sprachen. Fast schien es, als seien sie nicht von dieser Welt. Wie Schattenwesen, die direkt aus dem Hades kamen.

Doch damit nicht genug. Wie er in einem Anflug von Panik bemerkte, trugen die Kapuzenmänner Sporen. Wie die piekfeinen Signori aus den Palazzi drinnen in der Stadt. An sich nichts Ungewöhnliches. Ebenso wenig wie die Tatsache, dass sich unter ihren Umhängen die Konturen von Schwertern abzeichneten. Schließlich trieb sich hier draußen das übelste Gesindel von ganz Rom herum. Vor allem bei Nacht. Aber selbst wenn, warum um alles in der Welt hörte man dann ihr Klirren nicht? Vom Geräusch, das Stiefelabsätze auf Plastersteinen machten, gar nicht zu reden.

Dies war der Moment, in dem seine Panik in nacktes Entsetzen umzuschlagen begann. Er wollte in Deckung gehen, aber die Schafweide bot keinerlei Schutz. Dummerweise war das nächstgelegene Mausoleum, Unterstand an regnerischen Tagen, mindestens 100 Schritte entfernt. Für einen Achtzigjährigen viel zu weit.

Und außerdem war es längst zu spät. Die Kapuzenmänner waren höchstens noch 50 Schritt entfernt, mussten ihn eigentlich längst entdeckt haben. Das Herz klopfte ihm bis zum Hals, und seine Knie waren so weich, dass er fürchtete, sie würden ihren Dienst versagen.

Der alte Hirte war auf das Schlimmste gefasst.

Doch zu seiner Überraschung würdigten ihn die in Zweierreihen gestaffelten Männer keines Blickes. Paar um Paar zog vorbei, Fackeln in der Hand, mit starrem, wie erloschenem Blick. Der alte Hirte blieb wie festgewurzelt stehen, und falls dies überhaupt möglich war, wich das letzte Quäntchen Farbe aus seinem wachsbleichen Gesicht.

Und dann geschah es.

Der letzte, sich auf seiner Seite des Weges völlig lautlos vorwärts bewegende Mann hob den Kopf. Tief in Gedanken, warf er seinem Nebenmann einen flüchtigen Blick zu. Und dann, als dieser ihn nicht erwiderte, blieb er abrupt stehen und warf einen Blick über die Schulter. Genau in die Richtung, wo sich der Lagerplatz des Hirten befand.

Doch nahm ihn dieser kaum noch wahr. Die knochigen Hände auf die linke Hälfte seines Brustkorbs gepresst, taumelte er zunächst nach links, dann wieder nach rechts. Es schien, als wolle er etwas sagen, aber alles, was aus seinem halb geöffneten, von Speichelfäden gesäumten Munde kam, war zusammenhangloses Gestammel, das sich zu wildem, stoßweise hervorgepresstem Keuchen steigerte.

Ein letztes Aufbäumen, weit aufgerissene Augen, deren Pupillen sich wild im Kreise drehten – und der alte Hirte stürzte wie ein gefällter Baum zu Boden.

Über das Gesicht des Kapuzenmannes, der die Szene beobachtet hatte, huschte ein verstohlenes Lächeln. Dann hob er die rechte Hand, schlug ein Kreuz und setzte seinen Weg fort. Kurz darauf war der Zug der Vermummten verschwunden.

Lorenzo indes war noch nicht tot. Mit einer Kraftanstrengung, die er sich selbst kaum zugetraut hätte, richtete er sich nochmals auf. Nur kurz, aber lange genug, um die Silhouette des Kapuzenmannes zwischen den Gräbern an der Via Appia wie eine Geistererscheinung verschwinden zu sehen.

Dann brach er zusammen und hauchte sein Leben aus, furchtlos und unverzagt, wie er in seinem schwindenden Bewusstsein registrierte.

Er hatte keine Angst mehr vor dem Tod, jetzt nicht mehr.

Er hatte den Tod gesehen.

»Wir sind da!«

Als die mitternächtliche Prozession die Kirche ›Sankt Sebastian vor den Mauern‹ erreichte, hob der Mann an der Spitze des Zuges die Hand. Er war knapp 50, groß, hager und mit einem dunklen Kapuzenmantel bekleidet. Rein äußerlich war er von den Gefährten somit nicht zu unterscheiden. Dies traf, wenn überhaupt, jedoch nur auf seine Kleidung zu. Die scharf geschnittenen, kantigen Züge, vor allem aber der durchdringende Blick verrieten den befehlsgewohnten Kurienkardinal. Ein Eindruck, der durch seinen barschen Tonfall bestätigt wurde: »Folgt mir!«, bedeutete er seinen Gefährten und hielt es nicht einmal für nötig, sich umzudrehen.

Nur ein paar Schritte, und die Prozession der Kapuzenmänner hatte ihr Ziel erreicht. Der Mann an der Spitze des Zuges reichte seine Fackel nach hinten, öffnete seinen Umhang und kramte einen Schlüssel hervor, mit dem er die schmiedeeiserne Pforte am Ende der Treppenflucht öffnete.

Die Tür sah unscheinbar aus, nicht viel anders als bei den Grabmälern, die es in dieser Gegend zu Dutzenden gab. Und doch führte sie nicht etwa in eine Gruft, sondern zum sichersten Versteck weit und breit. Kaum einer der Männer wusste davon, wenn überhaupt, dann vom Hörensagen.

Nicht so ihr Anführer, denn er war nicht zum ersten Mal hier. Die Gegend war ihm bestens bekannt, so vertraut wie die päpstliche Kurie, an der er seinen Dienst als Kardinaldiakon versah. Weit besser als über der Erde fand er sich allerdings in den Katakomben zurecht. Wenn nötig, sogar mit verbundenen Augen. Für seine Zwecke waren sie geradezu ideal, sicherer als Abrahams Schoß. Kein Winkel, den er nicht kannte, kein Stollen, den er nicht erkundet, kein Fluchtweg, den er nicht auf seine Tauglichkeit hin überprüft hätte. Über das Gesicht des Kardinaldiakons huschte ein zynisches Lächeln. Was immer am heutigen Abend geschah, kein Mensch würde je davon erfahren. Kein Mensch, schon gar nicht einer der Ohrenbläser, von denen es in Rom nur so wimmelte.

Und selbst wenn, dann wäre sein Leben verwirkt.

Der hagere Körper des Kardinaldiakons straffte sich. Dies war die Nacht, in der er seine Pläne in die Tat umsetzen würde. Die Nacht der Nächte. Das Ende monatelangen, nervenaufreibenden Wartens. Und somit auch der Anfang vom Ende all derjenigen, welche die Würde des Heiligen Stuhles mit Füßen traten. Nur noch ein paar Anweisungen an die Getreuen, eine aufrüttelnde Rede – und ein Sturm würde entfacht, der seinesgleichen suchte.

Ein diskretes Räuspern in seinem Rücken schreckte Kardinaldiakon Oddo di Colonna auf. Gewiss doch – die Tür! Ganz gegen seine Gewohnheit machte sich so etwas wie Nervosität in ihm breit, während der Schlüssel in dem eisenbewehrten Schloss zu quietschen und zu knarren begann.

Ein paar Augenblicke später war es geschafft. Nach außen hin die Ruhe selbst, trat der Kardinaldiakon zur Seite und ließ die Gefährten passieren. Kaum war dies geschehen, war die Pforte wieder geschlossen, verriegelt und der Schlüssel unter seinem Umhang verschwunden.

Den nach unten führenden, höchstens sieben Fuß hohen Gang vor Augen, holte der Kardinaldiakon tief Luft. Dann setzte er sich an die Spitze des Zuges und bedeutete den Gefährten, ihm zu folgen.

Je weiter er sich vorwagte, desto rascher verschwand seine anfängliche Nervosität. Umso erdrückender war aber auch der Geruch von Moder, Fledermauskot und Verwesung, der ihm von überall her entgegenschlug. Der Kardinallegat ließ sich jedoch nichts anmerken und setzte seinen Weg unbeirrt fort. Das Licht der Fackeln verzerrte seine hagere Gestalt auf groteske Weise und ließ ihn wie einen vielköpfigen, dem Erdreich entstiegenen Dämon erscheinen.

Er hatte sie getäuscht, alle miteinander. Mit List, Tücke und einem Ausmaß an Verschlagenheit, das ihn bisweilen selbst erstaunte. Er war rücksichtslos gewesen, gerissen bis zur Skrupellosigkeit. Hauptsache, seine Pläne würden Früchte tragen. Und wenn ihn nicht alles täuschte, sah es momentan ganz danach aus.

»Nach links!«, kommandierte der Kardinaldiakon in barschem Ton. Die Gefährten gehorchten ihm prompt und ohne Zögern. Auf sie, die Treuesten der Treuen, konnte er sich hundertprozentig verlassen. Egal, was passieren würde. Dessen war er sich absolut sicher.

Er hatte sie persönlich ausgesucht, jeden Einzelnen auf Herz und Nieren geprüft. Es hatte Rückschläge gegeben, aber am Ende hatte sich die Mühe gelohnt. Oddo di Colonna atmete befreit auf. Und das trotz der stickigen Luft, die sich wie Blei auf seine Lungen legte. Acht Gefährten, einander aufs Engste verbunden, Teil einer verschworenen Gemeinschaft, die nur darauf wartete, für den Heiligen Vater ins Feld zu ziehen. Was immer auch passieren würde, ihren Ehrentitel trugen sie völlig zu Recht: Milites Christi, Krieger des Herrn!

In derlei Gedanken vertieft, hatte der Kardinaldiakon sein Ziel erreicht, eine niedrige, kaum zehn Schritt im Quadrat große Grotte, in deren Mitte sich ein Sarkophag aus Granit befand. Die Luft war zum Schneiden dick, fast nicht zu ertragen. Doch Oddo di Colonna achtete nicht darauf, ebenso wenig wie auf die Grabnischen, welche ihn und die Gefährten umgaben.

Die Zeit drängte, und es gab viel zu tun. Er durfte sich keine Blöße geben. Trotz des Schauderns, das ihn unwillkürlich überkam. Schließlich war er es gewesen, der den Ort für das nun folgende Ritual ausgesucht hatte. Er und nicht etwa einer seiner Paladine, die sich heute, am Tage des heiligen Sebastian, zum ersten Mal trafen.

Und sich auf absehbare Zeit auch zum letzten Mal treffen würden.

Es war so weit. Der alles entscheidende Augenblick, die Stunde der Wahrheit war gekommen.

Ein Wink von Colonna, und die Kapuzenmänner scharten sich mit gesenktem Blick um den Sarkophag. Der Kardinaldiakon räusperte sich, sah sie der Reihe nach an und sprach: »Brüder in Christo, Krieger des Herrn! Der Tag der Entscheidung ist gekommen. Hier, just an dem Ort, wo das Martyrium des heiligen Sebastian sein Ende fand, wird sich unser aller Schicksal erfüllen. Jeder Einzelne von euch weiß, was auf dem Spiel steht. Wenn auch keiner den anderen kennt oder mit ihm gesprochen hat. Habt ihr doch für die Dauer eurer Mission ein Schweigegelübde abgelegt, das es unter allen Umständen einzuhalten gilt!« Colonna pausierte, warf einen Blick auf seinen goldenen Ring und setzte seine Ansprache fort. »Doch nun zu eurer Mission: Jeder der hier Anwesenden trägt einen versiegelten Umschlag bei sich. Neben dem Ring, Zeichen unserer Bruderschaft, ist er euer wichtigstes Requisit. Er enthält den Namen der Stadt, in die ihr euch schnellstmöglich begeben werdet, den Namen der Herberge, wo euch ein Mitglied unserer Bruderschaft erwarten und instruieren wird, und nicht zuletzt den Decknamen, mit dem ihr euch vor Ort zu erkennen gebt. Erst dann, wenn wir auseinandergegangen sind, ist es euch gestattet, den Umschlag zu öffnen. Erst dann und keinen Augenblick früher! Und vor allem: Vernichtet ihn, sobald ihr euch seinen Inhalt eingeprägt habt! Seid auf der Hut, Brüder! Insbesondere, wenn ihr auf euch allein gestellt seid! Und noch etwas: Keiner von euch darf erfahren, was der andere tut, wo er sich aufhält und so weiter. Keiner von euch darf mit dem anderen sprechen, sonst ist sein Leben verwirkt! Keiner von euch darf überhaupt je des anderen Namen erfahren! Dies möge und muss auch weiterhin so bleiben, ist es doch nicht unsere armselige und nichtswürdige Person, die zählt, sondern die gemeinsame Sache, der wir uns mit Haut und Haaren verschrieben haben und der wir, falls nötig, bereitwillig unser Leben opfern werden. Bleibt stark im Glauben, Brüder, selbst dann, wenn sich die Aufgabe, die ich euch zugedacht habe, als schwierig und nahezu unlösbar erweist! Zweifelt nicht, wird doch bei allem, was ihr tut und noch tun werdet, des Herrn wohlgefälliges Auge auf euch ruhen! Fürchtet euch nicht, denn Gott der Herr wird bei euch sein, von nun an bis in alle Ewigkeit! Amen!«

»Amen!«, wiederholten seine Jünger wie aus einem Munde, so laut, dass es wie ein vielstimmiges Echo von den Wänden widerhallte. Der Kardinaldiakon atmete tief durch, während die Andeutung eines Lächelns auf seine Züge trat. Dann straffte er sich, entledigte sich seines Umhangs und sah die Gefährten der Reihe nach an: »Lasst uns daher unser Vorhaben mit einem heiligen Schwur besiegeln!«, sprach er, während sich sein stechender Blick in die Gesichter der Anwesenden bohrte. »Wir, die Milites Christi, Krieger des Herrn, der Mutter Kirche treu ergeben, und sollte dies mit unserem Martyrium enden, tun hier, am Grab des heiligen Sebastian, das Folgende kund: Wir wollen weder rasten noch ruhen, bis dass unsere Heilige Mutter Kirche vom Schmutz und Unrat unserer Zeit gesäubert, für den Kampf gegen das Böse und gegenüber den Anfeindungen ihrer Widersacher gewappnet ist. Mag dies Monate dauern oder gar Jahre, wir, die Krieger des Herrn, allzeit Hüter des Glaubens, sind zu allem bereit, und sei es, unsere Feinde auszutilgen mit Stumpf und Stiel. Denn es steht geschrieben: ›Und ich will mein Gericht über sie ergehen lassen um all ihrer Bosheit willen, dass sie mich verlassen und andern Göttern opfern und ihrer Hände Werk anbeten.‹ Für uns, Brüder in Christo, kann dies nur eines bedeuten: Zerschmettert die Symbole des Aberglaubens, vor allem diejenigen, welche man Reliquien nennt! Tilgt sie vom Angesicht dieser Erde, auf dass sie nie mehr in der Menschen Hände gelangen! Vor allem aber: Bestraft all diejenigen, welche sie anbeten, dem Aberglauben auf das Widerwärtigste verfallen!« Der Kardinaldiakon hatte sich förmlich in Rage geredet und fuhr mit dem Handrücken über die schweißnasse Stirn. Aber noch war er nicht am Ende, und während das Echo seiner Worte in den endlosen Gängen der Katakomben verhallte, schloss er die Augen, ballte die Faust und rief mit sich überschlagender Stimme: »Fluch über die Götzendiener, wo immer ihr sie auch trefft!«

»Wehe ihnen, denn sie sind verflucht!«, stießen die Kapuzenmänner mit rauer Stimme hervor. Für einen kurzen Moment war es still. Dann packte der Kapuzenmann zur Rechten des Kardinaldiakons sein Schwert, riss es aus der Scheide und reckte es zur rußfarbenen Decke empor. Einer nach dem anderen taten es ihm die Gefährten gleich. So lange, bis sich die Spitze ihrer Klingen über dem Sarkophag berührten.

»Fluch über all jene, welche Reliquien anbeten oder mit ihnen handeln um ihres Profites willen!«, skandierte Oddo di Colonna, das Gesicht zu einer Fratze des Hasses verzerrt.

»Wehe ihnen, denn sie sind verflucht!«, hallte es ihm von den Gefährten wie aus einem Munde entgegen.

»Fluch über all jene, welche Ablässe feilbieten um des schnöden Mammons willen!«

»Wehe ihnen, denn sie sind verflucht!«

»Fluch über die Frevler, welche Reliquien fälschen und sich damit an unser aller Mutter, der Kirche, auf das Schändlichste vergehen!«

»Wehe ihnen, denn sie sind verflucht!«, lautete die Antwort, bevor sich die Schwertspitzen der Krieger Christi auf den Sarkophagdeckel zu bewegten und auf dem verwitterten Kreuz an seinem Kopfende trafen.

Im gleichen Moment, gerade so, als ginge ihn das Ganze nichts mehr an, wandte sich der Kardinallegat ab und trat gemächlichen Schrittes den Rückweg an.

Als es vorüber war, dämmerte bereits der Morgen. Die Gefährten waren verschwunden. Getreu ihrem Gelübde hatten sie sich unweit des Eingangs zu den Katakomben ohne ein Wort des Grußes getrennt und kurz darauf in alle Winde verstreut.

Der hochgewachsene Mann Mitte 20 schlug seine Kapuze

zurück, bewegte die steifen Glieder und blinzelte in die Sonne, die soeben am Horizont erschien. Der Ring an seiner Hand spiegelte sich darin, und die Andeutung eines Lächelns flog über sein Gesicht. Wie betäubt von den Ereignissen der letzten Stunden, überwand er seine Müdigkeit und schlug den Weg zur Via Appia ein. Von dort aus würde er sich schnellstmöglich in seine Herberge begeben, sein Pferd satteln und auf den langen Weg in die Heimat machen.

Als er den Leichnam des alten Hirten unweit der Straße auf dem freien Feld liegen sah, verlangsamte der junge Mann seinen Schritt, und ein Lächeln flog über das vom Fasten, den Exerzitien und Bußübungen ausgemergelte Gesicht. ›So wie ihm wird es allen gehen, die sich uns in den Weg stellen!‹, dachte er mit klammheimlicher Freude. Sich um die sterblichen Überreste des Alten zu kümmern, kam ihm nicht in den Sinn. Er hatte keine Zeit zu verlieren. Je früher er seine Mission erfüllte, umso besser.

Kurz vor dem Ziel, einer heruntergekommenen, übel beleumdeten Schenke in der Nähe des Kolosseums, wurde der junge Mann jäh aus den Gedanken gerissen. Eine Stimme, einschmeichelnd wie die Sünde, sprach ihn an, und als er den Kopf hob, fiel sein Blick auf eine üppige, grell geschminkte junge Dirne, die sich mit wiegendem Schritt auf ihn zu bewegte. Ganz gegen seine sonstigen Gewohnheiten blieb der junge Mann stehen, fingerte nervös an seinem Kragen herum und harrte der Dinge, die da kamen.

Kaum eine Viertelstunde später, als alles vorüber war, kannte sich der junge Erzdiakon selbst nicht mehr. All seinen Prinzipien und, weit schlimmer, dem Keuschheitsgelübde seiner Bruderschaft zum Trotz, hatte er das Lager mit einer hergelaufenen römischen Straßendirne geteilt.

Der junge Mann, Erzdiakon aus dem Land der Franken, schüttelte wie benommen den Kopf, selbst dann noch, als die Mauern Roms schon längst hinter ihm verschwunden waren.

2

Kanzlei des Erzbischofs von Mainz,
eine Woche vor Kiliani (1.7.1416)

Adolphus II. von Nassau, von Gottes Gnaden Erzbischof von Mainz, Erzkanzler des Heiligen Römischen Reiches und Kurfürst an

Johann von Brunn, Bischof von Würzburg und Herzog von Franken

Unseren kollegialen und im Geiste brüderlicher Verbundenheit entbotenen Gruß zuvor! Wir hoffen, Ihr befindet Euch wohl und erfreut Euch bester Gesundheit, dies umso mehr, als dass es mit der Heiligen Mutter Kirche nicht gerade zum Besten steht. Nicht genug damit, dass es landauf, landab von Ketzern, Aufrührern und falschen Propheten nur so wimmelt, steht Uns derzeit allerlei Ungemach ins Haus, der Grund, weshalb Wir Uns mit diesem Sendschreiben an Euch wenden.

Zuvor jedoch müssen Wir Euch dringend ermahnen, über das, worüber Wir Euch in diesem Brief berichten, absolutes Stillschweigen zu bewahren, ist es doch derart ungeheuerlich, dass Uns angst und bange wird, wenn Wir nur daran denken.

Wisset denn, Bruder im Amte und in Christo, dass es nicht nur in Unserer, sondern dem Vernehmen nach auch in der Diözese unserer Amtsbrüder zu Köln, Speyer und Straßburg zu einer Reihe von Vorfällen gekommen ist, die jedem rechtschaffenen Christenmenschen das Blut in den Adern gefrieren lassen. Die Feder in Unserer Hand, welche Wir der Diskretion halber selbst führen, beginnt zu zittern, und stünde nicht Euer und unser aller Wohl auf dem Spiel, würden Wir sie beiseitelegen. Wisset denn, dass es just am heutigen Tage, dem ersten im Monat Julius, in aller Herrgottsfrühe zu einem Frevel gekommen ist, welcher in den Annalen Unseres Domes zu Mainz seinesgleichen sucht.

Das Reliquiar, in welchem Wir Kostbarkeiten von unschätzbarem Wert aufzubewahren pflegen, ist mit brachialer Gewalt aufgebrochen worden, sein Inhalt spurlos verschwunden. Eusebius, Domkapitular und mit der Aufsicht über die in der Ostkrypta aufbewahrten Reliquien betraut, wurde niedergestochen und kam nur knapp mit dem Leben davon. Selbst jetzt, etliche Stunden später, stockt Uns immer noch der Atem, und das Entsetzen über die abscheuliche Tat wird Uns wohl bis ans Ende Unseres Erdendaseins verfolgen.

Da Uns während der letzten Tage aus Köln, Speyer und sogar Straßburg just die gleichen oder ähnliche Nachrichten erreicht haben, wenden Wir uns in dieser Stunde tiefster Trauer und Seelenpein nun an Euch, Bruder im Amte, auf dass Ihr Vorkehrungen treffen möget, welche geeignet sind, diese oder ähnliche Vorfälle in Eurem Bistum zu verhindern.

Doch damit leider nicht genug. Was Unsere Person und die ihr anvertraute Herde angeht, können Wir Euch sagen, dass es in und um Mainz allein in den letzten paar Tagen zu nicht weniger als einem halben Dutzend Diebstählen gekommen ist. Bei den Bestohlenen handelt es sich ausschließlich um Leute, deren Broterwerb der Handel mit Reliquien ist. Bedauerlicherweise ist es Uns bis dato nicht gelungen, die Schuldigen ihrer gerechten Strafe zuzuführen, was Uns im Falle Unseres hoch geschätzten Domkapitulars mit besonders tiefem Schmerz erfüllt.

Möge Euch, Bruder im Amte und Christo zu Würzburg, in dieser Beziehung mehr Glück beschieden sein, auf dass denjenigen, welche sich an der Heiligen Mutter Kirche auf derart schändliche Weise vergehen, schnellstmöglich das Handwerk gelegt werden möge!

Adolphus, Erzbischof, Kurfürst und Kanzler des Reichs

Postskriptum: Verbrennt diesen Brief, sobald Ihr ihn gelesen habt – es ist besser so!

ERSTER TAG

Noch sechs Tage bis Kiliani, Anno Domini 1416

3

Würzburg am Main, Donnerstag vor Kiliani (2.7.1416)

Vielleicht lag es am Wein. Oder an der Aussicht auf raschen Gewinn. Jedenfalls ließ Agilulf, Reliquienhändler, Dieb und Hehler in einer Person, die gewohnte Vorsicht vermissen. Ein folgenschwerer Fehler, wie sich bald herausstellen sollte.

Der Markt war vorbei, der Platz vor dem Dom fast leer. Was blieb, war die drückende Schwüle, selbst jetzt, kurz vor Sonnenuntergang. Der Geruch von Gewürzen, Backwaren und gebratenem Fleisch hing in der Luft und über allem der von Wein. Leider nicht die einzigen Düfte, die in Agilulfs empfindsame Nase stiegen. Denn wie üblich hielt der Markttag auch weniger angenehme Gerüche bereit. Je länger er hinter seinem Schragentisch ausharrte, umso durchdringender der Gestank nach Abfällen, verdorbenem Fisch und ranzigem Fett. Eine Mixtur, bei der sich ihm der Magen umdrehte.

Für heute jedenfalls hatte Agilulf genug. Mit 50 nicht mehr der Jüngste, setzte ihm die Hitze ordentlich zu. Schlimmer noch, die Geschäfte gingen ausgesprochen schlecht. Wahrscheinlich war dies einfach nicht sein Tag. Kein Wunder, dass Agilulf ausgiebiger als üblich dem Honigwein zusprach, den ihm Jan der Goldschmied in einem Anfall von Nächstenliebe kredenzte.

Dies war der Moment, als er den Fremden im schwarzen Umhang und der tief liegenden Kapuze zum ersten Mal sah. Es war kurz vor der Vesper, und am Himmel zogen dunkle Wolken auf. Jeder machte, dass er nach Hause kam, und als sogar das kleine Häuflein Bettler, Aussätzige und Vaganten die Stufen vor dem Domportal fluchtartig verließ, räumte Agilulf das Feld.

Es war so wie immer. Wäre der Fremde im dunklen Umhang nicht gewesen.

Agilulf war dabei, seine Siebensachen zu packen, als er plötzlich auftauchte. Mag sein, es lag am Donnergrollen, das die stickige Luft ringsumher vibrieren ließ. Aber Agilulf hatte ihn nicht kommen hören. Der Fremde, mehr als einen Fuß größer, noch dazu erheblich schlanker als er, ja geradezu hager, stand einfach neben ihm. Gerade so, als sei er dem Erdboden entstiegen. Vor Schreck wäre ihm die hölzerne Schatulle mit den kostbarsten Stücken aus seinem Sortiment fast aus den Händen gefallen.

Agilulf sah nicht auf, so sehr war ihm die Furcht in die Glieder gefahren. Der Fremde indes schien sich nicht daran zu stören. Mehr noch, er beachtete ihn zunächst kaum. Fast schien es, als sei Agilulf Luft für ihn. Doch dann, als sich der Reliquienhändler vom ersten Schreck erholt hatte, ergriff er plötzlich das Wort.

Solange sich Agilulf entsinnen konnte, hatte er noch nie eine derartige Stimme gehört. Fast ein Ding der Unmöglichkeit, die von ihr ausgehende Bedrohung in Worte zu kleiden: »Nicht gerade ideal für ein gutes Geschäft, nicht wahr?«, sinnierte der Fremde in einschmeichelndem, geradezu femininem Ton, und für einen Augenblick spielte Agilulf mit dem Gedanken, seine Siebensachen zu packen und ihn einfach stehen zu lassen. Der Gedanke, der ihm als Nächstes durch den Kopf schoss, war derart alarmierend, dass er diesem Impuls auch um ein Haar nachgegeben hätte: ›So und nicht anders hört sich der Teufel an!‹, dachte der Reliquienhändler, bestürzt, dass er im gleichen Moment wie Espenlaub zu zittern und ihm der Schweiß aus sämtlichen Poren zu schießen begann.

»Wollen sehen, was es hier so alles zu bestaunen gibt!«, murmelte der Fremde, nahm Agilulf die Schatulle aus der Hand und öffnete sie. Der Reliquienhändler war wie vom Donner gerührt, schritt jedoch nicht ein. Kein Wort, geschweige denn Widerspruch, kam ihm über die Lippen. Kein Tadel, kein Einwand – nichts. Agilulf kannte sich selbst nicht mehr. Er stand einfach nur da und harrte der Dinge, die da kommen sollten.

»Und wo hast du das alles her?«, fragte der Fremde in beiläufigem Ton. Agilulf fuhr zusammen und brachte kein einziges Wort hervor. Wozu überhaupt die Frage, was in aller Welt hatte der Kerl vor? »Ein besonders schönes Stück, in der Tat!«, wich er ihr so gut es ging aus, als er den Tuchfetzen in der Hand des Fremden bemerkte. »Stammt vom Tischtuch beim letzten Abendmahl des Herrn! Von geradezu unschätzbarem Wert! Oder hier – ein Streifen von seinem Grabtuch! Ebenfalls nicht mit Geld zu bezahlen! Wenn Ihr genau hinseht, Herr, könnt Ihr sogar noch Spuren seiner Wundmale ...«

»Wenn mich nicht alles täuscht, hatte ich dich danach gefragt, *von wem* du diese Reliquien hast, und nicht danach, *woher* sie stammen! Was ihre Echtheit betrifft, sind sie doch wohl über jeden Zweifel erhaben, oder?!«

Agilulf schluckte und sah sich Hilfe suchend um. Der Platz vor dem Dom war wie leer gefegt, weit und breit kein Mensch zu sehen. Donnergrollen erfüllte die Luft, und die Sonne war hinter einem pechschwarzen Wolkengebirge verschwunden. »Gewiss doch, Herr – wo denkt Ihr hin! Und zwar jedes einzelne Stück! So wahr ich Agilulf der Reliquienhändler bin!«

Der Fremde gab keine Antwort, sondern blickte nachdenklich vor sich hin. Agilulf trat von einem Bein aufs andere, wusste weder ein noch aus. Worauf wollte der Fremde hinaus? Dass seine Reliquien nicht echt waren, wusste doch jeder, der nicht mit Blindheit geschlagen war! Wozu also das Getue?

Je länger Agilulf nachdachte, umso wütender wurde er. Und als sich unweit des Maintores der erste Blitz in die Erde bohrte, war er mit der Geduld am Ende. Wenn er jetzt nicht Fersengeld gab, würde es ziemlich ungemütlich werden. Reliquien hin oder her!

»Mit Eurer Erlaubnis, Herr!«, machte er aus seiner Ungeduld keinen Hehl, raffte seine Siebensachen zusammen und verstaute sie in der Truhe, die direkt neben dem Schragentisch stand. Für den Fall, dass er es nicht mehr bis nach Hause schaffte, konnte er ja im Dom Zuflucht suchen.

Als Letztes klappte er den Schragentisch zusammen, und als er damit fertig war, hatte er den Fremden schon fast vergessen. Gerade wollte er die Truhe auf seinen Handkarren hieven, als er erneut seine Stimme vernahm. Nicht viel hätte gefehlt, und die Truhe wäre ihm aus der Hand gerutscht, so sehr fuhr ihm der Schreck in die Glieder: »Nicht gar so geschwind, Agilulf – du hast etwas vergessen!«, tönte die Stimme, und ein eisiger Schauer lief ihm über den Rücken.

»Was denn? Und überhaupt – woher kennt Ihr meinen Namen?«

»Nicht so wichtig!«, wiegelte der Fremde ab, sorgsam darauf bedacht, sein Gesicht zu verbergen. »Da – nimm!«

Agilulf unterdrückte einen Fluch, stellte die Truhe ab und griff nach dem Stofffetzen, den ihm der Fremde vor die Nase hielt.

Und erschrak fast zu Tode.

Die Hand, die sich ihm entgegenreckte, war schneeweiß. Und kalt wie Marmor. Die Klaue eines Toten mit einem Ring aus Gold.

Der Reliquienhändler rang um Fassung, griff aber nichtsdestoweniger zu. Eines seiner kostbarsten Stücke zu verlieren, konnte er sich einfach nicht leisten. »Habt Dank!«, murmelte er mit schwerer Zunge, wobei er den Blick des Fremden wohlweislich mied. Dann drehte er sich auf dem Absatz um und machte sich auf den Nachhauseweg.

Weit kam er allerdings nicht. Er hatte noch keine zehn

Schritte zurückgelegt, als Agilulf hinter sich eine einschmeichelnde Stimme sagen hörte: »Lust auf ein gutes Geschäft?! Sozusagen auf das Geschäft deines Lebens?«

Drauf und dran, dem Fremden eine Abfuhr zu erteilen, überlegte es sich der Reliquienhändler im letzten Moment anders. Zugegeben, der Unbekannte wirkte alles andere als vertrauenerweckend auf ihn. Und eigentlich hatte er ja auch eine Heidenangst. Aber da war plötzlich dieser Impuls in seinem Inneren, eine Art unkontrollierbarer Reflex, der ihn jegliche Vorsicht vergessen und sich dem Fremden auf Gedeih und Verderb ausliefern ließ. »Lasst hören!«, hörte sich der Reliquienhändler zu seinem Erstaunen sagen und hatte dabei das Gefühl, als dringe die eigene Stimme aus weiter Entfernung an sein Ohr. Nicht mehr Herr seiner selbst, stand Agilulf einfach nur da und ließ den Blick zwischen den Fußspitzen hin und her pendeln. Dass unweit von ihm der Blitz einschlug, nahm er nur am Rande wahr.

»Kennst du die Schenke ›Zum roten Hahn‹?«, raunte der Fremde und sah sich verstohlen um.

»Und ob! Wer kennt sie nicht!«, gab sich Agilulf locker und entspannt, ungeachtet des Fröstelns, das ihn in diesem Moment überkam.

»Umso besser! Dann werden wir uns dort in genau einer Stunde treffen. Pünktlich! Ich warte nämlich nicht gern!«

Agilulf öffnete den Mund, um zu protestieren, aber im gleichen Moment brach ein Gewitter los, wie es die Stadt nur selten erlebt hatte. Der Reliquienhändler ließ alles stehen und liegen und flüchtete in die nächstbeste Toreinfahrt. Gerade noch rechtzeitig, bevor Myriaden scharfkantiger Hagelkörner wie Geschosse vom Himmel prasselten.

Das Unwetter indes hielt nicht lange an. Kaum eine Viertelstunde verstrich, und alles war vorüber. Agilulf streckte den Kopf unter der Toreinfahrt hervor und warf einen Blick in die Runde. Auf der Domstraße, wo sich Hagelkörner, Abfälle und Pferdemist zu einem übelriechenden Gemisch vermengten, war kein Mensch zu sehen.

Aber das machte nichts. Hauptsache, er war noch einmal davongekommen.

Wieder ganz der Alte, konnte der Reliquienhändler seine Neugierde kaum noch im Zaum halten. Ein Geschäft – gut und schön! Aber was für eines? Und überhaupt: Wer war der Kerl eigentlich?

Während Agilulf seine Habseligkeiten zusammensuchte, beschlich ihn ein eigenartiges Gefühl, und als sei ihm der Unbekannte immer noch auf den Fersen, sah er sich auf dem Nachhauseweg ein Dutzend Mal um.

Doch sooft er dies auch tat, der Fremde mit dem Kapuzenmantel war und blieb verschwunden.

Schenke ›Zum roten Hahn‹, kurz nach Sonnenuntergang

»Sauwetter, verdammtes!«

Berengar von Gamburg, Vogt des Grafen von Wertheim, starrte mit verdrießlichem Blick aus dem Fenster der verrufenen Schenke hinaus, in die es ihn wegen des Unwetters verschlagen hatte. Er war klitschnass, sein Wams und das sündhaft teure Leinenhemd allenfalls noch zur Feldarbeit zu gebrauchen. Mit seinen Stiefeln, einst sein ganzer Stolz, sah es nicht viel besser aus. Glück im Unglück, dass der Wein in der Schenke halbwegs genießbar war. Sonst wäre es nicht zum Aushalten gewesen.

So aber schluckte er seinen Ärger hinunter, und in dem Maße, wie der Regen nachließ, begann sich seine Stimmung zu bessern. Käse, Frankenwein und Zwiebeln jedenfalls mundeten vorzüglich, obwohl er sich nicht gerade in bester Gesellschaft befand.

Der ›Rote Hahn‹, Treffpunkt von Münzfälschern, Beutelschneidern und allerlei zwielichtigen Figuren, war brechend voll. Berengar hätte ihnen am liebsten das Handwerk gelegt, hielt sich jedoch klugerweise zurück. Ärger hatte er nämlich schon genug am Hals. Und das ausgerechnet mit seiner Schwester. Der Vogt nahm einen kräftigen Schluck. Er kam zwar gut mit ihr aus, aber was zu viel war, war nun einmal zu viel. Die Wurzel allen Übels, sein Schwager, hatte wieder einmal große Reden geschwungen. Ein Gewürzhändler, noch dazu in seiner Familie! Dieser Pfeffersack konnte einem wirklich den letzten Nerv töten. Kein Wunder also, dass sie sich schon nach kurzer Zeit in die Haare geraten waren. Ein Wort gab das andere, und wäre seine Schwester nicht gewesen, hätte es einen handfesten Streit gegeben. Also nichts wie raus an die frische Luft!, hatte er gedacht. Dass er in das schlimmste Unwetter der letzten Jahre geraten würde, konnte er schließlich nicht ahnen.

Eigentlich hatte Berengar ja genug, aber da ihm der Leisten am heutigen Abend besonders gut schmeckte, trank er den Krug vollends leer. Der Vogt des Grafen von Wertheim fuhr mit dem Handrücken über den Mund und schnalzte genüsslich mit der Zunge. Zwei Tage noch bis zu dieser vermaledeiten Kindstaufe, bei der ihm die Rolle des Paten zugedacht war. Und dann nichts wie ab nach Hause!

Wie nicht anders zu erwarten, stieg ihm der Wein langsam in den Kopf, aber als der gedrungene, um die 50 Jahre alte Mann die Schenke betrat, war Berengar plötzlich hellwach. An jedem anderen Tag hätte er den Mann mit dem Filzhut, dem Rock aus grauem Wollstoff und den löchrigen Beinlingen auf Anhieb erkannt. An jedem anderen Tag, nur nicht heute. Kommt vom vielen Saufen!, gestand sich Berengar zähneknirschend ein, und bevor ihm einfiel, wo er ihn schon einmal gesehen hatte, war der Mann mit dem Filzhut wieder verschwunden.

»Noch einen Krug Wein, Herr?« In Gedanken immer noch bei dem ominösen Besucher, hatte Berengar den Schankwirt nicht kommen hören. Mit einem Lächeln, das so breit wie schmierig war, baute sich der widerliche Fettwanst mit der fleckigen Schürze vor Berengar auf. Seine Absicht war klar, nämlich den unbekannten, allem Anschein nach aber betuchten Besucher seiner Spelunke kräftig zur Ader zu lassen. Berengar verneinte, aber ein Schlitzohr wie ihn wurde man natürlich nicht so schnell los. »Darf es vielleicht etwas anderes sein?«, salbaderte der Wirt und fügte mit feuchter Aussprache hinzu: »Falls Euch gerade der Sinn danach steht – ich kenne ein paar Mägdelein, die nur darauf warten, Eure Bekanntschaft zu machen! Ihr müsst nur sagen, nach welcher meiner Dirnen Euch der Sinn steht, und schon werdet ...«

»... werde ich zur Kasse gebeten, ich weiß!«, vollendete Berengar, der von derlei Vergnügungen nicht das Geringste hielt. »Habt Dank, Herr Wirt – aber wenn es Euch nichts ausmacht, würde ich jetzt gerne meine Zeche begleichen! Und zwar sofort!« Der Wirt runzelte die Stirn, wagte jedoch keinen Einwand und zog sich kommentarlos hinter den Tresen zurück. Für einen Moment verstummten die Gespräche, aber da mit Berengar offenbar nicht gut Kirschen essen war, ließ es die versammelte Halbwelt nicht auf eine Messerstecherei mit dem Vogt ankommen und wandte sich wieder dem Würfelspiel zu.

Der hatte im Moment auch andere Probleme, da sich ein menschliches, nach mehreren Bechern Wein immer dringlicheres Bedürfnis bei ihm zu regen begann. Und so rappelte sich Berengar auf und schlug den Weg zur Latrine ein, die sich im rückwärtigen Teil des Anwesens befand. Mindestens ein halbes Dutzend Diebe, Dirnen und Bettler säumte seinen Weg, aber da ihm in Würzburg keinerlei Amtsgewalt zustand und er zudem auf sich allein gestellt war, ließ er sie einfach links liegen und durchquerte so schnell wie möglich den Raum.

Endlich an der frischen Luft, bekam er erst richtig zu spüren, dass er zu tief ins Glas geschaut hatte, denn auf einmal wurde ihm so schwindelig, dass er beträchtlich ins Schlingern geriet. Dass Berengar die Latrine trotzdem fand, grenzte schon fast an ein Wunder. Als er sich auf den Rückweg machte, fühlte er sich immerhin schon ein wenig besser, und so hielt er inne und atmete ein paar Mal tief durch. Die vom Unwetter gereinigte Nachtluft tat ihm gut, weshalb er beschloss, sie noch einen Moment zu genießen. Wieder einigermaßen bei Kräften, ging er zum Brunnen, wusch sich das Gesicht und machte sich auf den Weg zurück ins Haus, mit der Absicht, die Zeche zu begleichen.

Dazu sollte es aber nicht mehr kommen.

Von jenseits der Mauer, die den Hinterhof der Schenke von der angrenzenden Gasse trennte, drangen plötzlich Stimmen an sein Ohr. An sich nichts Ungewöhnliches in einem Viertel, wo sich allerlei zwielichtige Gestalten herumtrieben. Berengar dachte sich nichts dabei und setzte seinen Weg fort. Dann aber, fast schon unter dem Türrahmen, blieb der Vogt wie angewurzelt stehen.

Ganz offensichtlich und unüberhörbar nahm der Tonfall auf der anderen Seite der Mauer an Schärfe zu. Die beiden Streithähne, allem Anschein nach zwei Halunken aus der Schenke, gerieten derart aneinander, dass Berengar fast jedes einzelne Wort verstehen konnte. Der Vogt zögerte, konnte jedoch seine Neugierde nicht unterdrücken und pirschte sich auf Zehenspitzen an die Mauer heran.

Mit das Erste, was ihm auffiel, war die Stimme eines der beiden Männer. Ein von Natur aus furchtloser, um nicht zu sagen hartgesottener Vertreter seiner Zunft, konnte sich Berengar eines Fröstelns nicht erwehren. »Willst du dir nun eine goldene Nase verdienen oder nicht?«, raunzte der Mann in einem

Tonfall, der die von ihm ausgehende Bedrohung auch ohne die entsprechende Mimik mehr als deutlich werden ließ. »Wenn nicht, lass es mich wissen – sofort!«

Derjenige, dem diese Worte galten, blieb seinem Gegenüber die Antwort schuldig. Wahrscheinlich hatte er Skrupel, möglicherweise aber auch Angst. Geraume Zeit verstrich, ohne dass sich etwas rührte. Jenseits der Mauer war es totenstill. Berengar dachte schon, das Gespräch sei beendet, als er plötzlich die Stimme eines Mannes vernahm. Der Vogt des Grafen von Wertheim war wie vom Donner gerührt. Er kannte die Stimme, wenn er sie auch nicht auf Anhieb mit einem der ihm bekannten Galgenvögel in Verbindung bringen konnte: »Natürlich bin ich mit von der Partie!«, beteuerte der Mann, wobei deutlich zu spüren war, wie sehr ihm die Angst im Nacken saß. »Wo denkt Ihr hin!«

»Wo also ist dann das Problem?«, fragte sein Gegenüber in hochfahrendem Ton. »Außer vielleicht, du hättest auf einmal kalte Füße bekommen.«

»Hab ich nicht.«

»Hört sich aber so an.«

»Na, Ihr macht mir vielleicht Spaß! Die Kilianreliquien zu stehlen ist ja wohl beileibe kein Kinderspiel!«

Berengar schnappte nach Luft und ballte die Rechte zur Faust. Was er da eben gehört hatte, klang so ungeheuerlich, dass er einige Zeit brauchte, um es zu verdauen. Der Vogt wagte kaum zu atmen, und während er sich den Kopf darüber zerbrach, wie man den schlimmsten Frevel in den Annalen der Stadt vereiteln konnte, war auf der anderen Seite der Mauer Gelächter zu hören.

»Was ist denn daran so witzig?«, stieß der Mann, allem Anschein nach ausführendes Organ, in unwirschem Tonfall hervor. »Wenn ich schon meinen Kopf für Euch hinhalten soll, nehmt mich gefälligst ernst!«

Das Gelächter des mutmaßlichen Auftraggebers erstarb

auf der Stelle, und eine Antwort ließ ebenfalls nicht lange auf sich warten: »Du hast recht, Spaß beiseite!«, sprach er in einem Ton, der zeigte, wie ernst es ihm mit seinem Vorhaben war. »Und daher nochmals die Frage: Nimmst du den Auftrag nun an – ja oder nein?!«

»Ja, verdammt noch mal! Oder soll ich es etwa drei Mal sagen?!«

»Nicht nötig. Ich glaube es dir auch so.«

»Und die Bezahlung? Wenn ich schon Kopf und Kragen riskiere, solltet Ihr es Euch etwas kosten lassen!«

»Keine Sorge. Für dein Wohlergehen ist bestens gesorgt!«, entgegnete der vermeintliche Auftraggeber in gelassenem Ton. »Mein Wort darauf.«

»Das genügt mir nicht! Wie viel?!«

»Nun, ich denke, zehn Gulden dürften wohl mehr als …«

»100. Und keinen Pfennig weniger. Das ist mein letztes Wort.«

Auf der anderen Seite der Mauer erklang ein Lachen, bei dessen Klang es Berengar eiskalt den Rücken hinunterlief. »Also gut – 100! Die Hälfte jetzt, der Rest bei Lieferung. Zufrieden?«

Stille. Berengar spitzte die Ohren, konnte aber beim besten Willen nichts hören. Es war auch nicht weiter wichtig, denn die Erkenntnis, die ihm im selben Moment kam, war wertvoller als tausend Worte. Und nicht nur das. Gerade so, als schließe er gerade eine geheime Kammer auf, konnte er das Bild des Mannes auf der anderen Seite der Mauer plötzlich vor sich sehen.

Es war der Mann aus dem Schankraum, just derselbe, der ihm vor etwa einer Viertelstunde über den Weg gelaufen war. Doch damit nicht genug. Plötzlich fiel ihm wieder ein, woher er den Mann kannte.

Agilulf der Reliquienhändler. Ein Dieb, Hehler und Betrüger, der seinesgleichen suchte. Bekannt wie ein bunter Hund.

Berengar kochte vor Wut, und das nicht ohne Grund. Vor knapp zwei Jahren, an Martini, war er ihm nur knapp durch die Lappen gegangen. Der Vorwurf: Münzfälscherei. Spurlos verschwunden ausgerechnet an dem Tag, als Berengar ihn hatte dingfest machen wollen. Wie und mit wessen Hilfe, war ihm immer noch ein Rätsel.

Er hatte noch eine Rechnung offen mit diesem Strolch. Und er würde sie begleichen.

Jetzt gleich.

Auf einen Schlag war alles vergessen. Der Wein, die Zeche, der Ärger zu Hause. Berengar kannte nur noch einen Gedanken: es diesem Agilulf nach Kräften heimzuzahlen.

Wenn nur das Hausschwein nicht gewesen wäre, das just in diesem Moment seinen Weg kreuzte.

Der Vogt spürte es mehr, als dass er es sah. Und da war es auch schon zu spät. Berengar geriet ins Taumeln, stieß einen unterdrückten Fluch aus – und landete kopfüber im Morast. Das Schwein hingegen trabte davon, als sei nichts gewesen.

Schneller als erwartet war Berengar jedoch wieder auf den Beinen, rannte zum Hintereingang und bahnte sich von dort aus einen Weg zur Tür. Und das trotz der Flüche, Rippenstöße und Schmähworte, die von allen Seiten auf ihn niederprasselten. Den Wirt, der sich ihm in den Weg stellen wollte, stieß er kurzerhand zur Seite. Dann riss er die Tür auf, stürmte ins Freie und bog wie von Furien gehetzt um die Ecke.

Doch er kam zu spät. Die Gasse, welche an die Schenke grenzte, lag in tiefem Dunkel. Entwischt! Berengar konnte es einfach nicht glauben.

Im Begriff, kehrtzumachen, hörte der Vogt plötzlich ein Geräusch. Zuerst dachte er, es rühre von den Ratten her, die unweit von ihm in einem Abfallhaufen wühlten. Doch wurde er eines Besseren belehrt.

Der Mann am anderen Ende der Gasse, dessen Konturen sich nur schemenhaft von der Dunkelheit abhoben, war groß, schlank und in einen dunklen Kapuzenmantel gehüllt. »He, du da – bleib stehen!«, stieß Berengar atemlos hervor. Eine Aufforderung, die der Fremde überraschenderweise befolgte.

Lag es an der Art, wie er sich umdrehte – lässig, graziös, als habe er alle Zeit der Welt? Oder war es die Kapuze, die sein Gesicht fast komplett verhüllte? Wie dem auch sei!, dachte Berengar, während er sein Schwert aus der Scheide zog. Hier hast du es mit einem verdammt gefährlichen Burschen zu tun!

Die Arme vor der Brust verschränkt, stand der Unbekannte einfach nur da und rührte sich keinen Zoll von der Stelle. Die Art und Weise, wie er dies tat, wirkte auf Berengar wie eine Provokation. Fast automatisch kochte die schwarze Galle in ihm hoch.

Einem angeborenen Instinkt folgend, drehte sich der Vogt auf dem Absatz um. Aber da war niemand. Gut möglich, dass Agilulf längst über alle Berge und der Mann am Ende der Gasse tatsächlich allein war.

Berengar umklammerte den Schwertknauf und ließ das flache Ende der Klinge in die Fläche der linken Hand fallen. Und das gleich mehrmals hintereinander. Bei dem Mann mit dem dunklen Umhang schien dies jedoch keinen Eindruck zu hinterlassen. Mehr noch, der Vogt hatte das Gefühl, dass sich sein Mund zu einem überheblichen Lächeln verzog.

Und so tat Berengar genau das, wozu ihn der Mann verleiten wollte. Er beschloss, die Herausforderung anzunehmen, und ging mit gezücktem Schwert auf ihn zu. Kaum mehr zehn Schritte von ihm entfernt, vernahm er plötzlich ein Geräusch. Es kam von hinten, aber so blitzschnell, dass er nicht mehr reagieren konnte.

Im gleichen Moment spürte er, wie ihn ein stumpfer Gegenstand am Hinterkopf traf. Dann wurde es finster, und Berengar stürzte wie ein gefällter Baum zu Boden.

›Haus der sieben Sünden‹, eine Stunde vor Mitternacht

Wie immer, wenn er seine Strafe empfangen hatte, lag er noch eine Weile regungslos am Boden, die Arme weit von sich gestreckt und den blutüberströmten Rücken von Striemen überzogen. Es war der Moment, nach dem er sich am meisten sehnte, mehr als nach irgendetwas anderem auf der Welt. Ließ der Schmerz erst einmal nach, würde er den gerechten Lohn für sein Martyrium empfangen. Dann, und nur dann, stellte sich bei ihm ein Wohlgefühl ein, das mit nichts auf der Welt zu vergleichen war. Dann hatte er das Gefühl, es mit jedermann aufnehmen zu können.

Wer immer es wagen würde, sich ihm in den Weg zu stellen, würde wie ein Insekt vom Angesicht der Erde getilgt. Genauso wie der tumbe Haudegen von vorhin, kein Gegner für jemanden wie ihn.

So wahr er ein Krieger des Herrn war.

Als die Tür seiner Kammer ins Schloss fiel, richtete er sich leise ächzend auf und kroch hinüber zum Bett. Die Wunden auf seinem Rücken schmerzten so heftig wie noch nie. Aber das spielte keine Rolle. Schließlich hatte er es so gewollt.

Unter Aufbietung all seiner Kräfte erreichte er schließlich sein Lager, ein paar löchrige Strohsäcke und eine Wolldecke, auf der es vor Läusen, Wanzen und anderem Ungeziefer nur so wimmelte. Alles andere als einladend, war es unter den gegebenen Umständen jedoch seine Rettung. Der knapp 24-jährige Mann mit der dunklen Maske biss die Zähne zusammen, klammerte sich an die Bettkante und richtete sich leise ächzend auf. Dann legte er die Handflächen aneinander und sprach ein Gebet. Erst danach hievte er sich mit letzter Kraft auf das Bett hinauf, streifte seine Maske ab und schlief sofort ein.

Als es Mitternacht schlug, wachte er plötzlich auf. In der Kammer nebenan war das laszive Kichern einer Frau und das schwerzüngige Lallen eines offenbar nicht mehr ganz nüchternen Mannes zu hören. Der junge Mann schloss die Augen und krallte sich so verbissen am Bettrahmen fest, dass er das sündhafte Treiben glatt vergaß.

Kurz darauf bemerkte er, wie sich die Türklinke langsam nach unten bewegte. Normalerweise wäre er auf der Hut gewesen, aber da er wusste, dass es nur eine Person gab, die sein Refugium im ›Haus der sieben Sünden‹ kannte, bestand kein Anlass zur Sorge.

»Bist du es, mein Sohn?«, hörte er eine brüchige, von Alter, Mühsal und Kummer kündende Stimme sagen.

»Ja, Mutter!«, antwortete er mit spürbarer Erleichterung. »Hier drüben – auf dem Bett!«

Er hörte das Klappern ihres Gehstocks, den schleppenden Gang ihrer Schritte. Fast vierundneunzig und so gut wie blind, fiel es ihr begreiflicherweise schwer, sich zurechtzufinden, und bis sie sein Lager erreicht hatte, verging eine halbe Ewigkeit. Aber dann, als er ihre knochigen Hände auf seiner Wange spürte, war auf einmal alles wieder gut.

Trotz ihres hohen Alters sank die Greisin in der Tracht der Benediktinerinnen von St. Afra zu Würzburg neben dem Bett auf die Knie und sprach ein Gebet. Dann umklammerte sie ihren Stock, richtete sich wieder auf und ließ sich mit einem lauten Seufzer auf der Bettkante nieder.

Die Ordensfrau sprach kein Wort. Wichtiger noch, sie stellte keinerlei Fragen. Sie war einzig und allein des jungen Mannes wegen hier. Für sie war er ihr Sohn, wenn schon nicht im wortwörtlichen, so doch im übertragenen Sinn. Seit fast 24 Jahren, quasi von Geburt an, hatte sie sich um ihn gekümmert. Und würde es auch weiterhin tun. Egal, was passierte.

Es dauerte nicht lange, und der junge Mann begann die heilende Kraft ihrer Hände zu spüren. Mit der Wundsalbe, welche sie nebst weiteren Arzneien, Tinkturen und Pulvern in der abgenutzten Ledertasche bei sich trug, wirkte die Greisin wahre Wunder, und die Lebensgeister ihres Patienten kehrten allmählich wieder zurück.

Nach getaner Arbeit, als die Schmerzen verebbt und die Wunden des Mannes mit Leinenbinden umwickelt waren, packte die Greisin wieder ihre Siebensachen. Jeder Handgriff saß, und dies, obwohl sie fast blind und das Refugium des jungen Mannes nur mehr notdürftig von einem qualmenden Klumpen Unschlitt erhellt worden war.

Wie immer tat Schwester Serafina ihre Pflicht, und am heutigen Tag tat sie mehr als das. Sie linderte die Qualen einer gepeinigten Seele, wenn auch nur für kurze Zeit. Das war sie ihrer inneren Stimme schuldig. Und dem Knaben, der vor mehr als zwei Jahrzehnten in ihre Obhut gegeben worden war.

»Warum hast du das getan, mein Sohn?«, fragte Schwester Serafina auf dem Weg zur Tür. Sie sagte dies fast beiläufig, ohne jeglichen Tadel.

»Ich habe gesündigt, Mutter!«, antwortete der junge Mann, die Stirn auf die verschränkten Arme gestützt. »Schwerer, als Ihr es Euch überhaupt vorstellen könnt.«

Während ihre gichtstarre Hand bereits auf der Türklinke ruhte, blieb die Alte noch einmal stehen. »Haben wir das nicht alle einmal – irgendwann?«, antwortete sie, wobei sie das letzte Wort ganz besonders betonte. Der Tonfall, in dem dies geschah, wirkte besänftigend, fast heiter, und wie um dies zu bekräftigen, glitt ein Lächeln über das verwitterte, von tiefen Furchen durchzogene Gesicht. Mit den Fallstricken des Erdendaseins bestens vertraut, war Schwester Serafina mit den Jahren immer nachsichtiger geworden, wie so viele, die an der Schwelle des Todes stehen.

»Mag sein, aber …«, wandte der junge Mann voller Bitterkeit ein, vollendete seine Antwort jedoch nicht.

Ohne ein Wort des Abschieds war Schwester Serafina wieder verschwunden, und der Klang ihres Gehstocks hallte noch lange in seinen Ohren nach, so lange, bis er es nicht mehr ertrug und die feingliedrigen Hände mit aller Kraft gegen die Ohrmuscheln presste.

Er hatte gesündigt, schlimmer als irgendwer sonst auf der Welt. Wider sein Gelübde, die Regeln seiner Bruderschaft und, schlimmer noch, gegen sich selbst. Ein schwerer, nicht wiedergutzumachender Fehler. Ein Fehler, welcher ihn das Leben kosten würde, und das vermutlich recht bald.

Das Fieber, welches ihn immer häufiger auf sein Lager zwang, würde ihn töten. Wann es so weit sein würde, war letztendlich egal. Er konnte seinem Schicksal nicht entrinnen. Das wusste er genau.

Als er an die billige römische Straßenhure dachte, bei der er sich angesteckt hatte, wich auch noch der letzte Funken an Menschlichkeit aus seinem Gesicht. Und als existierten die grässlichen Wunden auf seinem Körper nicht, richtete er sich leise ächzend auf, schwang die Füße aus dem Bett und streifte den dunklen Umhang über, der neben ihm auf dem Boden lag.

Während er so dasaß, von Schmerzen gepeinigt, fiel sein Blick auf den Ring an der rechten Hand, und ein Ruck ging durch seine gebeugte Gestalt.

Bevor er krepieren würde wie ein Tier, hatte er noch eine Mission zu erfüllen. Ohne Wenn und Aber. Egal, wie viele nichtswürdige Kreaturen ihm in den Tod vorausgehen würden.

So wahr er ein Krieger des Herrn war.

Amen.

Agilulfs Haus im Hauger Viertel, kurz nach Mitternacht

»Wo in aller Welt kommst du jetzt eigentlich her?!«, keifte Agilulfs Frau Hildegard den leicht angeheiterten Reliquienhändler an. »Kannst du mir erklären, was das soll?!«

»Da gibt's nichts zu erklären!«, blaffte dieser zurück, in einem Ton, der die erhoffte Wirkung allerdings verfehlte. »Und jetzt hol mir Wein, aber ein bisschen plötzlich!«

Doch Hildegard, des langen Wartens überdrüssig, gab nicht so schnell auf. »Hol ihn dir doch selber!«, trumpfte sie mit entschlossener Miene auf. »Es sei denn, du sagst mir, wo du dich die ganze Zeit über rumgetrieben hast!«

»Auf dem Markt!«, gab Agilulf kleinlaut zurück, wohl wissend, wie einfallslos seine Entschuldigung klang.

»Da musst du dir schon was Besseres einfallen lassen!«, fuhr ihn die kleine, dafür aber umso energischere Frau mit den Luchsaugen an und baute sich drohend vor ihm auf. »Also: Wo bist du gewesen?!«

»Geld verdienen.«

»Das wäre zur Abwechslung ja mal was Neues.«

»Die einen brauchen ein halbes Leben, die anderen nur einen Tag!«, trumpfte Agilulf mit neu erwachtem Selbstbewusstsein auf.

»Was du nicht sagst! Wie ausgerechnet du so was hinkriegen willst, ist mir allerdings ein Rätsel.«

»Abwarten – wirst schon sehen!« Agilulf wusste, wie er seine Frau packen musste. Wenn man ihr einen Köder hinwarf, ebbte ihr Zorn nämlich meist ab. So auch dieses Mal, obwohl sie so wütend gewesen war wie noch nie.

»Raus damit – was geht in deinem Säuferhirn vor?«, wollte Hildegard wissen, die Stirn in Falten, aber deutlich milder gestimmt.

Agilulf atmete tief durch. Er hatte es wieder einmal geschafft, sie um den Finger zu wickeln. Der Spannung halber zog er es trotzdem vor, mit der Wahrheit noch eine Weile hinterm Berg zu halten. Nur noch kurze Zeit, und sie wäre wie Wachs in seinen Händen.

»Na komm schon, alter Hurenbock!«, forderte sie in neugierigem Ton. »Jetzt lass dich halt nicht so lange bitten!«

»Und wie steht's mit dem Wein?«, gurrte Agilulf, der ein plötzliches Kribbeln in den Lenden verspürte.

Kaum hatte er geendet, hielt Agilulf seinen Schoppen in der Hand, den er ohne viel Federlesens leerte. Dann begann er zu erzählen. In der schäbigen Lehmhütte unweit des Spitaltores war es plötzlich mucksmäuschenstill. Agilulf war so sehr in seine Erzählung vertieft, dass er nicht bemerkte, wie seine Frau, rotwangig wie ein Apfel im Herbst, immer blasser wurde und sich am Ende seiner Erzählung auf den Hocker neben dem Rauchabzug setzte.

Als Agilulf fertig war, starrte ihn seine Frau Hildegard mit entgeisterten Augen an, die Handflächen auf die strammen Schenkel gestemmt. Sie war sprachlos, ein Zustand, in dem sie sich äußerst selten befand: »Kommt überhaupt nicht infrage!«, wehrte sie kategorisch ab. »Wer immer dieser Fremde ist und was immer er dir bietet – sei nicht so dumm und lass deine Hände aus dem Spiel!«

»Mit wem ich Geschäfte mache, geht ganz allein mich was an!«, konterte der Reliquienhändler mit einer Wut im Bauch, die selbst ihn überraschte. »Halt dich da raus, sonst –«

Lag es an der Art, wie ihn seine Frau ansah, am Blick, der ihn durchdrang wie Glas? Für seinen Teil war Agilulf jedenfalls so perplex, dass sein Jähzorn jäh verschwand. »Und warum, wenn man fragen darf?«, wandte er eher halbherzig ein.

»Weil das, wofür du dich einspannen lassen willst, eine Todsünde ist!«, erklärte seine Frau. »Die Gebeine der drei Frankenapostel zu stehlen – ich krieg's einfach nicht in meinen Kopf! Das Mindeste ist, dass sie dich ins Verlies im Grafeneckart werfen und so schnell wie möglich aufs Rad flechten, wenn nicht, wirst du für immer in der Hölle schmoren! Und komm mir bloß nicht auf die Idee zu behaupten, ich hätte dich nicht gewarnt!«

»Dazu müssten sie mich erst einmal kriegen!«

Hildegard stemmte die Hände in die Hüften und baute sich trotzig vor Agilulf auf. »Glaubst du im Ernst, der Vogt gibt klein bei, wenn du ihm eins über den Schädel ziehst?! Wie ich den kenne, wird er keine Ruhe geben, bis er dich endlich am Wickel hat! Legt sich mit Berengar von Gamburg an! Was hast du dir eigentlich dabei gedacht?! Wo du doch von Glück sagen kannst, dass du ihm vorletztes Jahr durch die Lappen gegangen bist!«

Im Verlauf von Hildegards Schimpfkanonade war Agilulf immer nachdenklicher geworden, wenn auch keinen Deut klüger, wie die folgenden Worte bewiesen: »Hast du überhaupt eine Ahnung, was man für 100 Gulden alles kaufen kann?«, fragte er mit Blick auf sein alles andere als üppig möbliertes Domizil. Der Boden aus Lehm, die Fensterläden aus wurmstichigem Holz und Sackleinen statt Glas: Von einem richtigen Haus konnte einer wie er nur träumen. Ein Tisch, ein paar Stühle und die Truhe mit den wenigen Habseligkeiten waren alles, was er besaß. Schon allein deshalb wartete Agilulf eine Antwort seiner Frau gar nicht erst ab: »Schau dich doch in unserer Bruchbude um!«, fuhr er sie an. »Und dazu noch die ganzen Schulden! Wenn das noch eine Weile so geht, macht mir der Jude die Hölle heiß! Hast du dir darüber schon einmal Gedanken gemacht? Nein? Dann wird's aber höchste Zeit!« Agilulfs Hand verschwand unter seinem Hemd, und kurz darauf tauchte ein Lederhalsband samt Beutel auf. »Und falls du's noch nicht weißt!«, fuhr er fort, während er die prall gefüllte Börse tätschelte. »Das hier ist alles, was zählt! 50 Gulden jetzt, der Rest bei Lieferung! Da können mir die abgehackten Schädel von den drei irischen Wanderpredigern drüben im Neumünster doch glatt gestohlen bleiben! Also tu mir bitte den Gefallen und rede mir nicht mehr in meine Geschäfte rein!«

»Aber …«

»Nichts ›Aber‹!«, schnauzte Agilulf, einmal richtig in Fahrt, seine konsternierte Ehefrau an. »Wenn dir nichts Besseres einfällt, wie wir unsere Schulden loswerden, behalte dein Geschwätz in Zukunft für dich! So – und jetzt möchte ich in Ruhe schlafen!«

Agilulf leerte seinen Becher, knallte ihn auf die Tischplatte und richtete sich auf. Dann torkelte er auf das Strohlager zu, das sich auf der entgegengesetzten Seite des Raumes befand. »Dieses eine Mal noch, und wir haben ausgesorgt!«, machte er sich selbst Mut, zog den Vorhang zu und legte sich schlafen.

Anno Domini 689, an einem Ort, der später Würzburg hieß

Die drei Männer in den braunen Kutten starrten vor Schmutz. Es war ein anstrengender Tag gewesen, und sie waren müde und ausgelaugt. Für sie jedoch kein Grund, mit ihrem Schicksal zu hadern. Sie hatten zu essen und zu trinken und Stroh für ihr Nachtlager. Und das war im Moment das Wichtigste. Darüber hinaus hatten sie ein Dach über dem Kopf. Kein Grund zur Klage. Obwohl es bequemere Unterkünfte als den herzoglichen Pferdestall gab.

»Was meinst du – ob uns die Herzogin wohl vor die Tür setzen lässt?«, brach der Jüngste im Trio das Schweigen, während er sein Bündel entknotete, auf dem Boden ausbreitete und Brot, Schafskäse und Lauchstangen zutage förderte. »Oder ob sie uns bis zur Rückkehr des Herzogs in Ruhe lässt?«

»Keine Ahnung, Totnan!«, brummte sein Gefährte Kolonat in der Sprache der gemeinsamen Heimat Irland vor sich hin. »Kilian hat ihr halt ordentlich die Hölle heißgemacht. Zu sehr, wenn du mich fragst.« Der Mönch, ungleich stämmiger und um einiges älter als sein Freund, brach eine Lauchstange entzwei und sah den Gefährten achselzuckend an. »Ihr erster Mann ist nun mal tot. Soll sie doch heiraten, wen sie will. Selbst wenn es der eigene Schwager ist.«

Totnan schluckte, sagte aber nichts. Zumal sich der Dritte im Bunde, ein hagerer Endzwanziger, in unmittelbarer Nähe befand. »He, Kilian!«, rief er ihm deshalb aus purer Verlegenheit zu. »Abendmahl!« Dann brach er das Brot entzwei und füllte die Becher mit Wein.

Eine Antwort jedoch wurde ihm nicht zuteil. Das Kreuz im Blick, das sich eine Armlänge von ihm entfernt auf einem Strohballen befand, reagierte der inmitten von Mist und Dung und verdorrten Strohhalmen kniende Mönch mit keinem Wort. Die beiden anderen schien dies nicht sonderlich zu erstaunen. »So ist er nun mal!«, warf Kolonat entschuldigend ein. »Ein wahrer Heiliger, allzeit bereit zum Martyrium!«

Dann wandte er sich wieder seiner kärglichen Mahlzeit zu.

ZWEITER TAG

Noch fünf Tage bis Kiliani, Anno Domini 1416

4

Marienberg über Würzburg, Freitag vor Kiliani (3.7.1416)

»MEIN KOMPLIMENT, VOGT!«, machte Fürstbischof Johann von Brunn aus seiner Belustigung kaum einen Hehl, als Berengar von Gamburg die Privatgemächer seiner Burg betrat. »Ihr müsst wahrhaftig einen Schädel aus Eisen haben!«

Der Vogt des Grafen von Wertheim hätte dem um etwa 15 Jahre älteren Mann mit der Trinkernase und den schlaff herabhängenden Wangen liebend gerne die passende Antwort erteilt, hielt sich jedoch angesichts der besonderen Umstände seines Besuches lieber zurück. Mit den hohen Herren, einem leibhaftigen Fürstbischof allzumal, war nun einmal nicht zu spaßen, und was man sich über den mit allen Wassern gewaschenen Johann II. von Brunn erzählte, war nicht dazu angetan, sein Misstrauen gegenüber den Mächtigen des Reiches zu entkräften.

»Wie geht es Eurem Herrn, dem Grafen?«, ließ sich der Fürstbischof vernehmen, während er in dem gepolsterten Lehnstuhl hinter dem Schreibtisch aus poliertem Eichenholz fast versank. »Befindet er sich wohl?«

Berengar deutete eine Verbeugung an und bejahte. Kaum war dies jedoch geschehen, verschwamm ihm der Blick vor den Augen, und er hatte Mühe, sich auf den Beinen zu halten. Mit seinem bandagierten Kopf kam er sich zudem reichlich lächerlich vor, zumal ihm der Schädel dröhnte wie schon lange nicht mehr.

Der Fürstbischof indes schien von alldem keine Kenntnis zu nehmen und sah ihn mit kaum verhohlener Schadenfreude an. »Doch nun zu Euch!«, mimte er den Besorgten, eine Rolle, die er nahezu perfekt beherrschte. »Wie ist das überhaupt passiert?«

Berengar hätte etwas dafür gegeben, ebenfalls Platz nehmen zu dürfen, aber da dies einem Vogt aus niederadeligem Hause in Gegenwart eines der mächtigsten Fürsten des Reiches nicht gestattet war, fasste er die Ereignisse vom Vorabend so präzise wie möglich zusammen und sah Johann von Brunn erwartungsvoll an. Zu seinem Leidwesen reagierte der Fürstbischof jedoch auf höchst ungewöhnliche Weise.

»Die Gebeine des heiligen Kilian? Stehlen?! Das glaubt Ihr doch wohl selbst nicht, mein Sohn!«, sprudelte es nur so aus dem Fürstbischof hervor. »Wer in aller Welt würde so etwas tun? Und weshalb? Bei aller Nachsicht für Eure prekäre Situation – aber was diesen Agilulf und den mysteriösen Kapuzenmann angeht, glaube ich, Eure Fantasie hat Euch da einen derben Streich gespielt!«

Berengar war sprachlos. Da war er zusammengeknüppelt worden wie ein räudiger Hund, bis zum Morgen halbtot in der Gosse gelegen, wo ihn ausgerechnet sein Schwager fand – und jetzt dies! Der Vogt presste die Fläche seiner rechten Hand an die glühend heiße Stirn. Alles nur Einbildung? Hatte er da eben richtig gehört?

Als ginge ihn die ganze Angelegenheit nichts mehr an, richtete sich Fürstbischof Johann von Brunn auf, zupfte die von Goldfäden durchwirkte Tunika zurecht und wandte sich wieder den Dokumenten zu, die auf seinem Schreibtisch lagen. Das Kreuz aus reinem Silber, ein Geschenk des Königs, baumelte hilflos vor seiner Brust hin und her. »Sonst noch was?!«, fügte er nach einer Weile hinzu, ganz und gar nicht mehr so fürsorglich wie zuvor.

Berengar von Gamburg schüttelte den Kopf. Er hatte verstanden. Der Fürstbischof glaubte ihm nicht. Wahrscheinlich dachte er sogar, er wolle sich wichtigtun. Dabei hatte er nur eines im Sinne gehabt: ein Verbrechen zu verhindern, das – einmal angenommen, es hätte Erfolg – dem Ansehen des Fürstbischofs irreparablen Schaden zufügen würde.

»Wenn Fürstbischöfliche Gnaden erlauben, würde ich mich jetzt gerne empfehlen«, sprach Berengar von Gamburg mit tonloser Stimme, mehr denn je überzeugt, er habe hier nichts mehr zu suchen.

Fürstbischof Johann von Brunn, zumindest dem Anschein nach ganz in seine Akten vertieft, blickte kurz auf und nickte geistesabwesend mit dem Kopf. Dann wandte er sich wieder seinen Amtsgeschäften zu. »Ach, noch etwas, von Gamburg!«, rief er Berengar nach, als dieser sich anschickte, das mit flämischen Wandbehängen, Vorhängen aus Brokat und kostbaren Teppichen wahrhaft fürstlich ausstaffierte Gemach auf dem schnellsten Weg zu verlassen.

»Ja, Fürstbischöfliche Gnaden?«

»Gehe ich richtig in der Annahme, dass Ihr aus rein privaten Gründen nach Würzburg gekommen seid?«

Berengar drehte sich auf dem Absatz um. »Das bin ich, Herr!«, bekräftigte er, nicht sicher, worauf Johann von Brunn hinauswollte.

»Dann belasst es auch dabei!«, wies ihn der Fürstbischof in harschem Ton zurecht.

»Wie darf ich das verstehen?«

»Exakt so, wie ich es sage!«, erwiderte Johann von Brunn, legte die Handflächen aneinander und ließ das auffällige Doppelkinn auf den Daumenkuppen ruhen. »Mit anderen Worten: Es ist Euch doch wohl hoffentlich klar, dass es Euch untersagt ist, innerhalb der Mauern Würzburgs irgendwelche – wie soll ich sagen? – dass es ernsthafte Folgen für Euch haben könnte, wenn Ihr auf eigene Faust Ermittlungen anstellt. Habe ich mich klar genug ausgedrückt?!«

»Voll und ganz, Fürstbischöfliche Gnaden!«, bekräftigte der Vogt, kaum mehr fähig, seine Wut im Zaum zu halten.

»Dann seid Ihr jetzt entlassen!«, antwortete Johann von Brunn von oben herab und wandte sich wieder seinen Amtsgeschäften zu.

Haus von Berengars Schwager in der Dominikanergasse, kurz vor dem Mittagsläuten

»Jetzt erzähl schon – wie ist es gewesen?«, wollte Berengars Schwester Sieglinde in der für sie typischen Mischung aus Neugier und gespannter Erwartung wissen. »Was hat der Fürstbischof gesagt?«

Berengar murmelte etwas, das seine Schwester zum Glück nicht verstand, entledigte sich seines Schwertgehänges und nahm auf der Bank neben dem Kachelofen Platz. Er hatte die Nase gestrichen voll, kannte seine Schwester aber immerhin gut genug, um zu wissen, dass sie sich nicht so leicht abwimmeln ließ.

»Du hast dich mit ihm doch wohl hoffentlich nicht in die Wolle ...«

»Ach was – wo denkst du hin!«, fiel der Vogt seiner Schwester ins Wort. »Dazu ist es dann doch nicht gekommen.«

»Was soll das heißen?«

»Das soll heißen, dass mich das Pfaffenpack droben auf dem Marienberg schlicht und ergreifend am ...«

»Berengar von Gamburg, du versündigst dich!«, war die Reihe nunmehr an Berengars Schwester, ihren Bruder zurechtzuweisen.

»Und das ausgerechnet in deines Schwagers Haus!«

Der Vogt holte tief Luft, kam aber nicht dazu, seiner Schwester Paroli zu bieten. Dies war vielleicht ganz gut so. Wenngleich er auf seine Kopfschmerzen ebenso gut hätte verzichten können. Auf jeden Fall war ihm die Lust auf Händel vergangen, und zum Erstaunen seiner Schwester gab er sofort klein bei. Dies allein war schon verdächtig genug, aber als Berengar dann auch noch seinen Schwager mit einem freundlichen »Wie geht's?« begrüßte, begann die zierliche Frau mit dem schulterlangen blonden Haar Verdacht zu schöpfen.

»Was ist denn mit dir los – bist du etwa krank?«, fragte sie, nachdem sie ihrem Gatten einen Humpen Starkbier kredenzt hatte. Die Sache kam ihr äußerst verdächtig vor.

»Jetzt lass ihn erst mal in Ruhe, Sieglinde!« Berengars Schwager, ein mit allen Wassern gewaschener und obendrein steinreicher Gewürzhändler mit ausgeprägtem Hang zur Repräsentation, sah seine Frau tadelnd an. Er sah aus wie aus dem Ei gepellt, selbst dann, wenn er das Haus nicht verließ. Obschon über 50, also mehr als 20 Jahre älter als seine Frau, führte er sich auf wie ein jugendlicher Geck. Das sündhaft teure Barett hätte ihm Berengar ja noch verziehen. Wenn nur das hautenge Leinenhemd, das mit Goldstickereien verzierte Wams und die Beinlinge samt Schamkapsel nicht gewesen wären. Trotzdem und nicht zuletzt der unerwarteten Schützenhilfe wegen hielt sich Berengar merklich zurück und füllte seinen Humpen ebenfalls bis zum Rand.

»Bist du sicher, dass dir das guttut?«, fragte seine Schwester in einem Tonfall, der sowohl Skepsis als auch echte Besorgnis verriet. Nach wie vor wurde sie aus dem Verhalten ihres Bruders nicht schlau, aber wenn die beiden schon einmal friedfertig waren, wollte sie die ungewohnte Harmonie nicht stören.

Eine Weile saßen Berengar und sein Schwager Heribert schweigend beieinander. Dann hielt es der füllige Gewürzhändler nicht mehr aus. »Und – wie ist es gegangen?«, wagte er einen Versuch, den wortkargen Schwager zum Reden zu bringen. »Was hat der hochwohlgeborene Herr Bischof gesagt?«

Eigentlich verspürte Berengar nicht die geringste Lust, über seine Audienz beim Bischof überhaupt ein Wort zu verlieren. Die Sache war ihm peinlich, und der Groll, den er im Stillen hegte, saß tief. Ein strafender Blick seiner Schwester, die sich hinters Spinnrad zurückgezogen hatte, brachte ihn jedoch schnell zur Vernunft: »Eigentlich nicht viel«, antwortete der Vogt. »Sieht so aus, als sei ihm die ganze Sache ziemlich egal.«

Berengars Schwager runzelte die Stirn und ließ sich mit einer Antwort Zeit. »Wenn du meinen Rat hören willst …«, sprach er nach einer Weile, wobei er jegliche Besserwisserei vermied. »Wenn du meinen Rat hören willst, dann …«

»Nur zu.«

»Nimm dich in Acht vor ihm. Der Kerl ist verdammt gefährlich.«

Aus dem Augenwinkel heraus konnte Berengar sehen, wie seine Schwester zusammenzuckte, aber noch ehe sie ihren Mann zurechtweisen konnte, kam ihr der Vogt zuvor. »Wie meinst du das?«, hakte er mit neu erwachtem Interesse nach.

Der Gewürzhändler, ein Mann, dem das Herz leider allzu oft auf der Zunge lag, machte ein nachdenkliches Gesicht. »Man hört eben so manches!«, druckste er herum, und als er Berengars fragenden Blick bemerkte, fügte er hinzu: »Dinge, die man nicht unbedingt mit einem Bischof in Verbindung bringen würde.«

»Weibergeschichten?«

»Wenn's nur das wäre!«, erwiderte Heribert mit Blick auf seine Frau, die soeben den Raum verließ. »Auf einen Hurenbock mehr oder weniger kommt es ja weiß Gott nicht an.«

»Was ist es dann?«

»Sagen wir's mal so – der gute Herr von und zu Brunn braucht Geld. Viel Geld. Und das ist es, was ihn so gefährlich macht. Für ein paar Gulden würde der sogar seine Mitra verhökern.«

»Verstehe.«

»Da wäre ich mir nicht so sicher.«

Berengar blickte überrascht auf. An jedem anderen Tag wäre ihm jetzt der Kragen geplatzt. Seltsamerweise blieb er jedoch völlig ruhig und sah seinen Schwager erwartungsvoll an. Der wiederum gab sich zugeknöpft, schien das Gesagte auf einmal zu bereuen: »Wie gesagt –«, fügte er hinzu, bevor ihn Berengar weiter in die Enge treiben konnte, »falls du meinen Rat hören willst, nimm dich vor diesem hintertriebenen …«

»Jetzt ist es aber genug, Heribert!«, posaunte Sieglinde, die unbemerkt zurückgekehrt war, in die spannungsgeladene Stille hinein. »Wenn du schon über den Bischof herziehen musst, dann bitte nicht vor den Kindern!«

Der Gewürzhändler lief rot an, verkniff sich jedoch jeden weiteren Kommentar. »Ganz wie du willst!«, war alles, was ihm zu sagen einfiel, bevor er sich seinen vier Sprösslingen zuwandte, die wie ein Wirbelwind in die Stube fegten.

Sieglindes Rechnung ging auf. Kaum stand das Essen auf dem Tisch, war der Ärger mit dem Bischof auch schon vergessen. Erbsensuppe mit Speck war Berengars Leibspeise, und das wusste seine Schwester genau. Der Vogt schloss die Augen und sog den Duft wie ein echter Genießer ein. Auf einmal war die Welt wieder in Ordnung. Aber es sollte noch besser kommen. Die Hauptspeise, Kapaun in weißem Pudding, dazu Granatäpfel und reichlich Naschwerk für die Kinder, war das Köstlichste, das Berengar in letzter Zeit gegessen hatte. Der Vogt schnalzte genüsslich mit der Zunge. Gerade eben noch trist und voller Tücken, hielt das Leben doch hin und wieder eine angenehme Überraschung bereit.

Im Grunde konnte man seiner Schwester nur gratulieren. Nach dem Haus ihres Mannes würde sich selbst ein Herr von Stand die Finger lecken, und die gute Stube, in der die Familie gerade zu Tische saß, war die Krönung davon. Angefangen bei den Butzenscheiben, die sich kaum jemand leisten konnte, bis hin zum Kachelofen in der Ecke legte jedes einzelne Möbelstück Zeugnis vom Reichtum seines Besitzers ab. Der Eichentisch mit den sorgsam gedrechselten Beinen hatte bestimmt ein Vermögen gekostet, und den Wandteppich aus Flandern konnte sich außer Heribert wohl nur der Bischof leisten.

»Einen Schluck Wein?«, fragte sein Schwager, eine silberne Karaffe in der Hand. Berengar wehrte ab. Der Rausch am Abend zuvor steckte ihm noch zu sehr in den Knochen.

»Wie geht's eigentlich deinem Freund Hilpert?«, wollte Sieglinde am Ende der wahrhaft fürstlichen Mahlzeit wissen. »Wenn mich nicht alles täuscht, habt ihr beiden schon allerhand erlebt!«

»Und ob!«, pflichtete ihr Berengar bei und nippte vorsichtig an seinem Bier. »Wenn ich an den Fall mit den Teufelsanbetern denke, frage ich mich allen Ernstes, wie wir das überstanden haben!«

»Wo steckt er eigentlich?«

»Im Kloster. Sieht nach dem Rechten. Zumindest so lange, bis ein neuer Abt gewählt ist. Dann muss er wieder nach Maulbronn.«

»Und warum bleibt er nicht einfach hier?«

»Keine Ahnung. Einen Mann wie ihn könnte Bronnbach gut gebrauchen.« Fast im gleichen Moment, als die Rede auf Hilpert kam, stellte sich Berengar die Frage, was sein Freund wohl zu der Sache mit den Kilianreliquien sagen würde. Der Vogt kam ins Grübeln, und kaum war der Tisch abgedeckt, gehörte seine gute Laune der Vergangenheit an. Die Audienz beim Bischof steckte ihm immer noch in den Knochen. Weit mehr, als ihm lieb war.

»Was hast du denn, Bruder?«, hörte Berengar seine Schwester sagen, aber er war zu sehr in Gedanken, als dass er eine plausible Antwort parat gehabt hätte. Die eigene Natur, nicht dazu geschaffen, Kränkungen hinzunehmen, spielte ihm einmal mehr einen Streich. Und das ausgerechnet in einem Moment, als Agilulf samt dem mysteriösen Fremden schon fast wieder vergessen war.

Berengars muskulöser Körper straffte sich. Das Gefühl der Behaglichkeit, das sich in ihm breitzumachen begann, verflog auf einen Schlag, und bevor seine Schwester einen Einwand erheben konnte, hatte der Vogt die Tür der Wohnstube erreicht.

»Wo willst du eigentlich hin?«, rief ihm Sieglinde hinterher, aber in diesem Moment war Berengar bereits auf dem Weg nach unten, und sie hörte seine halblaut gemurmelte Antwort nicht mehr.

Stift Neumünster am Kürschnerhof,
Beginn der neunten Stunde (14.40 Uhr)

Die Sonne hatte den Zenit überschritten, als Berengar den Weg zum Neumünster einschlug. Mit Ausnahme einiger Federwolken war der Himmel strahlend blau, und der vielen Pilger wegen platzte die Stadt fast aus allen Nähten.

Je näher er dem Neumünster kam, desto dichter wurde das Gedränge. Sehr zur Freude der Bettelmönche, Ablassprediger und Devotionalienverkäufer, die das Geschäft ihres Lebens machten. Berengar, dessen Heimatdorf am Fuße seiner Stammburg aus ein paar Lehmhütten bestand, war der Rummel entschieden zu groß. Da er sein Vorhaben aber nicht auf die lange Bank schieben konnte, tauchte er widerwillig in das dichte Gewühl ein.

Nur einen Steinwurf von der Marienkapelle entfernt, deren Baugerüste rechts von ihm in die Höhe ragten, kam die Menge zum Stehen. Das Neumünster, Aufbewahrungsort des Kilianschreins, war nur noch 100 Schritte entfernt. Trotzdem gab es kein Durchkommen mehr. Halb Würzburg und eine unübersehbare Menge von Pilgern aus nah und fern drängten sich vor dem Portal. Berengar staunte nicht schlecht. Einige von ihnen waren bestimmt Tage, wenn nicht sogar Wochen unterwegs gewesen. Dies allein war an sich schon bemerkenswert. Noch auffälliger jedoch, dass es von Blinden, Lahmen und Krüppeln nur so wimmelte. Wenn schon kein Bader, Quacksalber oder Wunderheiler half, dann vielleicht der heilige Kilian. Dementsprechend hoch ging es auf dem Kürschnerhof her, und als Berengar zu der Menge stieß, hatte die Stimmung ihren Siedepunkt erreicht.

Mit dem Ruf, der Tag des Gerichts sei nicht mehr fern, streute sich ein greiser Wandermönch Asche aufs Haupt. Wie auf Kommando sank die Menge laut betend in die Knie, und ein allgemeines Wehklagen begann. Ekstatische Schreie waren zu hören, leider aber auch solche, die nicht religiöser Inbrunst entsprangen. Dies war nicht nur die Stunde der Pilger, sondern auch die der Beutelschneider, Münzfälscher und Scharlatane. Vorsicht war oberstes Gebot, und wer es nicht beherzigte, war sein Geld schnell los. Berengar rieb sich verwundert die Augen. Noch nie hatte er eine derartige Ansammlung von Menschen gesehen, und über die Frage, wer hier fromm war und wer nicht, wollte er lieber nicht nachdenken.

Eine Sorte Mensch allerdings war hier sehr zahlreich vertreten, weit zahlreicher als die Handwerker, Tagelöhner und Bauern, die sich vor der Kirche drängten. Es waren die Pfaffen. Berengar rümpfte die Nase, denn mit Ausnahme seines Freundes Hilpert von Maulbronn traute er ihnen nicht über den Weg. Wie fast jedem der hier Anwesenden waren sie auch ihm regelrecht verhasst, und als die Prunksänfte eines Domkapitulars seinen Pfad kreuzte, wurde sein hitziges Naturell auf eine harte Probe gestellt.

»Aus dem Weg, Bursche!«, herrschte ihn ein breitschultriger, mit Helm, Lederwams und Kettenhemd bekleideter Kriegsknecht an. Um sich Respekt zu verschaffen, hielt er einen grob geschnitzten Knüppel in der Hand. ›Ein Kerl, mit dem nicht zu spaßen ist!‹, fuhr es dem Vogt durch den Sinn. Wenn er etwas vermeiden wollte, dann Zank und Hader. Eine Denkweise, die bei ihm an sich recht selten war. Doch selbst wenn er es gewollt hätte, konnte der Vogt nicht so ohne Weiteres ausweichen, und so blieb er inmitten der zahlreichen Gaffer stehen.

»Worauf wartest du noch? Gib endlich Fersengeld!«, brüllte ihn der Kriegsknecht an, und als Berengars Rechte instinktiv an den Schwertknauf fuhr, musste er feststellen, dass sich seine Waffe immer noch in der guten Stube seiner Schwester befand.

»Mach, dass du hier wegkommst, sonst …«, stieß der Reisige wutschnaubend hervor, während ein Schwall weindurchtränkter Atemluft in Berengars Gesicht wehte. Weiter kam er jedoch nicht. Bevor er seiner Wut freien Lauf lassen konnte, war zwischen den brokatenen Vorhängen der Prunksänfte eine Hand zu sehen. Sie war breit und schwammig, fast wie eine Klaue, und steckte in einem Handschuh aus Samt. Ein weinroter Rubin, wertvoller als alles, was die Gaffer ringsum besaßen, steckte am Ringfinger und funkelte die Menge drohend an. Auf dem Platz vor dem Neumünster wurde es totenstill. Kurz darauf wurden die Vorhänge der Sänfte beiseitegeschoben und ein hochrotes, von Wein und Ausschweifungen aufgedunsenes Gesicht tauchte auf: »Was soll das, warum geht es denn hier nicht weiter?!«

»Eustachius von Marmelstein!«, zischte ein Gerbergeselle und ballte die Faust. »Na, der hat uns gerade noch gefehlt!«

Für den Bruchteil eines Moments blieb der Kriegsknecht unschlüssig stehen und sah den Gerbergesellen mit grimmiger Miene an. Der Knüppel in seiner Hand begann unmerklich zu vibrieren, doch bevor er zuschlagen konnte, war von irgendwoher in der Menge der Ruf zu hören: »Halts Maul, Dompfaff, machst schließlich genauso krumme Knie beim Scheißen wie wir!«

»Das ist ja unerhört!«, keifte der Domherr und rief seiner bewaffneten Eskorte zu: »Ergreift den Kerl, aber rapido!«

Eustachius von Marmelstein hatte einen Fehler gemacht, und zwar einen mit schwerwiegenden Konsequenzen. Die heitere Stimmung, die dem unerwarteten Zuruf folgte, schlug plötzlich um. Wie auf Kommando geriet die Menge in Bewegung und drängte immer näher an die Prunksänfte heran. Die Träger, ein halbes Dutzend livrierter Pagen, wurden kalkweiß vor Angst, und der Domherr, bis dato der Hochmut in Person, zog sich ins Innere der Sänfte zurück und schloss die Vorhänge.

Von allen Umstehenden reagierte Berengar am schnellsten. Noch während der Blick des Kriegsknechtes unschlüssig zwischen der Sänfte und seinem vermeintlichen Opfer hin und her irrte, hatte er seinen Entschluss gefasst. Obwohl er Kleriker vom Schlage eines von Marmelstein abgrundtief hasste, wurde ihm rasch klar, dass sich aus dem Kräftemessen mit seinem Kontrahenten sehr leicht ein Blutbad entwickeln konnte. Und das durfte auf keinen Fall passieren. Die Menge ringsum war zwar zu allem entschlossen, aber wie so häufig würden die besseren Waffen den Sieg davontragen. Und die befanden sich nun einmal im Besitz der Eskorte, die den verhassten Domherrn schützte.

Und so kam es, dass Berengar die Arme emporreckte und mit weithin hörbarer Stimme rief: »Haltet ein, Leute! Wenn wir Zank und Hader vom Zaume brechen, ist niemandem geholfen – und schon gar nicht dem Ansehen des heiligen Kilian, dem zu Ehren wir hier alle versammelt sind!« Der Vogt konnte es fast nicht glauben, dass er es war, der hier sprach, aber das Echo seiner Stimme überzeugte ihn vom Gegenteil.

Aber noch war die Gefahr nicht vorüber. Bei einem Großteil der einfachen Leute waren die Pfaffen ihrer Privilegien wegen aufs Äußerste verhasst. Das war nicht zu übersehen, vor allem nicht zu überhören.

Die Sache stand auf des Messers Schneide.

Dank einer Nonne in der Tracht der Benediktinerinnen blieb das von Berengar befürchtete Blutbad jedoch aus: »Der Mann hat recht!«, pflichtete sie dem Vogt entschieden bei. »Der Ort, an dem ihr steht, ist heilig! Tragt eure Raufereien und Händel ein andermal aus! Und wenn, dann bitte nicht hier! Oder wollt ihr zur Strafe für euren Frevel in der Hölle schmoren?«

Angesichts der Stimmung, in der sich die Menge befand, konnte man den Mut der blutjungen Ordensfrau mit dem Madonnengesicht nur bewundern. Berengar machte da keine Ausnahme. »Meine Hochachtung!«, raunte er ihr zu, als sich die Menge langsam zu zerstreuen und der Tross des Domherrn seinen Weg fortzusetzen begann. »Ihr habt wahrhaftig ganze Arbeit geleistet!«

Die Nonne sah Berengar lächelnd an, und obwohl er sich hinterher dafür schämte, bekam der Vogt sofort weiche Knie.

»Wenn hier jemand ganze Arbeit geleistet hat, dann doch wohl Ihr!«, entgegnete sie, während sie sich mit Berengar in die Schlange einreihte, die sich vor dem Portal des Neumünsters bildete. »Wie heißt Ihr eigentlich, mein Sohn?«

Es war nicht die Frage, sondern die ihm zugedachte Anrede, welche Berengars Verlegenheit noch steigerte. »Berengar von Gamburg, Vogt des Grafen von Wertheim!«, stammelte er und kam sich dabei reichlich albern vor. »Wohnhaft im Hause meines Schwagers Heribert Scheuermann in der Dominikanergasse!«

»Schwester Irmingardis, wohnhaft im Kloster St. Afra zu Würzburg!«, antwortete die Nonne mit schelmischem Blick. »Was bringt Euch hierher, wenn die Frage gestattet ist?«

Bevor Berengar sie beantworten konnte, fiel ihm eine der Bettlerinnen ins Wort, welche die Stufen vor dem Kirchenportal umlagerten. »Eine milde Gabe, edler Herr – für mich und meine darbenden Kinder!«

Aus seinen Gedanken gerissen, griff der Vogt denn auch instinktiv nach der Geldkatze. Er war so perplex, dass er fast ins Straucheln geriet. Doch mit dem, was als Nächstes geschah, hatte er bestimmt nicht gerechnet: »Tut's nicht!«, gab ihm Schwester Irmingardis mit einem sanften Rippenstoß zu verstehen und flüsterte ihm ins Ohr: »Die hier hat es bestimmt nicht nötig. Soweit ich weiß, geht es den Mitgliedern der Bettelzunft alles andere als schlecht! Wenn schon mildtätige Werke, dann ist Euer Geld im Leprosenhaus besser angelegt!«

»Ihr kümmert Euch um Aussätzige?«

»Gewiss!«, ließ Schwester Irmingardis mit Nachdruck verlauten. »Und das schon seit mehr als drei Jahren. Egal, um welche Art Hilfe es sich handelt – meine Patienten haben sie bitter nötig! Nötiger jedenfalls als sämtliche Bettler der Stadt zusammen. Daher mein Rat: Lasst Euer Geld einstweilen dort, wo es ist!«

Berengar war so überrascht, dass es ihm fast die Sprache verschlug, und er sah Schwester Irmingardis verdutzt an. Aber das geht doch nicht!, schien sein entgeisterter Blick zu sagen, doch bevor er seine Gedanken aussprechen konnte, warf ihm die Ordensfrau ein entwaffnendes Lächeln zu, hakte sich bei ihm unter und zog ihn mit sich fort. »Pfaffenpack, elendes!«, keifte ihnen die wolfszähnige alte Bettlerin hinterher, doch bevor es zu einem Eklat kommen konnte, waren der Vogt und Schwester Irmingardis im Inneren der Basilika verschwunden.

»Und so etwas von einer Ordensschwester – ich muss schon sagen!«, flüsterte Berengar, als er seine Verblüffung halbwegs überwunden hatte. »Sieht so aus, als könnte ich allerhand von Euch lernen!«

Schwester Irmingardis zeigte keinerlei Reaktion, außer der

Andeutung eines Lächelns, das ihre dunklen Augen inmitten der ebenmäßigen Züge noch anziehender machte. Sie war ganz und gar auf den Hochaltar konzentriert, genau wie die übrigen Pilger, die den Blick auf drei silberne Büsten richteten. Der Sockel, das eigentlich Wichtige, wirkte recht unscheinbar, obwohl er die Schädel der drei Heiligen beherbergte. Die Stille ringsum hätte vollkommener nicht sein können, und so gab sich Berengar fürs Erste zufrieden und reihte sich in die Kolonne der Wartenden ein.

Aus der Ferne sahen die drei Büsten zunächst recht unscheinbar aus. Mit jedem Schritt, den Berengar zurücklegte, nahm seine Skepsis jedoch ab, und als er den Altarraum erreichte, wich sie fassungslosem Erstaunen.

Der Duft Dutzender Kerzen, in den sich ein Hauch von Weihrauch mischte, lag in der Luft, und der Anblick, der sich ihm bot, war kaum zu beschreiben. Abgesehen von den vier Kerzen, jede von ihnen fast fünf Ellen hoch, waren zu Füßen des Altars unzählige Windlichter postiert. Doch damit nicht genug. Die Weihegeschenke, Hunderte, wenn nicht Tausende von Gulden wert, waren so zahlreich, dass Berengar nicht wusste, wo er zuerst hinschauen sollte, und er fragte sich, in wessen Schatzkammer all die Kerzen, Medaillons und selbst geschnitzten Porträts der drei Heiligen wohl dereinst wandern würden.

Was deren Vita betraf, wusste Berengar nicht übermäßig gut Bescheid, eine Tatsache, die er jedoch geflissentlich überging. Der Vogt warf Schwester Irmingardis einen verstohlenen Seitenblick zu. Im Gegensatz zu seiner Begleiterin, die in stummem Gebet verharrte und von dem Trubel ringsum nichts mitbekam, war er regelrecht aufgekratzt und hätte um ein Haar vergessen, weswegen er eigentlich hierhergekommen war.

Wer hinter dem geplanten Raub der Reliquien der drei Heiligen steckte, war ihm nach wie vor ein Rätsel, ein fast so großes wie die Frage, auf welche Art und Weise dies zu bewerkstelligen war. Soweit Berengar dies von seinem Standort aus erkennen konnte, waren die Büsten aus massivem Silber so schwer, dass man sie kaum von der Stelle bewegen konnte. Für ihren Abtransport würde man Stunden, wenn nicht sogar die halbe Nacht brauchen. Was nichts anderes bedeutete, als dass Agilulf ohne Komplizen auf verlorenem Posten stand. Wollte er nicht auf frischer Tat ertappt werden, musste die Angelegenheit so rasch wie möglich über die Bühne gehen.

Doch selbst wenn – die Sache machte nach wie vor keinen Sinn. Oder anders ausgedrückt: Was hatte der Mann im Kapuzenmantel, eigentlicher Drahtzieher des Unternehmens, mit den Schädeln der drei Heiligen vor?

Wer war er überhaupt? Und was waren seine Motive?

Berengar kratzte sich nachdenklich am Kopf. Einmal angenommen, das Unvorstellbare würde Wirklichkeit – dann wäre am Fest des heiligen Kilian in fünf Tagen die Hölle los. In der Haut des Bischofs wollte Berengar dann auf keinen Fall stecken.

In derlei Gedanken vertieft, hatte sich der Vogt den Büsten der drei Heiligen bis auf wenige Schritte genähert. Obwohl er kein Kirchgänger war, hinterließen sie einen tiefen Eindruck bei ihm. Während er so dastand und über ihr Martyrium nachdachte, wurde ihm bewusst, wie wenig er doch darüber wusste. Glücklicherweise wurde ihm jedoch umgehend Hilfe zuteil: »Kilian, Kolonat und Totnan – oder, wie es im Volksmund heißt: die Apostel der Franken!«, raunte ihm Schwester Irmingardis belustigt ins Ohr. Berengar wurde knallrot im Gesicht. Gedankenlesen war anscheinend ihre Spezialität. Mit ein Grund, weshalb sie ihm langsam unheimlich wurde. Obwohl er sich große Mühe gab, seine Verlegenheit zu überspielen, brachte der Vogt kein Wort heraus. Schwester Irmingardis war jedoch klug genug, seine Unsicherheit nicht noch weiter zu steigern, und fügte rasch hinzu: »Irische Mönche, die unseren hiesigen Vorfahren das Christentum predigten, freilich nur so lange, bis sie den Frankenherzog Gozbert bestürmten, sich von seiner Frau, Gattin seines verstorbenen Bruders, scheiden zu lassen. Der Moral wegen – Ihr versteht! Was besagte Gailana derart in Harnisch brachte, dass in ihr der Entschluss reifte, den in ihren Augen lästigen Mahnern durch gedungene Mörder die Köpfe abschlagen und sie anschließend im Pferdestall des herzoglichen Hofes – dem Ort, an dem später diese Kirche errichtet wurde – verscharren zu lassen. Dort wurden sie denn auch gefunden, allerdings erst viel später!«

Berengar fehlten die Worte, und er scharrte verlegen mit dem Fuß. Bevor er jedoch eine Antwort geben konnte, geschah etwas, das ihn Schwester Irmingardis, den Schrein und alles, was damit zusammenhing, auf einen Schlag vergessen ließ.

Eher instinktiv wandte sich Berengar nach links. Fast gleichzeitig wich die Farbe aus seinem Gesicht, und sein Herz begann wie rasend zu pochen.

Der Mann, der so tat, als sei er in sein Gebet vertieft, war ihm schon einmal begegnet. Und er wusste auch genau, wo: in der Gasse neben dem ›Roten Hahn‹.

Berengar konnte es einfach nicht glauben. Er war wie gelähmt. Einem ersten Impuls folgend, wollte er sich auf den Mann stürzen, ihn am Kragen packen und lautstark zur Rede stellen. Eine unsichtbare, sämtliche Gliedmaßen lähmende Kraft nagelte ihn jedoch regelrecht am Boden fest.

Kaum imstande, seiner Erregung Herr zu werden, schnappte der Vogt nach Luft. Kein Zweifel. Es war ein und derselbe Mann. Nur dass er im Gegensatz zum Vorabend nicht mit einem Umhang, sondern wie ein gewöhnlicher Pilger bekleidet war.

Und dann geschah es. Mitten in seiner Andacht wandte der Mann den Kopf zur Seite und sah ihm direkt ins Gesicht. Gerade so, als habe er die ganze Zeit über gewusst, dass sich Berengar in der Nähe befand.

Der Vogt hielt den Atem an. Ein Gesicht wie dieses hatte

er noch nie gesehen, eiskalt und so hasserfüllt, dass einem das Blut in den Adern gefror. Ein Gesicht, das überhaupt keines war. Eine Art Totenmaske, aus der alles Menschliche, Mitfühlende und Barmherzige gewichen war.

Und dann erst diese Augen. So etwas hatte er wirklich noch nicht gesehen, außer vielleicht bei Verrückten. Wässrig blaue, leblos anmutende Augen, in denen sich der Kerzenschein des Seitenaltars brach. Augen ohne Wimpern, so gut wie ohne Brauen, mit einem Blick aus Granit.

Nicht im Geringsten überrascht, blieb sein Widersacher völlig ruhig. Ein verächtliches Lächeln flog über sein Gesicht, und er wandte sich wieder dem Altarbild zu.

Erst jetzt, durch die Geringschätzung, die der Fremde ihm gegenüber zum Ausdruck brachte, kochte die Galle so richtig in Berengar hoch, und er begann sich aus seiner Erstarrung zu lösen. Bevor es jedoch zum Äußersten kam, hörte der Vogt eine besorgte Stimme neben sich sagen: »Was ist mit Euch, Berengar? Ist Euch etwa nicht gut?!«

Es war die Stimme von Schwester Irmingardis, und sie hörte sich so an, als sei sie Meilen und nicht nur einen Schritt von ihm entfernt. »So sprecht doch, mein Sohn! Was ist es, das Euch auf der Seele liegt?«

»Der Mann da – der da drüben! Direkt vor dem Seitenaltar! Könnt Ihr ihn sehen?«, raunte Berengar der Ordensfrau ins Ohr.

»Welcher Mann denn, mein Sohn?«

»Na, der da drüben, der mit dem Pilgerstab und dem …« Als sich der Vogt von seiner Begleiterin abwandte und mit ausgestrecktem Zeigefinger auf den Altar zu seiner Linken deutete, war der Fremde verschwunden.

Spurlos.

Als habe sich der Erboden aufgetan und ihn verschluckt.

Richtstätte auf dem Galgenberg,
eine halbe Stunde vor Sonnenuntergang

Auf dem Galgenberg, etwa eine viertel Meile von der Stadt entfernt, brach die Dämmerung herein. Kein ehrbarer Bürger hielt sich jetzt noch außerhalb der Stadtmauern auf, außer dem Mann im schäbigen grauen Rock, der den Weg zur Richtstätte einschlug.

Keuchend vor Anstrengung blieb Agilulf der Reliquienhändler auf halber Strecke stehen. Obwohl er vor unliebsamen Begegnungen sicher sein konnte, sah er sich argwöhnisch um. Doch der serpentinenartige Pfad war wie leer gefegt.

Trotz alledem hatte der Reliquienhändler ein ungutes Gefühl. Bis vor ein paar Tagen waren Furcht, Skrupel oder gar Reue für ihn Fremdwörter gewesen, mit ein Grund, weshalb er nicht schon längst auf der Strecke geblieben war. Insbesondere bei der Art von Geschäften, die er betrieb. Heute jedoch war alles anders. Seit geraumer Zeit wurde er nämlich das Gefühl nicht los, dass ihm jemand folgte. Agilulf fluchte leise vor sich hin. Er kannte sich selbst nicht mehr. Gestern noch die Ruhe in Person, war aus ihm ein richtiges Nervenbündel geworden.

Nie und nimmer hätte Agilulf zugegeben, dass er Angst hatte, doch dem war tatsächlich so. Für den Bruchteil eines Augenblicks dachte er sogar daran, wieder umzukehren, aber die Aussicht auf ein sorgenfreies Leben trieb ihn unerbittlich an.

Ja, verdammt noch mal – er hatte Angst! Und er wusste genau, vor wem. Und war trotzdem im Begriff, etwas zu tun, wofür ihn sein Aufraggeber, der geheimnisvolle Kapuzenmann, nicht ungeschoren davonkommen lassen würde.

Falls er sein Spiel durchschaute.

Durch plötzliche Atemnot geplagt, umklammerte der Reliquienhändler die schweißnasse Kehle, öffnete sein verdrecktes Hemd und atmete ein paar Mal tief durch. Dann setzte er seinen Weg fort.

Als er die Anhöhe über der Stadt erreichte, ging gerade die Sonne unter. Der Galgen stand einsam und verlassen da, nur der Strick über dem Blutgerüst baumelte im Wind. Aus dem angrenzenden Wald, längst in tiefes Dunkel gehüllt, brachen die Schatten der Nacht hervor, wie die Geister der Gehenkten, die es an den Ort ihrer Hinrichtung trieb.

Paradoxerweise hatte der Reliquienhändler mittlerweile seine Skrupel überwunden. Schließlich war er nicht zum ersten Mal hier droben, sondern fast jeden zweiten Tag. Und das hatte natürlich seinen Grund, und zwar einen, von dem nur er, seine Frau und niemand sonst etwas wusste.

Aber all das spielte im Moment keine Rolle. Viel wichtiger war, dass sein Plan klappte, selbst auf die Gefahr hin, dass er die Stadt Hals über Kopf verlassen und irgendwo anders Unterschlupf suchen musste.

Doch noch war es nicht so weit. Agilulf blieb regungslos stehen und lauschte. Weit und breit niemand zu sehen. Keinerlei verdächtige Geräusche. Nur das Rauschen des Windes, der durch die Äste der jahrhundertealten Eichen rund um den Galgen und den Schindanger der Gehenkten fuhr.

»Was zum Teu…« Der Schreck kam so plötzlich, dass Agilulf nicht einmal zusammenfuhr, so unerwartet, dass ihm glatt die Spucke wegblieb. Der Reliquienhändler erstarrte, vor lauter Angst, das Messer an seiner Kehle würde ihm jeden Moment den Garaus machen.

Doch dazu sollte es nicht kommen. Als Agilulf die heisere, vor Schadenfreude nur so strotzende Stimme hinter seinem Rücken hörte, verflog seine Furcht im Nu. Der Reliquienhändler atmete befreit auf. Fast im gleichen Moment schoss ihm die Zornesröte ins Gesicht, und er wirbelte auf dem Absatz herum.

Wigbert der Totengräber hielt sich den Bauch vor Lachen. Erst recht, als er Agilulfs erzürnte Miene sah. Drauf und dran, dem buckligen alten Zwerg mit der zerfledderten Filzkappe eine gehörige Tracht Prügel zu verpassen, konnte sich der Reliquienhändler gerade noch beherrschen. »Kannst du mir verraten, was das Ganze soll?!«, raunzte er den höchstens vier Fuß großen Gnom an. »Für den Fall, dass du es noch nicht weißt: Auf derlei Schabernack kann ich im Moment glatt verzichten!«

»Kann ich mir denken!«, antwortete der Zwerg in einem Ton, aus dem ein gerüttelt Maß an Unbehagen sprach. »Würde mir an deiner Stelle genauso gehen.«

»Ach, ja?!« Agilulfs Rechte, zur Faust geballt, entspannte sich, wenngleich sein Atem nach wie vor rascher ging. »Sollte dies ehrlich gemeint sein, schon jetzt vielen Dank für dein Mitgefühl!«

»Gern geschehen!«, entgegnete der Totengräber und runzelte die Stirn. »Oder hast du es dir etwa anders überlegt?«

»Selbstverständlich nicht.« Der Reliquienhändler, zumindest nach außen die Ruhe selbst, sah sich rasch nach allen Seiten um. »Was ist – hast du die Ware besorgt?«

»Hab ich.«

»Genau so, wie ich es dir eingeschärft habe?«

Der Zwerg nickte, die Spur eines Lächelns im missgestalteten Gesicht. »Habe ich dich jemals im Stich gelassen?!«, lamentierte er.

»Nein, hast du nicht!«, erwiderte Agilulf gereizt und trat nervös auf der Stelle. »Wenn es dir nichts ausmacht, würde ich die Sache trotzdem gerne hinter mich bringen!«

»Ganz wie du willst, Bruder!«, antwortete der Zwerg mit einem breiten Grinsen im Gesicht.

»Nenn mich gefälligst nicht …«

»… Bruder? Aber warum nicht? Einfach nur deshalb, weil wir nicht den gleichen Vater haben?!«

»Das wäre ja wohl noch schöner.«

»Hat dir unsere verstorbene Frau Mutter nun das Versprechen abgenommen, für mich zu sorgen: ja oder nein?«, keifte der Gnom und wippte auf den Absätzen hin und her.

»Ja, verdammt noch mal!«, fuhr Agilulf den Totengräber an. »Und darum wirst du zur Abwechslung einmal auf deinen großen Bruder hören und tun, was man dir sagt!«

»Aber, aber: Wer wird denn gleich eingeschnappt sein!«, lamentierte der Zwerg und schraubte sich bis zu Agilulfs Kinn empor. »Wirst doch wohl noch einen kleinen Spaß vertragen – oder etwa nicht?!«

An jedem anderen Tag hätte Agilulf seinem vorlauten Gegenüber gezeigt, wer von ihnen hier der Stärkere war. Da er dazu aber weiß Gott nicht in der Lage war, machte er gute Miene zu bösem Spiel und schluckte seinen Ärger hinunter.

Froh über diesen unerwarteten Triumph, grinste der Zwerg übers ganze Gesicht, wirbelte herum und verschwand laut kichernd im Gebüsch. Kurze Zeit später tauchte er wieder auf, den Griff einer Holzkiste in der Hand, die er laut fluchend und schwitzend hinter sich herschleifte. »Hat mich einiges an Mühe gekostet!«, verkündete er mit wichtigtuerischer Miene. »Aber was tut man nicht alles – vor allem, wenn es der eigene Bruder ist!«

Agilulf wollte keinen Ärger, weshalb er sich einen Kommentar wohlweislich verkniff. Für ihn gab es jetzt nur noch die Kiste, die einen Schritt von ihm entfernt auf der feuchtwarmen Erde stand. Nur noch ein paar Stunden, und er war ein gemachter Mann. Das hieß, wenn nichts schiefging. Aber was konnte bei einem derart ausgeklügelten Plan schon schiefgehen?

Rein gar nichts, oder?

Der Zwerg, mit den Gedankengängen seines Halbbruders bestens vertraut, zog die Augenbrauen in die Höhe und sah den Reliquienhändler herausfordernd an. »Alles so, wie

Hochwohlgeboren es wünscht?«, machte er aus seiner Ironie keinen Hehl.

»Kommt ganz drauf an.« Agilulf, alles andere als zum Scherzen aufgelegt, holte tief Luft, ging vor der Kiste in die Knie und hob den Deckel an. Fast gleichzeitig stieg ihm ein widerwärtiger Geruch in die Nase, schlimmer als der sämtlicher Gerbereien Würzburgs zusammen. Agilulf konnte nicht anders als wegsehen, und er hatte Mühe, das Würgen in seiner Kehle zu unterdrücken. Wieder halbwegs bei Sinnen, klappte er den Deckel der Kiste rasch zu.

Geraume Zeit sprach keiner der beiden Halbbrüder ein Wort, und obwohl die Schwüle des Tages immer noch zu spüren war, lief es Agilulf eiskalt über den Rücken. »Und wo hast du sie her?«, stieß er schließlich mit belegter Stimme hervor.

»Dreimal darfst du raten!«, antwortete der Totengräber in bissigem Ton, während sich sein Gesicht zu einem boshaften Grinsen verzog. »Sind ja schließlich genug von den armen Teufeln hier verscharrt worden in letzter Zeit.«

»Stimmt!«, pflichtete ihm Agilulf bei und wischte sich geistesabwesend den Schweiß von der Stirn. »Und der Brief?«

»Freut mich, dass ich wenigstens hin und wieder zu etwas gut bin!«, entgegnete der Gnom in sarkastischem Ton.

»Dein Pech, wenn dir der Leutpriester Lesen und Schreiben beigebracht hat!«

»War eben schon immer ein kluges Kerlchen.«

»Aber nicht klug genug, die Finger vom Opferstock zu lassen!«, erwiderte Agilulf mit kaltem Hohn. »Und weil dem so war, musst du deine Torheit nun ausbaden! Machen wir's also kurz: Wo ist der Brief?«

Der Totengräber murmelte etwas vor sich hin, das wie eine Verwünschung klang, griff dann aber doch in sein Wams und zog eine Pergamentrolle hervor. »Da!«, schnaubte er, immer noch verärgert über die Abfuhr, die ihm soeben zuteil geworden war, und drückte sie Agilulf in die Hand. »Ich hoffe, dass du nichts dran rumzumeckern hast!«

»Lies vor.«

Der Zwerg rümpfte die Nase, räusperte sich und tat, wie ihm geheißen. Als er fertig war, machte er eine theatralische Verbeugung und fragte: »Zufrieden?«

Agilulf nickte. »Voll und ganz!«, antwortete er kühl.

»Das Problem ist nur –«, entgegnete der Zwerg in gespreiztem Ton, »dass ich nicht so recht schlau daraus werde.«

»Brauchst du auch nicht!«, stieß der Reliquienhändler unwirsch hervor, warf einen kurzen Blick auf die Kiste, wuchtete sie in die Höhe und wandte sich rasch zum Gehen.

Doch so schnell gab der Zwerg nicht auf. »Doch nicht etwa wieder eins von deinen krummen Dingern?«, nuschelte er, während ihm der Speichel aus den Mundwinkeln tropfte.

»Wie gesagt – besser, du kümmerst dich nicht drum. Könnte nämlich sein, dass es dir sonst an den Kragen geht, *Bruder!*«

Weinhaus ›Zum Stachel‹ in der Gressengasse,
eine halbe Stunde nach Sonnenuntergang

»Die Gebeine der drei Heiligen? Stehlen?!« Schwester Irmingardis starrte Berengar entgeistert an. »Das kann doch wohl nicht Euer Ernst sein, mein Sohn!«

»Ist es aber!«, antwortete der Vogt und deutete auf den Verband an seinem Kopf. »Oder ist das hier etwa nichts?«

Schwester Irmingardis wusste nicht, was sie sagen sollte. Wozu Menschen fähig waren, war ihr natürlich klar, aber was ihr Berengar anvertraut hatte, war dazu angetan, auch noch ihre letzten Illusionen zu zerstören. Und so kam ihr der Wirt vom ›Stachel‹ mit einem Krug ›Würzburger Stein‹ samt

Bechern gerade recht. Kaum stand er vor ihr, schenkte sie ein, hob den Becher zum Mund und trank ihn auf einen Zug leer. Berengar machte große Augen. Schwester Irmingardis blieb dies natürlich nicht verborgen, sie tat aber so, als bemerke sie nichts. Der Wein schmeckte vorzüglich, und am liebsten hätte sie sich nachgeschenkt. Dies freilich wäre des Guten denn doch zu viel gewesen, und so fuhr sie mit dem Handrücken über die Lippen und sprach in bedächtiger Manier: »Nehmt es mir nicht übel, mein ...«

»Berengar.«

Für den Bruchteil eines Augenblicks stieg eine leichte Röte in ihr Gesicht, aber kurz darauf hatte sich Schwester Irmingardis wieder im Griff und erwiderte Berengars Blick. »Nehmt es mir nicht übel, Berengar –«, wiederholte sie, sichtlich bemüht, mit ihrer Skepsis hinterm Berg zu halten, »aber was Ihr da sagt, klingt in meinen Ohren so ... so ...«

»Unwahrscheinlich?«

Die Ordensfrau wich dem Blick des Vogtes aus und ließ die Fingerkuppen über die faltenlose Stirn gleiten. »Welchen Grund hätte ich, an Euren Worten zu zweifeln?«, warf sie zögerlich ein und fingerte an ihrem Weinbecher herum. Dass ein Christenmensch auf die Idee kommen konnte, die Gebeine der drei Heiligen zu stehlen, wollte ihr einfach nicht in den Kopf. »Versteht mich bitte nicht falsch –«, fügte sie deshalb so taktvoll wie möglich hinzu, »aber das Ganze hört sich für mich so ungeheuerlich an, dass ich mir kaum einen schlimmeren Frevel vorstellen kann. Zumindest nicht im Moment.«

Im Hof des Weinhauses ›Zum Stachel‹ war es inzwischen dunkel geworden. Ein Sackpfeifer mit Fußschellen spielte zum Tanz auf, und im Schein der Fackeln und Kerzen ging es wie an jedem Freitag hoch her. Der Hof war brechend voll, die milde Abendluft und der sternenklare Himmel taten ein Übriges. Noch fünf Tage bis Sankt Kilian, aber schon jetzt befanden sich Hunderte von Pilgern in der Stadt. Der Wirt vom ›Stachel‹, ein wahrer Koloss, rieb sich die Hände. Die Geschäfte gingen gut, weit besser als erwartet. Der Wein floss in Strömen, und die Heiterkeit, die der Sackpfeifer mit seinen Zoten, Versen und Späßen auslöste, schlug hohe Wellen. Ein Wort gab das andere, und bald war die Ausgelassenheit so groß, dass Berengar und Schwester Irmingardis kaum noch Beachtung fanden.

»Wenn ich Euch einen Rat gaben darf, mein ...«

»Berengar.«

»Verzeiht, ich vergaß! Wenn ich Euch also einen Rat geben darf, Vogt«, wagte Schwester Irmingardis einen zweiten Versuch und konnte sich ein spitzbübisches Lächeln nicht verkneifen, »dann diesen: mischt Euch nicht in fremder Herren Angelegenheiten ein!«

»Sonderbar – aber genau das Gleiche habe ich heute morgen schon einmal zu hören gekriegt. Vom Bischof!« Berengar machte aus seiner Enttäuschung keinen Hehl, setzte seinen Becher an die Lippen und trank ihn nun seinerseits auf einen Zug leer.

»Aber so habe ich das doch nicht gemeint.«

»Wie dann?«

»Jedenfalls nicht so, wie Ihr meint!«, antwortete die Ordensfrau und tätschelte Berengars Hand. Sie tat dies zwar nur ein, zwei Mal, aber die Wirkung, die sie damit erzielte, war enorm. Berengar von Gamburg, fast sechs Fuß groß, dunkelhaarig, breitschultrig und ein Haudegen, wie er im Buche stand, war wie vom Donner gerührt. Und auf einen Schlag sanft wie ein Lamm. »Wie gesagt –«, fuhr Schwester Irmingardis nach kurzem Nachdenken fort, »wenn Ihr klug seid, lasst den Dingen ihren Lauf! So, wie ich die Dinge sehe, könnt Ihr hier doch nichts tun. Der Bischof ist nun einmal Herr über die Stadt. Er, und nicht Euer Herr, der Graf.«

»Wenn wir gerade dabei sind: Was ist er denn überhaupt für einer?«

»Johann von Brunn?« Quasi von einem Moment auf den anderen war jegliche Spur von Heiterkeit aus dem Gesicht der bildhübschen Ordensfrau gewichen. Sie sah ernst und nachdenklich aus. Sehr zum Bedauern von Berengar, auf den die Lachfalten in ihren Mundwinkeln überaus anziehend wirkten.

»Warum so schweigsam?«, fragte der Vogt, als ihm die Nonne die erwartete Antwort schuldig blieb. »Habe ich etwas Falsches gesagt?«

»Ganz und gar nicht. Im Gegenteil.« Schwester Irmingardis dachte kurz nach und rückte ihre Haube zurecht. »Durchaus berechtigt, die Frage, die Ihr da stellt. Nur eben eine, die mich in eine wirkliche Zwickmühle bringt.«

Berengar wollte etwas entgegnen, doch bevor es dazu kam, hielt ihm die Ordensfrau ihren leeren Becher hin. Einmal mehr verblüfft, kam Berengar ihrem Wunsch umgehend nach. Schwester Irmingardis nahm einen kräftigen Schluck, stellte den Becher ab und starrte ins Leere. Dann sagte sie: »Was für ein Mensch er ist, wollt Ihr also wissen.«

In Ermangelung einer passenden Antwort gab der Vogt ein verlegenes Hüsteln von sich und sah sich verschämt um. »Wenn es wegen Eures …«, setzte er an, kam jedoch nicht dazu, seinen Satz zu vollenden.

»Um mein Gelübde macht Euch keine Gedanken«, warf Schwester Irmingardis entschlossen ein. »Was es diesbezüglich zu sagen gibt, würde ich im Angesicht des Herrn wiederholen. Und zwar mit reinem Gewissen.«

»Und das wäre?«

Schwester Irmingardis sah ihn kurz an, wandte den Blick jedoch sofort wieder ab. »Dass man sich vor ihm in Acht nehmen muss!«, antwortete sie denkbar knapp.

»Wie vor den meisten hohen Herren.«

»Wie wahr. Aber wenn diese Regel jemals Gültigkeit besaß, dann vor allem in Bezug auf Johann von Brunn.«

»Und wieso? Wie ist er denn nun?«

»Giftig wie eine Kobra, gerissen wie ein Fuchs und gefräßig wie ein Rudel Wölfe.«

»Hört sich ja nicht gerade ermutigend an.«

»Ist es auch nicht!«, machte Schwester Irmingardis aus ihrer Abneigung keinen Hehl. »Wenn ihn nämlich etwas umtreibt, dann das liebe Geld. Nach allem, was man hört, hat er nämlich Schulden. Und das in Hülle und Fülle. Obwohl er den Bürgern der Stadt so um die 30 000 Gulden ...«

»Dreißigtausend?!«

»Ihr habt richtig gehört, Vogt. 30 000 Gulden. Sagt man jedenfalls. Kein Wunder, wenn man bedenkt, wie viele Bastarde er hat. Und wie sich's gehört, unter anderem auch mit der Frau eines Ratsherrn. Also alles andere als ein Kostverächter. Feste feiern, wie sie fallen, sich der Völlerei hingeben, tafeln, ausreiten, jagen – da bleibt für Gott den Herrn wahrhaftig nicht viel Zeit.«

»Ihr scheint ihn ja wirklich gut zu kennen.«

Schwester Irmingardis nickte, und zu Berengars Bestürzung begannen sich ihre blassrosa Lippen zu einem zynischen Lächeln zu verformen. Von den ebenmäßigen Zügen der Ordensfrau mit dem Madonnenantlitz war so gut wie nichts übrig geblieben. »Das kann man wohl sagen!«, entgegnete sie in einem Ton, der überhaupt nicht zu ihr passte. »Und darum mein Rat: Wenn möglich, kehrt dieser Stadt den Rücken. Und zwar so schnell es irgend geht!«

Agilulfs Haus, zwei Stunden vor Mitternacht

Die Gassen waren wie ausgestorben. Außer der Stundenglocke im Dominikanerkloster drang kein Laut durch die stockfinstere Nacht. Der festen Überzeugung, er werde verfolgt, verlangsamte Agilulf seinen Schritt, wirbelte auf dem Absatz herum und lauschte. Alles nur Einbildung? Der Platz vor dem Spitaltor war und blieb leer, und ein herumstreunender Straßenköter, das einzige Lebewesen weit und breit, ergriff bei seinem Anblick sofort die Flucht.

Noch zwei Stunden bis zwölf. Dann war es so weit. Allein schon der Gedanke an die bevorstehende Tat trieb dem Reliquienhändler den Angstschweiß auf die Stirn, aber die Aussicht auf ein sorgenfreies Leben genügte, um sämtliche Bedenken zu zerstreuen. Der Plan, den er im Verlauf des Tages ausgeheckt hatte, war idiotensicher, geradezu genial. Er würde sie alle täuschen. Vor allen anderen den Fremden, der sich einbildete, die Regeln des Spiels zu bestimmen. Er hatte die Rechnung ohne den Wirt gemacht. Und sich in ihm, Agilulf, gewaltig getäuscht. Was auch geschah, er würde ihn übertölpeln. So wahr er der gewiefteste Reliquienhändler Würzburgs war.

Obwohl kein Mensch in der Nähe war, legte Agilulf die letzte Strecke Weges im Laufschritt zurück. Das Viertel, in dem er wohnte, zählte nicht zu den besten, und das nicht ohne Grund. Wer etwas auf sich hielt, wohnte in der Domstraße oder am Markt, nicht hier, inmitten von Tagelöhnern, Häckern und Leuten wie ihm. Entsprechend heruntergekommen sahen die Behausungen aus, an denen Agilulf vorbeihastete, und als er die Türklinke seines Hauses herunterdrückte, machte sich Erleichterung in ihm breit.

»So spät noch unterwegs – wie das?!«

Vor Schreck wie gelähmt, hätte Agilulf den Türschlüssel um ein Haar fallen lassen. Im Begriff, sich umzudrehen, verharrte er jedoch in seiner ursprünglichen Position, während sein Kopf kraftlos nach vorn sackte. »Und wenn schon – ist das etwa verboten?«, entgegnete er, die Linke in den Türpfosten gekrallt.

»Natürlich nicht!«, versetzte die Stimme hinter ihm, die der

Reliquienhändler aus Tausenden von anderen hätte heraushören können. »Solange du dich an die Abmachungen hältst.«

»Selbstverständlich – wo denkt Ihr hin!«, antwortete Agilulf mit schweißnasser Hand, bemüht, seiner Stimme trotz allem ein wenig Festigkeit zu verleihen. Auf einmal wog der Brief in seiner Tasche wie Blei, so schwer, dass ihm die Knie zitterten.

»Beruhigend zu wissen!«, ließ sich der Fremde vernehmen, dessen Atem der Reliquienhändler im Rücken spürte. Die Haare standen ihm zu Berge, auch wenn er alles tat, um die Fassung zu bewahren. »Und wann, wenn die Frage gestattet ist, wirst du an die Arbeit gehen?«

»In knapp zwei Stunden.«

»Allein?«

»Das ganz bestimmt nicht.«

»Und wen hast du dir als Gefährten auserkoren?«

»Jemanden, der sich darauf versteht, die kompliziertesten Schlösser im Handumdrehen zu öffnen.«

»Nicht schlecht. Und wen noch?«

»Jemanden zum Schmiere Stehen. Keine Angst – auf die beiden ist Verlass.«

»Du hast ihnen doch hoffentlich nicht gesagt, was du ...«

»Was ich vorhabe? Wo denkt Ihr hin! Davon haben die beiden nicht den leisesten Schimmer. Ein kleiner Freundschaftsdienst sozusagen. Schließlich ist Diskretion in meinem Gewerbe oberstes Gebot.«

»Das will ich hoffen. Dass die Sache kein Spaziergang wird, ist ja wohl klar.«

»Und ob – es sei denn, Ihr wärt mit von der Partie.« Froh über diesen unerwarteten Anflug von Mut, den er gegenüber seinem Auftraggeber an den Tag legte, begann sich der Reliquienhändler ein wenig aus seiner Erstarrung zu lösen.

Ein Lachen, furchteinflößender als alles, was er aus dem Mund eines Menschen zu hören bekommen hatte, antwortete ihm. »Ein Scherz – wie schön, dass dir dein Humor noch nicht gänzlich abhandengekommen ist!«, antwortete der Kapuzenmann in abfälligem Ton. »Sieh nur zu, dass du ihn behältst, wirst ihn noch dringend brauchen.«

»Hört zu, wenn Ihr glaubt ...«, stieß Agilulf unwirsch hervor, doch ehe er seinen Satz vollenden konnte, fiel ihm sein Auftraggeber ins Wort. »Und wo wirst du die Ware deponieren?«, fragte er barsch.

Agilulf stockte. »Auf jeden Fall nicht hier!«, erklärte er kategorisch. »Das wäre zu ...«

»Wo dann?!«

Der Reliquienhändler geriet ins Schwitzen. »Kennt Ihr den abgebrannten Fronhof vor dem Galgentor?«, stieß er mit schlotternden Knien hervor.

»Gewiss.«

»Die Jauchegrube dort wird von niemandem mehr benutzt. Ein geradezu ideales Versteck. Zumindest so lange, bis sich die Aufregung wieder gelegt hat!«

Agilulf konnte das Grinsen des nächtlichen Besuchers förmlich spüren. »Ein ausgeklügelter Plan!«, lobte er. »Und die restlichen 50 Gulden?«

Der Reliquienhändler nahm seinen ganzen Mut zusammen. »Die gebt Ihr mir am besten jetzt gleich!«, forderte er unverblümt. Und fügte hinzu: »Des Risikos wegen, wie ich wohl nicht weiter betonen muss!«

Zu Agilulfs Überraschung ging der Fremde ohne Zögern auf sein Ansinnen ein. »Durchaus einleuchtend!«, murmelte er mit süßlicher Stimme. »Keine Frage!« Und ließ einen prall gefüllten Beutel in Agilulfs Rocktasche gleiten.

Dieser war so verblüfft, dass er lediglich ein knappes »Habt Dank!« stammelte.

»Gern geschehen!«, lautete die mehrdeutige Replik, deren Tonfall Agilulf jedoch vollkommen entging. »Ich denke, mein kleiner Obolus macht dein Risiko zumindest ein klein wenig wett!«

»Durchaus.«

»Wie gnädig von dir!«, änderte der Mann abrupt seinen Ton. »Und darum nur noch ein ganz kleiner Wunsch. Bevor ich mich endgültig empfehle.«

»Und der wäre?«

»Keinerlei Ränke und Winkelzüge, wenn ich bitten darf!«

»Hört zu, wenn Ihr glaubt, dass ich –«, brauste Agilulf auf, doch als er sich umdrehte, um dem Kapuzenmann die Stirn zu bieten, war der schon längst im Dunkel der Nacht verschwunden.

Das Abendbrot war vorüber. Zeit zum Schlafengehen. Draußen wurde es dunkel, und so sprachen die beiden irischen Mönche ihr Abendgebet und machten es sich auf ihrem Strohlager bequem.

Nicht so Kilian, Dritter im Bunde und immer noch in die Zwiesprache mit seinem Schöpfer vertieft. Und dies, obwohl seine Knie bereits wund gescheuert waren und ihm der Magen knurrte wie noch nie.

Seine beiden Gefährten nahmen es mit Gelassenheit, waren sie von ihm doch nichts anderes gewohnt. Schließlich waren sie ja Missionare, der Herzog und sein Volk allesamt Heiden. Und da war es sicherlich kein Fehler, einen Mann wie Kilian in den Reihen zu haben. Einen Mann, für den das Wort Gottes stets an oberster Stelle kam. Ohne Rücksicht auf Leib und Leben oder die eigene Bequemlichkeit. Wenn einer von uns dreien zum Heiligen taugt, dann Kilian!, gestand sich Totnan, weitaus jünger als der Gefährte, neidlos ein. Auch wenn er es mit seiner Unterwerfung unter den göttlichen Willen zuweilen etwas übertreibt!

Plötzlich war in der Dunkelheit draußen ein Geräusch zu hören. Totnan setzte sich auf, nur um festzustellen, dass Kolonat, sein Gefährte zur Rechten, bereits fest schlief und ihr Weggefährte Kilian immer noch in sein Gebet vertieft war.

Nach etwa einer Viertelstunde angestrengten Lauschens gab Totnan schließlich klein bei. Der Tag war anstrengend gewesen, die Debatten mit der Herzogin, einer erklärten Widersacherin der drei, nicht minder. Sie lehne es ab, sich von ihrem Schwager scheiden zu lassen, hatte sie lapidar erklärt. Sämtlicher Bedenken Kilians zum Trotz. Sie teile das Bett mit wem sie wolle. Ende des theologischen Disputs.

Sei's drum!, dachte sich Totnan und deckte sich mit seinem Schaffellmantel zu. Morgen ist schließlich auch noch ein Tag!

DRITTER TAG

Noch vier Tage bis Kiliani, Anno Domini 1416

5

Reichsabtei Fulda, Prima (4.00 Uhr)

»ZUM LETZTEN MAL, Dreckskerl: Wie ist dein Name?!« Witold, Vogt der Reichsabtei Fulda, hatte das Versteckspiel gründlich satt, das der Gefangene in der Arrestzelle des Klosters mit ihm trieb. Im Verlauf seiner Amtszeit hatte es für ihn zwar schon einige harte Nüsse zu knacken gegeben. Aber so eine ganz bestimmt noch nicht.

Andererseits: Was war an diesem Kerl denn schon normal?

Er war jung, so um die 20. Irrtum so gut wie ausgeschlossen. Aber sonst? Witold, ein alter Haudegen, der sich so leicht nichts vormachen ließ, presste die Lippen zusammen und schwieg. Kein Zweifel, dieser Kerl da war anders. Anders als all die Schnapphähne, Beutelschneider und Wilddiebe, mit denen er es zu tun bekam. Das fing schon bei seinem Äußeren an. Mit dem kahl geschorenen Schädel, eingefallenen Wangen und tief liegenden blauen Augen sah er zwar aus wie ein Pfaffe, redete und hatte Ausreden parat wie ein Pfaffe. Aber deswegen musste er noch lange keiner sein. Irgendetwas war hier faul, und er hätte nur zu gerne gewusst, was.

Witold atmete tief durch und runzelte die Stirn. Sein Verstand sagte ihm, dass dem Gefangenen mit den herkömmlichen Methoden nicht beizukommen war, aber da der Abt langsam ungeduldig wurde, würde ihm gar nichts anderes übrig bleiben. Nach exakt vier Wochen hatte jeder hier die Nase voll, peinliche Befragung hin oder her.

Mit der Geduld am Ende, spie Witold aus und bellte: »Dein Name, Nichtswürdiger?«

»Bonifatius!«, kam es klar und deutlich aus dessen Mund.

Das war des Guten denn nun wahrhaftig zu viel.

»Blasphemie!«, schrie der Vogt den wie ein Stück Schlachtvieh von der Decke baumelnden Mann an. Nur um unmittelbar darauf hinzuzufügen: »Nimm das, frevlerischer Tor!«

Er hätte es sich denken können. Nicht einmal Peitschenhiebe konnten bei diesem Strolch etwas bewirken. Denn kaum hatte er den Gefangenen gründlich durchgeprügelt, verzog dieser das Gesicht – und lächelte. Lächelte und grinste ihn herausfordernd an.

Doch so leicht ließ sich Witold dann doch nicht aus der Reserve locken. »Soso, Bonifatius!«, presste er mit unterdrücktem Zorn hervor. »Nach exakt vier Wochen Kerker endlich mal etwas Neues! Immerhin bleibst du damit deiner Linie treu.«

»Wie darf ich das verstehen?«

»Blasphemie, du elender Wicht! Und zwar in ihrer widerwärtigsten Form. Oder würdest du den Raub der sterblichen Überreste des heiligen Bonifatius als Streich eines unreifen Knaben ansehen?«

»Ganz bestimmt nicht.«

»Als was dann?«

»Als Akt des wahren, reinen Glaubens. Aber so, wie ich Euch kenne, versteht Ihr das nicht.«

Kurz davor, dem Frevler mithilfe zweier Ballaststeine eine weitere, ungleich schmerzvollere Lektion zu erteilen, hielt sich Witold überraschenderweise zurück. »Dann erklär's mir!«, forderte er ultimativ.

»Warum sollte ich?«, fragte der Mann, einmal mehr dieses rätselhafte Lächeln im Gesicht.

»Warum? Weil du sonst zur Hölle fahren wirst. Und das innerhalb kürzester Zeit.«

»Gebt Euch keine Mühe. Aus mir bekommt Ihr sowieso nichts heraus.«

»Auch nicht den Namen deines Auftraggebers?«

»Der mich geschickt, wird Euch dereinst richten, Vogt.«

»Soso«, war Witold nicht geneigt, sich ablenken zu lassen. »Und von den Mächten des Himmels einmal abgesehen – wer war bei deinem Frevel mit von der Partie?«

Der junge Mann lächelte, jedoch nicht ohne einen Zug von Resignation um den Mund. »Kein Mensch.«

»Das sagtest du bereits. Mindestens drei Dutzend Mal.«

»Und warum glaubt Ihr mir dann nicht?«

»Weil niemand auf die Idee käme, einen derart verwegenen Frevel allein zu begehen.«

»Und wenn es denn nun stimmt?«

Witold wischte sich den Speichel von den Lippen, wandte den Blick ab und sprach: »Schluss mit der Lügerei! Wie heißt der Bastard, der hinter allem steckt?«

»Kilian.«

Der Fausthieb, welcher sich wie ein angespitzter Pfahl in die Weichteile des jungen Mannes bohrte, raubte ihm fast den Atem. Und dennoch war nicht einmal der Hauch eines Schmerzenslautes zu hören. Witold stemmte die Hände in die Hüften und schüttelte den Kopf. »Wie viele seid Ihr? Wer alles steckt hinter dieser Schweinerei?!«

»Acht.«

»Kompliment – du bleibst deiner Linie treu. Auch wenn du nichts als ein verlogener kleiner Scheißkerl bist! Und ein Gotteslästerer obendrein.«

»Wir sind acht – gekommen, all jenen die Augen zu öffnen, die vom wahren Glauben abgefallen sind, die falschen Götzen huldigen, nicht wissend, dass die Mächtigen dieser Welt den Glauben nur mehr als Mittel ansehen, um ihre Kassen zu füllen!«

»Genug mit dem Geschwätz!«, fuhr Witold dazwischen, krebsrot vor Zorn. »Entweder du spuckst jetzt sofort aus, wer hinter der Sauerei steckt, oder …«

Weiter kam Witold nicht. Seiner Fesseln ledig, landete der

junge Mann urplötzlich auf dem Boden, setzte Witold mit einem Fußtritt außer Gefecht und stieß seinen Kopf gegen die Wand. Dann löste er den Schlüsselbund vom Gürtel des Vogtes, schloss die Zellentür auf und verschwand.

»Und?! Ist er endlich bereit, zu reden?« machte Johannes, Fürstabt zu Fulda, aus seiner Ungeduld keinen Hehl, als er am Ende der Prim die Ratgar-Basilika verließ. Der Mann an seiner Seite, Prior der Reichsabtei, machte ein ratloses Gesicht. Das kam recht häufig vor, sehr zum Ärger des Abtes, der mit seinem Stellvertreter ohnehin alles andere als zufrieden war.

»Dem heiligen Bonifatius sei's geklagt – nein!«, quakte der pausbäckige Benediktinermönch, zu dessen unverwechselbaren Kennzeichen ein Paar abstehende Ohren gehörten, und watschelte demütig neben dem Fürstabt her. »Jedenfalls nicht, solange ich bei den Verhören zugegen war!«

»Was soll das heißen?!«

In Erwartung einer Strafpredigt ließ der Prior die fleischigen Hände im Ärmel seiner Kutte verschwinden, verschränkte die Arme und neigte demütig das Haupt. »Das soll heißen, ehrwürdiger Vater, dass es weder mir noch dem Vogt bis dato gelungen ist, diesen ...«

»Dann zwinge Er ihn eben dazu!«, fuhr Abt Johannes das armselige Häufchen Elend an seiner Seite an, und zwar so laut, dass die Brüder in der Kolonne hinter ihm noch mehr Abstand wahrten als sonst. »Und wenn das alles nichts nützt – dann lasse Er eben nach dem Blutvogt schicken! Mag der weltliche Arm sich der Mittel bedienen, welche unseresgleichen das Gelübde verbietet.«

»Soll das etwa heißen, dass ...«

»Das soll heißen, dass der Mann, welcher vor nunmehr vier Wochen den abscheulichsten Frevel in der Geschichte dieser Abtei beging, auf das Härteste bestraft werden muss, ist das klar?!«

»Aber wir können ihn doch nicht so einfach ...«

Fürstabt Johann, normalerweise mit einem Übermaß an Geduld gesegnet, am heutigen Samstagmorgen jedoch aufbrausend wie nie zuvor, kniff die Augen zusammen, blieb abrupt stehen und sah seinen Prior wutentbrannt an. »Ich weiß nicht, wie Ihr die Sachlage seht, Bruder«, zischte er mit verkniffener Miene, »aber was mich betrifft, bin ich der Auffassung, dass dieser Mann keinesfalls auf Gnade hoffen darf. Wer die Totenruhe des heiligen Bonifatius stört, seine sterblichen Überreste verschwinden lässt und versucht, im Schutze der Nacht zu entkommen, darf doch wohl schwerlich auf Milde hoffen, findet Ihr nicht auch?«

Der Prior verzog das Gesicht zu einer Grimasse der Demut und sah sich ängstlich nach seinen Mitbrüdern um, denen die Schadenfreude über die Zurechtweisung des unpopulären Bruders förmlich ins Gesicht geschrieben stand. Beim Anblick der Häme, die ihm von allen Seiten entgegenschlug, keimte Wut in ihm auf, aber bevor er sich zu einer unbedachten Äußerung hinreißen lassen konnte, hörte er den Abt neben sich sagen: »Oder seid Ihr etwa anderer Meinung als ich?«

»Natürlich nicht, Vater Abt!«, winselte der Prior und machte ein gequältes Gesicht, »wenngleich ...«

Der Prior kam nicht mehr dazu, seinen Satz zu vollenden, und dies war auch gut für ihn. Im Begriff, seinem Ärger lautstark Luft zu machen, hielt Fürstabt Johann plötzlich inne und richtete den Blick zum Portal. Der Morgen dämmerte herauf, ein weiterer wolkenloser Hochsommertag, wie es schien. Doch war es nicht das, was den Fürstabt und die Schar der frommen Brüder in Atem hielt. Es war vielmehr ein undefinierbares Geräusch, eine Art Raunen, das sich langsam, aber sicher zu einem Gewirr zahlloser Stimmen und wenig später zu aufgeregtem Rufen zu verdichten begann. Fürstabt Johann ließ den Prior Prior sein und hastete mit wehendem Ornat zum Portal. Dort angekommen, traf er mit einem aufgeregten, wild gestikulierenden Haufen Knechte zusammen, die sich bei seinem Anblick auf die Knie warfen.

Nichts Gutes ahnend, baute sich Fürstabt Johann vor ihnen auf und herrschte den nächstbesten Klosterknecht an: »Was ist geschehen? Raus mit der Sprache, bevor ich endgültig die Geduld verliere!«

Das halbe Dutzend Knechte, allesamt kräftige, mit der Bewachung des eingekerkerten Grabschänders betraute Burschen, warfen sich ratlose Blicke zu. Für den Bruchteil eines Augenblicks war es still, bis ein hoch aufgeschossener Jüngling mit rötlichem Haar die Mütze vom Kopf riss, sich ein Herz fasste und sprach: »Der Gefangene, Herr – er ist verschwunden!«

»Verschwunden?!«, war alles, was Fürstabt Johann zu sagen einfiel. »Sagtest du ›verschwunden‹?«

»Ja, Herr!«, bekräftigte der Rotschopf vehement. »Er hat den Vogt niedergeschlagen und sich anschließend aus dem Staub gemacht!«

An besseren Tagen war Fürstabt Johann ein Mann, der auf Etikette hielt. Davon freilich war am heutigen Samstagmorgen wenig zu spüren. Obwohl er noch das Messgewand trug, machte er sich sofort auf den Weg zur Vogtei, gefolgt von einer Schar aufgeregt schwatzender Mönche, die alle Mühe hatten, mit ihrem Oberhirten Schritt zu halten.

Obwohl Johann von Merlau klar war, was ihn erwartete, ließ ihn der Anblick des immer noch bewusstlosen Klostervogtes nicht kalt. Seltsamerweise kam sogar so etwas wie Mitgefühl in ihm auf. Warum, wusste er selbst nicht genau. Schließlich hatte sich Witold auf beispiellose Art und Weise übertölpeln lassen. Ein Schandfleck, der in den Annalen der Abtei seinesgleichen suchte.

»Hier, Euer Gnaden, der Ring des Frevlers!«, wagte es der Prior erst nach einer Weile, die angespannte Ruhe in der Arrestzelle zu unterbrechen. »Das einzige von Wert, was er bei sich trug. Außer dem merkwürdigen dunklen Umhang da.«

Fürstabt Johann bedachte den achtlos in die Ecke geworfenen Umhang mit einem kurzen Blick, wandte sich aber gleich wieder dem Ring in seiner Handfläche zu. Er war aus reinem Gold, ein echtes Kunstwerk – wer immer ihn auch geschmiedet haben mochte.

»Die Eingravierung, Euer Gnaden.« Während sein Blick zwischen Fürstabt und Ring hin und her wechselte, war der Prior mit zitternden Knien neben seinen Herrn getreten.

»Hoc signo victor eris*«, sprach der Abt mit gedämpfter Stimme. Und dann, fast im Flüsterton: »Welch eine Blasphemie.«

Niemand wagte dem etwas hinzuzufügen. Der Prior fingerte verlegen an seinem Habit herum, und einer der Klosterknechte kratzte sich ebenso verlegen am Kopf.

»Was hat man aus dem flüchtigen Frevler herausquetschen ... äh ... was hat man über ihn in Erfahrung bringen können, Bruder Prior?«, beendete der Fürstabt das betretene Schweigen.

»Nicht eben viel«, gab dieser unumwunden zu. »Wie Ihr wisst, Euer Gnaden, ist er so um die 20. Tja – das ist dann schon fast alles, was ich über ihn weiß. Er behauptete, sein Name sei Bonifatius. Was ich mir nun wirklich nicht vorstellen kann.«

»Hintermänner?«

»Wie man's nimmt!«, druckste der Prior herum. »Vor ein paar Tagen ist ihm etwas über einen gewissen Kilian raus-

---

* In diesem Zeichen wirst du siegen!

gerutscht. Der große Unbekannte, der angeblich die Fäden in Händen hält. Ihr Anführer. So es ihn denn überhaupt gibt.«

»Anführer?«

»Er hat immer wieder behauptet, sie seien zu acht. Aber wer weiß – vielleicht war es auch nur ein Hirngespinst. Oder pure Blasphemie. Scheint ja geradezu eine Spezialität dieser Kreatur zu sein.«

»Schon möglich!«, warf Johann von Merlau nachdenklich ein. »Noch etwas?«

»Sie seien gekommen, all jenen die Augen zu öffnen, die vom wahren Glauben abgefallen sind.«

»Waren das seine Worte?«

»Ja, Vater Abt!«

Johann von Merlau verschränkte die Hände hinter dem Rücken und begann in der Arrestzelle auf und ab zu gehen. »Als wenn es heutzutage nicht schon genug von diesen falschen Propheten gäbe!«, seufzte er.

»Wie wahr, wie wahr!«, pflichtete ihm der Prior postwendend bei.

»Noch irgendetwas von Bedeutung?«

»Nicht dass ich wüsste. Und überhaupt – wer weiß, ob das alles stimmt, was sich der Kerl da zusammengereimt hat!«

»Nicht gar so voreilig, Bruder Prior! Womöglich ist an der Sache etwas dran.«

»Euer Gnaden sind also der Meinung, dass es diese Rotte nichtswürdiger Schurken wirklich gibt?«

Als ein Mann, der höchst selten zu Spekulationen neigte, tat sich Fürstabt Johann mit einer Antwort sichtlich schwer. Der Prior indes gab so schnell nicht auf. »Gesetzt den Fall, es gäbe sie wirklich: Was haben diese Kerle Euer Gnaden Meinung nach vor?«, hakte er nach.

»Gute Frage!«, erwiderte der Abt, wobei sein Tonfall verriet, wie ernst er die Sache mittlerweile nahm.

»Euer Gnaden glauben also an eine Verschwörung? Eine Verschwörung gegen die Heilige Mutter Kirche?!«

Anfänglich schien es, als habe Johann von Merlau die Worte des Priors überhaupt nicht gehört. Dann aber gab er seine Zurückhaltung auf und sprach: »Mag sein. Wenn wir auch zum jetzigen Zeitpunkt noch nicht wissen, wer hinter der Sache steckt. Zu dumm, dass dieser Frevler geflüchtet ist!«

»Und die Reliquien des heiligen Bonifatius?«, winselte der Prior, während sich sein pausbäckiges Gesicht merklich verkrampfte.

»Ein hartes, wenn nicht gar unmögliches Stück Arbeit, sie wieder aufzutreiben!«, stellte der Fürstabt entmutigt fest. Und fügte nach längerem Nachdenken hinzu: »Wie dem auch sei: Wir müssen unseren Amtsbruder zu Würzburg von den hiesigen Vorgängen in Kenntnis setzen. Und zwar so schnell es geht!«

»Weshalb denn?«

»Weil ihm dieser Kilian – vorausgesetzt, der Deckname ist nicht willkürlich gewählt – noch ordentlich zusetzen wird.«

»Ich fürchte, ich kann Euch nicht ganz folgen.«

»Kein Grund zur Scham, Bruder Prior!«, konstatierte der Fürstabt in sarkastischem Ton. »Wer weiß denn heutzutage schon, wer im Neumünster zu Würzburg begraben liegt!«

»Euer Gnaden wollen doch nicht etwa sagen, dass …«

»Und ob! Oder habt Ihr etwa vergessen, welches Fest in genau vier Tagen gefeiert wird?«

Der Prior erbleichte. »Das Fest zu Ehren des heiligen Kilian!«, stammelte er und schlug die Hände vor den Mund.

»Da capo!«, spendete Johann von Merlau hohnlächelnd Applaus. »Und was hat das Eurer Meinung nach zu bedeuten, mein Sohn?«

»Nun, wenn man bedenkt, dass die Grabstätte des heiligen Bonifatius unmittelbar vor seinem Ehrentag, dem Fünften im Monat Juni, also vor exakt einem Monat, geschändet worden ist, dann ...«

»Dann?!«

Bevor er aussprach, was der Fürstabt dachte, hielt der Prior einen Moment inne, räusperte sich und sprach: »Dann steht zu befürchten, dass den sterblichen Überresten des heiligen Kilian exakt das gleiche Schicksal wie denjenigen des heiligen Bonifatius droht!«

6

Zisterzienserabtei Bronnbach, Tertia (7.40 Uhr)

Dies würde kein Samstag wie jeder andere werden. Das wusste Bruder Hilpert genau. Obwohl es keinerlei Anzeichen hierfür gab.

An und für sich war alles wie sonst. Gerade einmal zwei Tage war es her, seit der neue Abt gewählt worden war, und seitdem war wieder Ruhe eingekehrt. Endlich!, dachte Bruder Hilpert bei sich, freilich nicht ohne seiner Erleichterung durch einen Stoßseufzer Luft zu machen. Die Aufdeckung der Satanistenverschwörung hatte ihn viel Kraft gekostet, erheblich mehr, als ihm lieb war. Wäre da nicht die Sorge um seinen Sohn, hätte er sich schon längst auf den Weg nach Maulbronn gemacht.

Aber wozu sich überhaupt Sorgen machen? Vorausgesetzt, der Junge log ihm nichts vor, ging es Alkuin offenbar ausgezeichnet. So jedenfalls der Brief, den Bruder Hilpert gestern bekommen hatte, und eigentlich gab es für ihn auch keinen Grund, daran zu zweifeln. Der Inquisitor vom Orden der Zisterzienser konnte sich eines Schmunzelns nicht erwehren. Laetitia würde schon für ihn sorgen, viel besser, als er, sein Vater und ehemaliger Lehrmeister zu Maulbronn, es je hätte tun können.

Bruder Hilpert ließ Alkuins Brief wieder unter seiner Kukulle verschwinden und ließ seinen Blick über den Talgrund schweifen. Der Morgennebel hatte sich verflüchtigt, und der Dachreiter der Abteikirche reflektierte das Licht der Sonne, die langsam, aber unaufhaltsam am östlichen Horizont emporzusteigen begann. Es war vollkommen still, kein Laut, nicht einmal der heisere Schrei eines Habichts, der am Himmel scheinbar unbeirrt seine Kreise zog, war zu hören. Alles deutete auf einen ruhigen, einzig und allein von den Ordensregeln bestimmten Samstag hin.

Wenn da nur dieses Gefühl der Unruhe in seinem Inneren nicht gewesen wäre.

Um sich die gute Stimmung nicht gänzlich zu verderben, atmete der Inquisitor tief durch, griff nach seinem Wanderstab und wollte sich soeben von seinem Platz auf dem Baumstumpf in Sichtweite der Tauberbrücke erheben, als ihn ein Geräusch, das sich wie ein in gestrecktem Galopp heranpreschender Reiter anhörte, aufhorchen ließ. Bruder Hilpert kniff die Augen zusammen und spähte in die Richtung des Saumpfades, der sich vom Kloster aus in Richtung Wertheim schlängelte. Da es seit Tagen nicht mehr geregnet hatte, war der Boden knochentrocken, und obwohl er sich die größte Mühe gab, war außer einer riesigen Staubwolke so gut wie nichts von dem Reiter zu sehen. Er musste es eilig haben. So viel stand jedenfalls fest. Schätzungsweise mehr als dreihundert Schritt entfernt, war das angestrengte Keuchen des Pferdes dennoch nicht zu überhören. Ein paar Augenblicke später war die Staubwolke verschwunden, der Reiter schon fast am Ziel. Ein Kriegsknecht des Fürstbischofs von Würzburg, wie Bruder Hilpert am Wappen auf seinem Lederkoller erkannte.

Kaum hatte er diese wenig verheißungsvolle Entdeckung gemacht, schnürte es Hilpert regelrecht die Kehle zu. Kein Wunder angesichts der Erfahrungen, die er vor nicht allzu langer Zeit mit einem seiner Emissäre gemacht hatte. Wäre die Abtwahl nicht vorüber, hätte das Auftauchen des Reiters reichlich Anlass zur Sorge gegeben.

Wie dem auch sei, dachte Hilpert und runzelte die Stirn. Irgendetwas stimmt hier nicht! Und so beschleunigte er seinen Schritt und traf nahezu gleichzeitig mit dem schwer bewaffneten Kriegsknecht vor der Klosterpforte ein. Dieser verlor keine Zeit, schwang sich aus dem Sattel und hastete mit weit ausholenden Schritten auf die verschlossene Pforte zu. Für Bruder Hilpert, der ihn mit skeptischem Blick musterte, hatte er nicht einmal einen Seitenblick übrig.

»Gott zum Gruße, mein Sohn!«, tat der Inquisitor indessen alles, um das Gebot der Gastfreundschaft einzuhalten. »Was führt dich hierher?«

Der Kriegsknecht, ein bulliger, bärbeißiger Grobian um die 30, sah ihn von oben bis unten an, winkte ab und sprach: »Geht Euch nichts an!«

Bruder Hilpert, auf keine andere als die ihm erteilte Antwort gefasst, ließ sich vom raubeinigen Gebaren des Kriegsknechtes jedoch nicht aus der Ruhe bringen. Er tat einfach so, als habe er den rauen Ton nicht wahrgenommen, und antwortete mit honigsüßer Stimme: »Selbst wenn dies zuträfe, mein Sohn – vielleicht kann ich dir trotzdem weiterhelfen?«

Kannst du nicht!, schien die Miene des bärtigen Kraftpaketes zu sagen, doch im gleichen Moment, als sich seine und Bruder Hilperts Blicke trafen, sah sie schon nicht mehr ganz so unfreundlich aus. »Jetzt lasst euch halt nicht so lange bitten!«, murmelte er mit verdrossenem Gesicht, während er zum wiederholten Mal an der Klingelschnur zog. »Dauert ja eine Ewigkeit hier!«

»Mag sein, du hast recht, mein Sohn«, sprach Bruder Hilpert in betont nachsichtiger Manier. »Wenngleich du bedenken solltest, dass die Terz jeden Moment beginnt und außerdem heute …«

»Samstag, Sonntag, Weihnachten oder Karfreitag – ich hab's eilig, verdammt noch mal!«, grummelte der Kriegsknecht und zog an der Schnur.

»Und warum – wenn man fragen darf?«

»Eine wichtige Botschaft. Was denn sonst?!«

»Was kann denn so wichtig sein, dass meine Brüder deswegen ihre Gebete unterbrechen sollten?«

Der Kriegsknecht, alles andere als ein geduldiger Mann, holte tief Luft und stierte Bruder Hilpert mit zusammengekniffenen Augen an. »Brauchen sie auch nicht!«, erwiderte er in leicht abfälligem Ton. »Abgesehen hab ich's nämlich nur auf einen der hochgelehrten Herren!«

»Und der wäre?«, konnte Bruder Hilpert mit seiner Neugier kaum noch hinterm Berg halten. Und fügte, als sich die Stirn des Kriegsknechtes bedenklich zu wellen begann, hinzu: »Gut möglich, dass ich dir weiterhelfen kann, mein Sohn.«

Der Kriegsknecht murmelte eine Verwünschung, aber da sich sein Freund Berengar von Gamburg mitunter genauso verhielt, reagierte Hilpert erst gar nicht darauf und sah den Reisigen mit gespielter Treuherzigkeit an. Der wiederum hatte allmählich genug und bellte mehr, als dass er sprach: »Der Empfänger meiner Botschaft heißt Hilpert. *Bruder* Hilpert. Kennt Ihr ihn?«

»Um was geht es denn überhaupt?« Bruder Wilfried, Stallmeister der Abtei, zog die Brauen in die Höhe und sah Bruder Hilpert fragend an. Nicht etwa, dass er ihm misstraute. Das auf gar keinen Fall. Trotzdem hatte ihn Bruder Hilperts Bitte nicht gerade mit Begeisterung erfüllt. Der Stallmeister, bärtig, fast sechs Fuß groß und stark wie ein Bär, kratzte sich verlegen am Kopf. Schließlich hatte er das Kloster so gut wie nie verlassen, und wenn, nur für ein paar Stunden. Und dann gleich nach Würzburg an den fürstbischöflichen Hof! Da konnte man schon ins Grübeln kommen.

»Das möchte ich auch gerne wissen!«, räumte Bruder Hilpert achselzuckend ein, während er dem Stallmeister beim Satteln seines Maultieres zusah. Die Sorgenfalten auf dem Gesicht des 36-jährigen Inquisitors waren nicht zu übersehen. Ein Eindruck, der durch seine tief liegenden Augen und die ergraute Tonsur noch verstärkt wurde. »Alles, was in dem Brief steht, ist, dass ich nach Würzburg kommen soll. Koste es, was es wolle. Und so schnell es irgend geht.« Bruder Hilperts ohnehin schon hageres Gesicht sah blass und fast ein wenig kränklich aus. »Wenn mich nicht alles täuscht, ist etwas Furchtbares geschehen! Anders lässt sich Berengars Nachricht nämlich nicht erklären!«

»Und was könnte das sein?«

»Keine Ahnung!«, gab Bruder Hilpert zur Antwort, während er sich auf den Rücken seines Esels schwang und den Weg zum Tor einschlug. Bruder Wilfried folgte ihm auf dem Fuße. »Aber was immer es ist, wir werden es bald erfahren!«

7

Marienberg über Würzburg, kurz vor dem Mittagsläuten

»In welches Loch hat sich die Ratte verkrochen – raus mit der Sprache!«, brüllte der Burghauptmann Agilulfs Frau an. »Oder willst du Bekanntschaft mit dem Folterknecht machen?«

Nein, das wollte Hildegard ganz bestimmt nicht. Wenn sie etwas wollte, dann nach Hause. Und zwar möglichst schnell.

Nur wie, das war die Frage.

In der Wachstube der bischöflichen Zwingburg auf dem Marienberg war es mucksmäuschenstill. Die Luft roch nach Schweiß, Hund und billigem Wein. Kreidebleich vor Angst, konnte Hildegard ihre Tränen nur mit Mühe unterdrücken.

Der Burghauptmann, ein kahlköpfiger Choleriker mit Trinkernase und unterentwickeltem Verstand, trank seinen Weinbecher leer und sah die Frau des Reliquienhändlers von oben bis unten an. Hildegard wandte den Blick ab und schwieg. Einen halblauten Fluch auf den Lippen, baute sich der Burghauptmann daraufhin vor ihr auf, fletschte die Zähne und sprach: »Solltest du es vorziehen, dich dumm zu stellen, werde ich Mittel anwenden, auf die ich liebend gerne verzichten würde.«

Ein Blick auf die Folterwerkzeuge, und Hildegard war klar, dass dies keine leere Drohung war. Sie tat gut daran, den Burghauptmann beim Wort zu nehmen. Wenn nicht, würde sie den Kürzeren ziehen. Mit einem Grobian, der nur darauf wartete, ihr ein Geständnis aus dem Leib zu prügeln, war bestimmt nicht zu spaßen.

Sie musste die Unterwürfige spielen, und sei es auch nur zum Schein.

Und genau das tat sie dann auch: »So glaubt mir doch, Herr!«, bettelte sie in herzzerreißendem Ton und verfluchte sich innerlich dafür, »ich hab keine Ahnung, wo der alte Rammler steckt! Vermutlich in irgendeiner Spelunke – was weiß denn ich! Eins könnt Ihr mir glauben – wenn *der* heimkommt, setzt es eine Tracht Prügel, die sich gewaschen hat!«

Auf dem Gesicht der übrigen Wachsoldaten erschien ein breites Grinsen. Nicht so beim Burghauptmann. Einen Strohhalm im übel riechenden Mund, trat er bis auf wenige Zoll an Hildegard heran und flüsterte in heiserem Ton: »Damit wir beide uns verstehen – wenn du alte Vettel im Kerker verreckst, kräht mit Sicherheit kein Hahn danach.«

Erst jetzt, als Hildegard die Hand zum Schwur heben und unter Anrufung sämtlicher ihr bekannter Heiliger ihre Unschuld beteuern wollte, fiel ihr ein, dass sie an ihren Stuhl gefesselt war. »Auch wenn Ihr mir nicht glaubt, Herr: Ich habe nicht die geringste Ahnung, wo der alte Tunichtgut steckt!«

War es die unverhüllte Ironie ihrer Worte oder ein unerwarteter Anflug von Mitgefühl, der die hämische Grimasse des Kerkermeisters urplötzlich verschwinden ließ? »Und wann hast du ihn zum letzten Mal gesehen?«, fragte er, schon wesentlich milder gestimmt als zuvor.

»Gestern Abend, bei Sonnenuntergang!«, beeilte sich Hildegard zu erklären, wenngleich dies nicht ganz der Wahrheit entsprach.

»Und seitdem ist der alte Galgenvogel nicht wieder aufgetaucht?«

»Nein, Herr.«

»Mit anderen Worten: Du hattest nicht die geringste Ahnung, was der Drecksack im Schilde führt?«

Hildegard nickte, zum Glück ohne rot zu werden.

»Soso!«, murmelte der Kerkermeister, griff nach dem Weinkrug und füllte seinen Becher bis zum Rand. »In diesem Falle wird es dich bestimmt überraschen, was dein Alter verbrochen hat!«

»Und was?«, fragte Hildegard, bemüht, nicht allzu naiv zu wirken.

»Ganz schön keck, muss ich schon sagen. Hätte ich ihm ehrlich gesagt nicht zugetraut.«

»Wirklich?«

Der Kerkermeister kniff die Augen zu schmalen Schlitzen zusammen und sah Hildegard lauernd an. »Ich weiß nicht –«, antwortete er zögerlich, »aber irgendwie hab ich das Gefühl, dass du nicht mit offenen Karten spielst.«

»Wo denkt Ihr hin! Bin auf den verlausten Bogenpisser mindestens so schlecht zu sprechen wie Ihr!«

»Wirklich?«

»Aber ganz bestimmt! Was glaubt Ihr, Herr, wie oft der Scheißkerl versucht hat, mich zum Narren …«

»Schon gut, schon gut!«, erstickte der Burghauptmann Hildegards Redeschwall im Keim, trat ans Fenster und sah in den Burghof hinaus. Die Sonne stand im Zenit, und außer den Wachsoldaten am Tor und zwei Mägden im Sonntagsornat war niemand zu sehen. »In seiner Haut möchte ich wirklich nicht stecken!«, nahm der Burghauptmann geraume Zeit später den Gesprächsfaden wieder auf.

»Wieso?«

Der Burghauptmann drehte sich langsam um, schnäuzte sich in den Ärmel und gab ein lautstarkes Grunzen von sich. Dann zog er die Nase hoch und sprach: »Weil, sollten wir seiner habhaft werden, wir ihm die Haut bei lebendigem Leibe abziehen. Darauf gebe ich dir mein Wort!«

Hildegard tat ihr Bestes, die Ahnungslose zu spielen, wurde jedoch das Gefühl nicht los, die Rolle sei ihr keineswegs auf den Leib geschnitten: »Was hat er denn angestellt, dass Ihr Euch so erhitzt?«

Das Grinsen des Burghauptmannes verriet, wie wenig er

nach wie vor von der Unschuld Hildegards überzeugt war. »›Angestellt‹ ist gut!«, höhnte er und brach in schallendes Gelächter aus. »Wenn das einmal nicht der Bischof hört!«

»Wieso?« Dummerweise fiel Hildegard keine intelligentere Frage ein, obwohl sie sonst keineswegs auf den Mund gefallen war. »Doch nicht schon wieder eine seiner Betrügereien?«

Keine zwei Ellen mehr von der Frau des Reliquienhändlers entfernt, stemmte der Burghauptmann die Hände in die Hüften und holte mit derartiger Wucht aus, dass Hildegard Hören und Sehen verging. Sie konnte nicht mehr, und die Tränen rollten ihr nur so übers Gesicht.

»Soso!«, goss der Burghauptmann seine Häme über ihr aus. »Willst also wissen, was der alte Tagedieb angestellt hat! Kein Grund, dich noch länger auf die Folter zu spannen! Grabfrevel hat er begangen, schlimmer, als es sich ein braver Christenmensch vorstellen kann! Das Reliquiar der drei Heiligen aufzuknacken – man stelle sich das nur vor! Und du verkommene alte Vettel behauptest, du wüsstest von nichts!«

»Ob Ihr's glaubt oder nicht, ich hab nicht die geringste ...«

Der Wutanfall des Burghautmannes verebbte noch schneller, als er gekommen war, kein gutes Zeichen, wie Hildegard alsbald feststellen musste: »... Ahnung, wolltest du sagen?«, ergänzte er mit beißender Ironie. »Das werden wir ja sehen!«

»Soll das heißen, Ihr lasst mich nicht wieder gehen?«

Das abermalige, ungleich hinterhältigere Grinsen des Burghauptmanns verhieß nichts Gutes. »Wo denkst du hin?«, fügte er kalt lächelnd hinzu. »Bevor du nicht ausgepackt hast, kommst du hier nicht wieder raus.« Und dann, mit nicht zu überbietender Häme: »Wenn überhaupt!«

Bischöfliche Gemächer,
Beginn der neunten Stunde (14.40 Uhr)

Er konnte es einfach nicht glauben. Und wollte es auch nicht. Vielleicht, weil er hoffte, alles sei nur ein Scherz.

Johann von Brunn, Bischof von Würzburg und Herzog von Franken, stand in einer Fensternische seiner Gemächer und sah mit versteinertem Blick auf die Stadt hinab. Keine einzige Wolke trübte seinen Blick, und der Main, auf dem es von Frachtkähnen, Transportschiffen und Ruderbooten wimmelte, glitzerte im Sonnenlicht. Die Türme des Domes ragten in den azurblauen Himmel, und aus den Blumenbeeten im Burggarten stieg der Duft von Oleander, Hibiskusblüten und Rosmarin empor. Es war der vierte Tag vor Kiliani, ein Tag, wie er schöner nicht hätte sein können.

Leider war dem nicht so, aber davon wussten die Bürger der Stadt noch nichts. Wäre dies der Fall gewesen, hätte Johann von Brunn, Bischof und Stadtherr in einer Person, die Hölle auf Erden erlebt. Egal, welchen Tag man schrieb.

Genau dies galt es jedoch zu verhindern. Darüber, was in der vergangenen Nacht vorgefallen war, durfte kein Mensch etwas erfahren. Sonst wäre in der Stadt der Teufel los. Wenn er zum jetzigen Zeitpunkt etwas nicht brauchen konnte, dann waren es Hader, Aufruhr und Gezänk. Ärger, Schulden und Probleme hatte er nämlich schon genug am Hals.

Ein Seufzer, halb ratlos, halb resigniert, drang aus seiner Brust. Obwohl er sich nicht so leicht unterkriegen ließ, wirkte der Bischof müde und deprimiert, und als er das Fenster schloss und sein Blick dabei auf sein Spiegelbild fiel, wurde er starr vor Schreck.

Der Mann mit den Augenrändern und dem übernächtigten Gesicht – das war er. Aber eigentlich war er an seiner Misere selbst schuld. Hätte er auf den Vogt des Grafen von

Wertheim gehört, säße er jetzt nicht in der Klemme. Heiliger Kilian hin oder her.

Um sich abzulenken, nahm der Bischof den Brief zur Hand, der ihm per Eilkurier überbracht worden war. Er hatte zwar alle Hände voll zu tun, aber da es sich um eine Botschaft seines Amtsbruders zu Bamberg handelte, blieb ihm die Lektüre wohl nicht erspart.

Nachdem er das Siegel erbrochen und den Brief auseinandergefaltet hatte, bekam er vor lauter Staunen den Mund nicht mehr zu. An der Echtheit des Schreibens konnte es keinen Zweifel geben, aber was es enthielt, klang so unwahrscheinlich, dass er es gleich noch einmal las. Und unmittelbar darauf zum dritten Mal.

Nach beendeter Lektüre musste sich Johann, Bischof von Würzburg und Herzog von Franken, erst einmal setzen. Das heißt, er setzte sich nicht, sondern sackte förmlich in sich zusammen. Wie lange er völlig regungslos in seinem Ohrenbackensessel verharrt hatte, konnte er hinterher nicht mehr genau sagen. Jedenfalls fand ihn sein Leibdiener, der um die neunte Stunde die Gemächer betrat, in ebenjener Positur vor.

»Bischöfliche Gnaden mögen die Störung verzeihen – aber der von Euer Gnaden herbeizitierte Zisterziensermönch wartet darauf, Euch seine Aufwartung zu machen.«

Johann von Brunn fuhr erschrocken zusammen. Mit den Gedanken immer noch bei dem Brief, kam er sich wie ein unaufmerksamer Klosterschüler vor. Der Bischof richtete sich auf, zupfte seinen Ornat zurecht und runzelte die Stirn. Hilpert von Maulbronn. Der allseits geschätzte, wegen seines Scharfsinns mitunter sogar gefürchtete Bibliothekarius und Inquisitor. Was immer bei dieser Begegnung herauskommen würde, er sah ihr mit gemischten Gefühlen entgegen.

Und nicht nur das. Obwohl er es nicht wahrhaben wollte, machte sich Unsicherheit in ihm breit. Obwohl es für ihn keinerlei Alternative gab.

Er war auf diesen Mönch angewiesen. Antipathie hin oder her. Wäre der Fall gelöst, würde er weitersehen.

Audienzzimmer des Bischofs,
Ende der neunten Stunde (16.00 Uhr)

»Fürstbischöfliche Gnaden lassen bitten.«

»Na also – warum denn nicht …!«

»Berengar – bitte!« Bevor sein Temperament mit ihm durchging, schnitt Bruder Hilpert seinem Freund das Wort ab und folgte dem Pagen zur Tür. Der Ritt nach Würzburg steckte ihm immer noch in den Knochen. Mehr jedenfalls, als er zugeben wollte. Er hatte Hunger und Durst und die Warterei im Vorzimmer der bischöflichen Gemächer gründlich satt. Im Unterschied zu Berengar, aufbrausend wie eh und je, wirkte er jedoch wie die Ruhe selbst.

Im Gefolge des Pagen, der mit wichtigtuerischer Miene den Korridor entlangtänzelte, vorbei an den Bildnissen von Würdenträgern im bischöflichen Ornat, beschlich ihn dann aber doch ein ungutes Gefühl. Einerseits lag das natürlich an den Gerüchten, die über den Bischof und seinen Lebenswandel im Umlauf waren. Galante Abenteuer, auch und vor allem solche mit Folgen, ein Schuldenberg, der sämtlichen Gläubigern schlaflose Nächte bereitete, Feste, die alles bisher Gekannte in den Schatten stellten – das war Johann II., Spross derer von Brunn. Weshalb sich Hilpert überhaupt hatte breitschlagen lassen, für einen Mann wie ihn die Kohlen aus dem Feuer zu holen, wusste er selbst nicht so genau.

Und natürlich war da auch noch sein letzter Fall, die Aufdeckung der Satanistenverschwörung vor einem Vierteljahr. Ein Triumph für ihn, keine Frage. Für ihn, keinesfalls jedoch für den bischöflichen Emissär. Der nämlich hatte den Kürzeren gezogen und war von Hilpert nach allen Regeln der Kunst ausmanövriert worden. Und das wollte bekanntlich etwas heißen. Eine wahre Ausgeburt an Durchtriebenheit, stach Valentin von Helfenstein den Bischof glatt aus. Ein Mann also, vor dem man sich hüten musste. Und ein Mann, der eine Kränkung so schnell nicht vergaß.

Valentin von Helfenstein – nein, auf ihn konnte er getrost verzichten. Wiewohl es für Hilpert keinerlei Alternative gab. Er musste den Fall annehmen, ob er wollte oder nicht. Einerseits, weil er dem Bischof Gehorsam schuldete, zum anderen, weil Berengar in den Fall verwickelt war. Und das, wenn schon nicht das bischöfliche Hilfsersuchen, war für ihn Grund genug, der Zurückgezogenheit des Klosterlebens für eine Weile zu entsagen.

»Bitte sich einen Moment zu gedulden.« Hilpert, bei dem das Gehabe des Pagen auf wenig Gegenliebe stieß, zog es vor, seine Worte geflissentlich zu ignorieren, und sah sich über die Schulter hinweg nach Berengar um. Wie nicht anders zu erwarten, ging es dem Freund nicht viel anders als ihm. Leute wie diesen Pagen konnte er auf den Tod nicht ausstehen, und da er eine ehrliche Haut war, sah man es ihm auch an.

Bevor Berengar jedoch ein unbedachtes Wort herausrutschen konnte, öffnete sich die Tür, und der Page ließ die beiden Freunde passieren. Dann zog er sich wieder zurück.

Zuerst sah es danach aus, als seien Hilpert und Berengar allein. Der Inquisitor trat in die Mitte des Raumes und sah sich neugierig um. Für einen Mann, der bis zum Hals in Schulden steckte, ging es Johann von Brunn anscheinend sehr gut. Die Wandbehänge, allem Anschein nach aus Flandern, hatten bestimmt ein Vermögen gekostet. Mit Sicherheit auch der vierarmige Kerzenleuchter auf dem Tisch, die eisenbeschlagene, mit mehreren Schlössern versehene Truhe und die Vorhänge aus Brokat. Von dem nach römischem Vorbild konstruierten Ruhebett und dem Perserteppich gar nicht zu reden.

Trotz alledem wirkte die prunkvolle Ausstattung irgendwie unvollständig auf ihn. Hilpert verfiel ins Grübeln. Alles vom Feinsten – keine Frage. Ein Gemach so recht nach dem Geschmack eines Mannes vom Schlage Johanns von Brunn. Eines Mannes, bei dem sich die Frage aufdrängte, welcherlei Qualitäten er sein Amt zu verdanken hatte.

»Hilpert von Maulbronn – welch eine Freude!«

Wie auf Kommando fuhren Hilpert und Berengar herum und sahen sich einem mittelgroßen Mann in einer golddurchwirkten Tunika gegenüber, der allem Anschein nach hinter einem Wandschirm hervorgetreten war. Das Erste, was Hilpert auffiel, waren seine Katzenaugen, die ihn mit einer Mischung aus Vorsicht und Herablassung musterten.

»Bischöfliche Gnaden.« Anders als in derartigen Situationen üblich, ließ es Hilpert mit einer knappen Verbeugung bewenden. Sehr zum Ärger des Bischofs, der vergeblich darauf wartete, dass Hilpert seinen Siegelring küsste. Johann von Brunn runzelte indigniert die Stirn. Als auch Berengar diesbezüglich keinerlei Anstalten machte, war es mit seiner Jovialität vorbei, und er nahm in seinem Lehnstuhl hinter dem Schreibtisch Platz.

Geraume Zeit sprach keiner der drei Männer ein Wort. Immer noch stehend, obwohl es reichlich Sitzgelegenheiten gab, brach Hilpert schließlich das eisige Schweigen: »Wie ich höre, sind Bischöfliche Gnaden in ernsthafte Schwierigkeiten geraten!«, ließ er jegliche Ehrerbietung vermissen.

Johann von Brunn nahm dies mit verdrießlicher, um nicht zu sagen zerknirschter Miene hin, nicht so, wie man es hätte erwarten können. Dennoch war nicht zu übersehen, wie es hinter der Fassade aufgesetzter Gleichgültigkeit zu brodeln begann. »Wie man's nimmt!«, antwortete der Bischof, während sich seine Katzenaugen zu kaum mehr wahrnehmbaren Schlitzen verengten. »Aber wenn wir gerade von Schwierigkeiten reden – wie man hört, könnt gerade Ihr ein Lied davon singen!«

»Wenn Bischöfliche Gnaden die Verschwörung der Teufelsanbeter meinen«, eilte Berengar seinem Freund zu Hilfe, »*die* ist längst aufgedeckt. Eine bloße Episode, nicht mehr.«

»Wie schön.«

»Ich denke, dies ist nicht der rechte Zeitpunkt, um darüber zu reden!«, versuchte Hilpert, dem Gespräch eine andere Richtung zu geben. »Zumal Euch Euer Secretarius schon längst darüber in Kenntnis gesetzt haben dürfte.«

»Um sich danach auf seine Güter zurückzuziehen!«, warf Johann von Brunn grimmig ein. »Aber lassen wir das und kommen lieber auf den Grund Eures Hierseins zu sprechen, mein Sohn!«

Bruder Hilpert nahm den Seitenhieb mit der ihm eigenen Gelassenheit hin und sprach: »Nichts lieber als das, bischöfliche Gnaden! Je früher der Fall gelöst ist, umso besser!«

»Ihr sagt es.« Die fleischigen Finger von Johann von Brunns rechter Hand trommelten nervös auf seinem Schreibtisch herum. Der Siegelring mit dem Bildnis des heiligen Kilian, viel zu eng für die klobige Hand, sah wie ein ins Straucheln geratener Seiltänzer aus. »Wenngleich ich mich frage, wie.«

Bruder Hilpert ließ sich durch den Mitleid heischenden Ton des Bischofs nicht blenden, setzte ein entwaffnendes Lächeln auf und sprach: »Wie mir mein Freund berichtete, sind bischöfliche Gnaden – bei allem gebührenden Respekt – nicht ganz unschuldig an der prekären Situation.«

Im Gesicht Johanns von Brunn zuckte es, und es wurde dunkelrot vor Zorn. »Ich weiß, ich weiß!«, fauchte er und sprang unvermittelt auf. »Woran sich jetzt freilich nichts mehr ändern lässt!«

»In diesem Punkt haben Bischöfliche Gnaden ohne jeden Zweifel recht.«

»Berengar – bitte.« Bruder Hilpert, der es nicht für ratsam hielt, den Bischof weiter in die Enge zu treiben, gab dies dem Freund durch ein leichtes Kopfschütteln zu verstehen und sprach: »Wenn Bischöfliche Gnaden jetzt die Güte besäßen, uns den Brief zu zeigen.«

Johann von Brunn öffnete eine Schatulle, die rechts neben ihm auf dem Schreibtisch stand, entnahm ihr einen vollgekritzelten Fetzen Pergament und reichte ihn mit versteinerter Miene an Hilpert weiter. »Setzt Euch!«, fügte er missmutig hinzu.

Bruder Hilpert und Berengar, mit den Launen der Mächtigen dieser Welt bestens vertraut, wechselten einen vielsagenden Blick und nahmen auf den Schragenstühlen gegenüber dem Bischof Platz. »Eintausend Gulden – eine Menge Geld!«, war der Vogt der Erste, der nach der Lektüre des von ungelenker Hand verfassten Briefes das Schweigen brach.

»Geld, das ich zum jetzigen Zeitpunkt unmöglich aufbringen kann!«, warf der Bischof postwendend ein.

Immer noch mit der Lektüre des Briefes beschäftigt, der alles in allem nur etwa ein halbes Dutzend Zeilen umfasste, kam Hilpert die Bemerkung des Bischofs wie blanker Hohn vor. »Wenn Bischöfliche Gnaden mir die Bemerkung erlauben: Die Schädel der drei Frankenapostel sind dieses Opfer doch wohl allemal wert, meint Ihr nicht auch?!«, sprach er in ruhigem, nichtsdestoweniger ultimativem Ton, während er den Drohbrief des unbekannten Erpressers zum wiederholten Male überflog. »Wobei ich mir lieber nicht vorstellen will, was geschähe, wenn Euer Gnaden nicht wieder in den Besitz der Reliquien gelangten. Und das möglichst rasch.«

»Wie die Dinge liegen, wird es uns nicht schwerfallen, diesem Agilulf auf die Spur zu kommen!«, erwiderte Johann von Brunn in barschem Ton, nahm Bruder Hilpert den Brief aus der Hand und legte ihn wieder in die Schatulle. »Alles, was wir tun müssen, ist doch wohl nur, seine Frau einer peinlichen Befragung zu unterziehen. Alles andere ergibt sich dann doch wohl von selbst.«

Bruder Hilpert, von Berengar zuvor über sämtliche Details informiert, bemerkte, wie ein Ruck durch dessen Körper ging, legte ihm begütigend die Hand auf den Arm und sprach: »Wenn Bischöfliche Gnaden nichts dagegen einzuwenden haben, würde ich mit dieser – wie heißt sie doch gleich?«

»Hildegard.«

»Danke, Berengar. Wenn Euer Gnaden also nichts dagegen einzuwenden haben, würde ich mit der Frau dieses Reliquienhändlers und sämtlichen direkt und indirekt Beteiligten gerne ein paar Worte reden.«

»Wieso sollte ich?«, brummte der Bischof missmutig vor sich hin. »Wenn mich nicht alles täuscht, seid Ihr ja deswegen hier, mein Sohn.«

»Bischöfliche Gnaden sind zu gütig«, erwiderte Hilpert in scheinheiligem Ton. »Wann wurde der Raub überhaupt entdeckt?«

»Kurz vor der Prim.«

»So spät? Und von wem?«

»Von einem der Chorherren.«

»Für dessen Unbescholtenheit Ihr Euch verbürgen könnt, nehme ich an?«

»Selbstverständlich!«, rief der Bischof indigniert aus. »Oder wollt Ihr etwa andeuten, dass der Spross einer der vornehmsten Familien meines Bistums …«

»Und wer weiß sonst noch alles über die Plünderung der Reliquiare der drei Heiligen Bescheid?«

»Eustachius von Marmelstein, meine rechte Hand.« Johann von Brunn machte ein ratloses Gesicht. »Natürlich habe ich die Kirche umgehend schließen lassen. Damit niemand etwas davon erfährt.«

»Ein frommer Wunsch.«

Mit einer Vehemenz, die ihm im gegenwärtigen Zustand niemand zugetraut hätte, fuhr Johann von Brunn Berengar an: »Wenn ich Eure Bemerkung richtig deute, Herr Vogt«, zischte er und beugte sich über den Schreibtisch hinweg nach vorn, »habt Ihr den Ernst der Lage immer noch nicht richtig erfasst! Für den Fall, dass dem so ist: Wenn die Reliquien in spätestens vier Tagen nicht wiederaufgetaucht sind, ist hier droben auf dem Marienberg die Hölle los! Dann wird es einen Aufruhr geben, der sich gewaschen hat. Die ganze Stadt wird Kopf stehen, und ein paar Tausend enttäuschte Pilger mit dazu! Und wer anders sollte dafür verantwortlich sein als ich? Könnt Ihr Euch überhaupt vorstellen, was das heißt? Das Domkapitel wird mir die Hölle heißmachen, ganz zu schweigen von den Ratsherren drunten in der Stadt. Wenn die erst einmal Wind von der Sache bekommen, kann ich von Glück sagen, wenn sie mir das Fell nicht über die Ohren ziehen. Diese Pfeffersäcke drunten im Grafeneckart haben auf so was doch nur gewartet. Die Sache kann mich mein Amt kosten, wenn nicht noch mehr!«

»Gut möglich, dass genau dies die Absicht ist, die hinter dem Raub der Reliquien steckt«, warf Hilpert nachdenklich ein. »Wenngleich man über das Tatmotiv zum jetzigen Zeitpunkt allenfalls spekulieren kann.«

»Mit anderen Worten: Solange wir diesen Hundsfott von einem Kapuzenmann nicht zu fassen kriegen, werden wir weiter im Dunkeln tappen.«

»Genau, Berengar. Aber da er uns vermutlich nicht einfach so über den Weg läuft, müssen wir unser Hauptaugenmerk auf diesen Agilulf richten.«

»Wohl gesprochen, mein Sohn!«, rief der Bischof hohnlächelnd aus und klatschte in die Hände. »Dazu müsstet Ihr ihn freilich erst einmal finden!«

»Nichts leichter als das!«, konterte Hilpert ungerührt.

»Und wieso?«

»Weil, einmal vorausgesetzt, er würde früher oder später mit seiner Frau Kontakt aufnehmen oder sie mit ihm, wir uns lediglich an ihre Fersen zu heften bräuchten. Vorausgesetzt, Bischöfliche Gnaden hätten keine Einwände, sie freizulassen.«

Das massive Doppelkinn auf die Handballen gestützt, stierte Johann von Brunn an Hilpert und Berengar vorbei ins Leere. Dann fuhr er mit den Fingerkuppen über die geschlossenen Augenlider und sprach: »Wenn Ihr meint, Bruder. Ehrlich gesagt wüsste ich nicht, welchen Nutzen wir von dieser Frau haben sollten. Gut möglich, dass sie uns als Lockvogel bessere Dienste als auf der Folterbank leistet.«

Die Worte des Bischofs, zu allem bereit, nur um seine Haut zu retten, riefen bei Hilpert ein Frösteln hervor, und ein Blick aus den Augenwinkeln überzeugte ihn, dass Berengar nicht anders dachte als er. Doch hatte er bereits in viel zu viele Abgründe geblickt, als dass ihn die Kaltschnäuzigkeit des Bischofs noch groß hätte überraschen können. »Schön, dass wir uns einig sind!«, fügte er mit beißender Ironie hinzu. »Ich nehme an, wir beide dürfen uns nun empfehlen?!«

Als sich die Tür hinter Hilpert und Berengar schloss, stützte Johann von Brunn die Ellbogen auf den Tisch, verbarg das Gesicht in den Händen und schüttelte unentwegt den Kopf. Der Seufzer, der auf diese Geste der Ratlosigkeit folgte, war so laut, dass ihn sein Echo zusammenfahren ließ.

Er saß in der Klemme, so tief wie schon seit Langem nicht mehr.

Eher zufällig fiel der Blick des Bischofs auf den Brief, der immer noch vor ihm auf dem Schreibtisch lag, und obwohl er seinen Inhalt kannte, nahm er ihn noch einmal zur Hand und begann zu lesen: *Albert, Amtsbruder von Bamberg, an Johann, seinen geliebten Sohn auf des heiligen Kilian Stuhl‹. Typisch!, dachte Johann von Brunn bei sich. Von einem aufgeblasenen Popanz wie Albert von Wertheim als Sohn bezeichnet zu werden, ärgerte ihn. Dieser Ärger jedoch verflog im Nu, und während er den Rest des Briefes las, häuften sich die Sorgenfalten auf seiner Stirn: ›Bei dem, was ich dir im Folgenden mitzuteilen habe, mein Sohn, muss ich dich bitten, strengstes Stillschweigen zu bewahren, ganz gleich, um wen es sich handeln mag. Wisse denn, dass ich am frühen Morgen des heutigen Tages von einer Heimsuchung befallen worden bin, welche in den Annalen unseres Bistums ihresgleichen sucht. Als einer unserer Domscholaren, Adalbert mit Namen, etwa eine halbe Stunde vor der Prim den Dom betrat, um zusammen mit dem Sakristan den Altar für den Gottesdienst herzurichten, ward er Zeuge eines Frevels, wie ihn nicht einmal die Ungläubigen zuwege bringen. Noch immer stockt mir der Atem, wenn ich nur daran denke, und meine Augen füllen sich mit Tränen. Du wirst es nicht glauben, was jener Domschüler sah, und dennoch, fürchte ich, ist dies die Wahrheit, so bitter sie uns auch erscheinen mag: Wisse denn, Bruder im Amte, dass die Gräber der heiligen Kunigunde und des zweiten Kaisers mit Namen Heinrich, daselbst im Dome zu Bamberg begraben, geschändet wurden, in einer Weise, die einem das Blut in den Adern gefrieren lässt! Beide Gräber, sowohl dasjenige der heiligen Kunigunde wie auch die Ruhestätte ihres heiligen Gemahls, wurden vollkommen ausgeraubt, mit einer Gründlichkeit, die auch nicht den kleinsten Stofffetzen übrig ließ! Du hast richtig gehört – ausgeraubt, und nicht einmal vor der sterblichen Hülle des Kaisers und seiner Gattin haben diese Ausgeburten der Hölle haltgemacht! Es war so, als seien die beiden Heiligen niemals bestattet worden, und wäre es nicht ein ebenso schlimmer Frevel zu glauben, sie hätten das Schicksal des Erlösers geteilt und seien unmittelbar nach ihrem Tod in den Himmel aufgefahren, würde der Zustand der Grabstätte genau diese Schlussfolgerung nahelegen. Das Einzige, was sich darin fand, war ein Ring aus purem Gold – wer ihn trug, bleibt ein Rätsel. Weniger rätselhaft hingegen ist die Eingravierung, die er trug. Sie ist von zwei Kreuzen umrahmt und lautet: Hoc signo victor eris – in diesem Zeichen wirst du siegen. Wie dir, Bruder im Amte zu Würzburg, sicherlich bekannt ist, waren genau dies die Worte, die Kaiser Konstantin, genannt der Große, am Himmel geschrieben sah, bevor er seinen heidnischen Widersacher aus dem Felde schlug. Ein wahrhaftiges Mysterium, nicht wahr? Aber beileibe nicht das einzige, das Gott der Herr zu durchschauen uns auferlegt hat. Wie es die Grabschänder überhaupt zuwege brachten, unbemerkt in den Dom einzudringen, ist mir nach wie vor schleierhaft, waren Tore und Türen nach Aussage des Sakristans doch bei Sonnenuntergang fest verschlossen und verriegelt worden! Fast könnte man meinen, der Leibhaftige sei am Werk gewesen, so schändlich und ruchlos war diese Tat! Hat man etwas Derartiges schon einmal gehört oder gesehen oder sich in den schwärzesten Tiefen der Fantasie überhaupt vorstellen mögen? Gibt es Worte, um einen derartigen Frevel zu beschreiben?*

Mit einer derartigen Hinterlist konfrontiert zu werden, ist, wie du dir sicher vorstellen kannst, schon schlimm genug. Fast noch schlimmer wiegt allerdings die Tatsache – die heilige Kunigunde, Beschützerin der Leiber aller fruchtbaren Frauen und kranken Kinder, möge mir verzeihen –, dass wir in exakt zehn Tagen den Feiertag beider kaiserlichen Patrone begehen! Für den Fall, dass irgendjemand von dem Frevel erführe, kannst du, mein Sohn, dir sicher vorstellen, was dies für mich und mein Bistum zu bedeuten hat! Man wird dies als böses Omen deuten, als Fingerzeig des Herrn, der mir, seinem Diener, den Segen des Himmels entzog! Darüber hinaus – und diese Tatsache dürfte dir wahrlich nicht unbekannt sein – stehen uns, Gottes Dienern, wahrhaft unruhige Zeiten ins Haus. Kein Tag, an dem nicht irgendein Scharlatan wider die gottgewollte Obrigkeit predigt, kein Tag, an dem nicht Schwärme von Unruhestiftern und falschen Propheten durch die Lande ziehen, kein Tag, an dem nicht irgendein Wanderprediger das Blaue vom Himmel herunterlügt!

So gib denn acht, Bruder im Amte, auf dass dir nicht das Gleiche widerfahre, ist mir doch wie jedem guten Christen hierzulande bekannt, dass in wenigen Tagen das Fest des heiligen Kilian, Apostel der Franken, begangen wird! Gib acht, mein Sohn, auf dass dir nicht die gleiche Heimsuchung zuteil werden möge wie mir! Gib acht, auf dass du mit deiner Herde von den Fallstricken des Bösen verschont bleiben mögest!

Postskriptum: Außer mir, jenem unglückseligen Scholaren und dem hiesigen Sakristan hat bislang niemand etwas über den oben geschilderten Frevel erfahren. Um sicherzugehen, dass dies auch weiterhin der Fall sein möge, habe ich beide einen heiligen Eid schwören lassen, niemals – auch nicht auf dem Sterbebett – über ihre Erlebnisse zu reden. Tue auch du, Amtsbruder zu Würzburg, mir den gleichen Gefallen! Versiegle deine Lippen, verschließe dein Herz, verberge deine Gedanken – auf dass das über mich und mein Bistum hereingebrochene Unheil so lange wie irgend möglich ein Geheimnis bleibe!

Und verbrenne diesen Brief, sobald du ihn gelesen!‹

Sooft er den Brief auch las – begreifen konnte er die ganze Sache immer noch nicht. Genau genommen war sie ihm ein einziges Rätsel. Dass es sich bei dem Grabschänder von Bamberg und Agilulfs Auftraggeber, dem mysteriösen Kapuzenmann, um ein und dieselbe Person handelte, konnte man auf jeden Fall nicht völlig ausschließen.

Alles purer Zufall?

Doch wohl kaum.

Was in aller Welt hatten diese Vorfälle zu bedeuten? Und, wichtiger noch, wer steckte dahinter? Johann von Brunn zermarterte sich förmlich das Gehirn. Die rettende Idee indes blieb ihm versagt.

Eine Weile noch blieb Johann von Brunn wie zu einer Salzsäule erstarrt stehen. Dann atmete er tief durch, faltete den Brief zusammen und deponierte ihn in der Schatulle, in der sich der Pergamentstreifen mit der Drohung des unbekannten Erpressers befand. Zeit für einen guten Tropfen, dachte er bei sich, drehte sich auf dem Absatz um und begab sich zu der Anrichte, die in unmittelbarer Nähe seines Schreibtisches stand. Im Begriff, eine Karaffe mit Falerner, seinem Lieblingswein, zu öffnen und ihn anschließend in einen silbernen Kelch zu gießen, hielt er jedoch unverrichteter Dinge inne.

Die Karaffe in der rechten und den fein ziselierten Kelch in der anderen Hand, blieb Johann von Brunn wie angewurzelt stehen. Es war nicht irgendein Geräusch, das ihn irritierte. Das merkte er sofort. Es war etwas anderes. Der Bischof hob die Nasenspitze leicht an, wie ein Raubtier, das Witterung aufnimmt. Und atmete kurz darauf tief durch, als ihm ein wohlvertrauter Duft in die Nase stieg.

Veilchen und Oleander. Eine dieser neumodischen Grillen aus Frankreich. So recht nach dem Geschmack adeliger Damen.

Dorothea von Waldenburg. Er hätte es wissen müssen.

»Das nächste Mal tu mir bitte den Gefallen und klopfe an!«, legte es von Brunn darauf an, möglichst gleichgültig zu klingen. Wie immer, wenn es um Dorothea von Waldenburg ging, war sein Unterfangen jedoch nicht von Erfolg gekrönt.

»Warum denn so barsch?«, hörte er die aufreizende Stimme hinter seinem Rücken. »Du bist doch sonst nicht so!«

»Mag sein. Aber es gibt eben Tage, an denen es wichtige Dinge zu bedenken gibt. Wichtigere jedenfalls als Frauen«, gab sich der Bischof betont zugeknöpft und füllte seinen Kelch bis zum Rand.

»Das meinst du doch wohl nicht ernst!«

»Jetzt hör mir mal gut zu: Ich habe jetzt wirklich keine …«

In einem leisen Anflug von Unmut stellte der Bischof Karaffe und Becher ab, drehte sich auf dem Absatz um – und war sprachlos. Vor ihm, so nah, dass er sie auf der Stelle an sich reißen und ihre üppigen Rundungen hätte liebkosen mögen, stand die schönste Frau, die er kannte. Für Johann von Brunn wollte das etwas heißen, stand er doch im Ruf, kein Kostverächter zu sein.

»… Zeit?«, nahm ihm die dunkelhaarige Kurtisane mit der schneeweißen Haut und den vollendeten Proportionen die Worte aus dem Mund. »Das meinst du doch wohl nicht ernst?«

»Du wiederholst dich, meine Liebe!«, entgegnete der Bischof, schon wesentlich versöhnlicher gestimmt. Es war so wie immer. Was auch geschah, gegen diese Frau stand er auf verlorenem Posten. Ein kokettes Blinzeln der dunkelblauen, mit geschwungenen Brauen überwölbten Augen, und es war um Johann von Brunn geschehen. Dann gab es nur noch diesen sämtliche Sinne betörenden Duft, das Rascheln ihres Gewandes aus blauem Damast und Dorotheas sanft gewelltes Haar, das ihr in langen Wellen bis auf die entblößten Schultern fiel.

Dorothea von Waldenburg hatte verstanden, auch ohne viele Worte. Ein siegesgewisses Lächeln auf den Lippen, fuhr sie durch ihr Haar, öffnete ihr Kleid und ließ es langsam zu Boden gleiten.

Johann von Brunn war so verblüfft, dass er den Mund nicht mehr zubekam. Seine Kehle fühlte sich wie ausgetrocknet an, und sein Blick hing wie gebannt an der jungen Frau, so überirdisch schön, als sei sie von einem antiken Bildhauer in Marmor gemeißelt worden.

Dorothea von Waldenburg indes kannte sich mit Männern aus. Nur noch mit einem Untergewand aus weißer Seide bekleidet, ging sie mit wiegendem Schritt auf den Bischof zu, schlang die Arme um seinen Hals und sprach: »Oder möchtest du lieber bis heute Abend warten?«

Der Bischof blieb ihr die Antwort schuldig, aber Dorothea bekam sie auch so. Die nun folgende Umarmung war so heftig, dass sie fast keine Luft mehr bekam. »Nicht gar so geschwind, Liebster!«, rief sie mit halb ersticktem Lachen aus. »Wenn du so weitermachst, bringst du mich eines Tages noch ...«

Weiter kam die Kurtisane nicht, denn das Klopfen war so laut wie die Glocken vor dem Jüngsten Gericht. Johann von Brunn fuhr zusammen und richtete den Blick zur Tür. »Eine dringende Botschaft, Herr!«, hörte er seinen Kammerherrn aufgeregt rufen, aber da hatte sich Dorothea bereits aus seiner Umarmung gelöst und war samt Kleid hinter dem Wandschirm verschwunden.

Johann von Brunn, nicht ganz so reaktionsschnell wie sie, blickte sich unschlüssig um. Dann zupfte er seine Tunika zurecht, nahm seinen Becher und füllte ihn bis zum Rand. »Herein damit!«, rief er im gleichen Moment aus.

Ob sein Kammerherr von den Schäferstündchen mit Dorothea wusste, hatte von Brunn bislang nicht herausgefunden. Für den Fall, dass dem so war, sah man es ihm jedenfalls nicht an. Insbesondere nicht jetzt. Hieronymus von Weißenfels, pedantisch, stocksteif und stets auf Etikette bedacht, stürmte geradezu in das Gemach und kam erst kurz vor dem Schreibtisch des Bischofs zum Stehen.

Johann von Brunn, nach außen die Ruhe selbst, nahm einen kurzen Schluck, stellte den Becher ab und ließ den schwer atmenden, knapp 50-jährigen Mann mit den Triefaugen dabei nicht aus den Augen. Er war auf alles gefasst, nur eben nicht auf das, was der Brief enthielt, den sein Kammerherr wie eine Trophäe in der Hand schwenkte: »Eine dringende Botschaft des Fürstabtes zu Fulda!«, keuchte von Weißenfels und hatte Mühe, sein Gleichgewicht zu halten.

»Um sie Euer Gnaden zu überbringen, hat der Kurier drei Pferde zuschanden geritten!«

Dann muss es der alte Tugendbold ja verdammt eilig haben!, dachte von Brunn im Stillen und hatte Mühe, seine Antipathie gegen den Fürstabt für sich zu behalten. »Zeig Er mal her!«, fuhr er seinen Kammerherrn stattdessen an, in der Absicht, die Sache möglichst schnell hinter sich zu bringen. »Hat das denn nicht bis morgen Zeit?!«

»Wohl kaum!«, entgegnete von Weißenfels in weinerlichem Ton. »Der Bote hat mich dringend ersucht, Euch diese Botschaft umgehend zu überbringen und …«

»Und was?!«

Aufgrund des barschen Tonfalls zuckte der Kammerherr kurz zusammen, ermannte sich dann aber und sprach: »Und er hat Euch im Namen des Fürstabtes zu Fulda gebeten, den Brief nach vollendeter Lektüre zu vernichten. Und zwar möglichst diskret.«

»Er hat was?!« Ein Gedanke, so qualvoll, dass er ihm fast körperliche Schmerzen zufügte, stahl sich heimlich, still und leise in das bischöfliche Gehirn. Johann von Brunn erblasste, und als er das Siegel des Fürstabtes von Fulda erbrach, begann seine Hand leicht zu zittern. Der Kammerherr sah es mit Staunen, tat aber so, als bekäme er nichts mit.

Den Brief in der Linken, während die Rechte nach dem silbernen Kelch tastete, wich auch noch der letzte Rest von Farbe aus von Brunns Gesicht. Seine Augen weiteten sich, zuerst vor Erstaunen, dann jedoch, je mehr er von dem Brief las, vor blankem Entsetzen.

»Hoc signo victor eris!«, stammelte der Bischof immer wieder und bekam nicht einmal mit, dass er den Kelch umstieß und sich der blutrote Falerner in Strömen über seinen Schreibtisch ergoss.

Gasse vor Agilulfs Haus im Hauger Viertel, kurz vor Sonnenuntergang

Als sich die Tür ihrer Kate hinter der Frau des Reliquienhändlers schloss, tauchte Bruder Wilfried in den Schatten des gegenüberliegenden Hauses ein und holte tief Luft. Wenn er gewusst hätte, was ihn in Würzburg erwartete, wäre er zu Hause geblieben, Bruder Hilpert hin oder her.

Es war kurz vor Sonnenuntergang, und der Himmel im Osten, zuvor noch ockerfarben, verfärbte sich langsam rot. Für die Jahreszeit ein wenig zu kühl, tat die frische Luft dem Stallmeister trotzdem gut, und als er Atem geschöpft hatte, wagte sich Bruder Wilfried wieder aus seiner Deckung hervor.

Die Gasse in der Nähe des Spitaltores, eine Aneinanderreihung strohbedeckter, aus Lehm, Feldsteinen und Weidengeflecht errichteter Katen, lag in tiefem Dunkel. Obwohl sich Bruder Wilfried eigentlich vor nichts fürchtete, überkam ihn ein Frösteln. Bruder Hilperts Auftrag, die Frau des Reliquienhändlers zu beschatten, war eine Sache, dabei nicht selbst in Gefahr zu geraten, eine andere.

Die Stille ringsum war vollkommen, geradezu erdrückend. Aus den Abzugslöchern der Häuser stiegen spindeldürre Rauchsäulen auf, und der Geruch von Kohlsuppe, Graupen und Hafergrütze lag in der Luft. Vor den Türen, in den meisten Fällen lediglich ein Bretterverhau, häufte sich der Unrat, ein Paradies für die Ratten, die es jetzt, bei Sonnenuntergang, überall aus den Löchern trieb. Bruder Wilfried musste sich die Nase zuhalten, denn der Geruch nach Essen, Küchenabfällen und Exkrementen war fast nicht zu ertragen.

Doch dann fasste er sich ein Herz, trat aus dem Schatten und pirschte sich so unauffällig wie möglich an Agilulfs Haus heran. Ein Schwarm Ratten, der zufällig seinen Weg kreuzte, suchte quiekend das Weite.

Rein äußerlich sah die Behausung des Reliquienhändlers wie die seiner Nachbarn aus, mit dem Unterschied, dass kein einziger Laut nach außen drang. Kein Rauch über dem Abzug, kein Licht, das durch die Ritzen der wurmstichigen Fensterläden drang, kein wenn auch noch so leises Geräusch. Die armselige Kate, von deren Außenwand sich bereits der Verputz zu lösen begann, lag einsam und verlassen da. Wenn Bruder Wilfried die Frau des Reliquienhändlers nicht mit eigenen Augen gesehen hätte, wäre er längst wieder umgekehrt.

Also eine Finte? Im Begriff, die Rückfront des Hauses zu erkunden, horchte Bruder Wilfried plötzlich auf. Er hatte Schritte gehört, nicht nur aus einer, sondern mehreren Richtungen zugleich.

Der Stallmeister wirbelte herum. Im Schatten der strohbedeckten Häuser waren drei Gestalten zu erkennen, eine zur Linken, eine weitere rechts, die dritte mit dem Gesicht zu ihm. Der Kahlkopf links von ihm war mindestens einen Kopf kleiner als er und hatte einen Knüppel bei sich, den er in aufreizend lässiger Manier in die Fläche seiner linken Hand fallen ließ. Gleich würde es Ärger geben. Das wusste der Stallmeister genau. Doch obwohl es ihm ein Leichtes gewesen wäre, den Mann mit dem Knüppel im Handumdrehen außer Gefecht zu setzten, rührte er sich nicht vom Fleck.

»Gott zum Gruße, Bruder!«, hieß ihn der Kahlkopf, ein Mann in zerlumptem Wams, löchrigen Beinlingen und mit blutunterlaufenen Augen mit vorgetäuschter Höflichkeit willkommen. »Was steht zu Diensten?«

Erst jetzt, umringt von drei zwielichtigen Gestalten, wurde Bruder Wilfried bewusst, dass er die Tracht der Zisterzienser trug, wahrscheinlich der Grund, weshalb es die Kerle auf ihn abgesehen hatten. Im Schein der Fackel, die der baumlange, kaum dem Knabenalter entwachsene Rotschopf rechts neben ihm trug, konnte Bruder Wilfried die Gesichter der drei jetzt besser erkennen. Männer, die alles andere als sympathisch wirkten. Vor allem der Mann gegenüber von ihm. Er trug eine Art Umhang aus Lumpen, stützte sich auf eine Krücke, und bis auf die Augenpartie war sein Gesicht durch eine Art Schleier verhüllt. Die Augen allerdings hatten es in sich. Ein Blick nur, und man war wie hypnotisiert von ihrem giftigen Grün. Kein leichter Gegner, das merkte Bruder Wilfried sofort. Die Schulter des Mannes hing merkwürdig schief, und als Bruder Wilfried den Blick senkte, merkte er, dass der linke Fuß des Mannes verkrüppelt war. Fast einen halben Fuß größer als Wilfried, selbst ein Hüne, wie er im Buche stand, ging von ihm eine unheimliche Aura aus. Erst recht dann, wenn er das Wort ergriff: »Wenn mich nicht alles täuscht, Bruder, hat Euch mein Gefährte etwas gefragt!«, sprach er den Stallmeister in einem Tonfall an, der ihn von demjenigen eines Strauchdiebes deutlich unterschied. Bruder Wilfried horchte überrascht auf. Seinem Akzent nach zu urteilen, kam der Klumpfuß nicht aus der Stadt. Wenn überhaupt aus dem Fränkischen, war er bestimmt kein einfacher Mann.

»Sieht so aus, als hätte er die Sprache verloren!«, sparte der Rotschopf rechts neben Bruder Wilfried nicht mit Hohn. »Sollen wir ein bisschen nachhelfen?!«

Der Klumpfuß winkte gelangweilt ab. »Wozu sich der Fäuste bedienen, wenn es auch anders geht!«, erwiderte er in salbungsvollem Ton und sah Bruder Wilfried durchdringend an. »Auf ein Neues, Bruder vom Orden der Zisterzienser: Was habt Ihr hier zu suchen? Antwortet, sonst ist es mit meiner Geduld vorbei!«

Die Hände unter den Ärmeln zu Fäusten geballt, richtete sich Bruder Wilfried zu voller Größe auf und sprach: »Ich bin auf dem Weg zum Stadthof unseres Ordens – oder ist das etwa verboten?«

»Keinesfalls!«, räumte der Klumpfuß zynisch ein. »Wenngleich er in entgegengesetzter Richtung liegt!«

Seiner alles andere als einfallsreichen Ausrede wegen hätte sich Bruder Wilfried ohrfeigen können, und das hämische Gelächter der beiden anderen Männer sprach für sich. Kaum war es verhallt, setzte der Stallmeister zu einer Erwiderung an, wobei ihn der Klumpfuß aber erst gar nicht ausreden ließ: »Zur Sache, Bruder!«, zischte er in deutlich schärferem Ton. »Was habt Ihr hier vor Agilulfs Haus zu suchen? Warum schnüffelt Ihr hier mitten in der Nacht herum?«

»Sonderbar – aber just in diesem Moment wollte ich euch drei Halunken das Gleiche fragen!«

Einen Wimpernschlag war es totenstill. Der Mond spiegelte sich in den bleifarbenen Pfützen, und der Geruch nach Fäkalien, Essensresten und den Ausdünstungen der drei Männer lähmte Bruder Wilfrieds Sinne.

Der Stallmeister war auf alles gefasst, auch darauf, dass er gezwungen war, seine Fäuste einzusetzen. Umso größer dann seine Überraschung, als die drei Strauchdiebe diesbezüglich keinerlei Anstalten machten. Wenn es nach den Spießgesellen des Klumpfußes gegangen wäre, hätte es zwar längst Hiebe gesetzt, aber anstatt den beiden das ersehnte Zeichen zu geben, trat dieser einen Schritt vor, machte eine weit ausholende Geste und sprach: »Die Zeit geht hin, und der Mensch gewahrt es nicht!«

»Dante.«

Die Augen des Klumpfußes weiteten sich, und obwohl man es allenfalls erahnen konnte, flog unmittelbar darauf ein Grinsen über sein Gesicht. »Kompliment!«, spendete er übertrieben devotes Lob. »Für einen Laienbruder wie Euch nicht schlecht!«

»Und woher wollt Ihr wissen, dass ich ein Laienbruder bin?«

»Eure Statur, mein Lieber. Einer dieser Fratres, die sich den ganzen Tag im Skriptorium rumtreiben, hätte bestimmt nicht so eine Statur wie Ihr. Und auch nicht solche Fäuste.«

Bruder Wilfried warf einen Blick auf seine Hände, die er instinktiv aus den Ärmeln hervorgezogen und zu einem Paar mächtiger Fäuste geballt hatte. »Dann seht nur zu, dass ich keinen Gebrauch von ihnen machen muss!«, erwiderte er.

Der Stallmeister hatte noch nicht geendet, da ging der Mann links von ihm einen Schritt auf ihn zu. Er war mit Geschwüren übersät und grinste maliziös. Bevor sein Knüppel jedoch zum Einsatz kam, fuhr der Klumpfuß dazwischen: »Lass gut sein, Skrofulus!«, wies er seinen Kumpan zurecht. »Dafür ist später noch Zeit.« Und fügte, an Bruder Wilfried gewandt, in genau entgegengesetztem Tonfall hinzu: »Bevor es ernst wird, sollten wir uns einander vorstellen, meint Ihr nicht auch, Bruder?«

Wohl wissend, dass in seiner Situation Ironie fehl am Platz war, antwortete der Stallmeister barsch: »Bruder Wilfried. Des Lesens und Schreibens kundiger Laienbruder vom Orden der Zisterzienser.«

Die giftgrünen Augen des Klumpfußes verengten sich, wenn auch nur kurz. Dann hatte er seinen Jähzorn im Griff, neigte das Haupt und sprach in gewohnt theatralischer Manier: »Lazarus. Der Poesie und schönen Künste kundiger Leprakranker aus dem Siechenhaus vor dem Sander Tor. Ehemaliger Studiosus. Mitunter auch ›der Poet‹ genannt. Bitte habt Verständnis, dass ich Euch nicht die Hand schütteln kann!«

Bruder Wilfried schluckte, sichtlich um Haltung bemüht. »Habe ich!«, fügte er kurz und bündig hinzu.

»Wie schön!«, erwiderte der Poet, machte jetzt ebenfalls einen Schritt nach vorn und bohrte den Schaft seiner Krücke mehrere Zoll tief in den Morast. Seine Augenlider waren fast geschlossen, nur ein einziger giftgrüner Strahl schoss aus ihnen hervor und bohrte sich mitten in Bruder Wilfrieds Gesicht. »Und jetzt Schluss mit jeglichen Tändeleien!«, knurrte er. »Was hat ein Pfaffe wie du hier zu suchen?!«

Haus von Berengars Schwager in der Dominikanergasse, kurz nach Sonnenuntergang

»Typisch! Kaum da, musst du schon wieder gehen!«, schimpfte Berengars Schwester Sieglinde hinter ihm her. »Und das ausgerechnet an der Taufe von unserem Jüngsten. Ein Wunder, dass du es heute morgen überhaupt in die Kirche geschafft hast!«

»Manchmal gibt es eben Dinge, die wichtiger sind!« Kaum war ihm die Bemerkung herausgerutscht, bereute Berengar sie auch schon wieder. Dies war weder die Zeit noch der Ort dafür. Außerdem kannte er seine Schwester gut genug, um zu wissen, dass sie seinen Seitenhieb nicht so ohne Weiteres auf sich sitzen lassen würde.

»Wie bitte? Höre ich richtig?! Soll das etwa heißen, dir ist es wichtiger, hinter irgendeinem Halunken herzuspionieren, als ...«

»Es ist nicht irgendein Halunke, zum Teufel noch mal!«

»Soso. Und wer dann?«

Bruder Hilpert, dem das Gezänk sichtlich peinlich war, schob Berengar beiseite und redete seiner Schwester gut zu. Draußen wurde es bereits dunkel. Höchste Zeit also, zu gehen. Während Hilpert mit Engelszungen redete, war das Taufgelage in vollem Gange. Knechte und Mägde hatten alle Hände voll zu tun, und in der Diele war ein ständiges Kommen und Gehen. Jeder musste mit anpacken, so auch die schwergewichtige Amme, die einen Kerzenhalter in die Stube hinauftrug. Von dort war lautstarkes Gelächter und der Klang einer Fiedel zu hören. Sehr zum Verdruss der Hausherrin stach die Stimme von Heribert, ihrem Mann, dabei ganz besonders hervor. Ein Glück für Berengar, dass sein Schwager nicht mehr ganz nüchtern und die Aufmerksamkeit seiner Schwester dadurch ein wenig abgelenkt war. Andernfalls, so stand zu befürchten, hätte es einen handfesten Krach gegeben.

»Bitte habt Verständnis, dass wir uns in Schweigen hüllen – trotz Eurer unvergleichlichen Gastfreundschaft!« Als seien die Worte Hilperts das Stichwort gewesen, ging fast im gleichen Moment die Küchentür auf, und ein Duft, der Berengar das Wasser im Mund zusammenlaufen ließ, stieg ihm in die Nase. Beim Anblick der Speisen, welche die auf das Feinste herausgeputzten Mägde durch die Diele in die Stube hinauftrugen, krampfte sich dem Vogt regelrecht das Herz zusammen. Spanferkel, mit Lauch und Zwiebeln garniert, dazu frisch gebackenes, noch ofenwarmes Brot, einen Krug Starkbier nicht zu vergessen – was ihn betraf, bedurfte es einer geradezu überirdischen Anstrengung, um den Bischof nicht einfach Bischof sein zu lassen und an der reich gedeckten Tafel im Obergeschoss Platz zu nehmen.

»Und warum nicht?«, ließ Sieglinde nicht locker, während eine der Mägde ein riesiges Silbertablett mit Gänseleber, gefüllter Kalbsbrust und Schweinebraten vorübertrug. Der Geruch nach Bratenfett, Erbsen und Saubohnen war so köstlich, dass Berengar den Dialog zwischen seiner Schwester und dem Freund glatt vergaß. Eher zufällig bekam er dann wenigstens das Ende mit: »Darum, edle Frau, nochmals vielen Dank für Eure Gastfreundschaft – und die Bitte um Verständnis für unsere prekäre Situation. Nichts lieber, als an Eurer Tafel zu speisen, glaubt es mir. Aber leider geht das nun einmal nicht. Wenn Ihr erst erfahrt, in welcher Mission wir unterwegs sind, werdet Ihr Euren Bruder und mich verstehen. Daran hege ich nicht den geringsten Zweifel.«

Der alte Fuchs hat es doch tatsächlich geschafft, Xanthippe um den Finger zu wickeln!, dachte Berengar bei sich und konnte sich ein Grinsen gerade noch verkneifen.

»Und wann werdet Ihr wieder hier …« Ein Blick auf ihren Bruder, der gerade sein Schwert umgürtete, sorgte dafür, dass Sieglindes Zorn tiefer Sorge wich. Doch ehe sie etwas sagen konnte, tätschelte ihr Berengar die Schulter, nahm eine Laterne vom Haken und verließ mit Bruder Hilpert das Haus.

Es war spät geworden, kurz nach Sonnenuntergang. Die Dominikanergasse und das angrenzende Kloster lagen in tiefem Dunkel. Bruder Hilpert und Berengar war es recht so. Endlich wieder unter sich, atmeten die beiden Freunde hörbar auf, wechselten einen vielsagenden Blick und schlugen den Weg zum Spitaltor ein. Jeder mit sich und seinen Gedanken beschäftigt, blieben Hilpert und Berengar zunächst stumm. »Kaum zu glauben!«, war es Hilpert, der am Ende das Schweigen brach. »Dass ich nicht schon früher darauf gekommen bin!«

»Auf was denn?«

»Darauf, dass sich im bischöflichen Gemach kein einziges Kruzifix befindet. Von einer Bibel oder einem Bildnis der Muttergottes gar nicht zu reden.«

»Ehrlich? Ist mir gar nicht aufgefallen!«, erwiderte Berengar zerstreut.

»Was dann?«

»Ich weiß nicht, aber ich bin mir sicher, dass dieser Hundsfott von einem … ich bin mir sicher, dass unser hochwohlgeborener Herr Bischof nicht mit offenen Karten spielt.«

»Wie kommst du darauf?«

»Nur so ein Gefühl.«

»Ein Gefühl, das sich auf ein trautes Gespräch mit einer gewissen Schwester Irmingardis zurückführen lässt?«

»Jetzt mach aber mal halblang! Ich weiß wirklich nicht, was Schwester Irmingardis mit unserem Fall –«

»Schon gut, schon gut!«, wiegelte Bruder Hilpert schmunzelnd ab. »Wenn wir dieser Hildegard einen Besuch abgestattet haben, wäre es, denke ich, keine üble Idee, ein wenig mit ihr zu plaudern. Eine überaus interessante Frau, wenn ich dich richtig verstanden habe.«

Berengar antwortete mit einem undefinierbaren Brummen, aber Bruder Hilpert hatte auch nichts anderes erwartet. Da er seinen Freund kannte, übte er sich in Geduld, bis der Vogt sein Schweigen brach: »Kannst du mir sagen, weshalb wir uns überhaupt auf so etwas eingelassen haben?«, stieß Berengar unwirsch hervor.

»Weil du der bislang einzige Zeuge in diesem Fall bist. Oder hast du deinen Brummschädel schon wieder vergessen?«

»Hab ich nicht!«, spie Berengar Gift und Galle. »Oder ist der Verband um meinen Kopf etwa nicht auffällig genug?!«

»Keineswegs.«

»Dann tu mir bitte den Gefallen und gib mir eine Antwort auf meine Frage.«

»Warum wir das alles auf uns nehmen?« Bruder Hilpert blieb abrupt stehen, wandte sich Berengar zu und sah ihn lange und eindringlich an. »Weil du, so wie ich dich kenne, bestimmt wissen willst, wer dir vorgestern eins über den Schädel gezogen hat.«

»Und wieso noch?«

»Weil es sich um einen derart abscheulichen Frevel handelt, dass ich es für unsere Pflicht halte, ihn zu sühnen. Als Christen, die wir nun einmal sind.«

»Aber warum gerade wir?«

»Wie gesagt – ich denke, es ist unsere Pflicht. Und darüber hinaus …« Bruder Hilpert verfiel in tiefes Brüten, und es dauerte lange, bis er Berengar eine Antwort gab. »Ich denke, hinter dieser Sache steckt mehr, als wir beide oder der Bischof ahnen. Hier geht es nicht nur um Diebstahl – sofern dieses Wort im Falle der gestohlenen Schädel der drei Heiligen überhaupt angebracht ist. Nein, hier geht es um mehr. Um viel mehr!«

»Und um was?«

»Jedenfalls nicht darum, einem Mann wie Johann von Brunn einen Gefallen zu tun! Wenn überhaupt, dann darum, das Böse in die Schranken zu weisen und den Kräften des Guten zum Sieg zu verhelfen. Glaub mir, mein Freund«, sprach Hilpert und legte die Hände auf Berengars Schultern. »Verglichen mit dem, was uns bevorsteht, ist die Aufdeckung der Satanistenverschwörung ein Kinderspiel gewesen! Und jetzt komm – selbst wenn wir die Frau von diesem Agilulf zum Reden bringen, bleibt uns nicht mehr viel Zeit!«

Gasse vor Agilulfs Haus, zur gleichen Zeit

Nur ein kurzer Moment der Unachtsamkeit. Und schon war es passiert.

Ein Hieb mit dem Knüppel. Und das mit voller Wucht. Direkt in den Magen. So fest, dass er keine Luft mehr bekam.

Bruder Wilfried geriet ins Taumeln und torkelte mit ausgestreckten Händen auf den Klumpfuss zu. Der wiederum wich ihm geschickt aus, und der Würgegriff des Stallmeisters ging ins Leere.

Verzweifelt rang Bruder Wilfried nach Luft, aber ihm war keine Pause vergönnt. Als Nächstes kam der Rotschopf zum Zug. Doch der hatte seinen Gegner unterschätzt. Die geballte Faust des Stallmeisters landete direkt in seinem Gesicht. Er blutete aus der Nase, bebte förmlich vor Zorn. Ein Hieb ins Gesicht – ausgerechnet von einem Mönch! Dass er die Scharte auswetzen wollte, war ihm anzusehen. Da Bruder Wilfried noch halb benommen war, hatte er leichtes Spiel.

Ein Tritt nur, aber einer, der schmerzte. Als sich die Stiefelspitze des Rotschopfs in seinen Unterleib bohrte, bäumte sich Bruder Wilfried kurz auf und ging dann leise ächzend zu Boden.

Ein weiterer Schlag mit dem Knüppel. Von hinten auf die rechte Schulter. Schlecht gezielt. Sonst hätte er ihm glatt den Schädel zermalmt. Aber das würde dieser Skrofulus bestimmt gleich nachholen.

In einer Art Reflex, das Einzige, was ihm in dieser Situation zu tun übrig blieb, verschränkte Bruder Wilfried seine Hände über dem ungeschützten Schädel. Aber der Schlag kam nicht. Und auch kein weiterer Tritt. Es war vorüber.

Aber warum?

»Los, komm, Berengar – schnell!« Bruder Hilpert erfasste die Situation als Erster. Schneller als Berengar, aber auch schneller als die drei zwielichtigen Gestalten, die gerade dabei waren, Bruder Wilfried zu Tode zu prügeln.

Aber dann war Berengar auch schon zur Stelle. Kaum war er um die Ecke gebogen, zückte er schon sein Schwert und stürmte auf den Rotschopf und Skrofulus zu. Beide waren so überrascht, dass sie sich nicht von der Stelle rührten. Und als sie dies taten, war es schon fast zu spät.

Es wäre Berengar ein Leichtes gewesen, die beiden zu töten. Aber er tat es nicht. Warum, wusste er später selbst nicht mehr.

Und so kam es, dass er nicht auf den Körper von Skrofulus zielte, sondern ihn durch einen gezielten Stich in den Oberarm kampfunfähig zu machen versuchte. Zeit genug für den Rotschopf, im Gewirr der Gassen unterzutauchen. Genau wie der Poet, der sich anscheinend in Luft aufgelöst hatte.

Blieb nur noch Skrofulus, ein Gegner indes, der ihm einiges abverlangte. Einer, der den Knüppel schwingen konnte wie andere das Schwert. Berengar kam mächtig ins Schwitzen, und es dauerte lange, bis sich der Mann mit den Geschwüren eine Blöße gab. Aber dann war es endlich so weit. Oder es sah zumindest danach aus. Berengar machte einen Schritt nach vorn, täuschte einen Stich in die Herzgegend vor – und erstarrte.

Skrofulus sah es mit Erstaunen, reagierte dann aber blitzschnell und war genau wie seine Kumpane im Handumdrehen verschwunden.

Berengar aber blieb stehen und starrte die Gestalt am Ende der Gasse wie eine Erscheinung aus dem Jenseits an. »Das gibt's doch nicht!«, stieß er ungläubig hervor. Und weiter: »Dafür wirst du mir büßen! Und wenn ich dich …«

»Wer soll dir büßen? Berengar – was ist auf einmal mir dir los?!«

Wie von Dämonen gepeinigt, fuhr Berengar herum. Bruder Hilpert erschrak fast zu Tode, als er das blutleere Gesicht des Freundes sah. »Was ist mit dir?«, fuhr er ihn bestürzt an.

»Da drüben!«, stammelte Berengar, machte eine halbe Drehung und fuchtelte wie von Sinnen mit dem Zeigefinger herum. »Da drüben an der Ecke, gleich neben …«

Weiter kam Berengar von Gamburg nicht. Denn als er Hilpert erklären wollte, wen er da gerade gesehen hatte, war der Mann im dunklen Mantel und der tief liegenden Kapuze längst verschwunden, ein zynisches Lächeln auf dem Gesicht.

Unser Frauen Berg, Marienkirche,
eine Stunde nach Sonnenuntergang

Er hätte ihnen Gift geben können. Jedem Einzelnen von ihnen. Ohne Skrupel.

Und sie ihm.

Davon war er felsenfest überzeugt.

Bevor er das Wort ergriff, sah sich Johann von Brunn, Fürstbischof zu Würzburg, die Mitglieder des Domkapitels der Reihe nach an. Die Miene der Kleriker sprach Bände. Kaum einer, auf den er zählen konnte.

Aber noch hatte er das Sagen. Und obendrein genug Kriegsknechte, um sie alle unter sein Joch zu beugen.

Die Frage war nur: Wie lange noch?

In der Marienkirche der Burg herrschte eisiges Schweigen. Der Altarraum war in rätselhaftes Zwielicht getaucht, und der Kerzenduft kam gegen die stickige Luft nicht an. Die Mitglieder des Domkapitels, allesamt in prunkvolle Gewänder, Roben oder Talare gehüllt, warfen lange Schatten, so weit, dass sie fast bis zum bischöflichen Prunksessel reichten. Johann von Brunn selbst sah alles andere als heiter aus, und beim Gedanken an die bevorstehende Sitzung wurde ihm regelrecht schlecht.

Er musste diesen heuchlerischen Bastarden Rede und Antwort stehen. Ob er nun wollte oder nicht. Sonst war alles verloren. Und zwar endgültig.

»Erhebt Euch, Ihr Herren! Seine Fürstbischöfliche Gnaden, Johann von Brunn, Bischof von Würzburg und Herzog von Franken!« Die Stimme seines Kammerherrn hörte sich noch seniler an als sonst, und hätte es diese Vipernbrut nicht gegeben, wäre er glatt aus der Haut gefahren. So aber ließ er die ganze Prozedur über sich ergehen und betrachtete das Medaillon, das sich über ihm an der Decke befand.

Die Jungfrau Maria. Wenn er sich in einem Punkt sicher war, dann darin, dass er bei ihr verspielt hatte.

Als die Litanei seines Kammerherrn endlich beendet war, schlug der Bischof ein Kreuz, warf einen Blick in die Runde und ließ sich in den gepolsterten Prunksessel vor dem Hochaltar sinken.

Kaum hatte er Platz genommen, taten die Mitglieder des Domkapitels das Gleiche. Manche waren gar nicht erst aufgestanden, aber so leicht ließ sich ein Johann von Brunn denn doch nicht provozieren.

»Wie mir berichtet wurde«, begann der Bischof gedehnt, »habt Ihr, hochwürdige Mitglieder des Domkapitels, den dringenden Wunsch geäußert, dass es aufgrund der jüngsten, höchst unglückseligen Vorkommnisse in diesem Unserem Bistume zwischen Euch und mir zu einer baldigen Aussprache …«

»Was heißt denn hier Aussprache?!« Puterrot vor Zorn, hielt es Gero von Weinsberg, einen fettleibigen Choleriker von mäßiger Intelligenz, nicht mehr auf der Bank. Er war so erregt, dass seine Froschaugen förmlich aus den Höhlen sprangen: »Wir verlangen, dass Ihr Euch rechtfertigt, und zwar auf der Stelle!«

»Und wofür?«

»Das dürfte Euch doch wohl bekannt sein, oder etwa nicht?« Der Mann, der sich mit aufreizender Lässigkeit erhob und dafür sorgte, dass sich sein Vorredner wie ein gehorsamer Domschüler wieder auf der Bank niederließ, war über 60, hager und hatte silbergraues Haar. Sein Talar saß wie angegossen, wie im Übrigen auch Zingulum und Rochett. Balduin von Sternberg war sozusagen die Beherrschung in Person. Der Mann, vor dem sich von Brunn wie vor kaum jemand sonst fürchtete.

»Wenn Ihr auf den höchst bedauernswerten Vorfall während der vergangenen Nacht …«

»Bischöfliche Gnaden mögen mir meine Impertinenz verzeihen«, fiel von Sternberg dem Bischof umgehend ins Wort, »aber wir alle, Euer Gnaden mit eingeschlossen, täten besser daran, nicht weiter um den heißen Brei herumzureden.«

Der Hieb saß. Aschfahl im Gesicht, bewegte sich von Brunn unruhig auf seinem Sitz hin und her. Nicht so sein Kontrahent. Balduin von Sternberg stand da wie in Erz gegossen und sah ihn mit einem herausfordernden Lächeln an.

Fahr zur Hölle, elender Intrigant!, fuhr es Johann von Brunn durch den Sinn, aber noch hatte er sich einigermaßen im Griff und antwortete in geschmeidiger Manier: »Wenn dies Euer Wunsch ist – bitte!« Mit einer Miene, die verriet, welche Freude es ihm bereiten würde, seine Gegenspieler allesamt in Ketten zu sehen, reckte von Brunn das Kinn und fügte salbungsvoll hinzu: »Was begehrt das hochehrwürdige Domkapitel zu wissen?«

»Alles.« Die Antwort, fast im Befehlston, kam von irgendwoher aus dem Hintergrund, von wo genau und wem, bekam von Brunn zunächst nicht mit. Eine Zeit lang irrte sein Blick hin und her, ohne dass er den Urheber der Replik hätte ausfindig machen können. Erst nach längerem Suchen, mit einer gehörigen Portion Schweißperlen auf der Stirn, wurde der Bischof fündig.

An der Stelle, die den Altarraum von der angrenzenden Rotunde trennte, also 20 Schritt oder noch mehr entfernt, stand ein Mann, aufrecht, hager und von hochaufgeschossener Statur. Dicht hinter ihm, im verblassenden Licht zweier riesiger Kandelaber, ragten die Grabplatten verstorbener Fürstbischöfe aus dem Halbdunkel hervor, über denen der Mann im dunklen Umhang förmlich zu schweben schien. Von Brunn schluckte, fuhr mit dem Handrücken über die schweißnasse Stirn und fingerte nervös an seinem Siegelring herum.

Er kannte den Mann, sehr gut sogar. Und das traf natürlich auch auf die übrigen Mitglieder des Domkapitels zu. Dennoch drehten sich alle wie auf Kommando um.

»Ihr kommt spät.«

»Aber nicht *zu* spät, hoffe ich.« Obwohl Platz genug war, blieb der Mann wie versteinert stehen. Erst als er sich der allgemeinen Aufmerksamkeit sicher war, entledigte er sich seines Umhangs und warf ihn scheinbar achtlos auf eine Bank. Dann wandte er sich wieder dem Fürstbischof zu, das Gesicht immer noch im Halbdunkel verborgen: »Euer Gnaden müssen verzeihen!«, sprach er in an Gleichgültigkeit grenzendem

Ton. »Aber ich wurde aufgehalten. Verrichtungen von großer Dringlichkeit – Ihr versteht!«

Normalerweise hätte Johann von Brunn ein derartiges Verhalten nicht ungestraft durchgehen lassen. Nicht so bei diesem Mann. Und schon gar nicht in einer derart prekären Situation. »Was also ist Euer Begehr?«, fragte er in täppischer Manier, in der Absicht, ein Kreuzverhör doch noch abzuwenden.

»Dass Ihr Rechenschaft ablegen möget. Jetzt und hier.« Die Stimme des Mannes war hart und metallisch, von geradezu unbarmherziger Natur.

Johann von Brunn gab ein nervöses Räuspern von sich. »Ich denke nicht, dass es hier etwas zu rechtfertigen gibt!«

»Aber wir!« Wie sehr von Sternberg die sich anbahnende Demütigung des Fürstbischofs genoss, konnte er kaum verhehlen. Auf diesen Moment hatten nicht nur er, sondern die große Mehrheit des Kapitels gewartet. Die Jagd auf Johann von Brunn war eröffnet. »Wie aus zuverlässiger Quelle verlautete«, fuhr der greise Domherr ungerührt fort, »habt Ihr, Fürstbischöfliche Gnaden, es für nötig erachtet, einen Zisterzienserbruder mit Namen Hilpert und den Vogt des Grafen von Wertheim mit der Aufklärung des uns alle erschütternden Reliquienfrevels zu betrauen. Trifft dies zu?«

»In der Tat.«

»Darf man erfahren, warum?«

»Weil besagter Vogt durch Zufall Zeuge eines Gespräches zwischen dem mutmaßlichen Auftraggeber und dem Täter, einem gewissen Agilulf, geworden ist.«

»Trifft es zu, dass Euch dieser Vogt am gestrigen Freitag eine Warnung hat zukommen lassen, Ihr es aber nicht für nötig hieltet, ihr auf den Grund zu gehen?«

»Woher wisst Ihr das?!«

Von Sternberg lächelte. »Die Burg hat Augen und Ohren. Das solltet Ihr eigentlich am besten wissen.«

»Zur Sache, wenn's beliebt.«

»Mit Vergnügen!« Der Dompropst verzog das Gesicht und sah sich Beifall heischend um. Dann wandte er sich wieder dem Bischof zu: »Ein mysteriöser Auftraggeber, soso. Und was ist Euch über ihn bekannt?«

Noch während von Sternberg sprach, lachte der Mann im Hintergrund kurz auf. Sein Gesicht war nach wie vor nicht zu erkennen, und wäre das Kapitelkreuz auf seiner Brust nicht gewesen, hätte man ihn glatt für ein Trugbild gehalten.

»Nichts.«

»Könnte es sein, dass diese Schattengestalt nur in der Fantasie dieses ...«

»Berengar von Gamburg.«

»Seid bedankt, Euer Gnaden!« Ein hintergründiges Lächeln flog über von Sternbergs Gesicht. »Kann es sein«, begann er von Neuem, »dass dieser ominöse Auftraggeber nur in der Fantasie dieses täppischen Vogtes existiert?«

»Eure Voreingenommenheit in allen Ehren – bevor Ihr ein Urteil fällt, das nicht der Realität entspricht, solltet Ihr Euch vielleicht erst einmal ein Bild von dem Zeugen machen.«

Einen Wimpernschlag lang war der Mund des Dompropstes sperrangelweit offen, und er tat sich schwer, seine Verblüffung zu verbergen. Ein Vorteil, den sich von Brunn umgehend zunutze machte: »Wenn es einstweilen keine Fragen mehr gibt, wird der Vorsteher meiner Kanzlei, der ehrwürdige Eustachius von Marmelstein, im Folgenden kurz Bericht erstatten!«, fügte er kurz angebunden hinzu.

Der Mann, von dem die Rede war, war bislang nicht in Erscheinung getreten. Als er seinen Namen hörte, fuhr er zusammen, rappelte sich mühsam auf und steuerte auf den Mittelgang zu. Obwohl es nur ein paar Schritte waren, geriet er dermaßen ins Schwitzen, dass man fast schon Mitleid mit ihm bekam.

Fast alles an Eustachius von Marmelstein war höchst ungewöhnlich. Angefangen bei seiner Körperfülle, machten ihn vor allem sein Watschelgang und ein Paar Storchenbeine geradezu unverwechselbar. Nur wenige Schritte, und der Domkapitular geriet völlig außer Atem. Just wie in diesem Moment, als er ein Schweißtuch unter seinem Talar hervorzerrte und nur mithilfe seines Gehstocks imstande war, sich auf den Beinen zu halten. »Hochwürdigste Domherren!«, begann er mit zitternder Stimme, wobei er es seiner Kurzsichtigkeit wegen vermied, den Blick auf die Versammelten zu richten. »Wie mir unser aller Bischof und Herr aufzutragen geruhte …«

»Wieso Herr?!« Obwohl der Zwischenruf nicht zu überhören und eine Dreistigkeit sondergleichen war, ließ sich von Marmelstein nicht aus der Ruhe bringen. »Wie gesagt«, unternahm er einen weiteren Versuch, sich Gehör zu verschaffen, wobei sich die rötliche Färbung seines Gesichts merklich vertiefte, »wie gesagt, wurde ich damit beauftragt, so viel wie möglich über den frevlerischen Diebstahl der vergangenen Nacht herauszufinden.«

»Dürfen wir davon ausgehen, dass Eure Bemühungen zumindest teilweise von Erfolg gekrönt waren?« Mit einer Häme, die man selbst bei ihm nicht vermutet hätte, wagte sich von Sternberg erneut aus der Deckung und sah den fettleibigen Domkapitular geringschätzig an.

»Nein. Das heißt … nein, jedenfalls nicht bis jetzt.«

»Und warum nicht, wenn man fragen darf?«

»Weil der oder die Täter nicht die geringste Spur hinterlassen haben.« Von Marmelstein zuckte ratlos die Achseln. »Keine Ahnung, wie sie es geschafft haben, unerkannt zu entkommen. Tür und Reliquienbehälter aufzubrechen, ist ja schließlich kein Kinderspiel.«

»Bedeutet das, dass Eurer Ansicht nach mehrere Täter am Werke waren?«

Von Marmelstein deutete ein schicksalsergebenes Nicken an.

»Und die Weihegaben – sie sind doch bestimmt Hunderte von Gulden wert!«, warf von Weinsberg indigniert ein. »Was ist mit denen?«

»Wie es scheint, wurden sie nicht angetastet.«

»Und die Wachen vor dem Portal?«, hakte von Sternberg nach.

»Haben weder etwas gesehen noch gehört.«

»Aber das kann doch nicht sein!«

»Doch, kann es, Herr von Sternberg, kann es.« Von Marmelstein hob den Kopf und blinzelte in die Richtung, aus der die Stimme seines Widersachers kam. »Wenn ich ehrlich bin, ist mir das Ganze ein einziges Rätsel.«

»Und wer hat den Diebstahl als Erster bemerkt?«

»Einer der Domscholaren.«

»Und um wen handelt es sich?«

»Um einen gewissen Bertram von Klingenberg. Der dann umgehend einen der Chorherren verständigt hat.«

»Wen denn?«

»Fredegar von Stetten. Einen der nachgeborenen Söhne des Herrn von …«

»Ich weiß, von wem hier die Rede ist!«, fauchte von Sternberg den schwergewichtigen Domkapitular an. »Eine andere Frage: Wann, denkt Ihr, wurden die Reliquien gestohlen?«

»Des großen Zulaufs wegen wurde die Basilika erst eine Stunde nach Sonnenuntergang geschlossen. Der Diebstahl selbst wurde kurz vor der Prim bemerkt.«

»Und dann?«

»Wie meinen?«

»Und was habt Ihr dann getan?«

»Ich habe Vorkehrungen getroffen, dass niemand die Kirche betreten kann. Und dann umgehend Ihro Gnaden den Bischof …«

»Schon gut, wir haben verstanden.« Von Sternberg machte ein angewidertes Gesicht und sah sich kopfschüttelnd um.

»Schmach auf der ganzen Linie. Und von den Tätern keine Spur.«

»Nicht ganz.«

»Was soll das heißen?«

Eustachius von Marmelstein, ein Bild des Jammers, wie man es nur selten fand, gab ein verlegenes Hüsteln von sich und kratzte sich hinterm Ohr: »Das soll heißen, dass besagter Domscholar eine Botschaft auf dem Katheder fand.«

Ein Raunen ging durch die Kapelle, welches von Sternberg allerdings im Keim erstickte: »Eine Botschaft welchen Inhalts?!«, bellte er.

Von Marmelstein sah sich Hilfe suchend nach dem Bischof um. Als der erhoffte Beistand ausblieb, wimmerte er: »1000 Gulden Lösegeld für die Rückgabe der Reliquien.«

»Etwas lauter, wenn's beliebt!«

»Der Täter verlangt 1000 Gulden. Bis spätestens Mittwochmittag. Eintausend Gulden – oder wir sehen die Schädel der drei Heiligen nie wieder.«

Kaum hatte der Domherr geendet, war aus der Marienkirche ein wahres Tollhaus geworden, und hätte von Sternberg nicht mit aller Macht versucht, den Drohungen, Beschimpfungen und lautstarken Anschuldigungen Einhalt zu gebieten, wäre die Kapitelsitzung im Chaos geendet. So aber beruhigten sich die Gemüter allmählich wieder, und als Ruhe eingekehrt war, holte von Sternberg zum Todesstoß aus: »Und wie«, genoss er jedes seiner Worte in vollen Zügen, »gedenkt Ihr, Hochwürdigster, mit der Situation fertig zu werden? Dass das Neumünster geschlossen war – und das ausgerechnet sonntags! –, war schon schlimm genug. Was, glaubt Ihr, wird erst passieren, wenn dies auch an den folgenden Tagen der Fall sein wird? Oder gar an Kiliani? Und wenn wir gerade dabei sind: Was wird Eurer Meinung nach geschehen, wenn auch nur ein Jota von dem, worüber wir gerade sprechen, nach außen dringt?«

»Ein Grund mehr, das Lösegeld zu zahlen.«

»Habt Ihr komplett den Verstand verloren?!«, schrie von Weinsberg den fettleibigen Domherrn an. »Das kommt doch wohl überhaupt nicht infrage! Und wenn hier einer zahlt, dann doch wohl bestimmt nicht wir!«

»Ich wüsste nicht, wer, wenn nicht das ehrwürdige Domkapitel, überhaupt in der Lage wäre, eine derart hohe Summe ...«

»Na, wer denn wohl?«, geiferte von Weinsberg mit hochrotem Kopf. »Könnt Ihr Euch das nicht denken?«

»Gemach, Herr von Weinsberg, gemach!« Ein zynisches Lächeln huschte über von Sternbergs Gesicht. Ein Lächeln, das nichts Gutes verhieß: »Eine Frage noch, Herr von Marmelstein!«, sprach er in heuchlerischem Ton. »Wie haben Bischöfliche Gnaden eigentlich auf die Hiobsbotschaft reagiert?«

Dunkelrot vor Zorn, hielt es von Brunn nicht mehr auf seinem Sitz. »Das ist doch wohl die Höhe!«, brach es förmlich aus ihm hervor. »Wer gibt Euch überhaupt das Recht ...«

»Das Domkapitel, Herr von Brunn. Und das genügt mir vollauf.«

»Aber mir nicht!«, fuhr der Bischof seinen Widersacher an. »Wie könnt Ihr es wagen, mir zu unterstellen, der Diebstahl der Reliquien sei mir ...?«

»Gleichgültig?«, vollendete von Sternberg mit einem hintergründigen Lächeln im Gesicht. »Nein, Euch etwas Derartiges zu unterstellen, käme mir im Leben nicht in den Sinn.«

»Was dann?«

Ein wahrer Meister der Intrige, tat von Sternberg so, als denke er angestrengt nach. »Ich frage mich«, warf er zögerlich ein, während sein Blick die Versammelten streifte, »ich frage mich ernsthaft, wer aus dem Diebstahl unserer Reliquien den meisten Nutzen zieht.«

»Die Diebe, wer sonst?«, erwiderte von Marmelstein mit treuherzigem Gesicht.

»Und wer noch?«

»Ich weiß zwar nicht, worauf Ihr hinauswollt, aber könnte es nicht sein, dass es sich bei dem ominösen Auftraggeber um eine Person handelt, die bis zum Hals in Schulden …« Als von Marmelstein bemerkte, dass urplötzlich aller Augen auf den Bischof gerichtet waren, brach seine Rede unvermittelt ab. Erst jetzt, da er erkannte, auf welch perfide Art und Weise er ausmanövriert worden war, wurde ihm sein kapitaler Fehler bewusst. Er wollte etwas sagen, aber die Worte blieben ihm im Hals stecken.

»Ihr glaubt doch nicht etwa, dass ich …«, begann Johann von Brunn, aber dann streckte auch er die Waffen und sackte buchstäblich in sich zusammen. Der Kampf war verloren. Daran gab es nichts zu rütteln. Die Stirn auf die Fläche seiner rechten Hand gestützt, saß der Bischof von Würzburg stumm und teilnahmslos da und harrte der Dinge, die da kommen sollten.

Wie nicht anders zu erwarten, dauerte es nicht lange, bis man ihm die Rechnung präsentierte: »Um Euch nicht weiter zu inkommodieren, Bischöfliche Gnaden«, holte von Sternberg gekonnt zum tödlichen Schlag aus, »hier unsere Entscheidung – einmütig gefasst, wie ich der Korrektheit halber betonen muss! Gelingt es Euch nicht, besagter Reliquien bis spätestens Mittwochmittag habhaft zu werden, werden wir Mittel und Wege finden, Euch des Amtes zu entheben. Nicht nur, weil Ihr es an der nötigen Vorsicht habt mangeln lassen, sondern auch, weil Ihr im dringenden Verdacht steht, Anstifter und Auftraggeber dieses bislang nicht gekannten Frevels zu sein!« Von Sternberg richtete sich zu voller Größe auf und fragte: »Habt Ihr dem noch etwas hinzuzufügen? Nein? Dann schlage ich vor, die Sitzung zu beenden!«

Agilulfs Haus, zwei Stunden vor Mitternacht

»Wann ich ihn zum letzten Mal gesehen habe, wollt Ihr wissen?« Hildegards Blick irrte ziellos hin und her. Sie saß in der Klemme, tiefer als je zuvor. Und vor allem hatte sie Angst. Nicht so sehr vor dem Zisterziensermönch mit der ergrauten Tonsur und dem blassen Gesicht, sondern vor seinem Begleiter, dem Vogt. Vor jenem Mann also, der ihr gerade gegenübersaß. Dunkelhaarig, kräftig und mit stechendem Blick, sah er wirklich nicht danach aus, als ob mit ihm gut Kirschen essen wäre. »Aber das habe ich dem Burghauptmann doch schon alles erzählt!«, lamentierte sie.

»Dann eben noch einmal von vorn. Und zwar jetzt gleich!«, fuhr Berengar die Frau des Reliquienhändlers an und hieb mit der Faust auf den Tisch. Die Öllampe, einzige Lichtquelle weit und breit, flackerte kurz auf, erlosch aber nicht.

Berengar musste seine ganze Beherrschung aufbieten, damit ihm nicht der Geduldsfaden riss, und das hatte natürlich seinen Grund. Das Scharmützel mit dem Klumpfuß und seinen Kumpanen steckte ihm immer noch in den Knochen. Schlimmer noch, der Kapuzenmann war ihm innerhalb von zwei Tagen zum dritten Mal durch die Lappen gegangen. Und das, nicht etwa Agilulfs verstocktes Weib, setzte ihm ordentlich zu.

Doch wie so häufig in letzter Zeit, kam ihm Bruder Hilpert zu Hilfe, und als er die Hand des Freundes auf der linken Schulter spürte, mäßigte er sich und sprach: »Wenn du uns etwas zu sagen hast, dann jetzt. Oder hat dir der kleine Plausch mit dem Herrn Burghauptmann nicht gereicht?«

»Doch.« Die Ellbogen auf die Tischkante gestützt, legte Hildegard ihr Gesicht in die Handflächen und seufzte laut. Leugnen hatte keinen Zweck, das war klar. Mehr verraten als nötig aber auch nicht. »Obwohl ich ihm alles gesagt habe, was ich weiß.«

»Mag sein. Das Problem ist nur, dass uns das keinen Schritt weiterbringt.«

»Was erwartet Ihr denn von mir? Etwa, dass ich meinen Mann ans Messer liefere? Nie im Leben – selbst wenn ich wüsste, wo er steckt!«

»Damit wir uns richtig verstehen: Dies hier ist deine letzte Chance! Wenn du nicht auspackst, können weder Bruder Hilpert noch ich noch irgendjemand sonst etwas für dich tun. Kapiert?! Rede, oder du wirst dein blaues ...«

»Ruhig Blut, Berengar. Wenn du dich aufregst, bringt uns das auch nicht weiter.« Bruder Hilpert legte dem Freund die Hände auf die Schultern und nickte Hildegard freundlich zu. »Nehmt es meinem Freund nicht übel, gute Frau«, sprach er, wandte sich ab und ging zu Bruder Wilfried hinüber, der auf einem Schemel neben der Feuerstelle saß. »Aber die Art und Weise, wie mein Mitbruder vor Eurer Haustür traktiert worden ist, hat ihn nun einmal furchtbar wütend gemacht. Er kann von Glück sagen, dass wir rechtzeitig zur Stelle waren.«

»Aber was kann ich denn dafür?!«

Bruder Hilpert legte die Stirn in Falten und bewegte den Zeigefinger auf der Unterlippe hin und her. »Zugegeben, Euch trifft keine Schuld, zumindest nicht im wortwörtlichen Sinn.«

»Was meint Ihr damit?«

»Bruder Hilpert will damit sagen, dass es sich bei den drei Strauchdieben ganz offensichtlich um Kumpane deines Mannes gehandelt zu haben scheint«, schaltete sich Berengar mit Blick auf sein malträtiertes Wams und die verdreckten Beinlinge ein, und dies mit einer Gelassenheit, die Bruder Hilpert unwillkürlich schmunzeln ließ. »Kumpane, die auch dir nicht ganz fremd sein dürften.«

»Ob Ihr mir's nun glaubt oder nicht: Mit seinen krummen Dingern habe ich nicht das Geringste zu tun!«

»Mag sein«, räumte Bruder Hilpert nachdenklich ein. »Aber wenn nicht Ihr, wer dann?«

»Was weißt du über den Mann, von dem er den Auftrag zum Diebstahl der Reliquien bekam?«, hakte Berengar unerbittlich nach.

»Nicht viel mehr als Ihr selbst, Herr Vogt. Eins aber weiß ich genau: dass er verdammt spendabel war.«

»Und wie viel war ihm die ganze Sache wert?«

»100 Gulden. Die Hälfte sofort, der Rest bei Lieferung.«

In Gedanken bei den Geschehnissen der vergangenen Nacht, krampfte sich Bruder Hilperts Seele zusammen, und er konnte sich eines Fröstelns nicht erwehren. Hildegards unbeteiligte Miene trug das ihre dazu bei, und so lautete sein Kommentar: »Eine hübsche Summe.«

»Wenn Ihr meint!«, entgegnete Agilulfs Frau in verächtlichem Ton. »Da kennt Ihr den alten Halsabschneider aber schlecht!«

»Wie darf ich das verstehen?«

Hildegard funkelte Bruder Hilpert zornig an. »Ich wüsste nicht, was es hier zu verstehen gibt«, keifte sie. »Wir haben Schulden, und zwar mehr als genug! 50 Gulden – gut und schön! Aber halt nicht viel mehr als ein Tropfen auf den heißen Stein.«

»Will heißen: Mit den 50 Gulden hätte Euer Mann gerade einmal so seine Schulden begleichen können.«

»Stimmt. Zumindest die, von denen ich etwas weiß.«

»Und bei wem hat er sich das Geld geliehen?«

»Na, bei wem wohl? Beim Jud'!«

»Der da heißt?«

»Samuel Isaaksohn. Wohnt am Oberen Markt.«

»Und wie konnte es dazu kommen, dass er sich so viel ...«

»Hat borgen müssen, meint Ihr? So viel, dass er sich ohne Weiteres ein Pferd hätte leisten können?« Gerade noch ein

Häuflein Elend, war die Frau eines Reliquienhändlers im Handumdrehen zur Furie geworden. »Wollt Ihr das wirklich wissen, Bruder?«

»Sonst würde mein Freund doch wohl kaum danach fragen, Weib eines …«

»Berengar, bitte.« Bruder Hilpert hob beschwichtigend die Hand, klopfte Bruder Wilfried aufmunternd auf die Schulter und bewegte sich langsam auf Hildegard zu. Der wiederum schien ihr Wutanfall plötzlich peinlich zu sein, weshalb sie den Kopf demonstrativ abwandte und schwieg.

»Damit wir nicht den Faden verlieren –«, fuhr Bruder Hilpert fort, in einem Ton, der jegliche Nachsicht vermissen ließ, »wie kam es, dass Euer Mann derart tief in Schulden geriet?«

Hildegard rutschte unruhig hin und her, sagte aber nichts. Bruder Hilpert indes verschränkte die Arme, mimte den Gleichgültigen und wich keinen Zoll von ihrer Seite. Dies ging eine ganze Weile so. Dann aber konnte es Hildegard nicht mehr aushalten und giftete: »Fragt doch den Abdecker!«

»Wen?«

Hildegard verdrehte die Augen, aber Berengars grimmige Miene sorgte dafür, dass sie umgehend gesprächiger wurde: »Eckehard Büttner, Weinhändler von Beruf. Einer der reichsten Männer der Stadt.«

»Und warum dieser Beiname?«, insistierte der Vogt.

»Das fragt ihn lieber selbst!«, erwiderte Hildegard in patzigem Ton.

»Von Spitznamen und ähnlichem Tand einmal abgesehen«, schaltete sich Bruder Hilpert ein, »was hat Euer Mann überhaupt mit diesem Abdecker zu tun? Insofern Ihr im Bilde seid, meine ich!«

Was als gezielte Hänselei gedacht war, sorgte dafür, dass die Frau des Reliquienhändlers erneut in Rage geriet: »Mit Verlaub, Bruder!«, geiferte sie mit hochrotem Kopf, wobei ihre Haube in eine beträchtliche Schieflage geriet. »Seid Ihr so naiv oder tut Ihr nur so? Was glaubt Ihr, wie unsereiner überhaupt sein Geld verdient?«

»Im Schweiße seines Angesichts, wie denn sonst?«

»Eure Häme behaltet lieber für Euch, Herr Vogt! Also gut, Bruder – für den Fall, dass Eure Frage ernst gemeint ist: Mein Herr Gemahl war dem Abdecker auf Gedeih und Verderb ausgeliefert. Und jetzt wollt Ihr sicher wissen, wieso.«

»Exakt.«

»Weil er der Mann ist, von dem er seine Ware bezieht. Sozusagen als Gegenleistung für …«

»… eine erkleckliche Summe Geldes, die in keinem Verhältnis zu ihrem Wert steht.«

»Kompliment, Bruder. Ich habe Euch unterschätzt.«

»Mit anderen Worten: Ohne diesen Obolus wäre es Eurem Gatten unmöglich gewesen, sein Gewerbe überhaupt auszuüben.«

»Weil er dann nämlich eines schönen Tages mit zermalmtem Schädel im Rinnstein gelegen wäre«, ergänzte Hildegard in sarkastischem Ton. »Ihr habt es erfasst, Bruder.«

»So ist das also!« Bruder Hilpert setzte eine nachdenkliche Miene auf und fuhr mit Daumen und Zeigefinger über das glatt rasierte Kinn. Die Stirn in Falten, stand er eine Weile regungslos da, darauf bedacht, die Worte möglichst sorgsam zu wählen: »Kaum zu beneiden, Euer Herr Gemahl, das muss ich schon sagen!«

»Was meint Ihr damit, Bruder?«, hakte Hildegard stirnrunzelnd nach.

Bruder Hilpert indessen blieb ihr die Antwort schuldig. Stattdessen begab er sich zur Tür, bedeutete den Freunden, ihm zu folgen, und war kurz darauf ohne ein Wort des Abschieds verschwunden.

»Der Abdecker?!« Obwohl das Taufgelage nicht spurlos an ihm vorübergegangen war, war Berengars Schwager auf einmal hellwach. »Wenn Ihr schlau seid, geht dem Kerl aus dem Weg!«

»Leichter gesagt als getan, Meister Heribert«, wandte Bruder Hilpert ein.

Berengars Schwager runzelte die Stirn. »Und wozu das Ganze?«, fragte er, wobei er es vermied, den Vogt anzuschauen, der mit finsterer Miene neben ihm saß. Das Taktgefühl des Hausherrn wurde jedoch nicht belohnt. »Darüber mach dir mal keine Gedanken!«, raunzte ihn Berengar an. »Je weniger du mitkriegst, umso ...«

»Wie ich sehe, scheint Ihr mit diesem ... wie heißt er doch gleich, Berengar?«

»Eckehard Büttner«, grummelte der Vogt, dem es nicht passte, dass ihm sein Freund über den Mund gefahren war.

»Wie ich sehe, Meister Heribert, scheint ihr mit diesem Eckehard Büttner nicht gerade auf freundschaftlichem Fuße zu stehen.«

Berengars Schwager überlegte eine Weile hin und her. Dann dämpfte er seine Stimme, winkte Bruder Hilpert heran und sprach: »Sagen wir es einmal so: Wenn möglich, mache ich einen Riesenbogen um ihn!«

»Und wieso?«

»Weil er so viel Dreck am Stecken hat, Bruder Hilpert, dass man gut beraten ist, ihn links liegen zu lassen.«

»Selbst dann, wenn er in der Ratsstube sitzt?«

»Gerade dann, Bruder Hilpert, gerade dann.«

»Tut mir leid, Meister Heribert, aber das verstehe ich nicht«, ließ sich Bruder Wilfried vernehmen.

»*Ich* schon, Bruder Wilfried!«, entgegnete Berengars Schwager bestimmt. Mit klarem Kopf wäre er längst nicht so redselig gewesen, das wusste Hilpert genau. So aber machte er aus seinem Herzen keine Mördergrube: »Keine Angst, Bruder!«, polterte er ohne Vorwarnung los. »Die feine Sippschaft drüben im Grafeneckart hält doch fest zusammen! Wie Pech und Schwefel. Egal, was passiert.«

»Selbst dann, wenn sich ein schwarzes Schaf unter die Herde gemischt hat?«

Der Hausherr kam jetzt richtig in Fahrt. Ganz im Sinne von Hilpert, der seiner Tirade aufmerksam lauschte: »Auf die Gefahr hin, Brüder, dass meine Ausdrucksweise Euren klösterlichen Gepflogenheiten nicht entspricht: Was sich an Klugscheißern, Intriganten und Schmeißfliegen in der Ratsstube tummelt, ist einfach zum …«

»Heribert Scheuermann, jetzt ist es aber genug!«

Berengars Schwager war so sehr in Rage, dass er seine Frau überhaupt nicht bemerkt hatte. Die wiederum wischte sich die Hände an der Schürze ab und steuerte mit geblähten Segeln auf die Bank hinter dem Kachelofen zu. »Wenn mich nicht alles täuscht«, grollte sie, »ist heute Taufe, und wenn du nur einen Funken Anstand im Leibe hättest, Heribert Scheuermann, dann würdest du …«

»Stimmt's etwa nicht?«

»Wenn du so etwas wie Anstand hättest, würdest du über deine Mitmenschen nicht in derart unflätigem Ton …«

»Erhitzt Euch nicht, gute Frau, es ist alles meine Schuld!«, sprang Bruder Hilpert dem Hausherrn bei. »Ich bin es, der Euren Gatten so weit brachte, dass er sich vergaß. Ich ganz allein!«

Aus Sieglindes Augen schossen Blitze, und es lag ihr auf der Zunge, Bruder Hilpert nach dem Grund zu fragen. Da er jedoch hoch im Kurs bei ihr stand, schluckte sie ihren Ärger hinunter. Berengar atmete erleichtert auf, umso mehr, als er eine der Mägde im Türrahmen auftauchen sah.

Ruhe und Frieden. Und etwas zu essen. Der Herr hatte seine Gebete erhört.

Und seine Schwester offensichtlich auch. Als sei er am heutigen Abend kein Gegner für sie, ließ sie von Bruder Hilpert ab und wandte sich den um den Tisch Versammelten zu: »Ich weiß ja nicht, was die Herren veranlasst hat, sich bis spät in die Nacht in der Stadt rumzutreiben, aber da dies ein besonderer Tag für uns ist, habe ich mich auf meine Christenpflicht besonnen und Euch vom Festmahl etwas abgezweigt.«

»Amen!«, fügte Bruder Hilpert mit spitzbübischem Grinsen hinzu, und obwohl ihm der Sinn nicht nach Essen stand, war er froh, dass der Zwist bereinigt war.

Dies traf auch auf Heribert, Bruder Wilfried und Berengar zu, insbesondere auf Letzteren. Der Tag war anstrengend gewesen, und er hatte die Nase gestrichen voll. Ein deftiges Mahl, ein Becher Wein – das war alles, was ihn im Moment interessierte. Und nicht etwa Bischof Johann von Brunn. Der konnte ihm nämlich gestohlen bleiben.

Zumindest bis morgen früh.

Berengar wurde nicht enttäuscht. »Sieglinde, du bist ein Schatz!«, rief er aus, als seine Schwester das Essen auftrug. Und er hatte auch allen Grund dazu. Der Vogt schnalzte genüsslich mit der Zunge. Hühnerfrikassee mit Mandelmilch und Reismehl, dazu gefülltes Ferkel mit Pasteten. Und zur Krönung Forelle. Die gesalzenen Heringe nicht zu vergessen, aber die waren wahrscheinlich für Heribert bestimmt. Und dann erst der Wein! Würzburger Stein, Jahrgang 1400. Die Welt war wieder in Ordnung. Aus Angst, die anderen könnten seine Gedanken lesen, senkte der Vogt den Blick. Das ist sie ganz bestimmt nicht!, dachte er schuldbewusst, aber ein bisschen Stärkung muss hin und wieder sein!

Morgen war ja schließlich auch noch ein Tag.

In derlei Gedanken und geradezu himmlisch anmutende Gaumenfreuden vertieft, bekam Berengar den Lärm vor der Haustür zunächst nicht mit. Dafür war das Essen einfach zu gut. Erst als sich Heribert rasch erhob, merkte auch er, dass etwas nicht stimmte, und schluckte den Rest seiner Pastete rasch hinunter. »Was ist denn da drunten los?«, fragte er, Böses ahnend.

»Keine Ahnung!«, gestand sein Schwager achselzuckend ein. »Falls es uns betrifft, werden wir es gleich erfahren!«

Bruder Hilpert, der die ganze Zeit über eher lustlos auf seinem Teller herumgestochert hatte, hob den Kopf und sah Bruder Wilfried fragend an. Der Stallmeister machte ein ratloses Gesicht, genau wie die übrigen Anwesenden auch.

Was los war, sollten sie jedoch bald erfahren. Kaum am Fenster, prallte der Hausherr verdutzt zurück. »Was ist, Heribert?«, hörte Bruder Hilpert Sieglinde noch sagen, da flog auch schon die Tür auf und drei Reisige des Bischofs betraten den Raum.

»Wer von euch ist Bruder Hilpert?«, bellte ihr Anführer, ein bulliger Kriegsknecht mit einer Narbe auf der Stirn.

»Könnt Ihr mir vielleicht verraten, was das Ganze …«, trat Berengars Schwager den Reisigen in den Weg, kam jedoch nicht dazu, seinen Unmut zu äußern.

»So leid es mir tut, Meister Scheuermann, dafür ist jetzt nicht genug Zeit!«, schnarrte der Kriegsknecht und ließ den Blick durch die Stube schweifen. »Also: Wer von euch …«

»Ich bin es, den Ihr sucht!«, stellte Bruder Hilpert mit Entschiedenheit klar. »Und wer seid Ihr, wenn man fragen darf?«

Im Begriff, Bruder Hilpert eine Lektion in Sachen Unterwürfigkeit zu erteilen, überlegte es sich der Kriegsknecht jedoch anders. Er wusste zwar nicht genau, warum, aber irgendwie wirkte der hagere Mönch Respekt einflößend auf ihn. »Ein Befehl des Bischofs«, machte er einen zaghaften Versuch, sein ungehobeltes Auftreten zu korrigieren. »Verbunden mit der Bitte, Euch möglichst schnell auf die Burg zu begeben!«

»Was?! Soll das ein Witz sein? Ausgerechnet jetzt – mitten in der Nacht?« Eine Mordswut im Bauch, hielt es Berengar nicht mehr auf seinem Platz. Die Laune war ihm endgültig verdorben, und wäre Bruder Hilpert nicht so reaktionsschnell gewesen, hätte es vermutlich Ärger gegeben: »Ich darf doch wohl annehmen, dass es sich um etwas Wichtiges handelt!«, kam er einer unflätigen Äußerung Berengars gerade noch zuvor. »Wenn nicht, würden wir jetzt nämlich gerne zu Ende …«

»Bedaure, Bruder, aber das wird nicht möglich sein!«, fiel ihm der Kriegsknecht mit Blick auf die zahlreichen Töpfe, Schüsseln und irdenen Gefäße ins Wort. »Mein Befehl ist eindeutig. Bitte folgt uns. Und zwar *sofort.*«

»Ganz wie Fürstbischöfliche Gnaden wünschen!«, entgegnete Berengar mit unüberhörbarem Spott, machte eine theatralische Verbeugung und führte mit demonstrativer Gelassenheit eine weitere Pastete zum Mund.

Der Kriegsknecht wurde feuerrot vor Zorn, doch war Berengar klug genug, es nicht auf die Spitze zu treiben: »Nach Euch, wackerer Krieger!«, fuhr er mit vollem Mund und einladender Geste fort, grinste Bruder Hilpert an und verließ als letzter der drei Gefährten den Raum.

Galgenberg, kurz vor Mitternacht

Er lebte allein hier droben, und es machte ihm auch nichts aus. Drunten in der Stadt verachteten sie ihn. Weil er es war, der die Drecksarbeit machte. Er war es, der die Gehenkten verscharrte. Aus dem einfachen Grund, weil es niemand anderes tat. Selbst der Henker war sich zu schade dafür.

Überhaupt – der Henker! Vor dem hatten sie wenigstens alle Angst. Bei ihm war das anders. Wigbert der Zwerg war zwar jedermann bekannt, aber Angst vor ihm hatten höchstens eine Handvoll ungezogener Kinder, denen ihre Mütter damit drohten, er käme, sie zu holen.

Von Angst also keine Spur. Dagegen von Feindseligkeit umso mehr.

Wigbert spuckte verächtlich aus. Wie sie ihn doch alle anekelten mit ihrer Heuchelei. Niemand wollte etwas mit ihm zu tun haben. Und in die Stadt durfte er auch nicht. Und das alles nur, weil er die Drecksarbeit machte. Wenn die wüssten!, dachte er. Von den paar Habseligkeiten der zum Tode Verurteilten kann sowieso kein Mensch leben!

Gut also, dass es seinen Bruder Agilulf gab. Halbbruder, um korrekt zu sein. Der sorgte nämlich für ihn. Kam jeden zweiten Tag hier rauf. Brachte ihm zu essen, hin und wieder sogar einen Krug Wein.

Dennoch – da war etwas faul. Aus seinem Bruder war er zwar nie richtig schlau geworden, aber die letzten zwei Tage stellten alles in den Schatten. Zugegeben, er war ein Halunke. Der größte vielleicht, den es in Würzburg gab. Aber auf was sich Agilulf da eingelassen hatte, sah nicht nach einer seiner zahllosen Gaunereien aus. Er war wie ausgewechselt gewesen. Vor allem furchtbar nervös. Und er hatte Regungen gezeigt, die man an ihm nicht kannte. Vor allen anderen eine: Angst. Geradezu panische Angst. Eine Art Angst, die langsam, aber sicher auf ihn überzuspringen drohte.

Wo zum Teufel steckte er bloß, warum kam er heute nicht?

Wigbert fuhr mit den Händen durch sein verfilztes graues Haar und starrte in das Feuer, vor dem er saß. Eigentlich war es ein schöner Abend, wärmer als sonst. Und wolkenlos. Mit einem Firmament voller Sterne. Ein Abend so recht zum Genießen. Wo er doch sonst wenig zum Lachen gehabt hatte in seinem Leben.

Alles hätte so schön sein können. Wenn nur die Sache mit Agilulf nicht gewesen wäre. Und mit der Ware, die er ihm besorgt hatte. Er hatte sämtliche Eide schwören müssen, niemandem etwas zu verraten.

Aber daran wollte er jetzt lieber nicht denken. Er wollte sich amüsieren. Feiern.

Ein Tänzchen wagen.

Der Gedanke hatte noch nicht richtig Gestalt angenommen, da war Wigbert schon auf den Beinen. Der Krug neben ihm war zwar noch halb voll, aber einem wie ihm würde dies keine Probleme bereiten.

Wigbert hob den Krug zum Mund und trank in gierigen Schlucken, wohl wissend, dass er eigentlich nicht viel vertrug. Aber das war ihm von Herzen egal. Er wollte so sein wie alle anderen drunten in der Stadt. Er wollte lachen, trinken – und tanzen. Tanzen bis zum Morgengrauen.

Und das tat er dann auch. Zaghaft zunächst, doch mit der Zeit immer schneller.

Und dann begann Wigbert der Zwerg zu singen. So laut, dass er das Rauschen des Windes im Geäst der uralten Eichen glatt übertönte. Er sang und tanzte und hüpfte um das hell auflodernde Feuer, bis er vor lauter Toben fast den Verstand verlor.

Seine Angst indessen verlor Wigbert nicht.

Sander Vorstadt, kurz darauf

Die zwölf dumpfen Glockenschläge bekam Schorsch der Leinenweber nicht mit. Er war kaum fähig, sich auf den Beinen zu halten, betrunken wie ein Rossknecht am Christopherustag.

Wichtig war jetzt nur, dass er heil nach Hause kam und

nicht dem Nachtwächter oder einem der Stadtknechte in die Arme lief. Die nämlich verstanden bei so etwas überhaupt keinen Spaß. Das Mindeste, was ihm dann blühen würde, wäre eine saftige Strafe. Und ein paar Maulschellen mit dazu. Wenn er Pech hatte, sogar der Pranger. Aber so weit würde es hoffentlich nicht kommen. Das Gezeter seiner Frau war ohnehin schlimm genug. Dagegen kamen einem die Zellen im Grafeneckart wie der Garten Eden vor.

Also immer hübsch an der Wand lang nach Hause. Verdammt, wenn es doch nur nicht so dunkel wäre! Und dann erst dieser Dreck überall vor der Tür. Einfach zum …

Nein, auch daran wollte Schorsch jetzt lieber nicht denken. Der Morgen danach war schon schlimm genug. Die Hölle auf Erden. Arbeit zuhauf und ein Brummschädel wie beim Jüngsten Gericht. Und das alles mit nur ein paar Stunden Schlaf. Der Leinenweber ächzte gequält. Ein böses Erwachen, von den Hieben, die seine Dagmar auszuteilen pflegte, gar nicht zu reden.

In Sichtweite der Franziskanerkirche, keine 100 Schritte mehr von zu Hause entfernt, ging es plötzlich nicht mehr. Schorsch musste sich entleeren.

Dies allerdings war leichter gesagt als getan. Der 40-jährige Leinenweber, gerade einmal fünf Fuß groß, torkelte benommen hin und her. Er fühlte sich sterbenselend, wie auf stürmischer See. Halt zu finden, war ein Ding der Unmöglichkeit.

Nach längerem Hin und Her, derben Flüchen und markerschütterndem Rülpsen war es endlich so weit. Schorsch hatte die gewünschte Position erreicht. Der Leinenweber spreizte die Beine und atmete erleichtert auf. Gleich würde es ihm besser gehen.

Dachte er wenigstens.

Denn zum einen war da diese Katze, die ihm im denkbar ungünstigsten Moment in die Quere kam. Schorsch stieß den gräulichsten Fluch aus, den er auf Lager hatte, holte mit dem rechten Bein aus, in der Absicht, ihr einen saftigen Tritt zu verpassen. Und setzte sich so unsanft auf sein Hinterteil wie schon lange nicht mehr.

Das Schlimmste indes sollte noch kommen.

Kaum hatte sich Schorsch nämlich aufgerappelt und den nächstbesten Abfallhaufen zur Latrine auserkoren, fuhr ihm der Schreck derart heftig in die Glieder, dass er seine Notdurft, den zu erwartenden Kater und das Jüngste Gericht in Gestalt seiner Ehefrau einfach vergaß.

Schorsch war schlagartig nüchtern, und das nach sieben Bechern Wein.

Jetzt hast du dir endgültig den Verstand weggesoffen!, redete er sich mit dem Mut der Verzweiflung ein. Pure Einbildung, nichts weiter. Höchste Zeit, mit dem Bechern aufzuhören.

Erst allmählich wurde dem Leinenweber klar, dass die kalkweiße Hand, die keine zwei Schritte von ihm entfernt aus dem Abfallhaufen ragte, kein Produkt seiner Einbildung war. Sie war real. Und so Furcht einflößend, dass er wie in Trance zurückwich und erst an der gegenüberliegenden Hauswand zum Stehen kam.

Nein, diese Höllenvision hatte nichts mit dem Wein zu tun. Das war jetzt endgültig klar.

Eine Weile war der Leinenweber wie gelähmt, das Hemd klebrig vor lauter Schweiß. Und dann erst sein Atem. Ein Blasebalg unter Hochdruck war nichts dagegen. Dass er seine Notdurft nicht hatte halten können, fiel ihm schon fast nicht mehr auf.

Dennoch – er konnte den armen Teufel da drüben nicht so einfach … Na ja, wenn ihn nicht alles täuschte, war die bemitleidenswerte Kreatur ohnehin längst tot. Seltsam, dass ihm die Idee erst jetzt gekommen war. In aller Eile schlug der Leinenweber ein Kreuz und murmelte ein Gebet.

Und tastete sich Zoll um Zoll an den Abfallhaufen heran.

Was folgte, war ein einziger Albtraum, eine Höllenvision, die er sein Lebtag nicht loswerden sollte. Warum er damit begann, den Leichnam Stück für Stück von Katzenscheiße, verschimmeltem Obst und sogar einem Rattenkadaver zu befreien, wusste er später nicht mehr. Er arbeitete mechanisch, ohne zu denken, aber auch ohne Angst. Und ohne jegliches Zeitgefühl. Fast so, als seien ihm menschliche Regungen fremd.

Geschafft! Der Leinenweber wischte sich den Schweiß von der Stirn und sah das Objekt seiner Bemühungen neugierig an. Kein reicher Mann, so viel stand fest. Und auch nicht mehr ganz jung.

Einer wie er.

Erst jetzt, als er den Leichnam näher in Augenschein nahm, bemerkte Schorsch, dass ein Tuchfetzen das Gesicht des Toten fast vollständig verdeckte.

Er zögerte, wenn auch nur kurz.

Und wurde bleich wie der Tod.

Kaum war ihm der Tuchfetzen aus der Hand geglitten, wirbelte der Leinenweber herum und rannte in panischer Angst die Gasse entlang, so schnell, als seien die Heerscharen Luzifers hinter ihm her.

Kontor im Marmelsteiner Hof, halb eins

Er nannte es seine Medizin. Rotwein, eine Prise Schlafmohn und ein wenig Honig vielleicht. An sich recht harmlos.

Wenn er ohne sie hätte leben können.

Aber das konnte er nicht. Schon lange nicht mehr. Dazu hatte er sich zu sehr an dieses Teufelszeug gewöhnt, seinen allabendlichen Schlummertrunk – der musste einfach sein. Sonst wäre es am gestrigen Abend nicht zum Aushalten gewesen.

Als seine Medizin Wirkung zeigte, begann sich Eustachius von Marmelstein, Domkapitular und Vertrauter des Bischofs, allmählich zu entspannen. Der Tag und mit ihm sämtliche Mühen und Plagen waren vergessen, die Gicht, seine ständige Begleiterin, kaum noch zu spüren. Der Domherr atmete befreit auf, trank einen weiteren Schluck und machte es sich in seinem Ohrenbackensessel bequem. Eine trügerische Ruhe senkte sich auf ihn herab. Zu wohltuend, um wahr zu sein.

Im gleichen Moment, als dem Domherrn der Blick verschwamm, waren im benachbarten Kontor Schritte zu hören. Vielleicht lag es an der zu hohen Dosis, vielleicht aber auch an dem aufregenden Tag. Eustachius von Marmelstein jedenfalls nahm sie kaum wahr und gab sich der Wirkung des Trankes hin.

Als sich die Tür zu seinem Gemach öffnete, sah der Domherr nicht einmal auf. Die Duftkerze in dem Gefäß aus venezianischem Buntglas warf einen kreisrunden Kegel an die Decke und verströmte den Geruch von Palmöl und Jasmin. Als die Tür ins Schloss fiel, flackerte sie kurz auf, erlosch jedoch nicht. Eustachius hob den Blick, aber die bläulich rote Flamme auf dem Beistelltisch aus Rosenholz zog ihn derart in seinen Bann, dass er alles andere darüber vergaß.

Endlich. Die Wirklichkeit existierte nicht mehr. Und mit ihr weder Ort noch Zeit noch Raum. Das irdische Jammertal samt seiner Mühen, Plagen und Fallstricke hatte sich urplötzlich in Luft aufgelöst.

Er war am Ziel.

Mitten in seinem Traum.

So schien es wenigstens.

Doch er hatte sich getäuscht. Denn plötzlich begann das Kerzenlicht zu verblassen, und ehe er sich versah, war es stockdunkel im Raum. Schwerfälliger als sonst, bewegte sich der fettstrotzende Rumpf des Domherrn einige Zoll weit nach vorn. Dann aber sackte er buchstäblich in sich zusammen.

Schuld daran war jedoch nicht sein Elixier, sondern die Angst, die unaufhaltsam in ihm emporzusteigen begann.

Ein Albtraum bahnte sich an, schlimmer, als er es sich je hätte vorstellen können.

Zuerst war da nur dieser Schatten an der Wand. Und das Mondlicht, weiß wie Schnee. Und das netzförmige Muster, das es durch die Butzenglasscheiben auf die Steinfliesen seines Gemaches warf.

Aber das war längst noch nicht alles.

Denn auf einmal bewegte sich der Schatten auf ihn zu. Der Domherr saß da wie erstarrt. Er wollte schreien, aber daraus wurde nichts. Die Angst vor dem überdimensionalen Schatten war stärker. Eustachius von Marmelstein umklammerte die schweißnasse Kehle, während sein Herz wie entfesselt zu hämmern begann.

Erst als der Schatten eine Armlänge von ihm entfernt zum Stehen kam, wurde dem Domkapitular klar, dass dies kein Albtraum, sondern die Wirklichkeit war. Fast gleichzeitig ließ die Wirkung des Trankes ein wenig nach, und Eustachius richtete sich mühsam auf.

Da war jemand. Und es war jemand, den er kannte.

Der Domkapitular kniff die Augen zusammen, konnte aber der Dunkelheit wegen nichts sehen. Er wollte etwas sagen, doch kam ihm der nächtliche Besucher zuvor: »Eustachius von Marmelstein!«, hallte es von den Wänden seines mit kostbaren Wandteppichen ausstaffierten Gemaches wider. Einer davon, echt flämisch, zeigte den bocksbeinigen Gott Bacchus, ein für einen Domherrn eher unpassendes Motiv. »Wie schön, dass ich Euch meine Aufwartung machen kann!«

Eustachius fiel es wie Schuppen von den Augen. Er kannte den Mann. Nichtsdestoweniger fröstelte ihn. Wenn er sich vor jemandem fürchtete, dann vor ihm. Und zwar mehr als vor sämtlichen Teufeln und Dämonen und Schattenwesen dieser Welt.

»Was führt Euch hierher?«, hörte sich der Domkapitular sagen, und er kam sich wie ein Tollpatsch dabei vor. Zu dumm, dass mir das ausgerechnet jetzt passieren muss!, dachte er. Die Wirkung des Elixiers hatte zwar nachgelassen, doch nicht genug, um seinem größten Widersacher die Stirn zu bieten.

»Eine Angelegenheit von höchster Dringlichkeit!«, antwortete der nächtliche Besucher in lauerndem Ton. »Wobei ich mir sicher bin, dass Ihr mir dabei helfen könnt.«

»So wichtig, dass Ihr mitten in der Nacht um Beistand ersucht?«

Obwohl das Gesicht des Mannes im Schatten blieb, konnte Eustachius sein höhnisches Lächeln erahnen. »Wichtiger, als Ihr es Euch überhaupt vorstellen könnt!«, erwiderte er, unüberhörbar herrischer als zuvor.

Drauf und dran, dem Mann die in seinen Augen passende Antwort zu geben, hielt Eustachius von Marmelstein jäh inne und umklammerte seine rechte Hand, die in einem Handschuh aus scharlachrotem Samt steckte. Der Rubin am Ringfinger funkelte ihn tückisch an. Die Gicht war wieder da. Einfach nicht zum Aushalten. »Soso. Und warum?«

Wieder dieses Lächeln. Und der Geruch nach Weihrauch und Schweiß und … Blut? Durch den Körper des Domherrn ging ein gewaltiger Ruck. Bevor er jedoch etwas sagen konnte, kam ihm die schneidende Stimme des nächtlichen Besuchers zuvor, freilich ohne auf die an ihn gerichtete Frage einzugehen: »Trifft es zu, dass Euch unser hochwohlgeborener Herr Bischof mit ganz besonders delikaten Missionen zu betrauen pflegt?«, fragte er.

»Zu Eurer Kenntnisnahme: Ihr befindet Euch im Gemach des bischöflichen Vikarius – und nicht vor Gericht.«

»Ihr tätet besser daran, mir eine Antwort auf meine Fragen zu geben. Und eine ehrliche, wenn's beliebt.«

Eustachius von Marmelstein, kein Held, wenn es um das Austragen von Streitigkeiten ging, schoss die Zornesröte ins Gesicht, und ohne sich dessen bewusst zu sein, tastete er mit der Linken nach dem Becher mit seinem Elixier.

»Also?!« Der Mann im schwarzen Umhang, dessen Konturen sich immer deutlicher vor ihm abzeichneten, machte aus seiner Ungeduld keinen Hehl. »Wollt Ihr mir nun Rede und Antwort stehen oder nicht?«

»Ich wüsste nicht, weshalb.« Obwohl es in ihm brodelte wie noch nie, setzte der Domherr eine gelangweilte Miene auf.

»Dann tut es mir wirklich leid. *Für Euch*.«

»Und wieso?«

»Weil ich mich in diesem Falle gezwungen sähe, Euer süßes Geheimnis ... sagen wir es einmal so: Es würde mir schwerfallen, den mir angeborenen Hang zur Diskretion zu missachten«, lautete die Antwort des Mannes, während er einen Blick auf den Wandbehang mit Bacchus und einem sich lasziv räkelnden Knaben warf.

Eustachius von Marmelstein schluckte. Der Wink mit dem Zaunpfahl hatte genügt. »Und worum dreht es sich?«, quiekte er, während er den Becher mit dem Elixier an die wulstigen Lippen hob.

»Nichts Weltbewegendes. Wo doch fast jeder im Domkapitel schon davon weiß.«

»Und wovon?«

»Dass Ihr der Mann seid, der für Johann von Brunn die Kohlen aus dem Feuer holt. Insbesondere dann, wenn es um den Reliquienhandel geht.«

Der Becher in der Hand des Domherrn begann merklich zu vibrieren, was seinem Widersacher nicht verborgen blieb. »Was wollt Ihr damit sagen?«, keuchte von Marmelstein und stellte den Becher wieder auf dem Beistelltisch ab.

»Dass Ihr sein Geldeintreiber seid. Nicht mehr, aber auch nicht weniger.«

»Selbst wenn – was hat das Ganze mit Euch zu tun?«

»Jede Menge.«

»Und wieso?«

»Weil ich gekommen bin, um Euch zu ersuchen, mir Einblick in sämtliche diesbezüglichen Unterlagen zu gewähren.«

»Ausgeschlossen.«

»Und warum, wenn man fragen darf?«

»Weil es sie nicht gibt. Darum.«

Der Mann im dunklen Umhang lachte kurz auf. »Mir scheint, Ihr habt nicht richtig verstanden, was für Euch bei dieser Angelegenheit auf dem Spiel steht!«, feixte er. »Oder wäre es Euch etwa lieber, wenn ich Eure Amtsbrüder im Domkapitel darüber in Kenntnis setzte, welch erbarmungswürdige Kreatur aus ihren hochwohlgeborenen Reihen nächtens ihr Unwesen …«

»Genug davon!«, stieß von Marmelstein unwirsch hervor. »Was wollt Ihr wissen?«

»Alles. Am besten, Ihr händigt mir sämtliche den Reliquienhandel betreffende Unterlagen aus. Ohne Wenn und Aber. Und vor allem gleich.«

Jetzt gleich?, wollte von Marmelstein sagen, aber die würgende Angst in seinem Inneren schnürte ihm regelrecht die Kehle zu. »Ganz wie Ihr wollt!«, stieß er kleinlaut hervor, einmal mehr im Unfrieden mit sich selbst.

»Nur zu.«

Der Domherr wollte sich erheben, aber seine Kräfte ließen ihn im Stich.

»Inkommodiert Euch nicht! Ich finde mich schon allein durch!«, höhnte sein Kontrahent. »Ihr müsst mir nur sagen, wo Ihr Eure Geheimakten aufzubewahren pflegt. Der Rest erledigt sich fast von selbst. Vorausgesetzt, Ihr händigt mir den Schlüssel aus, den Ihr an Eurer Halskette tragt.«

»Wie in aller Heiligen Namen …«

»Eine äußerst pietätlos formulierte Frage – findet Ihr nicht auch?«

»Fahrt zur Hölle, Erpresser!«

»Nach Euch, mein lieber von Marmelstein, nach Euch!« Eustachius von Marmelstein, fett wie ein Mastschwein, aber schwach wie die Sünde, konnte nicht mehr. Er tat, wie ihm geheißen. Und kam sich einmal mehr wie ein durchgeprügelter Straßenköter vor.

»Nur zu – je eher, desto besser!«

Das Gesicht unter der tief hängenden Kapuze verborgen, rührte sich der nächtliche Besucher nicht vom Fleck. Erst als sich die geöffnete Handfläche des Domherrn langsam in seine Richtung zu bewegen begann, ging ein Ruck durch die hoch aufragende, wie in Erz gegossene Gestalt.

Und dann griff der Mann zu.

Als seine Hand die aufgeschwemmte Pranke des Domherrn berührte, senkte dieser den Blick. Und zuckte wie von allen nur erdenklichen Dämonen gepeinigt zusammen.

Was sich ihm da im Halbdunkel entgegenreckte, war keine Hand. Konnte es einfach nicht sein. Dies war eine Klaue. Eine Klaue mit einem Ring aus purem Gold. Die Klaue eines Raubtiers, für die es kein Halten gab.

Kälter als Eis, bleicher als der Tod, todbringender als jedes Stilett.

»Seid bedankt!«, hörte von Marmelstein den Mann vom Kontor aus noch rufen. Aber da hatte die markante Stimme, die durch die halb geöffnete Tür zu ihm herüberdrang, für den Domherrn schon längst jeden Schrecken verloren. Schließlich gab es ja noch den halb vollen Becher, der auf dem Beistelltisch neben ihm stand. Sein Elixier, herbeigesehnt wie noch nie.

Wenn auch die Wirkung in seiner momentanen Verfassung zu wünschen übrig ließ.

Bischöfliche Gemächer, halb zwei

»Und was nun?« Johann von Brunn, ein Bild des Jammers, das seinesgleichen suchte, war bleich und übernächtigt und zutiefst deprimiert. Obwohl die Nacht lau und sternenklar war, hatte er sich einen pelzverbrämten Umhang um die Schultern geworfen und starrte mit leerem Blick aus dem Fenster seines Gemaches in die Dunkelheit hinaus. Aus der Ferne waren die Rufe der Wachposten und hin und wieder Hundegebell oder ein lautes Wiehern zu hören. Davon abgesehen, blieb alles ruhig. Zu ruhig, wenn er ehrlich war. Seine Gegner, zahlreich wie selten zuvor, machten Front gegen ihn. Er musste sich etwas einfallen lassen. Und das möglichst schnell.

»Eine berechtigte Frage, Fürstbischöfliche Gnaden.« Selbst bei Bruder Hilpert, der aus seiner Antipathie gegenüber kirchlichen Würdenträgern nie einen Hehl gemacht hatte, begann sich allmählich so etwas wie Mitleid zu regen. »Was immer diese niederträchtigen Kreaturen auch vorhaben – sie haben es nicht nur auf Euch abgesehen.«

»Und wozu dann diese Leichenfledderei? Könnt Ihr mir das vielleicht erklären? Wie kommt ein Mensch überhaupt auf so eine Idee?«

»Ich weiß es nicht, Fürstbischöfliche Gnaden«, antwortete Bruder Hilpert und fuhr mit den Händen durch den Haarkranz seiner Tonsur. »*Noch* nicht.«

»Woher Ihr Euren Optimismus nehmt, ist mir ein Rätsel.«

»Kein Grund, den Kopf in den Sand zu stecken, Euer Gnaden.«

»Habt Dank für die aufmunternden Worte. Was macht Euch so sicher, Bruder?«

»Die Tatsache, dass es zumindest einige Anhaltspunkte gibt.«

»Ach ja?« Johann von Brunn gab ein verächtliches Schnauben von sich, drehte sich auf dem Absatz um und sah Bruder Hilpert und Berengar mit hochgezogenen Brauen an. »Und die wären?«

»Wenn ich die Depeschen aus Fulda und Bamberg richtig verstanden habe, haben wir es hier mit einer Art Bruderschaft oder religiösem Orden zu tun«, begann Bruder Hilpert mit Bedacht. »Einem Geheimbund frommer Eiferer, welcher ...«

»Fromm?!«, entrüstete sich Johann von Brunn mit hochrotem Kopf. »Hab ich da eben richtig gehört? Fromm?! Was in aller Welt hat denn eine Horde frevlerischer Grabschänder ...«

»Gemach, Fürstbischöfliche Gnaden, gemach. Temperamentsausbrüche, ganz gleich welcher Art, bringen uns auch nicht weiter.« Bruder Hilpert stützte den Ellbogen auf die Fläche seiner linken Hand, fuhr mit Daumen und Zeigefinger über das Kinn und begann im Angesicht des Fürstbischofs auf und ab zu gehen. Weder Berengars fragende Blicke noch von Brunns indignierte Miene schienen ihn dabei sonderlich zu interessieren. »Wie gesagt«, fuhr er nach einer Weile fort, »haben wir es meiner Meinung nach mit einer Art Geheimbund oder pseudoreligiösem Orden zu tun.«

»Und wie kommst du darauf?«

»Die Ringe, Berengar, die Ringe«, antwortete Hilpert introvertiert. Und fügte mit Blick auf das Schreiben in seiner Hand hinzu: »Ist es erlaubt, Fürstbischöfliche Gnaden?«

»Nur zu. Ich bin ganz Ohr.«

»Gut! Dann hör dir das einmal an, Berengar: ›Woher der Frevler stammt, ist uns, ehrwürdiger Amtsbruder, bedauerlicherweise nicht bekannt. War doch das Einzige von Wert, das er am Leibe trug, ein wertvoller goldener Ring mit der Eingravierung *Hoc signo victor eris.*‹ Mit anderen Worten:

Beide Ringe, sowohl derjenige, welchen der junge Wirrkopf zu Fulda trug, als auch derjenige, welcher bei der Schändung der Kaisergräber zu Bamberg vermutlich aus Unachtsamkeit verloren ging, wiesen bezüglich ihrer Eingravierung haargenau den gleichen Wortlaut auf. Zu offensichtlich, um an Zufälle zu glauben, findest du nicht auch?«

»Zwei Ringe, die gleiche Eingravierung – mag sein, dass das kein Zufall ist«, meldete sich Johann von Brunn zu Wort, während er sich einen Becher Wein eingoss. »Aber doch wohl entschieden zu wenig, um diesen Bastarden auf die Spur zu kommen.«

»Ich fürchte, da kann ich Euch nicht widersprechen, Euer Gnaden«, gab Bruder Hilpert geschmeidig zurück. »Wenn es denn die einzige Spur wäre, über die wir verfügen.«

»Wüsste nicht, was es sonst noch zu unseren Gunsten zu sagen gäbe.«

»Bei allem gebotenen Respekt, Fürstbischöfliche Gnaden: aber ich!«, fuhr Bruder Hilpert unbeeindruckt fort. »Da wäre zum einen dieser Kilianus, der, wie wir dank dieses Briefes wissen, Kopf und Herz dieses Geheimbundes ist. Überflüssig zu betonen, dass dies nicht sein richtiger Name ist, aber dass er mit dem Manne identisch ist, der meinem Freund Berengar bereits drei Mal über den Weg gelaufen ist, kann wohl kaum noch bezweifelt werden.«

»Und weiter?«, drängte Berengar, der bei der Erwähnung seines Intimfeindes immer noch leicht aus der Fassung geriet.

»Und dann wäre da ja noch unser guter alter Freund Agilulf«, fuhr Hilpert nachdenklich fort. Berengars Miene verfinsterte sich, und instinktiv fuhr seine Hand zum Schwert. »Wenn wir seiner habhaft werden, sind wir einen gewaltigen Schritt weiter.«

»Leichter gesagt als getan.«

»Mag sein, Fürstbischöfliche Gnaden, mag sein. Wenn wir

gerade dabei sind – dürfte ich den ominösen Erpresserbrief noch einmal sehen?«

»Meinetwegen.« Johann von Brunn zuckte die Achseln, stellte seinen Weinbecher ab und öffnete die eisenbeschlagene Schatulle, die vor ihm auf dem blank polierten Eichenholztisch stand. »Reichlich mysteriös, muss ich schon sagen.«

»Drauf kommt es jetzt doch wohl auch nicht mehr an, oder?« Die Arme unter dem weiten Ärmel seiner Kukulle verschränkt, stand Bruder Hilpert dem Fürstbischof für den Bruchteil eines Augenblicks gegenüber. Keiner der beiden sprach ein Wort. Dann aber, als Johann von Brunn dem durchdringenden Blick des Zisterziensermönches nicht mehr standhalten konnte, trat ein merkwürdiges Flackern in seine Augen, und er reichte den Pergamentfetzen an Bruder Hilpert weiter. »Der Domschüler, welcher diese Nachricht hier gefunden hat …«

»Bertram von Klingenberg.«

»Ebender, Euer Gnaden. Dieser Domschüler – wo genau hat er sie gefunden?«

»Keine Ahnung. Alles, was ich weiß, ist, dass es kurz vor der Prim passiert sein muss.«

»Höchste Zeit, sich eingehender mit diesem Jüngling zu befassen, findest du nicht auch, Berengar?«

Bevor der Angesprochene antworten konnte, knurrte sein Magen so laut, dass Bruder Hilpert es vorzog, sich erneut dem Fürstbischof zuzuwenden: »Und der Chorherr, dem er sich anvertraut hat?«, fragte er.

»Heißt Fredegar von Stetten«, antwortete von Brunn, dem die Prozedur allmählich lästig zu werden begann.

»Soso.« Den Erpresserbrief in der Hand, trat Bruder Hilpert an den Kamin, der durch zwei mehr als drei Ellen hohe Kandelaber flankiert wurde, und schaute ihn sich genauer an. Im Schein der Stundenkerze, selbstverständlich aus Bienenwachs, sah er um Jahre gealtert aus, mit Ausnahme seiner bläulich schimmernden Augen, denen selbst zu solch später Stunde nicht das kleinste Detail entging. »›Eintausend Gulden, und die Reliquien sind Euer. Solltet Ihr Euch weigern, seid versichert, dass dies Euer Untergang sein wird!‹«, zitierte er. »›Das Geld haltet in spätestens zwei Tagen bereit. Wann, wo und wie die Übergabe stattfinden wird, wird Euch demnächst kundgetan!‹«

»Würde mich nicht wundern, wenn diese erbärmlichen Wichtigtuer im Domkapitel hinter der ganzen Sache …«

»Bei allem schuldigen Respekt, Euer Gnaden – ich kann mir so etwas nicht vorstellen.« Bruder Hilpert trat ganz nahe an den rechten, fast mannshohen Kandelaber heran und hielt den Brief gegen das Licht: »Hab ich es mir doch gedacht!«, rief er triumphierend aus.

»Was denn?«, erwiderte Berengar, hellhörig geworden, während er an die Seite seines Freundes trat.

»Dass dieser Pergamentfetzen schon einmal beschriftet worden ist. Und das möglicherweise mehrfach. Sieh mal – ziemlich dünn für den Erstgebrauch, findest du nicht auch?«

»Stimmt«, antwortete der Vogt mit breitem Grinsen. »Fast so dünnhäutig wie du!«

Bruder Hilpert und Berengar brachen in schallendes Gelächter aus, aber ein indigniertes Räuspern des Fürstbischofs brachte sie wieder auf den Boden der Tatsachen zurück. »Und was hat das Eurer Meinung nach zu bedeuten, Bruder?«, raunzte er.

»Vermutlich nichts anderes, als dass es dem Autor am nötigen Kleingeld gemangelt hat, Fürstbischöfliche Gnaden«, erwiderte Bruder Hilpert übertrieben devot. »Eine Bitte: Dürfte ich das Corpus Delicti vorübergehend in meine Obhut nehmen?«

»Tut, was Ihr offenbar nicht lassen könnt!«, machte von

Brunn aus seiner Unzufriedenheit keinen Hehl. »Auf die Gefahr hin, dass dies das bislang einzig greifbare Ergebnis Eurer Nachforschungen …«

»Fürstbischöfliche Gnaden mögen mir meine Impertinenz verzeihen, aber soeben hat mich eine Nachricht erreicht, von der man annehmen kann, dass sie für Euch von allergrößtem Interesse …«

»Ad rem*, von Weißenfels!«, schnauzte der Fürstbischof seinen Kammerherrn, einen vorzeitig gealterten Speichellecker, in rüdem Ton an. »Was führt Euch zu solch später Stunde noch hierher?!«

Der Blick des Kammerherrn, dem eines verängstigten Kaninchens nicht unähnlich, irrte ziellos zwischen seinem Herrn und seinen beiden Gästen hin und her. Eine Antwort auf die ihm gestellte Frage blieb er jedoch schuldig.

»Jetzt lasse Er sich nicht lange bitten!«, forderte ihn von Brunn unmissverständlich auf. »Was gibt es so Wichtiges, dass Er so mir nichts, dir nichts in eine wichtige Unterredung zwischen mir und Bruder …«

»Gerade darum geht es, Fürstbischöfliche Gnaden.«

»Um was denn, in des heiligen Kilian Namen?!«

Der Kammerherr scharrte verlegen mit dem Fuß, uneins mit sich, wie er seinem Herrn die nun folgende Hiobsbotschaft überbringen solle: »Man hat ihn gefunden, Herr«, quiekte er in erbarmungswürdiger Manier.

»Wen denn?« Johann von Brunn biss vor Wut die Zähne zusammen. »Mein Gott, von Weißenfels, wenn Ihr Euch jetzt nicht endlich ermannt und mir sagt, was los ist, dann …«

»Stellt Euch nur vor, Herr: Man hat diesen Agilulf gefunden! Er ist tot!«

---

* Zur Sache!

Agilulfs Haus, zur gleichen Zeit

Hildegard war wie gelähmt und starrte den Mann im dunklen Kapuzenmantel mit weit aufgerissenen Augen an.

Im ersten Moment hatte sie noch gedacht, dies alles sei nur ein böser Traum. Nichts als pure Einbildung. Ein Produkt ihrer Fantasie.

Weit gefehlt. Der Mann neben ihrem Bett war weder ein Geist noch ein Sendbote Luzifers noch der Sensenmann oder was es sonst noch so gab. Er war real. Ein Mensch aus Fleisch und Blut.

Aber schlimmer als sämtliche Albträume ihres Lebens zusammen.

Hildegard rang nach Luft. Der Strick, mit dem sie der Mann an Händen und Beinen gefesselt hatte, brachte ihr Blut zum Stocken und fühlte sich wie eine scharfkantige Glasscherbe an. Sie versuchte, sich zu bewegen. Wenigstens ein paar Zoll. Aber es ging nicht. Ihr Peiniger hatte ganze Arbeit geleistet.

Und dann erst diese Augen. Blutunterlaufen und voller Hohn. Die schneeweiße Haut. Die hoch aufragende, im Widerschein ihrer Öllampe auf groteske Weise verzerrte Gestalt, deren Schatten sie buchstäblich zu verschlucken schien. Ein Mitternachtsdämon, wie es ihn nur einmal gab.

»Du weißt, warum ich gekommen bin?« Die Stimme des Kapuzenmannes war rasiermesserscharf, eine wahre Tortur für ihr Ohr. Die Frau des Reliquienhändlers hielt den Atem an und schüttelte heftig den Kopf.

»Was ist – hast du etwa die Sprache verloren?« Der Mann lächelte, und die Art, wie er dies tat, machte Hildegard klar, dass dies hier kein Spiel für ihn war. Es war tödlicher Ernst. Jeglicher Irrtum ausgeschlossen.

Als ihr Peiniger auf die andere Seite des Bettes schlenderte, schloss die Frau des Reliquienhändlers die Augen. Und dann traf es sie wie der Blitz. Doch bevor sie ihre Erkenntnis in Worte fassen konnte, kam ihr der Kapuzenmann zuvor: »Ich sehe, wir verstehen uns!«, flüsterte er ihr von hinten ins Ohr. »Ein Vorteil für dich, denn dadurch kann ich mir langatmige Erklärungen sparen!«

Obwohl sie Angst hatte wie nie zuvor, nahm Hildegard all ihren Mut zusammen, riss den Kopf herum und sah dem Mann in die Augen: »Ob Ihr es glaubt oder nicht – ich hab keine Ahnung, wo er steckt!«

Der Kapuzenmann antwortete mit einem diabolischen Grinsen. »Aber ich!«, lachte er leise in sich hinein.

Hildegard öffnete den Mund, aber die Miene ihres Peinigers erstickte die Frage im Keim. Eine lähmende Mutlosigkeit machte sich in ihr breit, und auf einmal stand ihr Agilulfs Schicksal klar vor Augen. »Was … was habt Ihr mit ihm gemacht?«, stammelte sie, während ihr der Blick langsam zu verschwimmen begann. Eine an sich überflüssige Frage, denn tief in ihrem Inneren wusste Agilulfs Frau, was geschehen war.

»Willst du das wirklich wissen?«

Hildegard schloss die Augen. »Nein!«, wimmerte sie, kaum mehr imstande, ihre Tränen zu kontrollieren.

»Klug von dir!«, erwiderte der Mann. »Wozu sich auch mit derart unappetitlichen Dingen beschweren.«

»Was wollt Ihr von mir?«

Der Kapuzenmann lachte leise in sich hinein. »Kannst du dir das nicht denken?«, fragte er in gehässigem Ton.

Hildegard unterdrückte ein Schluchzen und schüttelte verneinend den Kopf. Die Miene des Mannes, blutleer und fahl, geriet plötzlich in Bewegung. »Dann muss ich dir eben ein wenig auf die Sprünge helfen!«, antwortete er, packte ihr Haar und zerrte es mit einem gewaltigen Ruck nach hinten. Hildegard wollte schreien, aber bevor sie dem durchdringenden Schmerz Luft machen konnte, spürte sie die Hand ihres Peinigers auf dem Mund. »Also: Wo hat dein Mann die Ware versteckt?!«

Hildegards Blick weitete sich vor Entsetzen, und die Klaue auf ihrem Mund war so ekelerregend, dass sie automatisch zu würgen begann. Ihren Peiniger indes ließ dies völlig kalt. »An deiner Stelle würde ich jetzt die Wahrheit sagen«, drohte er und lockerte seinen Griff. »Sonst …«

»Ich habe nicht die geringste Ahnung, wovon Ihr sprecht.«

»Wie schade.« Ein Lächeln auf den Lippen, bückte sich ihr Peiniger nach der Haube, die neben dem Bett auf dem Nachttisch lag, stopfte sie ihr in den Mund und knebelte sie. Dann zerrte er ein blutbeflecktes Stilett aus seinem Umhang hervor, schob den Arm unter Hildegards Kinn – und überlegte es sich im letzten Moment anders.

»Weißt du, von wem das ist – das Blut, meine ich?«, übergoss der Kapuzenmann sein Opfer mit Spott, während er das Stilett vor Hildegards Gesicht hin und her pendeln ließ. »Nein?«

Das Grauen in Hildegards Blick sprach Bände, und mit einer verzweifelten Anstrengung, ihm zu entfliehen, wandte sie den Blick ruckartig ab und begann hemmungslos zu weinen, wie von Sinnen vor Gram, Panik und Angst.

»Aber, aber!«, ließ ihr Peiniger seiner Häme freien Lauf und warf das Stilett achtlos weg. »Für derartige Gefühlsausbrüche gibt es denn nun wirklich keinen Grund!« Dann ließ er den Blick durch das Innere der Kate schweifen, gerade so, als habe er alle Zeit der Welt.

Und wurde kurz darauf fündig.

»Wie heißt es doch so schön: Abwechslung ist das halbe Leben!«, höhnte der Kapuzenmann, verpasste dem Stilett einen Tritt und begab sich zur Feuerstelle, die sich unweit von ihm in der Mitte der Kate befand. Schon wollte Hildegard durchatmen, aber als sie das Reisig sah, das der Mann um das Bett herum aufzuhäufen begann, dämmerte ihr, was auf sie zukommen würde. Eine Woge des Entsetzens schlug über ihr zusammen, und sie unternahm einen letzten Versuch, sich von ihren Fesseln zu befreien. Doch es war vergebens. Alles, was ihr jetzt zu tun übrig blieb, war schreien, doch der Knebel in ihrem Mund saß so fest, dass kein Laut über ihre Lippen kam.

Von all dem bekam der Kapuzenmann nichts mit, und die Gelassenheit, mit der er zu Werke ging, brachte Agilulfs Frau fast um den Verstand. Nicht lange, und der Reisighaufen reichte bis zur Bettkante hinauf. Selbst im Sommer war Hildegards Vorrat an Brennmaterial riesengroß, eine Marotte, die ihr nun zum Verhängnis wurde.

Nach getaner Arbeit rieb sich der Kapuzenmann die Hände und sah die Frau des Reliquienhändlers mit dem Ausdruck kalter Entschlossenheit an. »So!«, seufzte er, als widerstrebe ihm sein Vorhaben zutiefst. »Es ist so weit. Hast du mir noch etwas zu sagen?«

Hildegard rührte sich nicht von der Stelle. Natürlich konnte sie sich denken, wovon der Mann sprach. Nichtsdestoweniger begannen ihre Kräfte allmählich zu erlahmen. Eine merkwürdige, sämtliche Gedanken, Reflexe und Abwehrinstinkte umfassende Apathie ergriff Besitz von ihr, und was sie selbst am meisten überraschte, war die Bereitwilligkeit, mit der sie sich in ihr Schicksal fügte.

Ein letzter Blick der blutunterlaufenen, wie ausgestorben wirkenden Augen. Dann war es so weit.

Ohne die Spur einer Regung, und sei sie auch noch so klein, nahm der Kapuzenmann die Öllampe aus ihrem Gehäuse, bückte sich und hielt sie gegen das knochentrockene Holz. Lange zu warten brauchte er nicht.

Zuerst war da nur dieser Rauchfaden, der aufreizend langsam in die Höhe stieg. Dann kam die erste Flamme, gelb wie die Sünde und rot wie Blut. Und danach gleich mehrere hintereinander. Und dann, kaum ein Vaterunser später, stand die ganze Wohnstube in Flammen.

Das Letzte, was Hildegard hörte, bevor das Brausen in ihren Ohren alle anderen Geräusche übertönte, war die Stimme eines Mannes, voll blanken Entsetzens, aber so gellend und schrill, dass sein lang gezogener Schrei auch noch in weitem Umkreis zu hören war: »Feuer!«

Dann schlug die sengende Hitze über ihr zusammen.

Valentinuskapelle des Franziskanerklosters, kurz vor Sonnenaufgang

Normalerweise war Bruder Hilarius, Prior des Franziskanerklosters zu Würzburg, ein heiterer, stets zu Scherzen aufgelegter Mann. Mit ein Grund, weshalb sich der schlaksige Endzwanziger mit den winzigen Lachfalten und den Kulleraugen großer Beliebtheit erfreute. Er wollte immer nur das Positive sehen. Selbst dann, wenn ihm das Pech an den Fersen klebte.

Damit freilich war es am heutigen Tage nicht weit her. Bruder Hilarius machte ein entsetztes Gesicht, und die heitere Gelassenheit, sein Markenzeichen, war tiefer Bestürzung gewichen.

»Und wann genau hat man ihn gefunden, Bruder Prior?«, fragte Bruder Hilpert und wandte sich der Bahre mit dem Leichnam zu. Wie immer, wenn er einen Mord aufzuklären hatte, versuchte er, mit seinen Gefühlen hinterm Berg zu halten. Kein leichtes Unterfangen, vor allem nicht am heutigen Tag.

»Während der Vigilien.« Bruder Hilarius stellte seine Laterne ab, seufzte und fuhr mit den Handballen über die geschlossenen Lider. »Der Mann, der ihn gefunden hat, wartet draußen vor der Tür.«

Bruder Hilpert nickte. »Habt Dank, Bruder Hilarius. Insbesondere dafür, dass Ihr Euch dieser armen Seele angenommen habt.«

»Möge er in Frieden ruhen.«

»Amen.« Bruder Hilpert bekreuzigte sich und stieß einen lauten Seufzer aus. Seine Augenlider waren schwer wie Blei, und als er sich anschickte, mit der Untersuchung des Leichnams zu beginnen, zitterten ihm die Knie.

»Ist Euch nicht gut, Bruder?«

Hilpert tat so, als habe er die Frage des Priors nicht gehört, packte das Leinentuch, unter dem sich die Umrisse von Agilulfs Körper abzeichneten, und schlug es mit einer raschen Handbewegung zurück.

Gerade einmal 50, sah Agilulfs Leichnam wie der eines Greises aus. Seine Haut, vergilbt wie uraltes Pergament, war von zahlreichen Falten durchzogen, der Hang zur Fettleibigkeit nicht zu übersehen. Bruder Hilpert holte tief Luft. Auf den ersten Blick sah es so aus, als sei der Reliquienhändler eines natürlichen Todes gestorben. Wäre da nicht der winzige, mit bloßem Auge kaum zu erkennende Punkt direkt über dem Herzen gewesen.

Als könne er Gedanken lesen, fasste sich der Prior des Franziskanerklosters ein Herz, nahm die Laterne zur Hand und richtete sie auf den fraglichen Punkt. Bruder Hilpert sah kurz auf, wandte sich dann aber wieder dem Leichnam zu. »Nehmt es mir nicht übel, Bruder!«, sprach er mit gedämpfter Stimme, bemüht, so rücksichtsvoll wie möglich zu klingen. »Aber Ihr hättet den Leichnam nicht so gründlich waschen dürfen.«

»Aber wieso denn, Bruder, das macht man doch immer …«

»Natürlich macht man das immer so!«, vollendete Bruder Hilpert und klopfte dem Prior beruhigend auf die Schulter. »Nichts läge mir ferner, als Euch zu tadeln – aber schließlich haben wir es hier mit einem Mordfall zu tun!«

Bruder Hilarius machte ein betretenes Gesicht, und seine Kulleraugen schauten recht ratlos drein. Glücklicherweise dauerte dieser Zustand nicht lange, und als sich Bruder Hilpert über den Brustkorb des Toten beugte, war er schon wieder der Alte.

»Könntet Ihr einmal kurz mit anpacken, Bruder?« Der Prior nickte, und kurz darauf lag der Leichnam des Reliquienhändlers bäuchlings auf dem Tisch.

Bruder Hilpert brauchte nicht lange zu suchen, und als der Schein der Laterne auf die höchstens einen Zoll im Quadrat große Stichwunde unterhalb der Schulter fiel, wechselten die beiden Mönche einen vielsagenden Blick. Wer tut so was?, schien der Blick des Franziskanerpriors zu sagen. Eine Frage, die zu beantworten Bruder Hilpert jedoch wohlweislich vermied. »Sieht mir nach einem Stilett aus!«, murmelte er mit gerunzelter Stirn. »Und nach einem Stich mitten ins Herz.«

»Mit anderen Worten: heimtückischer Mord.« Die Hand, in der Bruder Hilarius seine Laterne hielt, begann leicht zu vibrieren, und der Lichtkegel irrte ziellos an der gegenüberliegenden Wand hin und her.

Bruder Hilpert nickte und ließ den Blick über den nackten Körper schweifen. Abgesehen von der Wunde, wies er keinerlei Blessuren auf. Von einem Kampf oder heftiger Gegenwehr also keine Spur. Bruder Hilpert richtete sich auf und fuhr sich mit der Handfläche an der rechten Schläfe entlang. Somit war der Fall also halbwegs klar. Zumindest, was die Umstände betraf, unter denen der Reliquienhändler ums Leben gekommen war.

»Kann es sein, dass er nicht dort ermordet worden ist, wo ihn dieser Leinenweber gefunden hat?«

»Es *kann* nicht nur sein, Bruder!«, antwortete Hilpert mit grimmiger Miene. »Alles deutet darauf hin, dass dem auch so war.«

»Und welcher Ort käme Eurer Meinung nach infrage?«

»Ehrlich gesagt, möchte ich das auch gerne ... Heilige Muttergottes ... was ist denn das?« Eher zufällig hatte Bruder Hilpert bei der Untersuchung des Leichnams einen Blick auf Agilulfs Hände geworfen. Und war auf Anhieb fündig geworden.

»Was habt Ihr denn, Bruder?« Flink wie ein Wiesel hatte Bruder Hilarius den Tisch umrundet und war mit erwartungsvoller Miene neben Bruder Hilpert getreten. »Irgendetwas Bedeutsames?«

»Und ob!«, lautete seine Antwort, während Bruder Hilpert Agilulfs rechte Hand begutachtete. »Oder ist das etwa nichts?«

»Was denn?«

»Na, das da ... schaut eben etwas genauer hin!«

Bruder Hilarius kniff die Augen zusammen und beugte sich leicht nach vorn. Kurz darauf erhellten sich seine Züge. »Ihr meint die Striemen an seiner Hand?«, fragte er in der Manier eines Schülers, der seinem Lehrer um jeden Preis imponieren will.

»Exakt!«, frohlockte Bruder Hilpert, während ein Ruck durch seinen Körper ging. Durch die Rundbogenfenster der Valentinuskapelle mit den schlichten Butzenglasscheiben dämmerte der Morgen und erfüllte den Raum mit goldgelbem Glanz. »Womit wir zumindest einen kleinen Schritt weiter wären!«

»Wie meint Ihr das?«

Bruder Hilpert lächelte, weniger über die kindliche Unbeholfenheit des Priors als über die Schlussfolgerung, die sich aus seiner Entdeckung ergab. Mit seiner Antwort hielt er freilich noch hinterm Berg. »Und wie sieht es mit seiner linken Hand aus?«, wich er dem Prior aus.

»Seiner ... ach so! Jetzt verstehe ich Euch, Bruder!« Mit der ihm eigenen Beflissenheit trat Bruder Hilarius auf die andere Seite des Tisches, begutachtete Agilulfs linke Hand und bedachte Bruder Hilpert mit einem triumphierenden Blick. »Das Gleiche!«, entgegnete er mit kindlichem Stolz.

»Wusste ich's doch!«, sprach Hilpert mit gedämpfter Stimme und richtete sich zu voller Größe auf, wobei er den Prior um mindestens einen Fuß überragte. »Wenn mich nicht alles täuscht, ist unser Mordopfer vor seinem Tod gefesselt worden. Gefesselt und hinterrücks getötet. Vermutlich mithilfe eines Stiletts.«

»Ein typischer Raubmord also.«

»Wie kommt Ihr darauf, Bruder Hilarius?«

»Als wir ihn fanden, trug er ein Lederhalsband. Mit einer Geldbörse daran. Leer.«

»Gut zu wissen. Wenngleich ich der Meinung bin, dass das Motiv für den Mord ein gänzlich ...«, begann Bruder Hilpert, aber eine ihm wohlbekannte Stimme ließ ihn abrupt verstummen. Es war die von Berengar, und ihr Ton entsprach dem Entsetzen, das dem Vogt des Grafen von Wertheim ins Gesicht geschrieben stand: »Gut, dass ich dich hier treffe!«, brach es aus ihm hervor, während er mit Riesenschritten in die Kapelle stürmte. »Du musst mitkommen – und zwar sofort!«

»Was in der Heiligen Jungfrau Namen ist denn los mit dir?«, entgegnete Hilpert und deckte den Leichnam rasch zu.

»Dieser Scheiß... bitte um Vergebung, Bruder Prior ... dieser Dreckskerl, nach dem wir suchen, hat Agilulfs Haus in Brand gesteckt!«

»Er hat was?!«, fragten Hilpert und Bruder Hilarius wie aus einem Munde.

»Ganz recht!«, bekräftigte Berengar mit finsterem Blick. Er war immer noch völlig außer Atem, und der Schweiß tropfte nur so auf sein Wams. »Und das Ärgerliche daran ist: Bruder Wilfried, der die ganze Zeit über Wache geschoben hat, hat ihn weder kommen noch gehen sehen! Dieser Bastard muss mit dem Teufel im Bunde stehen!«

»Und seine Frau?«, fragte Bruder Hilpert, kreidebleich und auf einen Schlag wie gelähmt. »Was ist mit ihr …?«

»Tot«, erwiderte Berengar dumpf. Die nun folgende Stille war so drückend, dass es keiner der drei Männer wagte, das Wort zu ergreifen, auch Hilpert nicht, der in stummem Entsetzen neben Agilulfs Leichnam verharrte. Erst als er Berengars Hand auf der Schulter spürte, hob er den Blick, schlug ein Kreuz und strebte mit raschen Schritten dem Ausgang zu.

»Und der Leinenweber?«, rief ihm Bruder Hilarius hinterher.

»So leid es mir tut – er wird sich noch ein wenig gedulden müssen!«, erwiderte Bruder Hilpert, hob die Hand zum Gruß und verschwand.

›Haus der sieben Sünden‹, bei Sonnenaufgang

Das Fieber, ungebetener, aber immer häufigerer Gast, wütete in ihm wie ein Berserker, und jetzt, da der Morgen dämmerte, wurde ihm klar, dass seine Tage gezählt sein würden. Zu schwach, um sich von seiner schäbigen Bettstatt zu erheben, lag er eine Weile wie in Trance. Dann aber, als die ersten Sonnenstrahlen sein ausgemergeltes Gesicht streiften, wurde er allmählich wach. Bis ihm bewusst wurde, an welchem Ort er sich befand, verstrich reichlich Zeit, aber dann, beim Morgenläuten, streifte sein Blick den goldenen Ring an seiner Hand, und er stemmte sich mit einer fast übermenschlichen Kraftanstrengung von seinem Lager empor.

Eine Weile saß er regungslos, aber auch im Sitzen klangen seine Schmerzen nicht ab. Es war, als wüte ein Dämon in seinem Leibe, eine gefräßige, sämtliche Gliedmaßen zerfressende Hydra, ein schleichendes Gift, dem kein Mensch, auch er nicht, auf Dauer gewachsen war.

Während er so dasaß, schwer atmend und schweißüberströmt, nur mehr Haut und Knochen und ein Schatten seiner selbst, zogen ein bald schneller, bald langsamer werdender Strudel von Bildern vor seinem inneren Auge vorbei. Bilder, die ihm vertraut, aber auf eigentümliche Weise fremd geblieben waren.

Da war zum einen jene römische Hure, bei der er sich angesteckt und das ihm auferlegte Gelübde auf das Widerwärtigste gebrochen hatte. Ein Verrat an seinem Orden und dem Heiligen Vater, dem zu dienen er bis in den Tod gelobt hatte. Nicht zuletzt aber auch Verrat an sich selbst. Und da war sein Auftrag, den zu erfüllen er mehr denn je gewillt gewesen war. Wäre da nur dieser Agilulf nicht gewesen. Dieses hintertriebene, mit allen Wassern der Gosse gewaschene Stück Dreck, das sich angemaßt hatte, ihn, einen Krieger des Herrn, hinters Licht zu führen. Ein bloßer Zufall, dass er ihm auf die Schliche gekommen war. Aber einer, der ihn das Leben kosten sollte, das eigene und das seiner Frau, die nicht hatte preisgeben wollen, an welchem Ort sich die Beute aus seinem Raubzug befand. Die Schädel der drei Heiligen, die es um jeden Preis aufzuspüren galt. Um jeden Preis. Und sei es um den des eigenen Lebens, das, wie ihm immer deutlicher klar wurde, nicht mehr lange dauern würde.

Hatte er da eben jemanden auf der Treppe gehört, oder spielten ihm seine Sinne einen Streich? Der junge Mann lauschte angestrengt auf den Gang hinaus. Doch da war nichts. Nur dieser durchdringende, ständig lauter werdende Pfeifton in seinem Ohr. Der junge Mann presste die Handflächen gegen die Schläfen, mit aller Gewalt, aber ohne Erfolg. Das Pfeifen, schrill und nervenzerfetzend, fegte wie ein Orkan durch die Windungen seines Gehirns und riss auch noch die letzte Spur eines klaren Gedankens mit sich fort. Er musste die Augen schließen, sonst wäre er auf der Stelle verrückt geworden.

Aber war er das nicht schon längst?

Er stöhnte leise auf. Nein, das konnte, das *durfte* einfach nicht sein. Er hatte eine Mission zu erfüllen. Und nichts, auch nicht die Tatsache, dass sich sein Geist allmählich zu verwirren begann, würde ihn daran hindern. Das Fieber nicht und auch nicht das dumpfe Gefühl, langsam, aber sicher von innen her zu verfaulen. Er würde den Auftrag erfüllen, so wahr er ein Krieger des Herrn war.

Während er so dalag, die Ellbogen auf die Strohsäcke gestützt, auf denen es vor Ungeziefer nur so wimmelte, wurde es draußen allmählich Tag, und wie um sich der eigenen Existenz zu versichern, robbte er Zoll um Zoll an die Bettkante heran, ließ den Arm auf den Boden baumeln und tastete wie entfesselt die Dielenbretter ab. Einen Moment lang sah es so aus, als ließen ihn seine Kräfte endgültig im Stich, aber als seine Hand unter dem Bett auf eine in Schweinsleder eingebundene Mappe stieß, ließ er sich mit einem Seufzer der Erleichterung zurück auf sein Lager sinken.

Eustachius von Marmelstein. Ein treuer Diener seines Herrn. Biegsam wie Wachs, vor allem, wenn es darum ging, sein eigenes süßes Geheimnis zu wahren. Dafür würde er alles tun, Verrat mit inbegriffen. Die hageren, von Bußübungen und Siechtum gezeichneten Züge des jungen Mannes verformten sich zu einem zynischen Lächeln. Die allergeheimsten, den Handel mit Reliquien betreffenden Unterlagen in die Hand zu bekommen, war ein Kinderspiel gewesen. So leicht, dass er anfangs dachte, sein Erzrivale aus dem Domkapitel habe ihn hinters Licht geführt.

Doch dem war nicht so. Er hatte sie alle in der Hand. Wer immer Agilulfs Handlanger waren – er würde sie aufspüren und zur Strecke bringen. Und wieder in den Besitz der Schädel der drei irischen Wanderprediger gelangen.

Und zwar der echten.

So wahr er ein Krieger des –

»Du kommst spät.« Die Frau, an die der Erzdiakon das Wort richtete, war Anfang 20, brünett und hatte eine Haut wie aus Elfenbein. Bevor sie den Raum betrat, hatte sich Demetrius rasch eine Stoffmaske übergestreift, denn er wollte unerkannt bleiben. Der Duft, den die Frau verströmte, war einfach atemberaubend, ein Erkennungszeichen der besonderen Art. Irgendwie rochen sie hier im Hurenhaus alle gleich, aber auch in diesem Punkt war Melisande etwas ganz Besonderes. Natürlich war das nicht ihr richtiger Name, aber das war ihm gleich. Worauf es ihm ankam, war, dass sie kein Freund vieler Worte war, genau wie er. Und dass sie diesen Geruch an sich hatte, eine Mischung aus Hyazinthe und Jasmin. Ganz im Gegensatz zu den anderen Huren, die man allein schon am Geruch nach Amber, Moschus oder Rosenholz erkannte.

Und dann war da noch die geradezu unvergleichliche Art, seine Wünsche zu erraten. Ohne dass er etwas zu sagen brauchte. Außer Schwester Serafina, der Frau, die ihn großgezogen hatte, gab es wohl kaum einen anderen Menschen auf der Welt, der ihn so gut verstand wie Melisande.

»Ist Euch nicht gut, Herr?« Was für eine Frage, dachte er bei sich. Trotzdem ließ er sich nichts anmerken, kletterte aus dem Bett und bot Melisande den von Narben, Eiterbeulen und Pusteln übersäten Rücken dar.

Er hatte seine Strafe verdient, und er würde sie bekommen.

Jetzt gleich.

Doch anders als in all den Nächten zuvor, die er hier, fernab seines prunkvollen Gemachs, verbracht hatte, rührte sich Melisande nicht vom Fleck. Er konnte ihr Duftwasser riechen, spürte den brokatenen Saum ihres Gewandes auf der nackten Haut. Ihren Atem, der wie eine frische Brise über seine Nackenhaare strich. Den mitleidsvollen Blick, wie jedes Mal, wenn das Strafgericht seinen Anfang nahm. Bevor sich die Riemen ihrer Geißel in seinen Rücken bohrten, wie der Pflug in ein brachliegendes Feld.

Drauf und dran, seiner Ungeduld Luft zu machen, hob er den Kopf. Doch kam ihm Melisande zuvor. »Sie wird nicht kommen, Herr. Um Euch zu verarzten, meine ich.«

»Wer?« Obwohl er genau wusste, um wen es ging, fiel ihm nichts Besseres als eine Gegenfrage ein. Das Blut schoss ihm in den Kopf, und lähmendes Entsetzen ließ ihn wie zu einer Salzsäule erstarren. Für einen kurzen Augenblick wurde ihm schwarz vor Augen, aber er fing sich wieder.

Zu seinem Erstaunen blieb Melisandes Antwort jedoch aus. An der Art, wie sie auf der Stelle trat, konnte er ganz deutlich ihre Unsicherheit erkennen, und das, obwohl er ihr immer noch den Rücken zudrehte.

»Warum nicht?! Was ist mit ihr geschehen?« Die Züge des jungen Mannes, ein Sammelsurium der Angst, verzerrten sich auf geradezu groteske Weise, und obwohl ihm Selbstbeherrschung über alles ging, konnte er seine Ungeduld kaum noch zügeln.

»Sie ... sie ... es heißt ...«, stammelte Melisande, und im gleichen Moment war er auch schon auf den Beinen und wirbelte wie von Furien gepeinigt herum. »Was ist los, verdammt noch mal?! Was ist mit Schwester Serafina geschehen?« Halb wahnsinnig vor Ungeduld, sah der junge Mann wie ein dem Höllenschlund entstiegener Dämon aus.

»Sie hat mir eine Nachricht überbringen lassen. Damit Ihr Bescheid wisst, Herr.«

»Was für eine Nachricht? So rede doch endlich, Weib!«

»Schwester Serafina, Herr – es scheint, sie liegt im Sterben.«

Auch noch nach Jahren, wenn sie an jenen Moment zurückdachte, würde sich Melisande des jungen Mannes mit der Maske entsinnen, der laut aufheulend vor Schmerz zusammenbrach und die Dielenbretter mit den Fäusten traktierte. Nicht lange, und die Haut hing in Fetzen von der blutüberströmten Hand, und an einigen Stellen trat sogar der Knöchel hervor. Dieser Mann hier hatte nichts Menschliches mehr an sich. Kein Wunder, dass es Melisande mit der Angst bekam.

»Mutter!«, schluchzte Demetrius immer wieder, während die Augen hinter der Maske fast durch die Sehschlitze quollen. »Mutter!«

Da draußen war jemand. Totnan legte die Hand hinters Ohr und lauschte. Er konnte es förmlich spüren. Und die Pferde im Stall auch. Insbesondere der Wallach neben ihm, der unentwegt an seinem Zaumzeug zu zerren und mit den Hufen zu scharren begann.

Bei Totnans Gefährten, einem stämmigen irischen Bauernsohn, hinterließ das Gezerre, Gewieher und Gescharre nicht den geringsten Eindruck. Er schlief. Mehr noch, er schnarchte so durchdringend, dass es Totnan allmählich auf die Nerven ging. Und Kilian? Nun, der kniete seit gut einer Stunde mit gefalteten Händen in der gegenüberliegenden Ecke und bekam von der Gefahr, in der sie alle schwebten, anscheinend nichts mit. Totnan wurde langsam ärgerlich. Typisch Kilian, sich dem Herrn in einem Maße zu widmen, dass das irdische Leben mitunter kaum noch eine Rolle für ihn spielte!

Alles zu seiner Zeit!, dachte Totnan zerknirscht, während sein Blut immer heftiger zu pulsieren begann. Da draußen war jemand. Und er konnte sich auch denken, wer.

»He, Kilian!«, rief Totnan mit gedämpfter Stimme, den Blick auf die Stalltür gerichtet, die, wie er konsterniert feststellte, nicht einmal verriegelt war. »Ich glaube, es geht uns langsam an den Kragen!«

Keine Reaktion.

»Mensch Kilian, jetzt hör mir gefälligst mal …«

Weiter kam Totnan nicht.

Das Lächeln, welches ihm sein Gefährte über die Schulter hinweg zuwarf, ließ ihn augenblicklich verstummen.

VIERTER TAG

Noch drei Tage bis Kiliani, Anno Domini 1416

8

Ruprechtsbau der Heidelberger Burg, nach Sonnenaufgang

Er war einmal Papst gewesen. Und wollte es wieder werden. Mit aller Macht. Die Frage war nur, wie.

Eine halblaute Verwünschung auf den Lippen, trat Baldassare Cossa, vor gut einem Jahr noch Papst Johannes XXIII., vor den Kamin des Rittersaales und reckte die Handflächen über die prasselnde Glut. Wiewohl Gefangener des Pfalzgrafen, konnte er sich über nichts beklagen. Es sei denn, über die Kühle des Morgens, die einem gebürtigen Neapolitaner wie ihm ordentlich zusetzte. Bekanntermaßen war es bereits Juli, aber verglichen mit seiner Heimat kam er sich wie im tiefsten Winter vor.

Der knapp 46-jährige, vorzeitig gealterte und ein wenig korpulente Mann mit der Hakennase und dem südländischen Teint machte ein grimmiges Gesicht. Umso mehr, als sein Blick auf das in den Kamin eingemeißelte Wappen mit den Rauten und dem pfälzischen Löwen fiel. Ruprecht, Pfalzgraf bei Rhein und Kurfürst, mitverantwortlich für die größte Schmach seines Lebens, war ein mächtiger Mann, das musste ihm der Neid lassen. Aber er, Baldassare Cossa, würde am Ende den Sieg davontragen und sich für seine Absetzung rächen. So wahr er einmal Papst Johannes XXIII. gewesen war.

Und es wieder sein würde.

Die Frage war nur, wie.

Wenn etwas geschehen sollte, dann schnell. Das jedenfalls stand fest. Die Nachrichten aus Konstanz, wo das Konzil über einen möglichen Nachfolger für ihn beriet, hörten sich wenig verheißungsvoll an, und mit jedem Tag, der ungenutzt verstrich, würden seine Chancen, den Stuhl Petri wieder zu besteigen, unweigerlich in Richtung Nullpunkt sinken.

Mit einem Blick, der seine ganze Verachtung für die beiden Kriegsknechte ausdrückte, die ihn auf Schritt und Tritt begleiteten, nahm Baldassare Cossa auf dem gepolsterten Lehnstuhl Platz, der unweit des Kamins auf den kalten Steinfliesen des Rittersaales stand. Trotz Pelzmütze, Otterfellmantel und Beinlingen aus Wolle konnte er sich eines Fröstelns nicht erwehren, und wenn er sich der sonnenbeschienenen Hänge des Vesuvs erinnerte, begann der Hass auf seine Widersacher ins Unermessliche zu steigen.

Doch was auch geschah: Baldassare Cossa, mit den Wechselfällen des Lebens bestens vertraut, würde am Ende die Oberhand behalten, mochten sich seine Gegner König, Kurfürst oder Erzbischof nennen.

Nur wie und auf welchem Wege, das war die Frage.

Während er so dasaß und grübelte, streifte ein Windhauch sein Gesicht, und als er aufblickte, konnte er seine Überraschung nur mit Mühe verbergen. Mit allem hatte er gerechnet, nur nicht mit dem Besuch eines Landsmannes. Vom Auftauchen seines engsten Vertrauten aus besseren Tagen gar nicht zu reden. »Colonna – Ihr?!«, entfuhr es dem abgesetzten Papst, während ein Ruck durch seinen Körper ging. »Was führt Euch hierher?«

»Die Sorge um Euer Wohlbefinden, Heiliger Vater!«, antwortete Kardinaldiakon Oddo di Colonna und deutete eine Verbeugung an. Mit achtundvierzig nur unwesentlich älter als Cossa, war er in puncto Statur das genaue Gegenteil von ihm, nämlich fast sechs Fuß groß, hager und von Natur aus ein wenig blass. Wie um dies zu kaschieren, trug er einen breitkrempigen, mit Quasten und Bändern geschmückten Hut, das Purpurgewand der Kardinäle und ein silbernes Brustkreuz, die perfekte Ergänzung zu der Leibschärpe, die er über seinem Habit trug. Neben dem kantigen, nahezu emotionslosen Gesicht, das den mit allen Wassern gewaschenen Kurienkardinal verriet, waren es vor allem seine Augen, welche die Aufmerksamkeit des Betrachters auf sich zogen. Dunkelbraun, fast schwarz, waren sie ständig in Bewegung. Schwer vorstellbar, dass sie etwas Wesentliches übersahen. Schon gar nicht, wenn es um das Wohlbefinden seines Herrn ging.

Mit dem, wie Colonna instinktiv erriet, stand es indes nicht zum Besten. »Come sta, Santo Padre*?«, fragte er mit besorgter Miene, wobei sich die buschigen Augenbrauen fast berührten. Die beiden Kriegsknechte, durch das plötzliche Auftauchen des Kardinaldiakons ein wenig irritiert, sahen sich stirnrunzelnd an, griffen jedoch nicht ein.

Baldassare Cossa hingegen verstand und wechselte nun seinerseits ins Italienische über. »Molto bene!**«, lautete die wenig überzeugende Replik, ein Wink mit dem Zaunpfahl, der Colonna natürlich nicht entging. »Wie es einem in der Gefangenschaft eben so geht! Doch reden wir lieber nicht darüber.« Cossa warf den beiden miteinander tuschelnden Kriegsknechten einen verstohlenen Seitenblick zu. »Wie habt Ihr es überhaupt geschafft, bis zu mir vorzudringen?«

Colonnas Mundwinkel verzogen sich zu einem maliziösen Lächeln. »Pecunia non olet, Santo Padre***!«, spottete er. »Wenn es um dringende Familienangelegenheiten wie den Tod der Mutter Eurer Heiligkeit geht, lässt selbst Pfalzgraf Ruprecht mit sich reden.«

Cossa lachte leise in sich hinein. »Einer Mutter freilich, die seit geraumer Zeit nicht mehr unter den Lebenden weilt!«, spottete er. »Aber sagt mir, Colonna: Was gibt es Neues?«

»Aus Konstanz? Nun, wie Euch sicher bekannt sein dürfte, ist der König in diplomatischer Mission unterwegs. Diesen

* Wie geht es Euch, Heiliger Vater?

** Sehr gut!

*** Geld stinkt nicht, Heiliger Vater!

avignonesischen Narren namens Benedikt zur Räson zu bringen, ist offenbar nicht ganz leicht.«

»Und das Konzil?«

»Schaut sich derweilen nach einem geeigneten Nachfolger für Euch um.«

»Was es unter allen Umständen zu verhindern gilt.«

»Amen.« Colonna, klug genug, sich in Cossas Gegenwart in Demut zu üben, gab ein zustimmendes Nicken von sich. »In diesem Punkt stimme ich Eurer Heiligkeit von Herzen zu.«

»Soll das heißen, Ihr habt bereits einen Plan?«

»Nicht nur das!«, erwiderte Colonna in Beifall heischender Manier. »Die Zustimmung Eurer Heiligkeit vorausgesetzt, habe ich konkrete Maßnahmen eingeleitet, um einen Stimmungsumschwung zu Euren Gunsten herbeizuführen. Scheint es doch nicht wenige Konzilteilnehmer zu geben, welche die Absetzung Eurer Heiligkeit mittlerweile bereuen.«

»Maßnahmen? Wie darf ich das verstehen?«

Ein hintergründiges Lächeln auf den Lippen, spielte Colonna mit dem goldenen Ring, den er über dem purpurnen Handschuh trug. »Ich bin mir nicht sicher, ob ich Euch mit derlei Dingen belästigen sollte«, wehrte er unschlüssig ab. »Wo doch die Bürde, die Eure Heiligkeit zu tragen haben, ohnehin schon groß genug ist.«

Cossa runzelte die Stirn und trommelte ungeduldig auf der Stuhllehne herum. »Soll das etwa heißen, Colonna, Ihr seid im Begriff, Euch unlauterer Mittel zu bedienen?«

»Wie man's nimmt!«, erwiderte der Kardinaldiakon aalglatt. »Der Zweck heiligt eben die Mittel!«

»Und welche?«

»Solche, die geeignet sind, insbesondere die deutschen Bischöfe, Äbte und Prälaten wieder zurück auf den rechten Weg zu bringen.«

»Und das alles ohne fremde Hilfe?«

»Nicht ganz!«, versetzte Colonna in hochmütigem Ton.

»Um im Sinne Eurer Heiligkeit wirken zu können, habe ich nichts unversucht gelassen, mich der Dienste einer Reihe von Gefährten zu versichern, allesamt treue Diener des Herrn, mir und Eurer Heiligkeit bedingungslos ergeben.«

»Darf man fragen, um wen es sich dabei handelt?«, fragte Cossa in bissigem Ton.

»Wie gesagt – ich halte es nicht für ratsam, wenn Eure Heiligkeit zu viel über meine Pläne weiß. Für den Fall, dass etwas schiefgeht, meine ich.«

»Mit anderen Worten: Die Sache steht auf des Messers Schneide.«

»Wo denkt Ihr hin!«, rief Colonna mit gespielter Entrüstung aus. »Meine Gefährten – und insbesondere ihr Anführer – sind mit Feuereifer bei der Sache, getreue Diener der Kirche, wahre Krieger des Herrn.«

»Heraus damit, Colonna – was geht in Eurem Reptiliengehirn vor?«

»Noch drei Tage, Eure Heiligkeit: Dann richtet über mich.«

Aufs Äußerste gespannt, ließ Cossa nicht locker. »Dazu müsste ich erst einmal wissen, was Eure sogenannten Krieger des Herrn vorhaben!«, insistierte er.

»Faustpfänder in die Hand zu bekommen, Eure Heiligkeit. Faustpfänder, mit deren Hilfe es nicht schwer sein dürfte, die betroffenen Bischöfe, Äbte und Herren zu engagierten Verfechtern der Sache Eurer Heiligkeit zu machen.« Dass es sich dabei um den Raub der kostbarsten Reliquien im Reich handelte, erwähnte der Kardinaldiakon lieber nicht. Wer weiß, wie sein Herr reagiert oder ob er seine Pläne überhaupt gebilligt hätte. Seine Pläne und den damit verbundenen Ehrgeiz, vielleicht selbst einmal Papst zu werden.

»Ihr redet doch nicht etwa von Erpressung?«

Colonna konnte sich eines Schmunzelns nicht erwehren. »Gott bewahre!«, heuchelte er. »Davon kann doch wahrhaftig nicht die Rede sein!«

»Und Eure Gefährten? Sind wenigstens sie in Eure Pläne eingeweiht, Kardinaldiakon?«

Bei der Nennung seines Titels zuckte Colonna kaum merklich zusammen, die erste Blöße, die er sich in dem Gespräch mit Cossa gab. »Selbstredend nicht!«, entgegnete er prompt, um mit breitem Schmunzeln hinzuzufügen: »Ich habe sie im Glauben gelassen, einer gerechten Sache zu dienen. Nur so, denke ich, waren sie bereit, bis zum Äußersten zu gehen. Einzig und allein ihr Anführer weiß über alles Bescheid.«

»Zum Äu…«, stieß Cossa, Böses ahnend, hervor. Und weiter: »Ich denke, mein lieber Colonna, Ihr habt mich überzeugt. Es ist anscheinend wirklich das Beste, wenn ich nicht allzu viel über die Angelegenheit weiß.«

»Amen!«, bekräftigte der Kardinaldiakon, verbeugte sich und wandte sich rasch zum Gehen. An der Tür drehte er sich noch einmal um. »Bis Donnerstag, Heiliger Vater!«, verabschiedete er sich und hob mit weit ausholender Geste die Hand zum Gruß.

Im gleichen Moment, ohne dass sich dies einer der Anwesenden hätte erklären können, rutschte ihm der goldene Ring vom behandschuhten Finger und schlug laut klirrend auf den Steinfliesen des Rittersaales auf. Das Echo war so laut, dass es Cossa noch lange danach in den Ohren klang.

»Bis Donnerstag«, murmelte der ehemalige Papst, zog den Otterfellmantel über die Schultern und wandte sich fröstelnd dem Feuer zu.

9

Hauger Viertel in Würzburg,
Ende der dritten Stunde (8.00 Uhr)

Der nächtliche Wolkenbruch war heftig gewesen. Ein Geschenk des Himmels, im wahrsten Sinne des Wortes. In diesem Punkt waren sich alle einig. Sonst, so Agilulfs Nachbarn, wäre das Viertel abgebrannt. Und möglicherweise sogar die ganze Stadt.

Die Ursache für den Brand war dagegen den meisten egal. Dank Gottes und Sankt Florians Beistand war alles noch einmal gut gegangen. Und das war für die Tagelöhner, Kärrner, Magdweiber und Häcker, die Agilulfs Haus wie ein Schwarm Krähen umringten, das Wichtigste.

Aber nicht für Bruder Hilpert, der die Trümmer inspizierte. Ein süßlicher, von Brandgeruch, Feuchtigkeit und versengtem Fleisch durchsetzter Gestank lag in der Luft. So penetrant, dass es kaum auszuhalten war.

»Fertig?«, fragte Bruder Wilfried, der es nicht abwarten konnte, das Wenige, was von Agilulfs Frau Hildegard übrig geblieben war, mit einem Leinentuch zu bedecken. Er war kalkweiß im Gesicht, genau wie Berengar, der den Blick über die bis auf die Grundmauern heruntergebrannte Kate schweifen ließ. Wohin er auch schaute, nichts als verkohltes Fachwerk, Steinhaufen und Rauch. Doch plötzlich, just in dem Moment, als Bruder Hilpert immer noch wie besessen in den Trümmern herumstocherte, blieb sein Blick auf einem ganz bestimmten Punkt in der ehemaligen Wohnstube haften. Ohne auf die beiden Freunde zu achten, kletterte er über eine zerbrochene Dachrinne, erkaltete Asche und unzählige, überall verstreute Habseligkeiten hinweg, streifte sich einen Handschuh über und bückte sich. Wenig später hielt er einen spitzen Gegenstand in der Hand. Eine Art Klinge, außer ein paar Rußflecken so gut wie unversehrt.

»Na – etwas gefunden?« Im Begriff, die Klinge von allen Seiten zu begutachten, wurde Berengar durch Hilperts Frage jäh unterbrochen. »Kommt drauf an«, murmelte der Vogt, immer noch ganz auf seinen Fund konzentriert. »So ein Ding hier findet man jedenfalls nicht alle Tage.«

»Zeig mal her.« Ein flaues Gefühl im Magen, reckte Bruder Hilpert neugierig den Kopf, bahnte sich den Weg durch die Trümmerwüste und gesellte sich zu dem Vogt. Fast gleichzeitig hellten sich seine Züge merklich auf. »Gratuliere!«, beglückwünschte er seinen Freund. »Mit deinen Luchsaugen hast du uns ein beträchtliches Stück weitergebracht!«

So ehrlich es gemeint war, sorgte das Lob des Freundes bei Berengar eher für Verwirrung: »Wie meinst du das?«, fragte er, während ihm Hilpert das Corpus Delicti behutsam aus den Händen nahm und einer genaueren Prüfung unterzog.

»Dank deiner Akribie kann kein Zweifel mehr daran bestehen, dass es zwischen Agilulfs Tod und dem seiner Frau einen direkten Zusammenhang gibt.«

»Wie das?«, rätselte der Vogt mit stolzgeschwellter Brust.

»Darf ich deine Wissbegier mithilfe einer Gegenfrage ein wenig dämpfen?«

»Nur zu!«, gab sich Berengar betont jovial. »Schließlich bin ich von dir nichts anderes gewohnt.«

Mit dem ihm eigenen Sinn für Humor konnte sich Bruder Hilpert ein Lächeln nicht verkneifen: »Hört sich ja ganz nach einer Kapitulation auf der ganzen Linie an, findest du nicht auch, Bruder?«

Bruder Wilfried, heilfroh, den Leichnam zudecken zu können, nickte mit dem Kopf. »Sieht ganz danach aus!«, ergriff er für Hilpert Partei.

»Dürfte ich jetzt wohl erfahren, wie du auf so eine …«

»Wie ich auf so eine Idee gekommen bin, Berengar? Deswegen!«

»Und was soll das sein?« Mit dem leicht versengten Büschel Fasern, das Hilpert wie eine Trophäe in die Höhe und anschließend Berengar vors Gesicht hielt, konnten sowohl der Vogt als auch Bruder Wilfried nicht viel anfangen. Die Skepsis in ihren Gesichtern sprach Bände, wovon sich Bruder Hilpert freilich nicht irritieren ließ.

»Hanffasern!«, sprach er mit triumphierender Miene. »Noch dazu in rauen Mengen! Na, was sagt ihr dazu?!«

»Und was hat das Ganze mit den beiden Morden zu tun?«

»Eine Menge, Berengar, eine Menge!«, antwortete Bruder Hilpert, nachdenklich wie eh und je. »Nach allem, was ich zum jetzigen Zeitpunkt weiß, haben wir es in beiden Fällen mit ein und demselben Täter zu tun. Mit dem Mann, der dir schon drei Mal entwischt ist, Berengar.«

Dergestalt wieder auf dem Boden der Tatsachen angelangt, tat Berengar so, als habe er Hilperts Bemerkung überhört, und fragte gereizt: »Und woher willst du das wissen?«

»Beide Leichname, sowohl der von Agilulf als auch derjenige seiner Frau, sind kurz vor ihrer Ermordung gefesselt und anschließend vom Leben zum Tode befördert worden. Wobei die Stichwunde in Agilulfs Brustkorb kaum einen anderen Schluss zulässt, als dass er mit einem spitzen Gegenstand getötet worden ist. Höchstwahrscheinlich mit so etwas hier. Einem Stilett.«

»Ich verstehe.« Berengar blies die Luft aus den Lungen und nahm Bruder Hilpert das Stilett aus der Hand, längst nicht mehr so skeptisch wie zuvor. »Und wie kommst du auf die Idee, dass dieser Hundsfott mit Agilulfs Frau das Gleiche vorgehabt hat?«

»Indem ich den Leichnam näher in Augenschein genommen habe«, erwiderte Hilpert und fügte hinzu: »Wie wir gesehen haben, hat Hildegards Mörder ganze Arbeit geleistet und fast alle Spuren verwischt. Aber eben nur fast.« Hilpert holte tief Luft, fuhr dann aber umso entschiedener fort: »Genau dort, wo sich bei Agilulfs Leichnam der entsprechende Abdruck befand – nämlich am Handgelenk –, war er auch bei Hildegard zu sehen.«

»Aber wie ist das möglich?«, warf Bruder Wilfried mit wachsbleicher Miene ein. »Ich meine, der Leichnam ist … wie soll ich das sagen? … er ist doch …«

»Bis zur Unkenntlichkeit verbrannt, du hast recht!«, nahm ihm Hilpert die Worte aus dem Mund. »Aber nicht ganz. Was insbesondere die Vorderseite des Unterarms und das Handgelenk betrifft. Die nämlich blieben unversehrt. Soweit man dies unter den gegebenen Umständen überhaupt so bezeichnen kann.«

»Und was schließt du daraus?«, fragte Berengar und verschränkte die Arme vor der Brust.

»Dass Hildegard auf dem Bauch gelegen haben muss, als ihre letzte Stunde schlug.«

»Wie das?«

Hilpert stützte den Ellbogen auf die Fläche der rechten Hand und dachte eine Weile angestrengt nach. Dann sagte er, das Wort eher an die eigene Adresse als die der beiden Freunde gerichtet: »Schwer zu sagen, wie sich das Ganze abgespielt hat – andererseits …«

»Nur zu, wir sind ganz Ohr!«

»Immer mit der Ruhe, Berengar!«, entgegnete Bruder Hilpert mit dem Anflug eines Lächelns im Gesicht und fuhr sich mit Daumen und Zeigefinger übers Kinn. Er hatte die Nacht über kein Auge zugetan, und die Ränder unter seinen Augen sprachen Bände. »Also: Irgendwann im Verlauf der letzten Nacht – wann genau, lässt sich mangels Zeugen nicht sagen – hat sich Hildegards Mörder Zugang zu ihrer Kate verschafft. Gut möglich, dass die Tür nicht verschlossen war.

Einerlei: Vermutlich hat der Täter sein Opfer im Schlaf überrascht und an Händen und Beinen gefesselt. Bruder Wilfrieds Nachforschungen zufolge scheint jedoch keinem der Nachbarn bis zum Ausbruch des Feuers irgendetwas Verdächtiges aufgefallen zu sein. Oder liege ich da falsch?«

Bruder Wilfried verneinte. »Fehlanzeige. Und das auf der ganzen Linie. Von Hinweisen, Zeugen oder auffälligen Geräuschen keine Spur.«

»Entweder wollen die alle nichts sagen oder sie können nicht.«

»Ich denke, eher Letzteres trifft zu, Berengar«, warf Bruder Hilpert mit Entschiedenheit ein. »Doch zurück zum Thema! Wie gesagt: Der Täter verschafft sich Zugang zum Haus, findet Hildegard schlafend vor und fesselt sie.«

»Keine große Kunst.«

»Genau, Berengar. Wie dem auch sei: Der Täter, zum Äußersten entschlossen, versucht, Hildegard zu einem Geständnis zu bewegen. Was, wie der Fortgang der Ereignisse nahelegt, nicht von Erfolg gekrönt gewesen zu sein scheint.«

»Woher willst du das wissen?«, fragte Berengar spitz.

Bruder Hilpert antwortete mit einem Lächeln. »Pure Intuition!«, gab er unumwunden zu.

»Na gut. Und weiter?«

»Wie anhand dieses Tötungsinstrumentes ersichtlich«, fuhr Hilpert fort, während er den Zeigefinger über das stumpfe Ende des Stiletts gleiten ließ, »muss er ursprünglich vorgehabt haben, Hildegard auf die gleiche Weise wie Agilulf zu töten.«

»Warum zum Teu… warum hat er es dann nicht getan?«

»Eine gute Frage, Herr Vogt!«, antwortete Hilpert mit hintergründigem Lächeln. »Womöglich aus irgendeiner Laune heraus. Oder weil er darauf aus war, Spuren zu verwischen. Oder aus irgendeinem anderen Grund. Was immer den Ausschlag gab, dass er sein Stilett nicht benutzte und Hildegard stattdessen bei lebendigem Leibe verbrennen ließ – wir haben es hier mit einem Täter zu tun, für den Mitgefühl ein Fremdwort zu sein scheint. Einem Mann, dem man nicht beikommen kann, wenn man sich herkömmlicher Mittel bedient. Skrupellos, verschlagen und bar jeglichen Gefühls.«

»Mit einem Wahnsinnigen – sprich es ruhig aus.«

»Ich weiß nicht, ob wir es uns da nicht ein wenig einfach machen, Berengar!«, gab Hilpert zu bedenken. »Oder hattest du während des Gespräches zwischen ihm und Agilulf das Gefühl, du hättest es mit einem Irren zu tun?«

»Das nun nicht gerade«, räumte Berengar ein. »Ein verdammt gerissener Bursche, wenn Ihr mich fragt.«

»Aber wozu das Ganze?«, gab Bruder Wilfried zu bedenken. »Wozu zuerst Agilulf töten und danach seine Frau?«

»Weil er seine Schuldigkeit getan hatte, darum! Und um sich zweier Mitwisser zu entledigen. Oder weil sie sich wegen der Beute in die Haare gekriegt haben.« Der Vogt gab ein verächtliches Schnauben von sich. »Ich weiß wirklich nicht, was Ihr wollt!«, sagte er. »Dieser Hundsfott reißt sich die Reliquien unter den Nagel, beseitigt Agilulf, hinterlässt den Erpresserbrief und setzt dann noch diese Bruchbude in Brand. Wo ist denn hier das Problem?«

»Und wozu dann die Fesseln?«

»Was weiß ich!«, entgegnete Berengar missvergnügt. »Vielleicht ist er ja wirklich nicht mehr ganz dicht und hat sich einen Spaß aus der Sache ... he, du! Was machst du denn da?!«

Mitten im Satz brach Berengar ab und wirbelte auf dem Absatz herum. Hilpert und Bruder Wilfried, gleichermaßen verblüfft, folgten seinem Blick.

Die in Lumpen gehüllte, etwa vier Fuß große Missgeburt, die sich Hildegards Leichnam bis auf Armlänge genähert hatte, reckte die Nase in den Wind, als nähme sie von irgendwoher eine Witterung auf, blinzelte Berengar unverwandt an und stob wie von Furien gehetzt davon. Die zahlreichen Gaffer, mindestens genauso verblüfft wie er, gaben den Weg reflexartig frei. Wigbert der Zwerg, behände wie ein Affe und obendrein pfeilschnell, wich sämtlichen Hindernissen mit traumwandlerischer Sicherheit aus, erklomm die rußgeschwärzte Mauer und ließ den Blick über die rauchenden Trümmer schweifen. Dann stieß er einen unartikulierten Laut aus, so markerschütternd, dass es Berengar eiskalt den Rücken hinunterlief. Und war einen Wimpernschlag später in der angrenzenden Gasse verschwunden.

»Na los! Worauf wartet ihr denn noch? Hinterher!«, herrschte der Vogt die beiden Stadtknechte auf der anderen Seite des Trümmerhaufens an. Vergebens. Bevor die Gesetzeshüter die Situation erfasst hatten, war der Spuk vorbei.

Bruder Hilpert, mindestens genauso verwirrt, sah Berengar kopfschüttelnd an. »Wer war denn das?«, fragte er, zur Abwechslung einmal ebenso ratlos wie er.

»Das war der Wigbert«, klärte ihn einer der beiden Stadtknechte auf. »An sich recht harmlos. Armer Teufel. So was wie ein Kinderschreck. Streunt meistens droben auf dem Galgenberg herum. Kümmert sich um die Gehenkten. Das heißt um das, was von denen übrig geblieben ist. Keine Ahnung, was in den Bankert ge...«

»Was sagst du da?!«, herrschte Bruder Hilpert den verdatterten Stadtknecht an. Berengar und Bruder Wilfried zuckten zusammen und wechselten einen überraschten Blick.

»Verzeiht, Bruder, aber ich verstehe nicht ganz, was Ihr ...«

»Was du da eben gesagt hast, will ich wissen!«, unterbrach ihn Bruder Hilpert barsch. »Über diesen ... wie heißt er doch gleich?«

»Wigbert!«, vollendete der Stadtknecht mit neu erwachter Energie. »Na ja – wie gesagt, er ist halt ein komischer Kauz, so was wie ein ...«

»… Kinderschreck, ich weiß. Und was noch?«

»Was er sonst noch so treibt?«, antwortete der hagere Rotschopf und hantierte nervös an seiner Hellebarde herum. »Aber das habe ich doch schon gesagt! Er ist so was wie ein Totengräber.«

»Will heißen?«

»Wenn einer aufgehängt oder gerädert oder gevierteilt oder sonst was wird – wenn das arme Schwein endlich tot ist, will ich damit sagen –, tritt der Wigbert in Aktion.«

»Und verscharrt ihn irgendwo in der Nähe des Galgens, getreu dem Grundsatz, dass sein Grab anonym bleiben soll. Richtig?«

Der Stadtknecht nickte.

»Und sein Lohn?«

»Die irdische Habe dieser armen Teufel. Sofern es sie überhaupt gibt.«

»Und wenn nicht?«

»Dann kriegt er nur ihre Kleider. Das heißt, wenn sie dann überhaupt noch zu gebrauchen …«

»Moment mal!«, fuhr Berengar dazwischen und ging langsam auf Hilpert zu. »Worauf willst du eigentlich hinaus? Doch nicht etwa darauf, dass diese missgestaltete Kreatur Gräber geplündert, sich drei Schädel herausgepickt und sie anschließend an diesen Agilulf verschachert …«

Ein Blick, eine hochgezogene Braue und die Andeutung eines Lächelns – und Berengar stand einfach nur da, den Mund sperrangelweit offen. Aber anders als zuvor regte sich dieses Mal kein Unmut in ihm. Im Gegenteil. Er war einfach viel zu perplex dafür. So sehr, dass es ihm die Sprache verschlug.

»Irgendwelche Einwände?«

Berengar verneinte. »Langsam wirst du mir unheimlich!«, brummelte er, mit einem Blick, der zwischen Verblüffung und Bewunderung schwankte. »Auf so was kommst wirklich nur du!«

Bruder Hilpert, der wie ausgewechselt schien, lächelte zufrieden, und die Müdigkeit, die seine Lider niedergedrückt hatte, war wie weggeblasen. Auf einmal war er wieder ganz der Alte – scharfsinnig, tatkräftig und optimistischer denn je. »Bliebe nur noch zu klären, in welcher Beziehung Agilulf zu diesem Wigbert stand!«, sprühte er förmlich vor Energie. »Vorausgesetzt, sie existiert – woran ich ehrlich gesagt kaum noch Zweifel hege –, wären wir einen gewaltigen Schritt weiter.«

»Und du glaubst wirklich, dass es Menschen gibt, die einen derart teuflischen Plan aushecken können?«, meldete sich Bruder Wilfried zu Wort.

»Jemand wie Agilulf schon!«, warf Berengar ohne zu zögern ein.

»Aber warum?«

»Gier, Bruder. Hemmungslose, nackte Gier. Und jede Menge Schulden. Ganz offensichtlich waren 100 Gulden immer noch nicht genug.« Bruder Hilpert zuckte die Achseln und winkte die Freunde zu sich heran: »Wie dem auch sei!«, schloss er, das weitere Vorgehen im Sinn. »Damit wir dieses Kapuzenmannes habhaft werden können, müssen wir handeln. Und zwar rasch. Darum schlage ich Folgendes vor: Du, Berengar, knöpfst dir noch einmal diesen Leinenweber vor. Wäre doch gelacht, wenn nicht noch mehr aus ihm herauszubekommen ist! Für dich, Bruder Wilfried, gilt das Gleiche: Tu mir den Gefallen und fühle der versammelten Nachbarschaft noch einmal kräftig auf den Zahn! Müsste mich wundern, wenn sie sich weiter so beharrlich ausschweigen würde wie bisher. Jeder Hinweis, jede beiläufige Bemerkung könnte von großem Nutzen für uns sein.«

»Und du?«

»Ich, Berengar? Nun, ich denke, es ist höchste Zeit, mich ins Neumünster zu begeben und mir den Tatort näher anzuschauen. Zuvor jedoch werde ich diesem Wigbert einen kleinen Besuch abstatten.«

»Auf dem Galgenberg?«

»Genau.«

»Falls er nicht schon längst das Weite gesucht hat.«

»Stimmt. Kann man nie wissen.«

»Wann sehen wir uns wieder? Und wo?«

»Beim Mittagsleuten!«, antwortete Bruder Hilpert im Gehen. Und fügte mit einem schelmischen Blick über die Schulter hinzu: »Vorausgesetzt, dass du es so lange ohne deine Schwester aushalten kannst, Berengar!«

Benediktinerinnenkloster St. Afra, zur gleichen Zeit

»Versprich mir, dass du das, was ich dir jetzt anvertrauen werde, für dich behalten wirst.« Die knochige, von Altersflecken übersäte Hand, durchscheinend wie abgenutztes Pergament, schnellte in die Höhe und zerrte Schwester Irmingardis auf das Krankenlager herab.

»Ich verspreche es, Mutter.« Obwohl die Sterbende ihre Großmutter hätte sein können, war dies keine bloße Anrede oder Höflichkeitsfloskel für sie. Schwester Irmingardis gebrauchte das Wort ganz bewusst. War doch Schwester Serafina, fast nur noch Haut und Knochen, tatsächlich so etwas wie eine Mutter für sie.

Das Ohr nur wenige Zoll vom Mund der Sterbenden entfernt, hielt Schwester Irmingardis den Atem an. Schwester Serafina hatte die Augen geschlossen, und ihre Stimme hörte sich so an, als spräche sie im Traum: »Versprich mir, dass du mir verzeihen wirst, mein Kind!«, flüsterte sie mit dem kümmerlichen Rest an Kraft, der ihr noch verblieben war.

Durch den Körper von Schwester Irmingardis ging ein leichter Ruck, und für den Bruchteil eines Augenblicks verspürte sie den Drang, sich dem Griff der Sterbenden zu entwinden. Tief in ihrem Inneren begann sich eine dumpfe Vorahnung zu regen, und ihr Instinkt sagte ihr, dass sie ihre ganze Kraft brauchen würde, um das nun Folgende durchzustehen: »Ich verspreche es, Mutter!«, sprach sie mit leiser Stimme, bemüht, ihre Beklommenheit zu überspielen.

»Das ist gut. Du …« Bis auf einige Wortfetzen ging der Rest von Schwester Serafinas Worten in unartikuliertem Gebrabbel unter, weshalb Irmingardis fürchtete, es würde mit ihr zu Ende gehen. Dann aber bäumte sich der ausgemergelte Körper unter dem weißen Leinentuch ein letztes Mal auf: »Du musst jetzt stark sein, mein Kind!«, hauchte die Sterbende Schwester Irmingardis ins Ohr, während sich ihr Rumpf wie ein Blasebalg hob und senkte. »So stark, wie du es immer gewesen bist. Darum höre, was ich dir zu sagen habe: Es … es ist jetzt nämlich schon fast vierundzwanzig Jahre her.«

»Was, Mutter?«

»Seit sich deine Mutter mit der Bitte um Hilfe an mich gewandt hat.«

»Meine …« Schwester Irmingardis spürte, wie das Blut in ihrer Halsschlagader pulsierte, und ihr Gesicht, anziehend wie ein Madonnenbild, färbte sich dunkelrot. Tiefe Sorgenfalten überzogen die glatte und makellose Stirn, ein Zustand, wie er höchst selten eintrat.

»Deine Mutter, du hast richtig gehört.«

»Aber …«

»Vergib mir, dass ich nicht getan habe, was ich schon längst hätte tun sollen.« Schwester Serafina holte tief Luft, gab einen kehligen Laut von sich und fuhr mit brüchiger Stimme fort: »Du hast richtig gehört. Deine Mutter war hier. Hier bei mir. Irgendwann im Sommer zweiundneunzig hat sie Einlass in unser Kloster begehrt.«

»Im Sommer zweiundneunzig? Und mein Vater?«

»Ich sehe, du beginnst du verstehen.« Mit aller Kraft pumpte Schwester Serafina Luft in ihre Lungen. Aber es hatte kaum noch einen Sinn. Ihr gehetzter Atem, Vorbote des Todes, gegen den sie sich mit aller Macht zur Wehr zu setzen versuchte, ging immer schneller. »Knapp vier Jahre vor deiner Geburt hat sich deine Mutter, eine mit sämtlichen Gaben des Herrn ausgestattete Frau, in die Obhut unseres Ordens begeben. Derweilen sich dein Vater der Geschäfte halber mehrere Wochen lang in Nürnberg aufhielt. Sie war eine hoheitsvolle Erscheinung, genau wie du. Ein Gesicht wie die Muttergottes. Haar so weich wie Seide. Hochgewachsen und – ja, und so hochgewachsen, dass ich zunächst nicht bemerkte, dass sie ein Kind unterm Herzen trug. Wie groß meine Überraschung, als sie mir genau dies offenbarte. Doch leider war das längst noch nicht alles.« Ein Schatten legte sich über Schwester Serafinas Gesicht, und ihre geschlossenen Lider begannen leicht zu vibrieren. »Sie hat sich mir anvertraut, und was ich aus ihrem Munde zu hören bekam, konnte ich zunächst kaum glauben. Der Ehrlichkeit halber muss ich gestehen, dass ich zutiefst angewidert war, und das in einem Maße, dass ich mich ihrem Ansinnen zunächst widersetzte.«

Der Impuls, Schwester Serafinas Zelle Hals über Kopf zu verlassen, drohte übermächtig zu werden, und für den Bruchteil eines Augenblicks war Schwester Irmingardis geneigt, ihm nachzugeben. Doch dann, unter Aufbietung all ihrer Disziplin, bäumte sie sich dagegen auf und hörte der Sterbenden aufmerksam zu: »Aber dann«, fuhr Schwester Serafina mit matter Stimme fort, »Gott allein weiß, warum, gab ich ihrem inständigen Flehen nach, auf die Gefahr hin, dass man mich beim Jüngsten Gericht für mein Tun zur Verantwortung ziehen würde.«

»Ihrem Flehen, sagst du?«

»Ja, mein Kind, du hast richtig gehört. Und es schmerzt mich, dass ich erst jetzt, in der Stunde meines Todes, den Mut aufgebracht habe, dir die Wahrheit zu sagen.«

»Die Wahrheit?«

»Es hat keinen Sinn, dass du dich gegen sie sträubst. Gewiss, deine Mutter ist bei deiner Geburt gestorben und dein Vater zwei Jahre darauf. Insofern bist du dazu verdammt, mir zu glauben. Aber so wahr ich Serafina heiße und mein Leben der Muttergottes geweiht war, ich spreche die Wahrheit, mein Kind. Dies umso mehr, als dass du stets mein Ein und Alles gewesen bist.«

Kaum mehr imstande, ihre Tränen zu unterdrücken, fragte Schwester Irmingardis in ahnungsvollem Ton: »Und was ist die Wahrheit, Mutter?«

»Die Wahrheit ist, mein Kind, dass du noch einen älteren Bruder hast. Einen Halbbruder, um es genau zu sagen.«

»Soll das heißen, dass ...«

Schwester Serafina nickte, und während sie dies tat, sah ihr Gesicht wie ein Wachsabguss aus. »Das soll heißen, dass deine Mutter das Sakrament der Ehe gebrochen und deinem Herrn Vater untreu geworden ist. Was, wie sie mir vier Jahre später kurz vor deiner Geburt im Angesicht der Muttergottes schwor, nur dieses eine Mal der Fall gewesen ist. Was die Schuld, die sie auf sich geladen, natürlich nicht vergessen macht.«

»Und ... und was ist aus meinem Bruder geworden?«

»Ich nahm mich seiner an. So gut es ging. Tat alles in meiner Macht Stehende für ihn. Später dann, als Heranwachsender, konnte er natürlich nicht mehr hier im Kloster bleiben. Ich gab ihn in die Obhut der Dominikaner, von wo aus er dann auf die Domschule gegangen ist. Das war vor 14 Jahren, im Jahre zwei, kurz bevor deine Tante starb und du, seine Schwester, der Obhut unseres Ordens übergeben worden bist.«

»Und wer ist sein Vater?«

»Schwörst du mir, bei Sankt Afra und der Muttergottes und allem, was dir heilig ist, dass du von dem, was ich dir anvertraue, nie auch nur ein Sterbenswörtchen verlauten lassen wirst?«

»Ich schwöre es, Mutter.«

»Sein Vater – Gott der Herr vergebe ihm sein sündhaftes Tun – sein Vater ... es ist ...« Ein schauerliches Röcheln entrang sich Schwester Serafinas Brust, und ihr Atem sank zu einem kaum mehr wahrnehmbaren Lufthauch herab. »Sein Vater – die Muttergottes möge sich seiner erbarmen – ist der Bischof.«

»Was sagst du da?!« Schwester Irmingardis fuhr in die Höhe, ungeachtet der Hand, deren Griff zuerst ins Leere ging und dann matt und kraftlos auf das Sterbelager sank.

Schwester Serafina schlug die Augen auf, stützte sich auf die Ellbogen und stemmte sich mit einer geradezu übermenschlichen Anstrengung von ihrem Lager empor. »So glaube mir doch, mein Kind!«, beteuerte sie. »Gott der Herr sei mein Zeuge: Ich ... ich ... ich würde dich niemals ...« Ein letzter, von quälender Sorge überschatteter Blick, ein Aufbäumen – dann gaben die Ellbogen der 93-Jährigen nach, und Schwester Serafina sank leise ächzend auf ihre Bettstatt zurück. Die Kerze auf ihrem Nachttisch, nicht viel mehr als ein glimmender Stummel, leuchtete kurz auf und erlosch dann ganz. Pechschwarze Dunkelheit erfüllte den Raum.

Irmingardis, geradezu ein Muster an Selbstbeherrschung, achtete jedoch nicht darauf, unterdrückte den Schwall ihrer Tränen, die ihre Stimme zu ersticken drohten, und fragte: »Wie heißt er, Mutter? Um meiner und der Liebe Christi willen: Vertraut mir an, welchen Namen mein Halbbruder trägt!«

Die ausgemergelten Züge, auf die der Blick von Schwester Irmingardis fiel, wirkten wie erstarrt. Einzig die Lippen, schmal wie ein Strich und bläulich verfärbt, verrieten, dass noch ein Rest an Leben in Schwester Serafina steckte: »Er heißt ... er heißt ... es ist ...«, hauchte sie. Dann fiel ihr Kopf zur Seite und Schwester Serafina vom Orden der Benediktinerinnen war tot.

Eine Weile war Schwester Irmingardis wie erstarrt. Sie stand einfach nur da, schlug die Hände vors Gesicht und weinte. Und so kam es, dass sie den immer breiteren Lichtstreifen auf den Steinfliesen der Sterbezelle und das Knarren der Tür hinter sich nicht bemerkte.

Erst als sie die eiskalte Hand auf ihrer Schulter spürte, fand Schwester Irmingardis wieder in die Wirklichkeit zurück. Nicht schrittweise, wie es der Schock, unter dem sie immer noch stand, hätte vermuten lassen. Sondern abrupt. So plötzlich, dass sich der kalte Schweiß unter ihren Achseln staute und ihr Herz wie eine Schmiede zu hämmern begann.

Die Hand auf ihrer Schulter, die sie sanft, aber bestimmt zur Seite schob, fühlte sich wie die Klaue eines Raubtiers an. Krallen wie ein Habicht!, fuhr es Schwester Irmingardis durch den Sinn, während sie wie betäubt durch die Dunkelheit taumelte und an der gegenüberliegenden Wand zum Stehen kam.

Die Tür war immer noch einen Spalt weit offen, und so konnte Schwester Irmingardis die Umrisse des Mannes, der sich über Schwester Serafina beugte, gerade noch erkennen. Er war hochgewachsen und schlank und mit einem dunklen Umhang bekleidet, der seine Gestalt fast komplett ihren Blicken entzog. Mehr konnte sie nicht erkennen, aber das war auch nicht nötig. Denn was sie im Folgenden zu hören bekam, ging ihr derartig unter die Haut, dass sie die Szene ihr Lebtag nicht mehr vergaß.

Für kurze Zeit war das Schattenwesen am Ende des Lichtkegels aus dem Kreuzgang wie erstarrt. Im Glauben, sie sei einer Sinnestäuschung erlegen, machte Schwester Irmingardis einen winzigen Schritt auf das Sterbelager zu, prallte dann aber im Angesicht des Mannes, dessen einschüchternder Blick über die Schulter ihren Atem gefrieren ließ, voller Entsetzen zurück.

Rote, fieberglänzende Augen. Keine Brauen. Keinerlei Farbe im Gesicht. Die Haut so weiß wie ein Leichentuch und die Lippen nichts weiter als ein farbloser Strich. Beim Anblick des Mannes mit der dunklen Kapuze und dem stechenden Blick setzte bei Schwester Irmingardis einen Moment lang der Herzschlag aus.

Sie kannte diesen Mann, die Frage war nur, woher.

Was folgte, war wie ein Albtraum für sie. Schwester Irmingardis bekreuzigte sich und wich Zoll um Zoll zurück. Der Mann neben dem Sterbelager warf den Kopf in die Höhe, wie ein Wolf bei Vollmond, und sein Aufheulen ging Schwester Irmingardis durch Mark und Bein. »Mutter!«, schrie der Schattenmann seine Verzweiflung förmlich aus sich heraus. »Mutter!«

Galgenberg, Ende der vierten Stunde (9.20 Uhr)

Ob das Geschoss, das ihn an der rechten Schulter traf und mit voller Wucht gegen das Blutgerüst schleuderte, ein Stein oder ein Wurfholz oder sonst irgendein Gegenstand war, wusste Bruder Hilpert hinterher nicht mehr. Eines jedoch wurde ihm blitzartig klar: Dies hier war kein Zufall, sondern bitterer Ernst.

Fest entschlossen, sich so gut es ging seiner Haut zu wehren, klammerte er sich am nächstbesten Holzpfosten fest. Seine Schulter tat höllisch weh, ebenso sehr wie der Schädel, den er vor lauter Schmerzen fast schon nicht mehr spürte. Die Knie weich wie geschmolzenes Wachs, hatte er Mühe, sich auf den Beinen zu halten, vom Schwindel, der ihn wie einen Betrunkenen hin und her taumeln ließ, gar nicht zu reden.

Immer noch ein wenig benommen und den Geschmack von Blut im Mund, fuhr Bruder Hilpert herum. Wild wucherndes Unterholz, Brombeerhecken und Gestrüpp. Dahinter der Galgenwald. Und über allem diese trügerische Stille, die Ruhe vor dem Sturm.

Von der Sonne geblendet, überschattete Hilpert die Augen und sah sich um. Es war genau der Moment, als der nächste Stein heranflog. Und der nächste. Und noch einer. Kaum hatte er sich geduckt, ging ein wahrer Geschosshagel über Bruder Hilpert nieder, und wäre der Galgen nicht gewesen, unter dem er in Deckung ging, wäre er wohl gesteinigt worden.

Aber dann, ohne dass er hätte sagen können, warum, war alles vorüber. Eine riesige Staubwolke hüllte den Galgen ein, und überall auf der Lichtung lagen Steine, armdicke Äste und Holzkeile herum. Wie nach einer erbitterten Schlacht.

Stille. Laut hustend wischte sich Bruder Hilpert den Staub aus dem Gesicht und arbeitete sich langsam voran. Zu seiner Überraschung blieb ein weiterer Geschosshagel jedoch aus. Stille. Sogar Vogelgezwitscher. Und keine Menschenseele zu sehen. Bruder Hilpert kroch unter dem Galgen hervor, warf einen Blick in die Runde und rappelte sich auf.

Und dann, wie aus dem Nichts, stand dieser missgestaltete kleine Mann vor ihm. Höchstens vier Fuß groß und so wunderlich, dass er ihn auf Anhieb wiedererkannte.

Wigbert der Zwerg, Totengräber und Schreckgespenst in einer Person, verschränkte die Arme vor der Brust, bleckte die schwefelgelben Zähne und sah Bruder Hilpert herausfordernd an. Und das ohne jede Spur von Furcht. Über den unförmigen Kopf, auf dem er einen zerfledderten alten Filzhut trug, hatte er eine eng anliegende graue Kapuze gestreift, die sein Haupthaar komplett verhüllte. Nicht aber sein Gesicht, in dem es brodelte wie in einem Vulkan.

»Was hast du hier zu suchen, Pfaffe?«, keifte der Zwerg und stampfte wütend auf. »Raus mit der Sprache, oder hat dir mein kleiner Willkommensgruß nicht gereicht?!«

»Und ob!«, erwiderte Bruder Hilpert, während er seine Kukulle vom Staub zu reinigen begann. »Eine wirklich beeindruckende Demonstration.«

Der Zwerg kniff die Augen zusammen und sah Bruder Hilpert prüfend an. »Willst mich wohl auf den Arm nehmen?«, bellte er.

»Keineswegs.«

Wigbert gab ein verächtliches Schnauben von sich und ließ seinen Knüppel in die Fläche seiner dicht behaarten Pranke fallen, und das gleich mehrmals hintereinander. Trotz aller Mühe, den gegenteiligen Eindruck zu erwecken, wirkte seine Überheblichkeit jedoch aufgesetzt, und seine Verunsicherung war nicht zu übersehen. Nicht zuletzt aus diesem Grund tat Hilpert sein Möglichstes, den Totengräber nicht zu provozieren. Eine Taktik, die sich prompt auszahlen sollte.

»Was willst du dann?«, fragte Wigbert mit deutlichem Argwohn, dafür aber in erheblich milderem Ton.

»Ein paar Auskünfte, nicht mehr.«

»Soso, ein paar Auskünfte. Und über wen?« Im Gefühl der eigenen Überlegenheit warf sich der Totengräber in Positur und wippte auf dem Absatz hin und her.

Bruder Hilpert räusperte sich. Mit der Tür ins Haus fallen oder nicht, das ist die Frage, dachte er, wobei er nach außen hin keine Miene verzog.

Doch bevor er einen Entschluss fasste, kam ihm der Zwerg zuvor. »Es geht um den Agilulf, oder liege ich da falsch?«, nuschelte er und zog geräuschvoll die Nase noch.

»Nicht im Geringsten!«, gestand Bruder Hilpert ein. Und fügte in einschmeichelndem Ton hinzu: »Dir etwas vorzumachen, dürfte nicht einfach sein.«

»Das kannst du laut sagen!«, ließ sich Wigbert bereitwillig auf sein Täuschungsmanöver ein. »Wenn du schlau bist, versuchst du es gar nicht erst!« Der Totengräber zog die linke Augenbraue in die Höhe, wodurch sein von Runzeln, tiefen

Furchen und Narben durchzogenes Gesicht noch abstoßender wirkte als sonst.

»Keine Sorge. Danach steht mir nicht der Sinn.«

»Nach was dann?«

»Zwei Morde aufzuklären. Und den Täter seiner gerechten Strafe zuzuführen. Wobei ich mir sicher bin, dass du mir ein erhebliches Stück weiterhelfen könntest, wenn du willst.«

»Und warum gerade ich?«

»Warum nicht? Wie anders wäre dein Gefühlsausbruch beim Anblick der Toten zu verstehen, als dass sie dir nahegestanden ist?«

Wigbert stutzte. »Was sagst du da?«, brach es aus ihm hervor, während ihm die Augen fast aus den Höhlen sprangen. »Es war eine Frau?«

Mit derlei Reaktionen vertraut, insbesondere mit solchen, die ihn hinters Licht führen sollten, war Bruder Hilpert über die Reaktion des Totengräbers nicht sonderlich überrascht und schaute ihn prüfend an. »In der Tat«, antwortete er trocken, wohl wissend, dass das Gespräch in seine entscheidende Phase trat.

Eine Einschätzung, die sich umgehend bewahrheiten sollte: »Und der Agilulf?«, quiekte der Zwerg, längst nicht mehr so selbstsicher wie zuvor. »Was ist mit ihm?«

»Bevor ich dir eine Antwort gebe, zunächst eine Gegenfrage: Was hattest – oder hast du mit dem Reliquienhändler zu tun?«

Wigbert, dem Hilperts Versprecher vor lauter Aufregung entgangen war, reckte das Kinn in die Höhe und sah ihn trotzig an. »Geht dich nichts an!«, beschied er ihm barsch. »Und damit basta!«

Bruder Hilpert zeigte keinerlei Reaktion, beschloss dann aber, alles auf eine Karte zu setzen: »Warst du es, dem die Aufgabe zufiel, den Brief an den Fürstbischof zu schreiben?«, fragte er in eher beiläufigem Ton.

Wigberts Reaktion hätte emotionaler nicht ausfallen können, wenngleich sie Bruder Hilpert dann doch ein wenig überraschte: »Was soll das heißen?!«, fuhr ihn der offenbar völlig überrumpelte Totengräber an. »Von was ... von was redest du Scheißpfaffe denn da überhaupt?« Und dann, völlig außer sich: »Woher weißt du überhaupt, dass ich schrei...«

Einmal richtig in Fahrt, bemerkte Wigbert die Falle erst, als es zu spät für ihn war. Er hätte sich ohrfeigen können, und Bruder Hilpert gleich mit dazu. Der Totengräber ballte die Rechte zur Faust und machte ein grimmiges Gesicht. Alles Leugnen hatte jetzt keinen Sinn mehr. Dies stand von vornherein fest.

Seinen Triumph auszukosten, kam Bruder Hilpert indes nicht in den Sinn. Schließlich ging es hier nicht um persönliche Dinge, sondern um Mord. Und es stand eine Menge auf dem Spiel. Zu viel, als dass er es sich mit einem möglichen Zeugen hätte verderben können: »Und wo hast du das Schreiben gelernt, wenn man fragen darf?«, hakte er nach, bemüht, seinem Tonfall die Schärfe zu nehmen.

»Beim Leutpriester«, druckste Wigbert herum und scharrte verlegen mit dem Fuß. »War sogar kurz davor, auf die Lateinschule zu gehen.«

»Und warum wurde daraus nichts?«

Der Totengräber fuhr mit der Handfläche über die zerfurchte Stirn und trat verlegen auf der Stelle. »Weil er mich beim Klauen erwischt hat, darum!«, räumte er widerwillig ein.

»Und dann?«

»Dann hat er seinen Buchenholzknüppel geholt und mich zum Krüppel geschlagen.«

»Aber warum hast du dich dann nicht ...«

»Gewehrt?! Mit zehn? Gegen einen Mann, der dreimal so kräftig und doppelt so alt war wie ich? Wie denn das? Ich könne froh sein, dass er nicht die Stadtknechte gerufen habe, hat er hinterher gesagt. Und wer weiß – vielleicht hatte der Kerl sogar recht. Einer wie ich ist für die doch der letzte Dreck!«

»Und deine Eltern?«

»Meine Mutter, meinst du?« Wigbert lachte kurz auf, und seine Mundwinkel verzogen sich zu einem abfälligen Grinsen. »Die hatte doch alle Hände voll zu tun, uns über die Runden zu bringen! Und keinen Schimmer, wer die Väter ihrer zwei Bälger sind.«

»Agilulf ist dein Bruder, hab ich recht?« Eine Viertelstunde zuvor hätte Bruder Hilpert diese Frage noch nicht gestellt. Jetzt aber, wo es nichts mehr zu vertuschen gab, war die rechte Zeit dafür. Wigbert war zwar ein Choleriker, aber noch lange kein Dummkopf. Nicht zuletzt deshalb gab er seinen Widerstand auf.

»Habt Ihr, Bruder, habt Ihr!«, bediente er sich plötzlich der Höflichkeitsform. Ein Stimmungsumschwung, der Bruder Hilpert nicht entging. »Zwar nur mein Halbbruder, um es genau zu sagen, aber immerhin!« Wigbert lachte leise in sich hinein. »Schließlich hat er sich immer um mich gekümmert. Zweifellos eine Ehre, mit einem der größten Halunken in ganz Franken verwandt zu sein, findet Ihr nicht auch?«

»Du sagst, er hat sich um dich gekümmert?«

»Hat er. Auch wenn es ihm dreckig ging. War zwar ein Ekelpaket und kam mit niemandem richtig aus – was im Übrigen auch für meine Wenigkeit gilt –, aber wenigstens hat er mich nicht links liegen lassen und sogar hin und wieder einmal besucht.«

»So wie Freitagabend?«

Der Totengräber, dem der fremde Mönch langsam unheimlich wurde, nickte: »So wie Freitagabend!«, wiederholte er, während das Erlebte an seinem inneren Auge vorüberzog.

»Um als Gegenleistung für seine brüderliche Fürsorge eine kleine Gefälligkeit einzufordern?«

»Genau.«

»Wobei es sich um besagten Brief und die sterblichen Überreste dreier hier droben bestatteter Verbrecher gehandelt hat, hab ich recht?«

»Alle Achtung!«, rief Wigbert anerkennend und ohne Häme aus. »Euer Scharfsinn ist wirklich bewundernswert.«

»Und du hast sie ihm ausgehändigt – ganz einfach so, ohne irgendwelche Fragen zu stellen?«

»Auf die Gefahr hin, dass Ihr mich jetzt einsperren lasst – ja!«, gab Wigbert mit entwaffnender Offenheit zu. »Ihr kennt meinen Bruder nicht. Der gute alte Agilulf kann nämlich ganz schön unangenehm werden.«

»Keine Ahnung, was er mit dem Brief vorgehabt hat?«

»Zunächst nicht. Hat sich aber bis zu mir herumgesprochen, was mein Bruderherz angestellt hat.«

»Will heißen, du hast ihn seit Freitagabend nicht wieder gesehen?«

»Den Agilulf? Nee – oder habt Ihr etwa eine Ahnung, wo er steckt?«

»Allerdings.«

»Und wo?« Erst jetzt, im Angesicht des Zisterzienserbruders mit dem asketischen Gesicht, begann Wigbert allmählich zu begreifen. Der Totengräber schluckte, fand nicht die richtigen Worte und ließ sich auf einen Baumstumpf sinken. Dort blieb er einfach sitzen, stumm vor ohnmächtigem Zorn. »Dann ist es also schiefgegangen!«, flüsterte er geraume Zeit später, die Hände vor dem entstellten Gesicht.

»Du sagst es.« Wigbert war keinen Deut besser als sein Halbbruder, in gewisser Weise sogar noch gerissener. Doch Bruder Hilpert ließ das verkrüppelte Häufchen Elend mit der Filzkappe und dem mit Flicken übersäten Rock nicht kalt. Und so ließ er Wigbert in Ruhe und übte sich in Geduld.

Lange zu warten brauchte er nicht. Kaum war er auf dem Baumstumpf zusammengesunken, sprang der Totengräber auf, riss die Hände vom Gesicht und sprach in verbissenem Ton: »Wer immer der Bastard ist, der die beiden auf dem Gewissen hat – er wird dafür bezahlen. So wahr ich Wigbert der Totengräber bin!«

Schmiede in der Nähe von Agilulfs Haus, zur gleichen Zeit

»Und was, wenn die Frage gestattet ist, hast du in der Nacht von Freitag auf Samstag gemacht?«

»Aha, daher weht der Wind!« Gumpert der Schmied, ein kraftstrotzender Fleischberg, wirkte gelangweilt. Bruder Wilfried ließ sich dadurch aber nicht ins Bockshorn jagen. Der knapp sechs Fuß große Muskelprotz mit den roten Locken und der protzigen Gürtelschnalle hatte etwas zu verbergen. Die Frage war lediglich, was.

»Wie meinst du das?«

»Ihr wollt mir etwas anhängen, Bruder!«, antwortete der Schmied, während er den Blasebalg betätigte, der das Kohlebecken am Glühen hielt. »Aber ich fürchte, da muss ich Euch enttäuschen!« Auf seiner Haut, geradezu widernatürlich weiß, klebte der Schweiß, und beim Anblick von Gumperts muskelbepackten Schultern konnte Bruder Wilfried nur staunen. Dies umso mehr, als er selbst alles andere als ein Schwächling war.

»Wie kommst du denn darauf!«, konterte Bruder Wilfried in betont lässiger Manier, was dazu führte, dass Gumpert rot wurde wie ein Krebs. Hätte Bruder Wilfried den Schmied des Mordes bezichtigt, wäre die Wirkung wohl kaum nachhaltiger gewesen.

Für Bruder Wilfrieds Begriffe war sie aber auch so schon auffällig genug. Denn kaum waren ihm die Worte über den Lippen, ließ der Schmied den Blasebalg los, die Muskeln spielen und richtete sich zu voller Größe auf. Bruder Wilfried, nur mäßig beeindruckt, ließ sich hiervon jedoch nicht irritieren. Selbst dann nicht, als Gumperts Bass den Klang von fernem Donnergrollen annahm: »Ich kann mir nicht helfen, Bruder«, konnte der Schmied seinen Jähzorn nur mühsam zügeln, »aber irgendwie macht Ihr den Eindruck, als glaubtet Ihr mir nicht!«

»So? Und warum?«

»Nicht genug, dass Ihr schon den ganzen Morgen hier rumschnüffelt und Eure Nase in anderer Leute ...«

»Für den Fall, dass hier ein Missverständnis vorliegt, mein rechtschaffener Herr Schmied: Wer in diesem Viertel welche Händel mit wem auch immer auszufechten hat, ist mir egal. Hier geht es nur um eins: um zwei Morde. Einer grausamer als der andere. Mord an zwei Nachbarn, mit denen du Tür an Tür gelebt hast. Und das seit Jahrzehnten. So viel zum Thema Schnüffeleien.«

Fürs Erste war dem Schmied damit der Wind aus den Segeln genommen, was Bruder Wilfried seinem Ziel jedoch keinen Schritt näher brachte. »Und was«, sprach Gumpert, während seine blutunterlaufenen Augen die Gedanken des ungebetenen Gastes zu ergründen suchten, »habe ich damit zu tun?«

»Das herauszufinden, bin ich hier!«, setzte Bruder Wilfried nach, verschränkte die Arme und lehnte sich gegen einen der wurmstichigen Balken, auf denen die Decke der Werkstatt ruhte. »Und ich werde erst dann wieder gehen, wenn du mir alles gesagt hast, was du über Agilulf und seine Frau Hildegard weißt.«

»Was ich über die beiden weiß? Jedenfalls nicht mehr als jeder andere hier.«

»Ach ja? Und dein Nachbar Ansgar, dem Vernehmen nach Tagelöhner – was weißt du über ihn?«

»Dass er seit Freitagabend spurlos verschwunden ist – wenn es das ist, was Ihr meint!«

»Nicht eben viel!«, machte Bruder Wilfried aus seinem Argwohn keinen Hehl, stieß sich von dem Stützbalken ab und schlenderte auf Gumpert zu. »Insbesondere, wenn man bedenkt, dass man euch drei hier im Viertel ›das Kleeblatt‹ nennt!«

Einen Wimpernschlag lang riss der Schmied überrascht die Augen auf. Kurze Zeit später hatte er sich jedoch wieder im Griff. »Und wer sagt so was?!«, blaffte er Bruder Wilfried an.

»Tut nichts zur Sache!«, gab dieser ebenso barsch zurück und ging auf dem festgetretenen Lehmboden nachdenklich hin und her. »Seltsam«, sinnierte er. »Da sagen die Leute: Agilulf, Gumpert der Schmied und sein Saufkumpan Ansgar haben zusammengehalten wie Pech und Schwefel. Wie Brüder. Sozusagen unzertrennlich. Und sie nennen euch drei ›das Kleeblatt‹. Und du tust so, als hättest du mit dem Ermordeten nichts zu tun. Ganz zu schweigen von seiner Frau. Die ist dir anscheinend nicht einmal eine Erwähnung wert. Reichlich mysteriös, wenn man bedenkt, auf welch grausame Weise sie ums Leben gekommen ist.« Bruder Wilfried holte tief Luft und blitzte den Schmied im Vorbeigehen an. »Wenn wir gerade dabei sind – wann hast du überhaupt gemerkt, dass es drüben bei Agilulf brennt?«

»Erst als es gegossen hat wie verrückt.«

»Soso. Und wann hast du von der Ermordung deines Freundes erfahren?«

»So gegen acht.« Der Schmied biss sich auf die Lippen und stierte Bruder Wilfried wütend an. »Ob Ihr's nun glauben wollt oder nicht«, knurrte er, »ich war nicht sein …«

»Und ob du das warst!«, fuhr ihn Bruder Wilfried an. »Zumindest was dieses eine Faktum betrifft, scheint es unter deinen Nachbarn so etwas wie Übereinstimmung zu geben. Und daher nochmals die Frage: Wo bist du in der Nacht von Freitag auf Samstag gewesen? Etwa unterwegs mit deinem Freund? Oder sollte ich vielleicht ›deinen Freunden‹ sagen?«

»Ich war einen Trinken. Im ›Roten Hahn‹.«

»Stimmt.«

»Wo ist dann das Problem?«

»Das Problem, lieber Gumpert, besteht darin, dass dein Gedächtnis fast so viele Löcher wie ein Schweizer Käse hat!«

»Löcher?«, maulte der Schmied. »Wieso?«

»Jetzt ist aber Schluss!«, rief Bruder Wilfried aus, wirbelte herum und richtete den Zeigefinger drohend auf den Schmied: »Von dem, was du mir vorhin hast weismachen wollen, war mindestens die Hälfte gelogen. Wie mir der Wirt vom ›Roten Hahn‹ und etwa ein halbes Dutzend Zeugen bestätigt haben, bist du entgegen deiner Aussage nämlich nicht die ganze Zeit über dort gewesen, sondern hast die Schenke eine Stunde vor Mitternacht verlassen. Stocknüchtern, wie es übereinstimmend heißt. Später dann, kurz nach zwölf, bist du wieder aufgetaucht, hast dich volllaufen lassen und mit zwei Huren ins obere Stockwerk verzogen!«

»Na und? Ist das etwa verboten?«

»Lass das Possenspiel, Schmied. Bei mir kommst du damit nicht durch. Wir beide wissen nämlich sehr genau, wo du dich während dieser zwei Stunden rumgetrieben hast.«

»Und wo?« Bruder Wilfried tat so, als habe er Gumperts Frage nicht gehört und ließ den Blick durch seine Werkstatt schweifen. Sie sah nicht viel anders als jede andere Schmiede aus: Kohlebecken, Hammer, Amboss und jede Menge Utensilien, die ein Schmied eben so brauchte. Die Werkstatt war nicht sehr groß, so um ein Dutzend Schritte im Quadrat, und hatte offenbar bessere Tage gesehen. Allem Anschein nach gingen die Geschäfte nicht gut. Mit ein Grund für den heruntergekommenen Eindruck, den sie bei Bruder Wilfried hinterließ. Neben der verrußten Decke, an die Gumpert mit seinen sechs Fuß fast heranreichte, lagen überall die verschiedenartigsten Werkzeuge herum. Der Geruch nach Rauch, Abfall und Kohle war so penetrant, dass empfindsamere Naturen vermutlich das Weite gesucht hätten. Wilfried hingegen machten das Durcheinander und die stickige Luft nichts aus. Schließlich war er ja auch nicht zum Vergnügen hier. Es galt, einen Mord aufzuklären. Und einen der größten Frevel in den Annalen der Stadt.

»Kann es sein, dass deine Geschäfte momentan nicht so gut gehen?«, ließ sich Bruder Wilfried auf Gumperts Verzögerungstaktik gar nicht erst ein.

»Was soll denn das jetzt schon wieder hei…«

»Dubiose Geschäfte hier, ein kleiner Freundschaftsdienst da – ich meine: Wäre das nicht die Gelegenheit, den eigenen Beutel wieder ein wenig zu füllen?«

Wider Erwarten versuchte der Schmied sich jetzt nicht mehr herauszureden, sondern starrte Bruder Wilfried ungläubig an.

Doch der war noch lange nicht am Ende, sondern geriet jetzt erst richtig in Fahrt: »Ich sehe, wir verstehen uns!«, stellte er befriedigt fest. »Darum schlage ich vor, keine unnötige Zeit zu verlieren! Mit anderen Worten: Du, Gumpert – und mit hoher Wahrscheinlichkeit auch dein Nachbar, dieser Ansgar – warst mit von der Partie, als dein Saufkumpan Agilulf einen geradezu einzigartigen Frevel beging. Wohlgemerkt: Wir reden hier nicht über irgendeine harmlose Gaunerei, sondern über ein Verbrechen, das seinesgleichen sucht.« Bruder Wilfried pausierte, fuhr dann aber umso eindringlicher fort: »Natürlich weißt du genau, worum es geht. Fragt sich nur, weshalb du bislang geschwiegen hast. Aber sei's drum: Wenn überhaupt, dann ist dies deine letzte Chance.«

»Und wozu sollte gerade ich beim Raub der Kilianreliquien von Nutzen sein?«

»Freut mich, dass wir dem Kern des leidigen Casus endlich näher kommen!«, ließ sich Bruder Wilfried nicht beirren. »Wozu dich Agilulf gebraucht haben könnte, willst du wissen? Einen Schmied, der sich nicht nur auf das Anfertigen von Nägeln, sondern auch auf das Öffnen komplizierter Türschlösser versteht? Und zwar so, dass man es nicht merkt?!« Wie zufällig war Bruder Wilfried an einem Regal im rückwärtigen Teil der Werkstatt stehen geblieben und nahm ein verrostetes Konstrukt heraus. Nur eines von einem halben Dutzend ausrangierter Türschlösser, auf die er hier stieß. »Oder willst du etwa behaupten, du hättest keinerlei Ahnung hiervon?«

»Schert Euch zum Teufel.«

»Nach dir, mein lieber Gumpert, nach dir! Zuvor jedoch noch das Ende meiner Geschichte. So, wie sie sich mit hoher Wahrscheinlichkeit abgespielt hat.«

»Sieht so aus, als könntet Ihr hellsehen.«

»Das nun nicht gerade. Aber eins und eins zusammenzählen. Mehr als genug, um dir auf die Spur zu kommen.«

Gumperts Augen flackerten nervös, und für den Bruchteil eines Augenblickes ballte er die Rechte zur Faust. Dann aber ließ er den Kopf hängen und schwieg.

»Keine Antwort ist auch eine Antwort.« Des Spieles überdrüssig, das der Schmied mit ihm trieb, blieb Bruder Wilfried unmittelbar vor Gumpert stehen, senkte die Stimme zu einem drohenden Flüstern und sprach: »Ich denke, wir können es kurz machen. Du, Gumpert, hast Agilulf dabei geholfen, ins Innere der Neumünsterbasilika zu gelangen. Logischerweise nicht durch das Hauptportal, denn das wäre zu riskant gewesen. Wenn, dann kommt eigentlich nur einer der Seiteneingänge infrage. Vermutlich der, welcher vom Lusamgärtlein beziehungsweise dem Kreuzgang aus in die Kirche führt. Bleibt also nur noch die Frage, wo ihr die Reliquiare mit den Schädeln der drei Heiligen habt verschwinden lassen. Wenn du mir also etwas zu sagen hast, dann bitte jetzt. *Jetzt gleich!*« Mit der Geduld längst am Ende, konnte sich Bruder Wilfried kaum noch beherrschen. Ein falsches Wort, und ihm würde der Kragen platzen. Gelübde hin oder her.

»Gut und schön. Aber könnt Ihr mir das, was Ihr gerade eben gesagt habt, auch …«

Gumpert war noch nicht fertig, da hatte ihn Bruder Wilfried bereits am Kragen gepackt und grollte: »Keine Angst – was die Beweise angeht, werden wir sie dir noch liefern. Schneller, als es dir und deinem vom Erdboden verschluckten Spießgesellen lieb sein kann. Und damit du's weißt: Von jetzt an wirst du keinen unbewachten Schritt mehr tun! Darauf kannst du dich verlassen. So wahr ich Mitglied im Zisterzienserorden bin!«

Mit einem Blick, in dem seine ganze Verachtung lag, stieß Bruder Wilfried den Schmied von sich, drehte sich um und ging schnurstracks zur Tür. Die Klinke in der Hand, drehte er sich noch einmal um und bohrte den Blick in Gumperts Augen. »Sieht so aus«, sprach Bruder Wilfried resigniert, »als hättest du hiermit deine letzte Chance vertan!« Dann ging er hinaus, und die Tür fiel ins Schloss.

Schon lange hatte Gumpert nicht mehr so gräulich geflucht wie jetzt, und als sei dies alles noch nicht genug, packte er seinen Hammer und schleuderte ihn gegen die Wand. Dann stieß er einen Eimer beiseite und verriegelte die Tür.

Er saß in der Klemme, tiefer als jemals zuvor. Der Schmied ballte die Faust und traktierte das morsche Holz. Hätte er doch bloß nicht auf Agilulf gehört!

Und was jetzt? Agilulf tot, von Ansgar keine Spur, Hildegard ein Haufen Asche – was nun, du gottverdammter Idiot?

Warum zum Teufel lässt du dich überhaupt auf so etwas ein? Mit allem hast du gerechnet, nur mit so was nicht!

Gumpert hätte platzen können vor Wut. Und vor Ratlosigkeit mit dazu. Ganz zu schweigen von der Angst vor den beiden Mönchen und diesem Haudegen von einem Vogt. Mit denen war bestimmt nicht zu spaßen. Das konnte man sich an fünf Fingern abzählen.

Agilulf, Hildegard, Ansgar. Und er? Was war mit ihm? Gumpert wurde leichenblass, und seine Kehle war wie ausgedörrt.

Nichts wie weg!, flog es ihm durch den Sinn. Weg, solange es noch geht.

Gumpert wirbelte herum, riss sich die Schürze vom Leib und warf sie achtlos weg. Dann hastete er auf den Hinterausgang zu und riss die Tür auf, mit dermaßen viel Schwung, dass sie fast aus den Angeln sprang.

Und blieb wie zu einer Salzsäule erstarrt stehen.

Im grellen Licht der Sonne, das ihn blind wie einen Maulwurf machte, konnte er das Gesicht des Mannes im dunklen Umhang und der Kapuze über der Stirn zunächst nicht sehen. Gumpert blinzelte und überschattete die Augen. Vergebens. Erst als die Hoftür mit einem lang gezogenen Knarren ins Schloss fiel, war er imstande, einen Blick auf den unerwarteten Besucher zu werfen.

Aber da war es bereits zu spät.

Zeit seines Lebens, das, wie ihm schlagartig dämmerte, sich seinem Ende zuneigte, hatte er noch nie eine derart Furcht einflößende und sämtliche Fasern seines Ichs mit Abscheu erfüllende Fratze gesehen. Gumpert schluckte und begann wie ein waidwundes Tier zu röcheln. In einer Art Reflex tastete seine Hand nach einem Gegenstand, mit dem er sich verteidigen konnte. Der Schmied stöhnte innerlich auf. Selber Schuld, wenn er den Hammer an die Wand geworfen hatte!

»Wie ich sehe, wolltest du gerade gehen!«, sagte der Kapuzenträger in süffisantem Ton. »Aber keine Sorge: Ich bin in null Komma nichts wieder weg. Vorausgesetzt, du kooperierst.«

Gumperts Kehle war total ausgedörrt, kein Laut, nicht einmal ein Krächzen kam aus seinem Schlund. Etliche Zoll größer und um ein Vielfaches kräftiger als jener, wäre es ihm ein Leichtes gewesen, dem Kapuzenmann eine gehörige Abreibung zu verpassen. Warum er es nicht wenigstens versuchte, wusste er selbst nicht so genau. Eines aber schon: Gegen diesen Kerl würde er den Kürzeren ziehen. Gegen den war kein Kraut gewachsen.

Für den Bruchteil eines Augenblicks versuchte Gumpert den fieberglänzenden Blicken des Mannes standzuhalten. Ohne Erfolg. Sie waren wie brennende Pfeile, Geschosse, die in die hintersten Kammern seines Gehirns vordrangen. Messerscharf und giftig und so treffsicher, dass es kein Mittel gegen sie gab.

Just in diesem Moment keimte eine höchst seltene Regung in Gumpert auf: Angst. Zwar tat er alles, sie zu unterdrücken, aber es klappte nicht. Sein Blick, stumpf, leer und starr, sagte alles. Und das Zittern, das seinen muskelbepackten Körper wie ein Erbeben überkam.

Die Augen auf den Kapuzenträger geheftet, wich Gumpert der Schmied schrittweise zurück. Der Fremde lächelte, aber nicht so, wie man es normalerweise tut. Er öffnete den schmallippigen Mund. Fletschte die Zähne. Keuchte. Wie ein Raubtier kurz vor dem Sprung.

»Was ist – hast du etwa die Sprache verloren?«, hörte Gumpert den Kapuzenmann sagen. »Oder hast du nicht einmal so viel Anstand, um mich in gebührender Weise willkommen zu heißen?«

Gumpert bewegte den Kopf, annährend so, dass es wie ein Nicken aussah. Aber da stand der Kapuzenmann bereits mitten in seiner Werkstatt und hatte die Tür hinter sich geschlossen.

»Wo habt ihr die Schädel dieser drei irischen Wanderprediger versteckt? Dachtet wohl, ihr könntet mich übers Ohr hauen, was?!«

Immer noch auf dem Rückzug, nahm Gumpert seinen ganzen Mut zusammen und blieb stehen. »Wovon redet Ihr?«, setzte er sich mit vorgetäuschtem Selbstbewusstsein zur Wehr.

Die Antwort kam prompt, in Form eines Stiletts, das der Kapuzenträger unter seinem Umhang hervorzog. Gumpert erstarrte, während ihm der Speichel aus dem halb offenen Mund tropfte. »Genug!«, schnarrte der ungebetene Gast, eine Schreckensfigur, wie sie nur die Hölle hervorbringen konnte. Dann trat er ganz nahe an Gumpert heran, das Stilett in der Hand, mit dem er auf die Herzgegend zielte. »Ich würde vorschlagen, dass du dich besinnst. Und zwar, bevor ich dir damit den Garaus machen muss!«

Beim Anblick des Tötungsinstruments, mit dem der Kapuzenträger wie ein Akrobat herumjonglierte, überkam Gumpert das kalte Grausen. »Falls Ihr auf die Sache anspielt, die der Agilulf ausgeheckt hat, muss ich Euch sagen …«

»Mach's kurz, wenn's beliebt! Ich habe nicht ewig Zeit!«

Gumpert räusperte sich. »Ich habe nicht das Geringste damit zu tun!«, wimmerte er in Mitleid heischendem Ton. »Das müsst Ihr mir glauben!«

»So, muss ich das? Und warum habe ich dich dann zusammen mit deinen beiden Kumpanen die Seitenpforte des Neumünsters aufbrechen sehen? Kannst du mir das verraten?«

Gumpert erbleichte. »Wie?«, rief er mit erstickter Stimme aus. »Ihr …?«

»In der Tat! Ich habe mir die Freiheit genommen, bei Eurem kleinen Raubzug mit von der Partie zu sein! Vertrauen ist gut – Kontrolle noch besser!«

»Aber dann habt Ihr doch bestimmt gesehen, dass …«

»… du nach getaner Arbeit das Weite gesucht und deine Kumpane einfach stehen gelassen hast – stimmt! Mein Pech, dass mir dieser betrunkene Nichtsnutz von einem Mesner mitsamt seinem Köter in die Quere gekommen ist. Sonst hätte ich das Schauspiel bis zum Schluss genießen können!«

»Hätte ich gewusst, was der Agilulf vorhat, wäre ich daheim geblieben. Hundertprozentig! Eine Gefälligkeit unter Freunden – nicht mehr, hat er mir gesagt.«

»Und du?«

»Ich?! Ich hab mir nichts weiter dabei gedacht. Na ja – jedenfalls nicht viel. Dass es nicht mit rechten Dingen zugeht, war mir natürlich klar. Was gibt es dort denn schon groß zu klauen!, hab ich mir gesagt. Womöglich den Opferstock. Wenn er überhaupt voll ist. Oder was die Pilger heuer so mitbringen und vor den Altar legen. Ehrlich: Auf die Idee, dass der Agilulf sich an den Reliquien vergreifen würde, wäre ich im Traum nicht gekommen. Nie im Leben – ich schwör's!«

»Verstehe ich dich richtig: Du willst mir also allen Ernstes weismachen, du hättest erst im letzten Moment von den Plänen deiner beiden Spießgesellen erfahren? Das glaubst du doch wohl selbst nicht, oder?«

In seiner Not kehrte der Schmied die Handflächen nach außen und zog die Schultern hoch. »Doch Herr!«, beteuerte er mit dem letzten Rest an Mut, den er besaß. »Deswegen hab ich die beiden ja auch stehen gelassen und mich schleunigst wieder ver…«

Die messerscharfe Klaue, deren Nägel sich in die Fettringe seines Halses bohrten, als seien sie aus Papier, würgte Gumperts Worte abrupt ab. Völlig perplex, wollte er sich ihrem Griff entwinden, mit der Hand ausholen, dem Kapuzenmann einen Tritt verpassen – nichts zu machen. Er war wie gelähmt. Die Gliedmaßen gehorchten ihm nicht mehr. Und auch nicht die Muskeln, sein ganzer Stolz.

Jetzt ging es nur noch ums Überleben. Und in diesem Punkt, so die Vorahnung, die ihn mit der Gewalt eines Schmiedehammers traf, sah es für Gumpert alles andere als rosig aus.

Um nicht zu sagen ausgesprochen schlecht.

»Wo ist dieser Ansgar abgeblieben?!«, zischte der Kapuzenmann und lockerte seinen Griff.

»Woher wisst Ihr überhaupt, wie er ...«

»Dein Pech, dass der blinde Bettler drei Straßen weiter so redselig war! ›Das Kleeblatt‹ – wie originell!«

»Auf die Gefahr, dass ... dass Ihr mir nicht glaubt«, würgte Gumpert seine Worte nur so hervor, »ich habe keinen blassen Schimmer, wo der Kerl ...«

»Nun gut.« Zwei Worte nur, Worte jedoch, die Gumperts Tod bedeuteten. Der Mann, dessen Deckname Kilian war, hatte sein Urteil gesprochen. Emotionslos bis an die Grenze der Abgestumpftheit, trieb er den bulligen Schmied wie eine Strohpuppe vor sich her. Gumpert röchelte nicht einmal mehr. Lediglich seine Augen, weit aufgerissen und mit Pupillen so leblos und starr wie ein zugefrorener Fluss, zeigten, dass noch eine Spur Leben in ihm war. Aber selbst diesem spärlichen Rest war nur noch eine kurze Frist beschieden.

Eine Frist, die unweigerlich ablaufen würde.

Als ihm das Schmiedefeuer fast den Rücken versengte, wurde Gumpert schlagartig klar, was passieren würde, und er bäumte sich mit aller Gewalt gegen sein Schicksal auf. Zu spät. Der Würgegriff des Kapuzenmannes, hart wie Stahl und fester als ein Schraubstock, verstärkte sich und quetschte seinen Hals wie morsches Holz zusammen. Die Augen traten ihm aus den Höhlen, und sein Gesicht, bald blau, dann wieder dunkelrot, wirkte wie entstellt, eine wild zuckende Fratze, deren Rachen der Atem des Todes entstieg. Die Zunge des Schmieds, steif und spitz und übel riechend wie vermodertes Fleisch, wand sich in spastischem Krampf, auch dann noch, als Gumpert rücklings in die Esse fiel. In diesem Moment, als sein Geist aus dem gepeinigten Körper floh, stieg ein entsetzliches Gurgeln aus Gumperts Kehle empor, schlimmer als jeder Schrei, grässlicher als bei einem tödlich getroffenen Tier.

Ein kurzes Auflodern, hell wie ein Leuchtfeuer in der Nacht.

Dann war es vorüber.

Für immer.

Keuchend vor Anstrengung, stand Kilian eine Weile wie betäubt. Von jetzt auf nachher konnte er sich an nichts mehr erinnern, nicht einmal daran, wo er sich gerade befand. Bilder, Gesprächsfetzen und schemenhafte Visionen zogen an ihm vorbei, wobei er nicht wusste, ob sie real oder Erinnerungen waren. Doch damit nicht genug. Wie aus dem Nichts tauchten plötzlich drei Schattenwesen auf, ohne Gestalt, Form oder Gesicht. Eigentlich hatten sie nichts Menschliches an sich, mit Ausnahme ihrer Stimmen, die dem Kapuzenmann auf merkwürdige Weise bekannt vorkamen. Mit dem vagen Gefühl, dass sich sein Geist immer mehr zu verwirren begann, zermarterte sich Kilian das Gehirn. Und dann fiel es ihm wie Schuppen von den Augen.

Die drei Gestalten, schwerelos und feucht und glitschig wie der Nebel im Herbst, Trugbilder, die er einfach nicht zu fassen bekam, waren ihm wohlbekannt. Zu Lebzeiten hatte er keine Angst vor ihnen gehabt, dafür jetzt umso mehr. Wenn das Wort ›Angst‹ seine Gefühle überhaupt treffend umschrieb. Denn beim Anblick der drei schemenhaften Geschöpfe geriet der junge Mann derart in Panik, dass er wie Espenlaub zu zittern begann.

Agilulf war wieder da. Agilulf und Hildegard und der Schmied.

»Dafür wirst du büßen!«, röchelte der Schmied. Und Hildegard: »Büßen bis zum Jüngsten Tag!«

Aber es sollte noch schlimmer kommen. Denn die drei Gestalten waren nicht allein.

Aus dem Nebel, der ihn in immer dichteren Schwaden umgab, trat eine weitere Gestalt hervor, keine Geisterfigur wie die anderen drei. Sie war real, lebendig und so ehrfurchtgebietend, dass Kilian wie ein verängstigtes Kind zurückzuweichen begann. »Du hast recht getan, mein Sohn!«, sprach Kardinal Oddo di Colonna, Worte, bei denen sich seine drei Opfer in Luft auflösten. Kilian fiel ein Stein vom Herzen, und er beugte devot das Knie. Seine Erleichterung indes währte nicht lange. Denn der Kardinaldiakon, in vollem Ornat und mit einer Autorität, der zu widerstehen ein Ding der Unmöglichkeit war, hob ihn auf, ergriff seine Hände und sah ihn lange und eindringlich an. Die dunklen Augen sprühten vor Fanatismus und Energie, und dem Kapuzenmann lief es eiskalt über den Rücken. Eine Weile stand er schweigend, sprach dann aber in markigem Ton: »Du hast recht getan, mein Sohn! Und darum höre, was ich dir zu sagen habe: Fahre fort mit deiner Mission, so lange, bis sie erfüllt worden ist! Was immer auch geschieht: Du wirst nicht abweichen von dem Pfad, den ich und die Heilige Mutter Kirche dir gewiesen haben! Sei mitleidlos, hart und ohne Reue. Ist doch der Kampf, den du, ein wahrer Krieger des Herrn, zu bestehen hast, ein gerechter, was immer auch geschehen mag! Amen!«

Und dann, von einem Moment auf den anderen, war der Kardinaldiakon verschwunden. Und mit ihm der Nebel, der Kilian umgab.

Wäre er der gewesen, für den er sich hielt, hätte der junge Mann nicht einmal mit der Wimper gezuckt. Doch dazu fehlte ihm die Kraft. Seine Krankheit, langsam und unerbittlich wie todbringendes Gift, setzte ihm immer mehr zu, und so kam ihm der Stützbalken in seiner Nähe gerade recht. Einen Augenblick länger, und er wäre ohnmächtig geworden.

Fast eine Viertelstunde später, wieder einigermaßen bei Kräften, fiel sein Blick auf den goldenen Ring an seiner Hand. »Hoc signo victor eris!«, sprach er wie in Trance und richtete sich auf. Dann taumelte er hinüber zum Blasebalg, packte den Griff und begann ihn wie ein Berserker in die Höhe und wieder nach unten zu wuchten. Wie lange er dies tat, wusste er hinterher nicht mehr. Blass wie ein Leichentuch, ackerte der Mann im dunklen Umhang und der Kapuze wie in einer Art Rausch, mechanisch, apathisch, ohne jegliches Gefühl. Bis zu dem Punkt, an dem Gumperts Körper inmitten der glühend heißen Esse und des infernalischen Geruchs zu einem leblosen Klumpen versengten Fleisches geworden war.

Dann wandte sich Kilian ab, schweißüberströmt und die Augen gerötet vom Fieber, das ihn innerlich aufzuzehren begann. Als er die Hintertür erreichte, schaute er sich nicht einmal mehr um, sondern stolperte hinaus ins Freie und verschwand.

Sander Tor, Ende der fünften Stunde (10.40 Uhr)

»Und was hast du jetzt vor?« Im immer dichter werdenden Gewühl der Pilger, fliegenden Händler und Bettler blieb Bruder Hilpert kurzerhand stehen, stieß seinen Wanderstab in die Erde und sah Wigbert den Zwerg fragend an. Der wiederum sah sich argwöhnisch um, trat auf die Zehenspitzen und raunte ihm mit listigem Grinsen zu: »Solange ich keine heiße Spur habe, ist es besser, Ihr wisst nichts davon!«

»Sicher?«

»Absolut!«, erklärte der Totengräber, bevor er wieder auf Normalgröße schrumpfte. »Je weniger Ihr in diesem Fall wisst, umso besser!«

»Wenn du meinst.« Beim Gedanken, dass sich Wigbert in Gefahr begab, traten Sorgenfalten auf Bruder Hilperts Stirn, und er kratzte sich verlegen an der Tonsur. »Und du bist dir wirklich sicher, dass es besser ist, wenn du …«

»Ob Ihr's nun glauben wollt oder nicht!«, insistierte der Zwerg, vor unerwünschten Zuhörern auf der Hut. »Die Leute, mit denen ich es jetzt gleich zu tun kriege, sind nichts für Euch. Nichts für ungut, Bruder: Aber habt Ihr selbst nicht schon genug am Hals?«

»Das schon.«

»Na also! Dann also wie abgemacht: Ihr fühlt dem Abdecker auf den Zahn, und was meine Winzigkeit betrifft, werde ich alles tun, damit wir diese Bestie endlich zu fassen kriegen. Bevor sie noch mehr Unheil anrichten kann.«

»Was ist er eigentlich für ein Mensch?«

»Der Abdecker?« Kaum waren ihm die Worte über den Lippen, fuhr Wigberts Pranke ruckartig an den Mund und er sah sich wie ein ertappter Dieb um. Erst als er sich vergewissert hatte, dass ihn niemand beachtete, wandte er sich wieder Bruder Hilpert zu und tuschelte in verschwörerischem Ton: »Besser, Ihr nehmt seinen Namen nicht allzu häufig in den Mund, Bruder! Wenn nicht, bekommt Ihr vielleicht ein Messer zwischen die Rippen!«

»Mit anderen Worten: ein Mann, vor dem man sich in Acht nehmen muss.«

»Und ob! Zumal er der Mann ist, bei dem alle Fäden zusammenlaufen. Zumindest, was den Handel mit Reliquien betrifft.«

»Also so etwas wie eine Schlüsselfigur.«

»Ihr habt es erfasst. Müsste mich wundern, wenn er nicht jede Menge Dreck am Stecken hat.«

»Und was weißt du sonst noch über ihn?«

»Nicht viel mehr, als mein Bruder – Verzeihung, Halbbruder! – hin und wieder so durchblicken ließ.«

»Als da ist?«

»Da wäre zum einen seine Herkunft«, dozierte der Zwerg und zwirbelte an seinem Bart. »Wie sein Spitzname schon sagt, bestand seine Aufgabe darin, sich um Tierkadaver zu kümmern – die herrenlosen allzumal. Ein armes Schwein also, dessen Gesellschaft man tunlichst mied. Und ein verkommenes noch dazu. Ohne Dach über dem Kopf. Hat sich sozusagen über die Runden gebettelt, vor allem bei Euren Brüdern im Bronnbacher Hof.«

»Was jedoch nicht von Dauer war, wie sein kometenhafter Aufstieg beweist.«

Wigbert lächelte amüsiert. »In der Tat!«, stimmte er Bruder Hilpert zu. »Und das alles nur, weil er die Tochter vom alten Büttner geschwängert hat. Eine echte Leistung, wenn man bedenkt, dass sie schon weit über 30 und so hässlich wie eine alte Schindmähre war. Na ja, sei's drum: Dem alten Büttner, mithin der reichste Weinhändler in der Stadt, kam die Sache gerade recht. Obwohl man sich hinter vorgehaltener Hand halb krummgelacht hat. Der Abdecker und Büttners Lieschen – muss man sich mal vorstellen!«

»Will heißen, er war erheblich jünger als sie.«

»Volltreffer! Das war jedoch längst nicht alles.« Ein Blick über die Schulter, dann bleckte der Zwerg die Zähne und fuhr in anzüglichem Tonfall fort: »Dazu muss man wissen, dass die schöne Anneliese – so ihr richtiger Name – das einzige noch lebende Kind vom alten Büttner war. Und der, schon ein wenig senil, fühlte sich durch den edlen Ritter aus der Gosse irgendwie an seinen Sohn erinnert, der mit 16 im Main ertrunken ist.«

»Weshalb er einen Narren an ihm gefressen und ihn an Kindes statt angenommen hat. Um seiner Tochter die Heirat mit einem mittellosen Tagelöhner zu ersparen. Damit sozusagen alles seine Richtigkeit hat.«

Jetzt war Wigbert wirklich verblüfft und konnte sich einer

gewissen Hochachtung gegenüber dem Mönch mit der ergrauten Tonsur nicht erwehren. Ein Grund mehr für ihn, ihm zu vertrauen und sogar so etwas wie Sympathie für ihn zu empfinden. »Kompliment, Bruder!«, machte Wigbert aus seiner Bewunderung keinen Hehl. »Sich mit Euch zu unterhalten, ist wirklich der Mühe wert.«

»Und weiter?«

»Wie dem auch sei – die Tatsache, dass sich einer, der nicht mal Steuern zahlen muss, die reichste Erbin der Stadt geangelt hat, war natürlich lange Zeit Gesprächsthema Nummer eins. Ist ja wohl klar.«

»Und dann?«

»Dann ist der alte Büttner urplötzlich in die Kiste gehüpft. Obwohl er an sich noch recht bei Kräften war.« Wigbert machte ein nachdenkliches Gesicht und trippelte verlegen hin und her. »Egal, was der Grund war – von dem Tag an war der Ab...«

»Wie ist denn eigentlich sein Name?«

»Sein richtiger, meint Ihr? Keine Ahnung. Mir jedenfalls ist er nur unter seinem Spitznamen bekannt.« Wigbert zog seine Kapuze über die Stirn, schielte zuerst nach rechts, dann nach links und raunte Bruder Hilpert zu: »Glück für ihn, dass sich sein Vermögen binnen kürzester Zeit um ein Vielfaches vermehrt zu haben scheint. Zumal er seine Kontakte aus der Zeit vor seiner Heirat niemals abreißen ließ. Kontakte, welche man unter seinesgleichen wohl kaum zu unterhalten geruht.«

»Kontakte zu Kriminellen?«

»Das habt Ihr gesagt, Bruder!«, feixte der Zwerg. »Und dabei natürlich wieder einmal ins Schwarze getroffen. Kurzum: Kein Jahr war vergangen, und schon kamen Gerüchte auf, er mische bei allerlei zwielichtigen Geschäften mit.«

»Per exemplum beim Handel mit Reliquien.«

»Exakt. Der Punkt, an dem mein verstorbener Bruder die Bühne betritt.« Ohne Rücksicht auf seinen Gesprächspartner kaute Wigbert an seinen verdreckten Fingernägeln herum, fuhr dann aber fort: »Hin und wieder hat der gute Agilulf etwas durchblicken lassen. Nicht eben viel, aber immerhin. Soweit ich weiß, hat ihn der Abdecker regelmäßig mit neuer Ware versorgt. Keine Ahnung, wo er sie hergezaubert hat. Fest steht jedenfalls eins: Er musste sie dem Abdecker abkaufen. Für einen horrend hohen Preis. Sonst hätte er seinen Stand vor dem Dom glatt vergessen können. Und den nächsten Tag nicht mehr erlebt.«

»Höchste Zeit, der Angelegenheit auf den Grund zu gehen!«

»Tut das, Bruder!«, flüsterte der Zwerg. »Tut das! Aber wenn, dann beherzigt wenigstens meinen Rat.«

»Und der wäre?«

Wigbert trat Bruder Hilpert fast auf die Sandalen und zog ihn bis auf Ohrenhöhe zu sich hinab. Dann wisperte er: »Nehmt Euch in Acht, Bruder! Der Kerl ist verdammt gefährlich. Und zu allem fähig. Euch ein Messer zwischen die Rippen zu stoßen, würde ihm nicht das geringste Kopfzerbrechen bereiten! Und nun – Gott befohlen!«

Noch ehe Bruder Hilpert antworten konnte, riss Wigbert seine Filzkappe vom Kopf, machte eine theatralische Verbeugung und war kurz darauf in der Menge verschwunden.

Neumünster, eine Viertelstunde später (11.00 Uhr)

Auf dem Kürschnerhof, Vorplatz der Neumünsterbasilika, hatte sich eine unübersehbare Menge von Pilgern versammelt. Die Luft roch nach Aufruhr, und die sengende Hitze trug das ihre zur gereizten Stimmung bei. Das Kirchenportal, über dem sich eine Rosette aus regenbogenfarbenem Glas mit einem Medaillon der Muttergottes befand, war von einer

Schwadron bischöflicher Kriegsknechte umlagert. Für den Fall, dass die allgemeine Verbitterung in Gewalt umschlagen würde. Mit jedem Pilger, Gaffer oder Müßiggänger, welcher zur aufgebrachten Menge stieß, wuchs das Gedränge. Wann die ersten Steine fliegen würden, war nur eine Frage der Zeit.

Bis sich Bruder Hilpert zum Portal durchgezwängt hatte, verging fast eine halbe Stunde. Eine Prozedur, die nicht ohne Rippenstöße, unflätige Bemerkungen oder obszöne Zurufe abging. Bruder Hilpert indes stellte sich taub und ging sämtlichen Anfeindungen aus dem Weg. Wenn er momentan etwas nicht gebrauchen konnte, dann Hader und Zank. Er hatte weit Wichtigeres zu tun. Und so redete er mit Engelszungen und setzte seinen Weg durch die Menge mit unbeirrbarer Zielstrebigkeit fort.

Kurz vor dem Portal, wo die Kriegsknechte alle Hände voll zu tun hatten, die aufgebrachte Menge auf Distanz zu halten, war für Bruder Hilpert jedoch Schluss. Ein Metzgergeselle, der das Wappen seiner Zunft, zwei gekreuzte Beile, auf der Schürze trug, verschränkte die Arme und baute sich drohend vor Bruder Hilpert auf. Er hatte das Gesicht eines Kleinkindes, und mit seinem Verstand verhielt es sich ebenso, wie der sich nun anbahnende Disput bewies: »Wohin des Wegs, Pfaffe?«, röhrte er wie ein Hirsch, der Aufmerksamkeit der Umstehenden sicher. Mit derlei Anfeindungen bestens vertraut, sah sich Bruder Hilpert rasch nach allen Seiten um, nur um sich von einer finsteren Rotte von Tagelöhnern, Marktweibern und Fuhrknechten umringt zu sehen. Ihren Gesichtern nach zu urteilen, waren sie nur auf eines aus: Streit.

Danach war Bruder Hilpert freilich nicht zumute. »Wohin ich will?«, fragte er mit einer Naivität, die an sich schon eine Provokation darstellte. »Zum Grab des heiligen Kilian – wohin denn sonst, mein Sohn?«

»Da bist du aber auf dem Holzweg, Kuttenbrunzer!«, geiferte eine grell geschminkte Dirne, die zehn Ellen gegen den Wind nach Zwiebeln roch. »Wie du siehst, ist die Kirche nämlich zu!«

»Ach, ist sie das?«, fuhr Bruder Hilpert mit seiner Hinhaltetaktik fort, wohl wissend, dass dies nicht lange gut gehen würde.

»Ja, ist sie!«, setzte ein buckliger Tagelöhner pflichtschuldig nach. »Und zwar schon seit gestern früh!«

»Und weshalb?« Angesichts dessen, was er in den letzten drei Tagen erlebt hatte, kam sich Bruder Hilpert mit seiner Replik reichlich albern vor, weshalb er sich ein Grinsen nur mit Mühe verkneifen konnte. Das Lachen sollte ihm denn auch prompt vergehen.

»Jetzt stell dich doch nicht dümmer, als du bist!«, polterte der Metzgergeselle, während sein Adamsapfel wie eine Marionette zu hüpfen begann. »Weiß ja wohl jedes Kind, was vorgestern passiert sein soll!«

»Bedaure – nein!«

»Dann möchte ich wissen, in welchem Hurenhaus du in den letzten zwei Tagen durchgesoffen hast!«, keifte die Dirne, wobei die winzigen Äderchen in ihrem aufgedunsenen Gesicht fast zu platzen schienen. »Gibt's doch nicht, dass du vom Raub der Kilianreliquien nichts mitgekriegt hast!«

»Die Schädel der drei Heiligen? Gestohlen?!«

»Und ob, Pfaffenarsch!«, ließ sich ein pausbäckiges Marktweib vernehmen. »Und zwar auf Nimmerwiedersehen! Aber wie das eben so ist: Nichts Genaues weiß man nicht! Die da droben auf dem Marienberg halten eben wie Pech und Schwefel zusammen. Behaupten, ein Teil vom Dach sei eingestürzt – muss man sich mal vorstellen! Können die meiner alten Vettel von Nachbarin weismachen – aber nicht mir! Aber um Ausreden waren die da droben ja noch nie verlegen. Wie das bei den Pfaffen eben mal ist! Die Kutte vollgeschissen bis oben hin! Trauen sich nicht, den kleinen Leuten die Wahrheit zu sagen. Aber irgendwie sickert halt immer wieder was durch. Und als sei der ganze Schlamassel nicht schon groß genug, sperren sie auch noch die Kirche zu! Von wegen Sündenablass – *den* können wir glatt vergessen, wenn die Reliquien verschwunden sind!«

»Wird schon was dran sein an dem Gerücht – sonst wäre bestimmt auf, Dach hin oder her!«, fügte der Metzgergeselle in einem seltenen Anflug von Scharfsinn hinzu. »Oder was meinst du, Arsch mit Tonsur?«

Wiewohl durch und durch friedfertig, spürte Bruder Hilpert, wie ihm langsam die Galle hochkam. Dies war zwar recht selten der Fall, aber anscheinend war es wieder einmal so weit. »Verzeiht, wenn ich unser Gespräch nicht fortsetze!«, sprach er in eisigem Ton. »Ich muss gehen. Gott befohlen!«

»Immer hübsch mit der Ruhe!«, grollte der Metzgergeselle und warf den Umstehenden vielsagende Blicke zu. »So billig kommst du grauhaariges Maultier uns nicht davon.«

Bruder Hilpert, der sämtliche Beleidigungen geflissentlich ignorierte, machte einen Schritt nach vorn, wurde jedoch von seinem Kontrahenten in rüder Manier angerempelt. »Wer hier wann die Kurve kratzt, bestimme ich allein, ist das klar?!«

»Wenn du dich da einmal nicht irrst!«, hörte Bruder Hilpert eine vertraute Stimme hinter sich sagen, nachdem er das Gleichgewicht wiedergefunden hatte.

»Wer bist denn du?«, pöbelte der Metzger, wobei sich eine Spur Unsicherheit in seine Stimme zu mischen begann.

»Zunächst einmal: Wer von euch Vogelscheuchen mich duzt, bestimme ich allein, ist das klar?«, äffte Berengar den Metzger mit sichtlichem Vergnügen nach. »Und jetzt gebt endlich Fersengeld, sonst werde ich euch eine Abreibung verpassen, die sich gewaschen hat! Packt euch – oder seid ihr etwa alle taub?!«

Einen Wimpernschlag lang starrten die Umstehenden den martialisch anmutenden Hünen im dunklen Wams mit finsteren Blicken an. Doch wie so oft wirkte die Hand am Schwertknauf wahre Wunder. Noch ein paar halblaut gemurmelte Flüche, feindselige Blicke und Drohgebärden. Und schon waren der Metzger und seine Spießgesellen verschwunden.

Bruder Hilpert atmete tief durch. »Danke, das war knapp!«, begrüßte er Berengar. »Und – irgendwelche neuen Erkenntnisse?«, fragte er gespannt, klopfte seinem Freund anerkennend auf die Schulter und gab ihm durch einen Wink zu verstehen, ihm zu folgen. Das Gedränge war groß, und so dauerte es einige Zeit, bis der Vogt antworten konnte. »Zumindest nicht, was den Täter angeht!«, hielt er sich merklich zurück.

»Aber?« Bruder Hilpert kannte Berengar gut genug, um zu wissen, dass er noch eine Überraschung parat hatte.

Und dem war auch so. »Kein Honigschlecken, diesen Leinenweber zum Reden zu bringen!«, begann der Vogt. »Vor allem nicht in Gegenwart seiner Alten. Ich musste meine ganze Überzeugungskraft aufbieten, bis der gute alte Schorsch endlich den Mund aufgemacht hat!«

Bruder Hilpert sah Berengar stirnrunzelnd an. Wusste er doch nur zu gut, welcher Methoden sich Berengar bisweilen bediente.

»Keine Angst!«, warf Berengar beschwichtigend ein. »Nicht so, wie du denkst! Ein paar freundliche Worte, und die Quelle begann munter zu sprudeln.«

»Mit welchem Ergebnis?«

»Gegenfrage: Haben sich Ihre Magnifizenz schon einmal gefragt, wem es obliegt, den Abfall auf den Straßen zu entfernen?«

»Ehrlich gesagt – nein!«

»Aber ich!«

»Und mit welchem Resultat?«

Damit keiner der Umstehenden etwas mitbekam, hielt Berengar seinen Freund fest und trat bis auf wenige Zoll an Bruder Hilpert heran. »Den Insassen des Siechenhauses vor dem Sander Tor«, flüsterte er.

»Etwa den Aussätzigen?!«

»Unter anderem!«, warf Berengar trocken ein. »Keine große Überraschung, aber anscheinend etwas, worüber man nicht gerne spricht.« Berengar machte ein angewidertes Gesicht. »Traurig, aber wahr. Die Drecksarbeit wird durch die Aussätzigen erledigt. Respektive die übrigen Leute aus dem Siechenhaus. Und das selbstverständlich bei Nacht. Mithilfe zweirädriger, von Hand gezogener Karren und einer Klapper.«

»Kaum zu glauben.«

Ein grimmiges Lächeln huschte über Berengars Gesicht. »Nur Geduld – das Beste kommt noch!«, flüsterte er mit spürbarer Ironie und zog Bruder Hilpert mit sich fort.

»Wie? Das war noch nicht alles?«

»Wo denkst du hin, oh Zierde deines Ordens, wo denkst du hin!«, geriet Berengar jetzt erst richtig in Fahrt. »Um es kurz zu machen: Als wäre es nicht schon schlimm genug, tagtäglich mit Kot, Abfällen oder anderem Unrat zu hantieren, schuften diese bemitleidenswerten Kreaturen für einen Hungerlohn. Will sagen: Kein Tagelöhner würde sich für so was die Finger schmutzig machen. So weit, so schlecht. Besagten Lohn indes liefern sie beim Vorsteher des Siechenhauses ab. Eine Art Zunftmeister oder so. Und das, ohne zu murren. Ohne Ordnung geht es anscheinend selbst im Siechenhaus nicht.«

»Und was hat das deiner Meinung nach mit dem Mord an Agilulf ...?«

Berengar ließ Hilpert nicht ausreden, sondern fügte eindringlich hinzu: »Was diesen Zunftmeister der Aussätzigen betrifft, Hilpert – wir sind ihm schon mal über den Weg gelaufen.«

Um Zeit zum Nachdenken zu haben, hob Bruder Hilpert die Hand. »Lass mich überlegen!«, beschied er ihm knapp und runzelte die Stirn. Doch genauso plötzlich, wie sich sein Gesichtsausdruck verdüstert hatte, hellte er sich wieder auf. »Der Poet!«, brach es förmlich aus ihm hervor. »Und die beiden anderen Strolche, die Bruder Wilfried aufgelauert haben!«

»Kompliment!«, pflichtete der Vogt Bruder Hilpert augenzwinkernd bei und sah seinen Freund erwartungsvoll an. »Und was hast du jetzt vor?«

»Gute Frage!« Vor der Basilika angekommen, wischte sich Bruder Hilpert den Schweiß von der Stirn und machte eine Kopfbewegung in Richtung Portal. »Nun, ich denke, wenn wir schon mal hier sind, sollten wir uns da drin ein wenig umsehen. Und dann sehen wir weiter.«

»Leider bleibt uns nicht viel Zeit.«

»Wo du recht hast, hast du recht.« Für den Bruchteil eines Augenblicks kam Bruder Hilpert ins Grübeln. Dann aber, als sich Berengar verlegen räusperte, legte er ihm die Hand auf die Schulter und sagte entschlossen: »Ganz gleich, was geschieht, mein Freund: Wir werden obsiegen. Und dann möge Gott der Herr diesem Scheusal gnädig sein!«

Benediktinerinnenkloster St. Afra,
zur gleichen Zeit (11.00 Uhr)

Für ihr riskantes Unterfangen blieb Schwester Irmingardis nicht viel Zeit. Dies zumindest war klar. Genauso wie die Tatsache, dass es einen Bruch sämtlicher Ordensregeln darstellte. Doch daran wollte sie jetzt lieber nicht denken. Es gab Dinge im Leben, die musste man einfach tun. Selbst auf die Gefahr hin, dass man eine Sünde beging.

Ihr Glück, dass sich die Schreibstube des Klosters in einem Seitentrakt befand, von dem aus man über einen Korridor in den Kreuzgang gelangte. Auf diese Weise würde sie die Priorin nach Beendigung ihrer Andacht schon von Weitem kommen hören.

Dachte sie wenigstens.

Während ihre Hand auf der Türklinke lag, ließ sich Schwester Irmingardis noch einmal alles durch den Kopf gehen. Doch ihr Entschluss stand fest. Und so drückte sie die Klinke herunter, vergewisserte sich, ob die Luft rein war, und betrat den gewölbeartigen Raum.

Als die Tür hinter ihr ins Schloss fiel, beschlich sie ein mulmiges Gefühl. Durch das Gitterfenster am anderen Ende des Raumes fiel mattes Sonnenlicht, die einzige Lichtquelle weit und breit. Myriaden von Staubkörnern wirbelten empor, und während sie die ersten Schritte tat, ächzten die Dielenbretter leise auf. Schwester Irmingardis achtete nicht darauf. Ihr Vorhaben duldete keinen Aufschub. Wenn sie es ausführen wollte, dann jetzt und hier.

Die Frage war nur, wo sie mit ihrer Suche beginnen sollte.

Seit ihrem Eintritt in den Orden hatte sie das Skriptorium so gut wie nie betreten. Dementsprechend schlecht kannte sie sich hier aus. Schwester Irmingardis war nicht wohl in ihrer Haut. Sie mochte diesen Ort nicht. Mit seinen verstaubten Regalen, den Spinnweben und dem Geruch von vergilbtem Pergament und Mäusekot wirkte er alles andere als einladend auf sie. Wäre es nach ihr gegangen, säße sie jetzt in ihrem Herbarium. Bei ihren Pflanzen, ihrem ganzen Stolz. Wie fast immer um diese Zeit. Aber was ihr heute früh widerfahren war, hatte ihre ganze Welt auf den Kopf gestellt. Und wenn ihr etwas nicht gefiel, dann die Aussicht, dass dieser Zustand von Dauer sein würde.

Genau dies aber war anscheinend der Fall. Höchste Zeit, etwas zu unternehmen.

Aber was?

Ohne auf Anhieb eine Antwort parat zu haben, schlich Schwester Irmingardis zwischen den Bücherregalen hin und her. Jede Menge Akten, verschnürte Ledermappen und eine geradezu unübersehbare Anzahl von Folianten. Und natürlich jede Menge Staub. Ihre innere Anspannung wuchs, und die Zeit zerrann ihr zwischen den Fingern. Eher durch Zufall wurde sie schließlich fündig, zerschlug ein Gewirr von Spinnweben und zog den Folianten mit der korrekten Signatur aus dem Regal. Kein Grund zu frohlocken!, fuhr es ihr durch den Sinn. Denn der schwierigste Teil des Unterfangens sollte noch folgen. Der Teil, vor dem sie sich am meisten ängstigte. Noch mehr, als von Schwester Irmtraut, der Bibliothekarin, oder der Priorin auf frischer Tat ertappt zu werden.

Als sie den in Schweinsleder eingebundenen Band mit der Aufschrift ›Chronica Monasterii Sancte Afrae Herbipolensis*‹ in der Hand hielt, schickte die zierliche Ordensfrau ein Stoßgebet zum Himmel. Und begann mit vor Aufregung geröteten Wangen darin zu blättern. Anno Domini 1390, 1391. Weiter! 1392 ... geschafft! Juli, August, September – deo gratias! Schwester Irmingardis atmete laut und vernehmlich durch.

September 1392. Sie war am Ziel. Und fühlte sich so elend wie nie zuvor.

Gerade noch rechtzeitig, bevor ihre Beine den Dienst versagten, klemmte sich Schwester Irmingardis den Folianten unter den Arm und steuerte auf den nächstbesten Stehpult zu. Der Boden unter ihren Füßen geriet ins Wanken, und die Luft war so stickig, dass sie meinte, sie müsse sich übergeben.

* ›Chronik des Klosters Sankt Afra zu Würzburg‹

Aber dann, dem flauen Gefühl in der Magengegend und sämtlichen Kopfschmerzen zum Trotz, war es endlich geschafft. Das Buch lag aufgeschlagen vor ihr.

Sie aber, Schwester Irmingardis vom Orden der Benediktinerinnen von St. Afra zu Würzburg, war nicht mehr diejenige, welche sie einmal gewesen war.

Schuld daran war nur ein einziger, auf vergilbtes Pergament eher achtlos hingekritzelter Satz. Wer immer die Feder geführt hatte – er war in Eile gewesen. Genau wie sie jetzt. Wenn auch aus gänzlich anderem Grund.

Schwester Irmingardis hob den Kopf und lauschte auf den Korridor hinaus. Totenstille. Zeit genug also, sich den Satz, der ihr Leben verändern sollte, auf Punkt und Komma einzuprägen: »Dienstag, 17. Tag im September im Jahre des Herrn 1392. Eleonora G., Weib des Martin G., wurde am heutigen Tage von einem gesunden Knaben entbunden.« Und dann, auf der nächsten Seite: »Montag, zwanzigster Tag im Monat Januarius Anno Domini 1393, Tag des heiligen Sebastian. Nach langer Krankheit Taufe des Sohnes besagter Eleonore G. auf den Namen Demetrius. Auf Wunsch der Mutter wird der Knabe in die Obhut von Schwester Serafina, Vorsteherin der Krankenstation, gegeben. Möge ihm allzeit Glück und Gesundheit beschieden sein. Amen.« Die Wangen von Schwester Irmingardis, glatt und rosig wie ein Pfirsich, begannen zu zucken und verfärbten sich dunkelrot, und die junge Ordensfrau ertappte sich bei dem Gedanken, man könne das Pochen ihres Herzens bis auf den Gang hinaus hören. Zwar traf sie das, was sie schwarz auf weiß vor sich sah, nicht unvorbereitet. Dennoch musste sie den Eintrag immer und immer wieder lesen. So lange, bis ihr die Tränen auf das blütenweiße Habit tropften.

Demetrius – ihr Halbbruder! Der große Demetrius! Erzdiakon, Mitglied des Domkapitels, Zierde der Wissenschaften und Leuchtfeuer des Glaubens in dunkler Zeit. Ein Asket, wie er im Buche stand, und Vorbild an Rechtschaffenheit.

Der Mann, der Schwester Serafina als seine Mutter bezeichnet hatte.

Und ein Dämon, wie es ihn kein zweites Mal gab.

Während sie so dastand und ihre Gedanken zu ordnen versuchte, fiel ihr das Gespräch mit dem Vogt des Grafen von Wertheim tags zuvor wieder ein. Der Hauch eines Lächelns flog über ihr Gesicht, obwohl ihr weiß Gott nicht danach zumute war. Die Angelegenheit war ernst, bitter ernst sogar. Schwester Irmingardis schloss die Augen und versuchte sich voll und ganz auf ihre Entdeckung zu konzentrieren. Kaum war dies geschehen, war da plötzlich die Vermutung, bei Berengars Erzfeind könne es sich um ihren Halbbruder handeln. Ohne dass sie es sich hätte erklären können. Eine Vermutung, gegen die sie sich mit jeder Faser ihres Wesens sträubte. Wenn dem tatsächlich so war, hieß dies nämlich nichts anderes, als dass …

Schwester Irmingardis erstarrte und musste ihre ganze Kraft aufbieten, damit sie nicht in Tränen ausbrach.

Aber noch war sie nicht am Ende. Nur noch ein winziges Detail, dann würde sie Gewissheit haben.

Die Frage war nur, wie sie damit umgehen würde.

Ein Kinderspiel, den richtigen Folianten zu finden. Aber so ziemlich das genaue Gegenteil, der Wahrheit ins Auge zu sehen. Obwohl diese sie nicht unvorbereitet traf.

Chronica Monasterii Sancte Afrae Herbipolensis. Anno Domini 1402. Liber I.

Montag, siebter Tag im August Anno Domini 1402, Tag der heiligen Afra.

Eine andere, gleichsam geschmeidigere Schrift. Und genau das, was Schwester Irmingardis befürchtet hatte: »In Gottes und der Heiligen Dreifaltigkeit Namen – Amen! Mit dem heutigen Tage wurde der Jüngling Demetrius, knapp zehn Jahre, Ziehsohn von Schwester Serafina, nunmehr fast 80 Jahre alt, der Obhut des Dominikanerkonvents zu Würzburg übergeben. Auf dass er seiner Ziehmutter, den Benediktinerinnen zu St. Afra und dem Allmächtigen Ehre mache in dem Bemühen, sein Leben dereinst dem Dienste an der Heiligen Mutter Kirche zu ...«

»Was in der Heiligen Jungfrau Namen habt Ihr hier zu suchen, Schwester?!«

Der Schreck, vergleichbar mit Dutzenden spitzer Nadeln, die gleichzeitig ihre Haut durchbohrten, kam so plötzlich, so unerwartet, dass Schwester Irmingardis die vergilbte Seite beim Umblättern herausriss und wie ein Schuldbekenntnis in den zitternden Händen hielt. Sie brauchte sich nicht umzudrehen. Die Stimme in ihrem Rücken, so schneidend, dass ein Schwall heißer Atemluft ihre Nackenhaare zu Berge stehen ließ, war ihr wohlbekannt. Und zuwider wie kaum eine andere. Mochte ihre Ausrede noch so einfallsreich sein: Schwester Irene, Priorin von Satans Gnaden, hinter vorgehaltener Hand auch ›die Heimsuchung‹ genannt, würde keine Gnade kennen. Vor allem nicht bei ihr, Schwester Irmingardis, die sie ihr vom ersten Tage an ein Dorn im Auge gewesen war. »Habt Ihr mir etwas zu sagen, Schwester?!«, schnarrte die Stimme in ihrem Rücken mit hörbarem Vergnügen. »Und keine Ausflüchte, wenn ich bitten darf!«

Schwester Irmingardis lächelte resigniert, während sich ihre zierliche Statur merklich zu straffen begann. Eine energische Handbewegung, um sich die Tränen zu trocknen, dann die Worte: »Keine Angst, Schwester, ich werde die Wahrheit sagen. Aber nicht Euch, denn Ihr würdet sie nicht verstehen.«

Kiliansgruft im Stift Neumünster,
eine halbe Stunde vor dem Mittagsläuten (11.30 Uhr)

»Also, wenn Ihr mich fragt, Herr von Stetten: An Eurer Stelle hätte ich den Leuten da draußen einfach die Wahrheit gesagt. Die sind nämlich beileibe nicht so dumm, wie Ihr denkt!«

»Bedaure, Herr Vogt. Eine Weisung des Bischofs. Mehr kann ich dazu wirklich nicht sagen.«

Fredegar von Stetten, für Reliquien verantwortlicher Chorherr, war steif, spröde und hochfahrend. So recht nach dem Geschmack von Berengar, wenn es um die Bestätigung seiner Antipathie gegenüber Klerikern ging, hochadeligen allzumal. Und Berengar wäre nicht Berengar gewesen, hätte er aus dieser seiner Abneigung einen Hehl gemacht: »Ich fürchte, Ihr werdet nicht umhin kommen, Herr von Stetten!«, konnte er sich eine ironische Replik nicht verkneifen.

»An Eurer Stelle wäre ich mir da nicht so sicher, Herr Vogt.«

Berengar machte gute Miene zu bösem Spiel und sah den Geistlichen mit der Hakennase unter der hohen Stirn herausfordernd an. »So, und warum nicht?«, fragte er mit einer Lässigkeit, die in krassem Gegensatz zu seiner Gemütsverfassung stand. Und beantwortete die Frage gleich selbst: »Für den Fall, Herr von Stetten, dass bezüglich meiner Legitimation irgendwelche Unklarheiten bestehen – Bruder Hilpert und meine Wenigkeit sind befugt, sämtliche zur Wiedererlangung der Reliquien notwendigen Maßnahmen zu treffen. Vernehmungen mit inbegriffen. Und darum meine Bitte, Eure einsilbigen Auskünfte mit Inhalt zu füllen!«

Die Mundwinkel des Chorherrn, hauchdünn wie ein Strich, inklusive der farblosen Oberlippe, begannen bedenklich zu zucken. Im Angesicht des grimmig dreinblickenden Vogtes und seines illustren Begleiters verließ ihn dann aber doch der

Mut, und er fingerte die Schlüssel zur Kiliansgruft unter seinem Habit hervor.

»So viele Schlüssel – für nur eine Tür? Ein wenig umständlich, oder?«, schaltete sich Bruder Hilpert unvermittelt ein. Das bisherige Hickhack war ihm genauso auf die Nerven gegangen wie dem Vogt. Höchste Zeit, fand er, diesem hochnäsigen Wichtigtuer auf den Zahn zu fühlen.

»Wenn es um die sichere Verwahrung der Reliquien unserer drei Frankenapostel geht, existiert das Wort ›umständlich‹ nicht!«, erwiderte von Stetten pikiert.

»Umständlich oder nicht – der Erfolg gibt Euch jedenfalls recht!«, feixte Berengar, sehr zum Verdruss von Bruder Hilpert, der ihm einen vorwurfsvollen Blick zuwarf.

»Eine echte Herausforderung für jeden Dieb!«, war dieser denn auch bemüht, die Wogen zu glätten.

Der Chorherr antwortete nicht, hob die Klappe an und entsicherte das Schloss der vergitterten Tür. Als Nächstes waren die beiden massiven Vorhängeschlösser an der Reihe. Zeit für Bruder Hilpert, in die Knie zu gehen und seine Laterne auf das Türschloss zu richten. »Keinerlei Beschädigungen – nicht die geringste Spur!«, murmelte er erstaunt.

Im Begriff, das letzte der drei Schlösser zu öffnen, gab der Chorherr ein verlegenes Räuspern von sich. »Da habt Ihr zweifelsohne recht!«, lamentierte er.

Bruder Hilpert horchte auf. Gerade noch die Arroganz in Person, war Fredegar von Stetten um einiges kleinlauter geworden. Er wirkte blass und fahrig, fast konfus. Und wesentlich älter, als es seine drei Lebensjahrzehnte vermuten ließen.

»Wie darf ich das verstehen?«

»Ich fürchte, da gibt es nichts zu verstehen!«, blitzte der Hochmut des Chorherren ein letztes Mal auf, während er die Schlüssel zur Gruft unter seinem Habit verschwinden ließ.

»Dann erklärt Euch. Wir sind ganz Ohr!«, forderte ihn Berengar auf, die Daumen zwischen Schwertgurt und Wams.

Der Domherr zupfte nervös an seinem Habit herum, fasste sich dann aber ein Herz und antwortete: »Wie gesagt – was die Unversehrtheit der drei Schlösser angeht, habt Ihr zweifelsohne recht.«

»Um nicht weiter um den heißen Brei herum zu reden: Ihr wollt damit sagen, dass sich die Reliquien zum Zeitpunkt des Raubes nicht auf dem Gruftaltar befanden. Wo sie eigentlich hätten sein sollen.«

Der Chorherr fuhr überrascht auf. »Wo ... woher wisst Ihr das, Bruder?«, fragte er und geriet dabei fast ins Stottern.

»Pure Eingebung!«, wiegelte Bruder Hilpert mit der Andeutung eines Lächelns ab und richtete sich wieder auf. »Doch zurück zum Thema. Ihr wart im Begriff, mir etwas anzuvertrauen. Oder liege ich da falsch?«

»Keineswegs ...«, druckste von Stetten herum.

»Also?«

Der Chorherr umklammerte die Gitterstäbe und schlug die Augen nieder. »Im Grunde genommen ist alles meine Schuld!«, jammerte er.

»Und wieso?«

»Wie Ihr sicher wisst, Bruder, werden die Silberbüsten unserer drei Apostel, in deren Sockel die Reliquiare verwahrt werden, in der Woche vor Kiliani auf dem Hochaltar zur Schau gestellt. Damit sich das Volk an ihrem Anblick ergötze. An dem der Büsten, wohlgemerkt. Nicht an dem der in speziellen Behältnissen verwahrten Schädel. Die nämlich bekommen die Pilger erst an Kiliani zu Gesicht.«

»Und worin liegt dann Euer Problem?«, hakte Berengar nach.

»Mein Problem, Herr Vogt, besteht darin, dass ich es in der Nacht von Freitag auf Samstag versäumte, die Büsten der Sicherheit halber wieder zurück in die Gruft transportieren zu lassen.«

»Wie das?«, fragte Bruder Hilpert und zog überrascht die Brauen hoch.

»Nun ja – wie soll ich sagen?«, war der Chorherr nicht imstande, seine Verlegenheit zu verbergen. »Der Andrang am Freitag war groß. Riesengroß. Ehrlich gesagt, habe ich lange nicht mehr so viele Menschen auf einem Fleck gesehen. Hunderte – ach, was sage ich! – Tausende. Je später, umso mehr. Anders ausgedrückt: Bei Sonnenuntergang wird die Basilika normalerweise geschlossen. Zu diesem Zeitpunkt war der Andrang jedoch immer noch so groß, dass es einen Aufruhr gegeben hätte, wäre die Kirche nicht länger offen geblieben.«

»Ich verstehe. Und weiter?«

»Etwa eine Stunde nach Sonnenuntergang ebbte der Pilgerstrom langsam ab. Die Leute wollten in die Schenke, sich amüsieren.« Von Stetten gab ein verlegenes Hüsteln von sich. »So gegen zehn habe ich dann Anweisung gegeben, die Basilika zu schließen.«

»Und wem, wenn man fragen darf?«

»Fürchtegott, dem Mesner. Und einem der Domscholaren, Bertram von Klingenberg.«

»Gut gemacht!«, murmelte Berengar amüsiert, für den die prekäre Lage des Chorherrn einen willkommenen Anlass zur Schadenfreude bot.

»Wie meinen?«

»Mein Freund und Gefährte hat geruht, Euch seine Anerkennung auszusprechen!«, fuhr Bruder Hilpert dazwischen, bedachte Berengar mit einem missbilligenden Blick und nahm den Gesprächsfaden wieder auf: »Will heißen: Ab da ging alles seinen gewohnten Gang.«

»Mit Ausnahme der Tatsache, dass die Büsten auf dem Altar stehengeblieben sind – ja!«, entgegnete von Stetten in weinerlichem Ton. Um kurz drauf hinzuzufügen: »Natürlich ist alles meine Schuld. Ohne Wenn und Aber. Aber es war nun mal ein anstrengender Tag. Und ich war müde. Hundemüde sogar. ›Wird schon nichts passieren!‹, hab ich mir gedacht. Auf die Idee, dass irgendjemand es wagen könnte, die Reliquien zu stehlen, wäre ich sowieso nie gekommen. Nie und nimmer. Das könnt Ihr mir glauben, Bruder! Und wenn selbst einer der Domkapitulare sagt, ich könne mir die Mühe sparen, dann ...«

Mitten im Satz brach von Stetten ab und schlug entsetzt die Hand vor den Mund. Sein Gesicht, von nobler, wenn nicht gar kränklicher Blässe, wurde kreidebleich, und sein Blick irrte ziellos umher.

Eben noch von Mitleid geplagt, war Bruder Hilpert aufs Äußerste alarmiert. »Was habt Ihr da gerade gesagt?«, hakte er sofort nach. Und fügte, als der Chorherr mit betroffener Miene schwieg, hinzu: »Habt die Güte und erläutert mir Eure Bemerkung genauer, Herr von Stetten!«

»Ich? Wieso? Welche Bemerkung, Bruder?«

»Ohne Umschweife: Wer war der Domherr, der Euch ermunterte, die Büsten der drei Märtyrer auf dem Altar stehenzulassen? Redet, von Stetten, bevor ich mich gezwungen sehe, zu anderen Mitteln zu greifen!«

Der Chorherr schüttelte den Kopf, wie ein Kind, das etwas ausgefressen hat, es aber nicht zugeben will.

»Ich denke, mein Freund und Gefährte hat sich klar genug ausgedrückt, oder?«, warf Berengar unnachgiebig ein.

Der Chorherr umklammerte die Gitterstäbe jetzt so fest, dass sein Blut ins Stocken geriet. »Ich kann nicht!«, winselte er. »So wahr mir Gott helfe, ich ...«

»Und warum nicht?«

»Weil ich mir keinen Ärger aufhalsen will, darum!«

»Selbst dann nicht, wenn Ihr Euch reinwaschen könnt?«

»*Gerade* dann nicht, Bruder. Schließlich bin ich es, der für sämtliche Reliquien die Verantwortung trägt. Und die kann mir keiner nehmen.«

Bruder Hilpert zuckte die Achseln. »Na schön!«, gab er widerstrebend nach. »Lassen wir die Angelegenheit fürs Erste auf sich beruhen. Um es jedoch in aller Deutlichkeit zu sagen, Herr von Stetten: Sollte es der Fortgang unserer Ermittlungen erforderlich machen, werdet Ihr nicht umhin kommen, Namen zu nennen, ist das klar?!«

Obwohl er aus seinem Herzen sonst nie eine Mördergrube machte, zuckte Berengar unwillkürlich zusammen. Worte wie diese war er von Bruder Hilpert nicht gewohnt. Um der Situation die Schärfe zu nehmen, warf er ihm einen beschwichtigenden Blick zu, wandte sich an den Chorherrn und sprach in forschem Ton: »Zeit, die Büsten näher in Augenschein zu nehmen, findet Ihr nicht auch?«

Ohne weiteren Kommentar, dafür aber zerknirscht wie ein geprügelter Hund, öffnete Fredegar von Stetten die Pforte zur Gruft und tauchte so rasch wie möglich ins Halbdunkel ein.

Der Gruftaltar befand sich in der Mitte der Krypta, direkt vor dem Pfeiler, welcher die Hauptlast des Gewölbes trug. Er wurde von vier Kandelabern flankiert. Der Duft, den ihre zwölf Kerzen verströmten, war atemberaubend, eine Mischung aus Weihrauch, Rose, Sandelholz und Jasmin. Als er seine Andacht beendet hatte, verharrte Bruder Hilpert in tiefem Schweigen, wie betäubt von dem paradiesischen Duft, dem gleißend hellen, geradezu himmlischen Licht, welches inmitten immerwährender Finsternis erstrahlte.

Als er wieder zu sich gekommen war, sah sich Bruder Hilpert den Gruftaltar näher an. Fredegar von Stetten zufolge war er an die zweihundert Jahre alt und mit einem Hohlraum zur Aufnahme diverser Reliquienbehälter versehen. Darin befänden sich Relikte verschiedenster Art, so zum Beispiel Gebeine, Gewandfetzen und dergleichen mehr. Bruder Hilpert hörte nur mit einem Ohr hin und ertappte sich bei dem Gedanken, was die drei Heiligen zum Kult um ihre Person gesagt hätten.

Wie immer, wenn er auf derartige Gedanken kam, tat er sie als ketzerisch ab und wandte sich wieder dem Gegenstand seiner Betrachtungen zu. Neben den 16 Miniatursäulen, mit denen seine Wände verziert waren, fiel sein Blick auf eine Öffnung auf der Vorderseite des Altars. Ihr Zweck, so von Stetten, sei der, den Wallfahrern die Berührung der Reliquienbehälter zu ermöglichen. Diese sei äußerst hilfreich, insbesondere gegen Augenleiden, Gicht und ähnliche Gebrechen. Das Wasser aus dem nur ein paar Schritte entfernten Kilianbrunnen nicht zu vergessen, beeilte sich der Chorherr zu versichern. Eine wahre Flut an Belehrungen prasselte auf Bruder Hilpert herab, doch außer einem leichten Stirnrunzeln zeigte er keinerlei Reaktion und ließ sie mit schicksalsergebener Miene über sich ergehen.

Als sein Blick auf das eigentliche Objekt seines Interesses fiel, änderte sich Bruder Hilperts Stimmung jedoch abrupt. Er war zutiefst bestürzt, so zornig wie schon lange nicht mehr.

Schuld daran war weniger der Schrein aus Kupfer und Bergkristall und so imposant, dass er die Blicke sofort auf sich zog. Es war der Zustand der drei Silberbüsten, der Bruder Hilpert in Rage brachte, genauer gesagt die Tatsache, dass ihr Sockel einfach aufgebrochen, die Reliquiare herausgezerrt und die Schädel der drei Heiligen derart pietätlos behandelt worden waren.

»Bastarde!«, war alles, was Berengar zu sagen einfiel, während sich der Chorherr klugerweise in Schweigen hüllte. Bruder Hilpert nickte, durchaus unüblich für ihn.

»Und was folgt deiner Meinung nach daraus?«

»Daraus, Berengar, folgt ein uns sattsam bekanntes Faktum: dass der beziehungsweise die Täter äußerst skrupellos sind – beziehungsweise waren!«, erwiderte Bruder Hilpert und umrundete den Altar.

»Heißt das, Euch ist bereits Näheres über diese Frevler bekannt?«

»Bedaure, Herr von Stetten!«, wiegelte Bruder Hilpert ab. »Um diesbezüglich etwas sagen zu können, ist es noch ein wenig früh. Darum wäre ich Euch sehr verbunden, wenn wir jetzt mit dem Mesner und dem Domscholaren … wie war doch gleich sein Name?«

»Bertram von Klingenberg.«

»Habt Dank! Aber wie ich sehe, kommt man uns zuvor.«

Der Chorherr und Berengar, immer noch auf der Vorderseite des Altars postiert, drehten sich wie auf Kommando um. Der Dunkelheit wegen konnten sie zwar nichts sehen, aber als die beiden ungleichen Gestalten näher traten, war klar, wen Bruder Hilpert meinte.

Der eine, Mesner von Beruf, war klein, rund und bucklig, der andere, Domschüler aus niederadeligem Haus, war schlaksig, dunkelhaarig und fast sechs Fuß groß. Beide jedoch, sowohl der Mesner als auch Bertram von Klingenberg, hatten eines gemeinsam: die Furcht, in etwas hineinzugeraten, was ihnen eine Menge Scherereien bringen konnte. Und dann war da noch die Angst vor dem Hünen in Schwarz und seinem Begleiter, dem Mönch. Zeitgenossen, mit denen bestimmt nicht zu spaßen war. Das konnte man auf den ersten Blick sehen.

»Welch ein Zufall!« Fredegar von Stetten war sichtlich in seinem Element. Endlich wieder jemand, den er nach Herzenslust herumschikanieren konnte. »Und dann auch noch eine halbe Stunde zu spät zum Dienst!«

»Bitte um Vergebung, Herr!«, tat sich der Dickwanst durch besondere Unterwürfigkeit hervor. »Aber droben in der Seitenkapelle gab es noch etwas zu erledigen, weswegen ich ...«

»Was es hier zu erledigen gibt oder nicht ...«, setzte der Chorherr zu einer Strafpredigt an, wurde jedoch von Bruder Hilpert unterbrochen. »Ich denke, das hat bis später Zeit, Herr von Stetten, findet Ihr nicht auch?«

Der Chorherr, ein wahrer Duckmäuser vor dem Herrn, gab sofort klein bei und machte Bruder Hilpert mit erwartungsvoller Miene Platz. »Sagtet Ihr nicht, Ihr hättet viel zu tun?«, flüsterte er ihm im Vorbeigehen zu.

»Wie meinen? Ach so – die lästige Pflicht? Damit hat es freilich keinerlei Eile.«

»*Wirklich?*«

»Seid unbesorgt, Bruder, ich nehme mir einfach die Zeit, selbst wenn ich vor lauter Arbeit nicht mehr weiß, wo mir der ...«

»*Sicher?!*«

»... Kopf steht. Wollt Ihr etwa andeuten, dass Ihr meiner nicht mehr bedürft?«

»›Andeuten‹ ist gut!«, versetzte Berengar mit schalkhaftem Grinsen und warf Bruder Hilpert einen amüsierten Seitenblick zu.

Jetzt endlich, im Angesicht einer schweigenden Phalanx, hatte Fredegar von Stetten begriffen und zog sich mit indigniertem Stirnrunzeln zurück.

»Und nun zu euch, ihr Herren!«, sprach Bruder Hilpert den Mesner und seinen Begleiter mit einem gewinnenden Lächeln an. »Ich bin Bruder Hilpert – und der freundliche Herr von Stand da drüben ist mein Freund Berengar, Vogt des Grafen von Wertheim. Ihr könnt euch beide denken, worum es geht?«

Ohne Rücksicht auf seinen Begleiter riss sich der Mesner die verdreckte Filzkappe vom Kopf, verneigte sich und tönte: »Aber gewiss doch, Herr!«

Das war nun wirklich des Guten zu viel, und Bruder Hilpert fragte sich, was der Dickwanst mit seiner Servilität bezweckte. Einem derartigen Ausbund an Unterwürfigkeit war er in der Tat noch nie begegnet. Das Verhalten des Mesners war ihm regelrecht peinlich, aber er beschloss, sich nichts anmerken zu lassen. Und kam deshalb umgehend zur Sache: »Dann möchte ich Euch bitten, mir über alles zu berichten, was es aus Eurer Sicht über den Raub der Reliquien zu sagen gibt.«

Der Dickwanst machte eine weitere Verbeugung, räusperte sich und wollte gerade zu einem weitschweifigen Vortrag ansetzen, als Bruder Hilpert seinen Tatendrang jäh bremste. »Nichts für ungut, Meister ... wie war doch gleich Euer Name?«

»Fürchtegott, Herr. Fürchtegott Kärrner. Ein Name – den mir meine selige Mutter ...«

»Lasst es mich so ausdrücken, Meister Kärrner: Um Euer segensreiches Wirken im Dienste dieser Kirche nicht über Gebühr zu verzögern, halte ich es für das Beste, wenn Ihr Euch ganz auf die Beantwortung meiner Fragen konzentriert«, erstickte Bruder Hilpert den Redeschwall des Mesners im Keim. »Habe ich mich diesbezüglich klar ausgedrückt?«

Als die nördliche Seitenpforte hinter ihm ins Schloss fiel, atmete Bruder Hilpert befreit auf. Es war wie im Garten Eden, weit weg von Zank, Hader, Intrigen und Mord.

Das Lusamgärtlein, eingebettet in das Geviert des Kreuzganges aus Kaiser Rotbarts Zeiten, war ein Hort des Friedens und der Ruhe. Der Gegensatz zu den Ereignissen der letzten vierundzwanzig Stunden hätte größer nicht sein können. Fernab des Jammertals, mit dem er konfrontiert worden war, fühlte er sich gleich besser. Obwohl dies nicht der richtige Zeitpunkt war, hielt Bruder Hilpert inne und sog den Duft der Rosensträucher, Ginsterbüsche und Kräuterbeete begierig ein. Der Geruch von Salbei, Thymian und Minze verlieh ihm neue Energie, genau wie die Schatten spendenden Arkaden des Kreuzganges, unter denen er sich wie zu Hause fühlte. Der Drang, sich im Gras auszustrecken und zu ruhen, drohte geradezu übermächtig zu werden, und in Gedanken flüsterte Bruder Hilpert leise vor sich hin: »Under der linden an der heide, dâ unser zweier bette was, dâ muget ir vinden, schône beide – gebrochen bluome unde gras.«

»Nanu – was ist denn auf einmal mit dir los?«, machte Berengar in unnachahmlicher Manier seine Stimmung zunichte.

»Walter von der Vogelweide!«, antwortete Hilpert schroff.

»Wie bitte?«

»Der größte Poet, den die deutschen Lande bislang hervorgebracht haben – liegt dort drüben begraben.«

Berengar machte ein verlegenes Gesicht und richtete den Blick auf die Grabplatte, die sich im Garten des Kreuzganges befand. Dort wimmelte es geradezu von Rotkehlchen, Mauerseglern und Buchfinken, die aus dem Napf neben der verwitterten Inschrift tranken. »Ach so, der!«, versuchte er seinen Lapsus wiedergutzumachen. »Ja, genau – an *den* erinnere ich mich!«

Obwohl es sein Freund mit der Wahrheit nicht ganz ernst nahm, konnte sich Bruder Hilpert ein Lächeln nicht verkneifen. »Wie schön!«, lautete die augenzwinkernde Replik, bevor er sich auf die steinerne Brüstung stützte und den Blick über die üppige Blütenpracht schweifen ließ. Aus einem Holunderstrauch war das Gezwitscher eines Rotkehlchens zu hören, und eine wehmütige Stimmung machte sich in Bruder Hilpert breit. Als sein Blick auf ein Relief mit dem thronenden Jesus und dem Evangelienbuch fiel, ging jedoch ein Ruck durch seinen Körper, und er wandte sich Berengar, dem Mesner und dem völlig verschüchterten Domscholaren zu. »Zur Sache, ihr Herren!«, drängte er, tatkräftig wie eh und je. »Wann genau, Meister Fürchtegott, habt Ihr diesen mysteriösen Kapuzenmann eigentlich gesehen?«

»Etwa um Mitternacht. Ach, übrigens, was ich noch sagen wollte ...«

»Und wo?!«

»Da drüben!«, ereiferte sich der Fettwanst und watschelte den südlichen Flügel des Kreuzganges entlang. An seinem Ende angekommen, winkte er Bruder Hilpert zu sich heran und zeigte auf die gegenüberliegende Wand. »Genau hier ist er gestanden!«, fügte er mit stolzgeschwellter Brust hinzu. »Ein Kerl so recht zum Fürchten!«

»Wie kommt es eigentlich, dass Ihr mitten in der Nacht noch auf den Beinen wart?«, wollte Hilpert wissen.

Der Mesner lief vor Verlegenheit rot an. »Ich ... äh ... also, das war so: Ich musste mitten in der Nacht noch mal raus. Auf die Latrine. Der Hund nichts wie hinter mir her. Hat mich halb wahnsinnig gemacht mit seiner Kläfferei. Was hat der Köter bloß!, hab ich mir gedacht. Ich also nichts wie hinter ihm her und wie eine gesengte Sau den Kreuzgang entlang. Und dann hab ich diesen Kapuzenmann gesehen. Und mir ... und mir ...«

»... prompt in die Hosen geschissen!«, vollendete Berengar todernst.

»Woher wisst Ihr das, Herr?«, fragte der Mesner verblüfft.

»Der Herr Vogt ist nun einmal ein einfühlsamer Mensch!«, machte Bruder Hilpert den Hänseleien seines Freundes ein Ende und warf ihm einen strafenden Seitenblick zu. »Bleiben wir beim Thema: Was, Meister Kärrner, ist dann passiert?«

»Etwas Sonderbares, Bruder. Ich kann's immer noch nicht recht begreifen. Wenn ich nur dran denke, schlottern mir die Knie. Sogar jetzt noch, während ich mit Euch spreche.«

»Nur ruhig Blut. Schließlich sind wir ja unter uns«, sagte Berengar.

»Mit Verlaub – Ihr habt gut reden, Herr Vogt. Schließlich habt Ihr mit diesem Kerl noch nichts zu tun gehabt!«

Berengar räusperte sich, sagte aber nichts.

»Würdet Ihr mir jetzt freundlicherweise sagen, was Ihr gesehen habt?«

»Was ich gesehen habe, Bruder?«, keuchte der Dickwanst, noch immer unter Schock. Und geriet jetzt erst richtig in Fahrt: »Einen Sendboten der Hölle – und nichts anderes! Bei den drei Heiligen – hab ich vielleicht eine Angst gehabt! Da steht also dieser Kerl mit dem schwarzen Mantel und der Kapuze, die ihm fast bis runter zur Nase reicht.«

»Ist Euch irgendetwas Besonderes an ihm aufgefallen?«

»Nicht, dass ich wüsste, Bruder. Nein, da war nichts. Außer seinen Augen. Die hatten so etwas ... so etwas durch und durch Diabolisches an sich.«

»Und weiter?«

»Kann sein, dass ich mich irre, Bruder, aber ...«

»Ich höre!«

»... ich hatte so das Gefühl, dass mit dem Kerl irgendwas nicht in Ordnung war. Abgesehen davon, dass er wie ein Dämon aussah.«

»Wie meint Ihr das?«

»Schwer zu sagen. Wie der Gesündeste hat er jedenfalls nicht ausgesehen. Bleich wie der Tod. Mir wurde allein schon vom Hinsehen schlecht!«

»Sonst noch was?«

»Gewiss doch, Herr Vogt. Das Beste kommt noch.«

»Hat er irgendetwas zu dir gesagt?«

»Nein Herr. Er ist einfach nur dagestanden. Stocksteif,

wie in Erz gegossen.« Der Mesner wischte sich den Schweiß von der Stirn. »Was mich wirklich verblüfft hat, war etwas ganz anderes.«

»Und was?«

»Mein Hund, Herr. Normalerweise das reinste Höllenvieh. Bringt es glatt fertig, jemanden in Stücke zu reißen, wenn er ihn nicht kennt.«

»Will heißen?«

»Auf die Gefahr hin, dass Ihr mir nicht glaubt, Bruder: Der Hund liegt einfach nur da und leckt sich die Pfoten. Sanft wie ein Lamm. Als sei nicht das Geringste passiert.«

»Und dann?«

»Dann hat der Kerl den Zeigefinger vom Mund weggenommen und gegrinst. Gegrinst wie Luzifer höchstpersönlich. Und dann war er weg. Auf einmal! Als hätte sich der Erdboden aufgetan und ihn verschluckt.«

»Dein Name, mein Sohn?«

»Bertram von Klingenberg«, flüsterte der Jüngling mit dem markanten Kinn und tat so, als gäbe er ein streng gehütetes Geheimnis preis. Er war überhaupt nicht bei der Sache und sah sich beinahe nach jedem Satz um. Die Angst vor dem Zisterzienserbruder und seinem Begleiter saß offenbar tief. Dies umso mehr, da er mit ihnen allein war.

Die in Leder gefasste, meisterhaft illuminierte und mit farbenprächtigen Blütenranken verzierte Bibel lag immer noch auf dem Katheder, wobei die rechte Seite einen tiefen Riss aufwies. Es war so still, dass man eine Stecknadel zu Boden fallen hören konnte, und als Bruder Hilpert das Wort ergriff, hallte seine Stimme wie fernes Donnergrollen durch den Chor: »Nur keine Scheu: Was hast du uns zu sagen, mein Sohn?«

»Nicht viel, fürchte ich!«, antwortete der Domschüler, senkte den Blick und trat auf der Stelle.

Bruder Hilpert ließ sich davon jedoch nicht beeindrucken. »Wann genau hast du zusammen mit Fredegar von Stetten Samstag früh die Kirche betreten?«

»Etwa eine halbe Stunde vor der Prim.«

»Und wann habt ihr den Diebstahl bemerkt?«

»Kurz darauf.«

»Wie hat der Chorherr auf diesen Frevel reagiert? Anders ausgedrückt: War er bestürzt, gefasst, gleichgültig oder sonst irgendwie in Mitleidenschaft gezogen?«

»Bestürzt, würde ich sagen.«

»Und was noch?«

»Nun ja – wie soll ich sagen? – er war ... er war völlig fertig mit der Welt. Eben bestürzt.«

»Und weiter?«

»Mehr kann ich dazu nicht sagen, Bruder.«

Bruder Hilpert lächelte gequält und warf Berengar einen Hilfe suchenden Seitenblick zu. »Sonderlich auskunftsfreudig scheinst du ja nicht zu sein!«, sagte er. »Wieso eigentlich?«

Der Domschüler presste die Lippen aufeinander und schwieg.

Drauf und dran, ihm eine Lektion in puncto Wahrheitsfindung zu erteilen, ließ Bruder Hilpert davon ab, trat ans Katheder und sah sich die Bibel genauer an. Der Hieb mit dem Dolch ging tief, schätzungsweise zwei bis drei Zoll. Mit dem Ergebnis, dass das sündhaft teure Stück wahrscheinlich nicht mehr zu gebrauchen war. »Wo genau befanden sich eigentlich die Büsten, mein Sohn?«, ließ Bruder Hilperts nächste Frage nicht auf sich warten.

Der Domschüler rührte sich nicht vom Fleck. »Auf der Altarmensa, wo denn sonst!«, begehrte er auf.

»Und wo genau?«, ließ Bruder Hilpert nicht locker und drehte sich suchend um.

»Ganz vorne, damit jeder sie sehen konnte.«

»Was hast du als Erstes bemerkt – den Diebstahl oder den Dolch samt Erpresserbrief?«

»Was für einen ...?«

»Genug der Worte!«, fuhr Bruder Hilpert vehement dazwischen. »Wer hat den Brief entdeckt – von Stetten oder du?«

»Ich.«

»Und – hast du ihn gelesen?«

»Gelesen? Wie denn?«, redete sich der Domschüler heraus. »Ich ... ich kam gar nicht erst dazu.«

»Wieso?«

»Weil ihn mir der Herr von Stetten buchstäblich aus der Hand gerissen ...«

»... und dich zum Schweigen verdammt hat, war es nicht so?!«

Der Domschüler sah kurz auf, schlug dann aber wieder den Blick nieder und nickte.

»Wer außer euch beiden war sonst noch hier?«

Die Reaktion des Domschülers auf Bruder Hilperts Frage hätte auffälliger nicht sein können. Als habe er es mit dem Leibhaftigen selbst zu tun, starrte er Bruder Hilpert mit weit aufgerissenen Augen an: »Wie ... wie meint Ihr das, Bruder?«, stammelte er, während er am ganzen Leibe zu zittern begann.

»So, wie ich es sage!«, beharrte Bruder Hilpert mit unerbittlicher Strenge. »Und jetzt raus mit der Sprache: War zu dem Zeitpunkt, als ihr den Diebstahl bemerktet, außer euch beiden sonst noch jemand hier – ja oder nein?! Rede, mein Sohn, bevor ich endgültig die Geduld verliere!«

Der Domscholar schniefte und schluckte, schüttelte dann aber den Kopf und schwieg.

Nicht sonderlich überrascht, näherte sich Bruder Hilpert dem Jüngling bis auf wenige Zoll und sprach: »Damit wir beide uns richtig verstehen: In meiner Eigenschaft als bischöflicher Ermittler stehen mir Methoden der Wahrheitsfindung zur Verfügung, wie du sie dir nicht einmal in deinen schwärzesten Träumen vorstellen kannst! Habe ich mich klar ausgedrückt? Solltest du es dir also anders überlegen, lass es mich wissen – nach Möglichkeit heute noch, ist das klar?«

Ohne Bruder Hilpert anzusehen, rang sich der Domschüler zur Andeutung eines Nickens durch und verschwand in Windeseile in der Sakristei, um dem dort wartenden Mesner zur Hand zu gehen.

»Und – was sagst du?«, schnaubte Bruder Hilpert, immer noch rot vor Zorn.

»Wenn dies zarte Knäblein nichts zu verbergen hat, will ich Hilpert von Maulbronn heißen«, wagte Berengar den zaghaften Versuch, seinen Freund aufzuheitern.

»Ist das nicht ein bisschen zu viel verlangt?«, nahm Hilpert den Ball dankbar auf.

»Mag sein«, holte Berengar prompt zum Gegenschlag aus. »Zumal es sich bei diesem Bücherwurm um einen äußerst seltsamen Zeitgenossen zu handeln scheint!«

Trotz der Anspannung, unter der sie standen, brachen die beiden Freunde in schallendes Gelächter aus.

»Und was nun?«, warf Berengar kurze Zeit später ein. »So richtig vorangekommen sind wir ja noch nicht. Jedenfalls nicht so schnell wie erhofft.«

»Findest du?«, antwortete Hilpert, optimistischer denn je. »Warten wir doch erst einmal ab, was Bruder Wilfried …«

An Berengars Gesicht, dessen Blick urplötzlich wie erstarrt wirkte, konnte Bruder Hilpert erkennen, dass irgendetwas nicht stimmte. Doch der Vogt reagierte schneller. Kaum war ihm der Gedanke gekommen, hatte Berengar sein Schwert gezückt, sich auf dem Absatz umgedreht und ließ den Blick durch die leere Basilika schweifen. Obwohl die Sonne nicht einmal im Zenit stand, war das Mittelschiff in rätselhaftes Zwielicht getaucht, und die Konturen der Säulen, auf denen die massive Holzdecke ruhte, muteten seltsam unscharf an. Fast schien es, als bräche bereits die Dämmerung herein, mitsamt den Schatten, die sich wie überdimensionale Kriechtiere auf ihn zu bewegten. »Jede Wette, dass wir beide hier nicht allein sind«, murmelte der Vogt, während seine Schwertspitze einen Halbkreis beschrieb. Doch die Kirche war leer. Nichts rührte sich. »Ist da jemand?«, hallte es zwischen den Säulen der Basilika wider.

Keine Antwort.

Geraume Zeit verging, ohne dass sich etwas rührte. Gerade wollte Berengar zu einem neuerlichen Versuch ansetzen, als er das Geräusch von Schritten vernahm. Wer immer es war, er trat selbstbewusst auf. Gerade so, als habe er alle Zeit der Welt. Auf alles gefasst, hielten Bruder Hilpert und Berengar den Atem an und starrten in die Richtung, aus der die Schritte kamen.

»Wer ist da?«, rief Bruder Hilpert in die Dunkelheit hinein.

Keine Antwort, nicht einmal mehr ein Geräusch. Allem Anschein nach war der mysteriöse Besucher stehen geblieben.

Bruder Hilperts Nerven waren zum Zerreißen gespannt. Berengar, der dicht neben ihm in Stellung ging, erging es ebenso. Geraume Zeit verstrich, ohne dass sich etwas rührte. Als er es nicht mehr aushielt, formte Bruder Hilpert die Hände zu einem Trichter und rief: »Wer immer Ihr seid – gebt Antwort! Ihr habt nichts zu befürchten!«

Das Lachen, welches Bruder Hilperts Ruf folgte, hörte sich heiter, ja sogar gelassen an. Ein Mann in jungen Jahren, kein Zweifel. »Wenn hier jemand etwas zu befürchten hat, dann doch wohl Ihr!«, hallte es aus dem rückwärtigen Teil der Kirche an sein Ohr.

Völlig überrumpelt, wirbelten Bruder Hilpert und Berengar herum, den Altar im Blick, hinter dem sich die Umrisse der Apsis erhoben.

Ohne Erfolg. Von dem Mann, der an mehreren Stellen gleichzeitig zu sein schien, keine Spur.

»Hört zu!«, war Berengar kurz davor, die Geduld zu verlieren, und machte einen Schritt nach vorn. »Wenn Ihr meint, Ihr könntet uns hier zum Besten halten, täuscht Ihr Euch, und zwar ge...«

»Keinen Schritt weiter!«, fiel der mysteriöse junge Mann Berengar ins Wort. »Sonst habt Ihr einen Armbrustbolzen im Rücken, Vogt!«

Berengar und Bruder Hilpert trauten ihren Ohren nicht. Was hier geschah, grenzte an Hexerei. Eine Weile standen sie regungslos, keiner wagte, den anderen anzusehen. Dann schließlich, mit einem Blick, der ihre ganze Ratlosigkeit zeigte, drehten sie sich wieder um.

»Wer seid Ihr?«, rief Bruder Hilpert, überzeugt, dass sich der Mann längst wieder irgendwo anders befand.

»Der Mann, den Ihr sucht!«, hallte es ihm von irgendwoher aus dem Seitenschiff entgegen. Wer immer es war, der ihn hier zum Narren hielt: Er genoss es in vollen Zügen.

»Wenn dem so ist, warum zeigt Ihr Euch dann nicht?«

»Viel zu gefährlich, Bruder. Zwei gegen einen ist einer zu viel!« Wieder ein Lachen, wenn auch nicht mehr so frivol wie zuvor.

Bruder Hilpert horchte auf und hielt Berengar am Handgelenk fest, als dieser Anstalten machte, die Verfolgung aufzunehmen.

»Seht Ihr, Bruder – was habe ich Euch gesagt!«, spottete der Mann, dem offenbar nichts entging. »Wenn Euer Freund seinen Jagdinstinkt spürt, setzt der Verstand glatt aus!«

»Was wollt Ihr?«, erwiderte Hilpert ungewohnt barsch.

»Euch treffen! Und zwar allein!«

»Und wo?«, rief Bruder Hilpert zurück.

Doch eine Antwort blieb aus.

Vorläufig jedenfalls.

Bruder Hilpert bekam sie eine Viertelstunde später, in Form eines Pergamentfetzens, der an der Seitenpforte hing. Er zog das Messer heraus, mit dem er an die Tür geheftet worden war, begutachtete ihn und lächelte. Dann öffnete er die Tür, atmete tief durch und trat mit Berengar in den Kreuzgang hinaus.

Siechenhaus vor dem Sander Tor,
kurz vor dem Mittagsläuten

Aus der Ferne sah das Siechenhaus vor dem Sander Tor fast idyllisch aus. Es war von Weingärten, Ebereschen und Maulbeersträuchern umgeben und nur einen Katzensprung vom Main entfernt. Die Luft hier draußen war angenehm kühl, im Gegensatz zur Stadt, wo vom Dom aus gerade das Mittagsläuten erklang.

Und dennoch machten die Würzburger einen Bogen um dieses Haus. Dies war kein Ort wie jeder andere, wie die Spitäler innerhalb der Stadtmauern. Dies war ein Ort, der eigentlich gar nicht existierte. Ein Ort, über den man sich nur hinter vorgehaltener Hand unterhielt.

Dies war der Vorhof zur Hölle.

Als er sich dem hofartigen Anwesen näherte, verlangsamte Wigbert seinen Schritt. Von seiner Tätigkeit als Totengräber auf dem Friedhof der Gehenkten war er natürlich allerhand gewohnt. Trotzdem hatte er es dort immer nur mit Verbrechern zu tun gehabt, beziehungsweise mit dem, was von ihnen übrig blieb. Hier war das nicht so, denn das Leben im Siechenhaus war schlimmer als der Tod. Weit schlimmer sogar. Die armen Teufel da drinnen wurden lebendig begraben.

Genau wie er.

Aber daran wollte er jetzt lieber nicht denken, setzte seinen Weg auf dem von Wagenspuren durchpflügten Trampelpfad fort und war wenig später am Ziel.

Unter der Ulme vor dem Torbogen war es angenehm kühl, aber Wigbert hatte nichts davon. Er war zu sehr mit sich selbst beschäftigt, mit dem, was vor ihm lag. Ein Wagnis, bei dem es nichts zu gewinnen und eine Menge zu verlieren gab.

Bei näherer Betrachtung sah das Siechenhaus samt Torbogen und Mauer wie eine gut gesicherte Burganlage aus. Wigbert kratzte sich verlegen am Kinn. Je länger er das Gebäude in Augenschein nahm, umso abweisender und Furcht einflößend wirkte es auf ihn – er verspürte Angst. Eine eigentümliche Stille lag über diesem Ort, und Wigbert fragte sich, ob es nicht besser sei, von hier zu verschwinden.

Für derlei Überlegungen war es jedoch zu spät, denn im gleichen Moment wurde der Sehschlitz geöffnet, der sich im rechten Flügel des mit Bandeisen beschlagenen Tores befand. Wigbert fuhr erschrocken zusammen. Obwohl er viel durchgemacht hatte, konnte er sich an eine Gesichtspartie wie die hinter dem vergitterten Schiebefenster nicht erinnern. Der Türwächter, ein Aussätziger in mittleren Jahren, hatte nur noch ein intaktes Auge, das linke. Die rechte Gesichtshälfte war mit Geschwüren, Eiterbeulen und Abszessen übersät, sodass das rechte Auge, so es denn überhaupt existierte, überhaupt nicht zu sehen war.

»Was hast du hier zu suchen?«, fuhr der Aussätzige Wigbert an. »Machs Maul auf, sonst hetzte ich dir die Bluthunde auf den Hals!«

Wer wie Wigbert zu den Ausgestoßenen gehörte, ließ sich nicht so leicht einschüchtern. Es sei denn, man hetzte die Hunde auf ihn. Vor denen hatte er nämlich eine panische Angst. »Bin ich hier richtig im Siechenhaus?«, war er dennoch bemüht, sich nichts anmerken zu lassen.

»Frag nicht so dumm!«, fuhr ihn die Reibeisenstimme des Türwächters an. Obwohl ihm die Gitterstäbe die Sicht nahmen, konnte Wigbert ganz deutlich das entstellte Gesicht seines Gesprächspartners sehen. Die Haut sah krank aus, wie verbrannt, der Blick wie der Krater eines erloschenen Vulkans. »Und vor allem: Machs kurz! Sonst kannst du halbe Portion nämlich sehen, wo du bleibst!«

In seiner Eigenschaft als Totengräber, Gelegenheitsdieb und Bettler hatte Wigbert einiges dazugelernt, insbesondere, in kritischen Situationen nicht die Beherrschung zu verlieren: »Ich bin hier, um Asyl zu erbitten!«, winselte er devot, wiewohl es in seinem Innersten heftig zu brodeln begann.

»Und warum, du Zwerg? Als Hofnarr droben auf der Burg wärst du doch viel besser aufgehoben! Und überhaupt – was fehlt dir eigentlich?! Wenn ich dich so angucke, siehst du mir eigentlich ganz manierlich aus – außer vielleicht, dass du zu kurz geraten bist!«

Wäre nicht so viel auf dem Spiel gestanden, hätte Wigbert seinem Ärger jetzt Luft gemacht. Wenn er eines nicht leiden konnte, dann Anspielungen auf seine Statur. »Was mir fehlt, willst du wissen?«, kochte er förmlich vor Wut. »Du kannst dir also wirklich nicht vorstellen, was mir fehlt?«

»Nee!«, entgegnete der Pförtner und verzog geringschätzig den Mund. »Ehrlich gesagt ist es mir auch …«

Als er Wigberts Rücken sah, blieb dem Pförtner die Luft weg. Etwas Derartiges hatte er selbst im Siechenhaus noch nicht gesehen. »Wer in drei Teufels Namen hat dich denn so zugerichtet?«, blitzte im Angesicht des deformierten Körpers ein Funke Neugier in ihm auf. Neugier, in die sich sogar so etwas wie Mitgefühl mischte.

»Tut nichts zur Sache!«, gab Wigbert zurück, froh, dass der Torwächter angebissen hatte. »Hauptsache, ich komme bei euch unter!«

»Will sehen, was sich machen lässt.«

»Was soll denn das nun schon wieder bedeuten?«

»Dass ich erst um Erlaubnis fragen muss, du …«

»Was zum Teufel ist denn hier los?!« Im Begriff, Wigbert eine neuerliche Beleidigung an den Kopf zu werfen, biss sich der Torwächter auf die Zunge, unterdrückte einen Fluch und verschwand. Kurz darauf tauchte ein weiteres Gesicht im Sehschlitz auf. Mit Ausnahme der Habichtsaugen, die Wigbert buchstäblich durchbohrten, war es vollkommen vermummt. »Dein Begehr?« Die Stimme des Mannes hörte sich beileibe nicht so schroff an wie die des Torwächters.

Trotz des wesentlich freundlicheren Empfangs war Wigbert auf der Hut, und sein Instinkt sagte ihm, dass dieser Mann nicht so leicht zu übertölpeln war. »Obdach zu finden, Herr!«, antwortete der Zwerg in dem Bemühen, sich keine Blöße zu geben.

»Und für wie lange?«

Die Habichtsaugen sahen ihn prüfend an, ein Blick, dem standzuhalten fast unmöglich war. Wigbert geriet mächtig ins Schwitzen, entschied sich jedoch für die Flucht nach vorn: »Für immer!«, erwiderte er lapidar.

Überraschenderweise zeigte der Vermummte keinerlei Reaktion. »Dein Name?«, fragte er eiskalt.

Alles auf eine Karte!, hämmerte es Wigbert durchs Gehirn, und er hörte sich zur eigenen Überraschung sagen: »Ist das denn so wichtig bei euch?«

Einen Wimpernschlag lang gefror die Augenpartie seines Gegenübers zu einer regungslosen Maske. Schon dachte er, alles sei verloren, als der Vermummte plötzlich in schallendes Gelächter ausbrach. »Recht so!«, erwiderte er, nachdem er sich wieder beruhigt hatte. »Auf Namen kommt es hier bei uns nun wirklich nicht an!«

»Heißt das, Ihr lasst mich ein?«, preschte Wigbert vor, um die Gunst des Augenblicks nicht ungenutzt verstreichen zu lassen.

Wieder dieser Habichtsblick, kalt, abwägend und voller List. Dann die Antwort, die einer versteckten Drohung gleichkam: »Vorausgesetzt, du hältst dich an unsere Regeln – ja!«

»Habt Dank, Herr!«, gab sich Wigbert nunmehr besonders devot. »Dank Euch und Gottes …«

»Besser, du lässt den alten Scharlatan da droben aus dem Spiel!«, fiel ihm der Vermummte mit schneidender Stimme ins Wort. »Sonst wirst du es hier nicht weit bringen!« Dann wuchtete er den Querbalken hoch und öffnete das Tor.

Für den Bruchteil eines Augenblicks verharrte Wigbert auf der Stelle. Dann fasste er sich ein Herz und trat ein. Er war jedoch noch nicht richtig im Hof, als er feststellte, dass sein vermeintlicher Wohltäter verschwunden war. Spurlos. Wie ein Trugbild, das sich in Luft aufgelöst hatte.

Zeit, sich ein wenig umzuschauen, sprach er sich selbst Mut zu, während sein Blick über den Innenhof flog. Doch da war nichts. Weder Mensch, Tier, Licht noch Sonne. Nur dieser bittersüße Geruch, von dem einem speiübel wurde. Wigbert erkannte ihn sofort. Es war der gleiche wie auf dem Galgenberg. Sein Atem ging rascher, und ihm wurde flau im Magen. Ganz gleich, wie sehr er sich dagegen sträubte. Jedes Mal, wenn er ein Grab zuschaufelte, stieg ihm dieser Geruch in die Nase. Der Odem von Krankheit, vorzeitiger Verwesung und Tod.

»Lasciate ogni speranza, voi ch'entrate!*«, erklang es plötzlich aus dem Schatten neben dem Tor. Der Zwerg war vor Schreck wie gelähmt. Nichts wie weg hier!, durchzuckte es sein Gehirn. Doch kaum war sein Entschluss gefasst, stellte er fest, dass das Tor längst verschlossen war.

Und dann war da noch diese in Lumpen gehüllte Gestalt von vorhin, der Mann mit den Habichtsaugen, bei deren Anblick man das kalte Grausen bekam.

Er bewegte sich langsam, geschmeidig, ohne erkennbare Hast. Trotz der Tatsache, dass er auf dem linken Fuß hinkte.

* Ihr, die ihr hier eintretet, lasset alle Hoffnung fahren! (Dante)

Und er schien zu lächeln. Wie ein Jäger, der sich seiner Beute sicher ist.

»Verzeiht, Herr – aber was habt Ihr gerade eben gesagt?«, versuchte Wigbert seine Angst unter der Maske aufgesetzter Lässigkeit zu verbergen.

Ein heiseres Lachen antwortete ihm. »Mir war gerade danach, Dante zu zitieren!«, erklärte der Vermummte lapidar.

»Ihr sprecht also Italienisch?«

»Gewiss doch!«, bekräftigte der Mann mit den Habichtsaugen und sah Wigbert herablassend an. »Du etwa nicht?«

»Bedaure – nein!«

»Macht nichts!«, entgegnete der Vermummte, zupfte Wigbert am Ärmel und humpelte zurück zum Tor. Dort angekommen, blieb er neben einer in Stein gehauenen Inschrift stehen. »Kannst du lesen?«, fragte er und lachte leise in sich hinein.

»Gewiss.«

»Dann bitte ich dich, mir eine Kostprobe deines Könnens zu geben – natürlich nur, wenn du willst!«

Beim Klang der Stimme, die sich wie eine Klinge in seine Ohrmuschel bohrte, erschrak Wigbert der Zwerg bis ins Mark. Aber dann, im Banne der hoch aufragenden, von schwarzen Lumpen verhüllten Gestalt, tat er, wie ihm geheißen: »Wer hier eintritt, der lasse alle Hoffnung fahren!«, rezitierte er, das schallende Gelächter des Vermummten im Ohr, das wie ein Menetekel von den Wänden widerhallte.

Bischöfliches Schlafgemach,
eine halbe Stunde nach dem Mittagsläuten

Er konnte den Brief mit dem Siegel seines Amtsbruders zu Köln so oft lesen, wie er wollte. An seinem niederschmetternden Inhalt änderte sich dadurch nichts. Selbst dann nicht, wenn er ihn zerknüllt auf den Boden warf.

Doch war es genau das, was Johann von Brunn, Bischof von Würzburg, in einem Anfall ohnmächtiger Verzweiflung tat. Und er tat noch mehr. Das heißt, er war im Begriff, es zu tun. Denn im gleichen Moment, als er nach dem Weinbecher auf dem Nachttisch griff, hielt er unverrichteter Dinge inne. Und so blieben die Wandbehänge in seinem Schafgemach einstweilen verschont.

»Schlechte Nachrichten?«, hörte sich die Stimme seiner Konkubine auch jetzt, nach durchzechter Nacht, noch ausgesprochen verführerisch an. Und wie fast immer hatte sie eine stimulierende Wirkung auf ihn, in einem Ausmaß, dass er die Hiobsbotschaft, die ihn soeben per Eilkurier erreicht hatte, einen Moment lang vergaß.

Dieser Moment sollte indes nicht lange währen. Auf der Bettkante sitzend, raufte sich Johann von Brunn die Haare und stierte dumpf vor sich hin. Die Ränder unter den grünlich schimmernden Augen waren noch zahlreicher als sonst, und er sah ausgesprochen mitgenommen aus. »Schlechte Nachrichten?«, wiederholte er, so als käme ihm die Frage seiner Konkubine wie eine ihrer üblichen Neckereien vor. »Das kann man wohl sagen!«

Aus der Tiefe seines Alkovens, dessen Brokatvorhänge er mit einer unwirschen Handbewegung zur Seite schlug, war das leise Rascheln eines Nachtgewandes zu hören. Kurz darauf spürte er eine Hand in seinem Nacken, weich wie Balsam, wie er mit einem leichten Kribbeln in der Magengegend bemerkte. Und dann erst dieser Duft! Die bewährte Mixtur aus Amber, Veilchen und Jasmin. Johann von Brunn war wie betrunken davon.

Doch nach Liebkosungen, gleich welcher Art, stand dem Fürstbischof jetzt nicht der Sinn. Er hatte andere Sorgen. »Lass das, Dorothea!«, schüttelte er die Hand seiner Geliebten ab, die sich wie eine antike Göttin auf dem heillos durchwühlten Prunkbett mit dem scharlachroten Kopfkissen räkelte.

»Warum denn so abweisend?«, gurrte Dorothea, setzte sich auf und zog die Bettdecke über den splitternackten Leib. »Fürstbischöfliche Gnaden sind doch sonst nicht so!«

Der so Titulierte gab ein verächtliches Schauben von sich, stand auf und griff nach seinem Morgenrock, der auf einem gepolsterten Scherenstuhl unweit des Bettes lag. Aufgrund der Nacht, die hinter ihm lag, ging ihm das Ankleiden nicht gerade leicht von der Hand. Aber nach langem Hin und Her war es endlich geschafft. Johann von Brunn atmete tief durch, zupfte sein Nachtgewand aus Maulbeerseide zurecht und öffnete die Vorhänge seines Gemachs. Das grelle Sonnenlicht blendete ihn, weshalb er zurückschreckte und sie so rasch wie möglich wieder schloss.

»Unpässlich?«

Immer noch ein wenig unsicher auf den Beinen, ließ sich der Fürstbischof auf dem Scherenstuhl nieder, stützte das Kinn auf die Handballen und gab sich ganz seinen trübsinnigen Gedanken hin. Das Glück, treuester der Gefährten, schien ihn endgültig verlassen zu haben.

Dorothea von Waldenburg, beileibe nicht die einzige Frau, die sich seiner Gunst erfreute, stützte sich auf den Ellbogen, strich sich das pechschwarze Haar aus dem Gesicht und sah Johann von Brunn mit kindlicher Neugier an. »Nun komm schon, Liebster – was ist denn Schlimmes passiert?«, hauchte sie, als ihre Frage unbeantwortet blieb, die sinnlichen Lippen zu einem Schmollmund geformt.

Wieder keine Antwort. Nicht einmal die Andeutung davon.

Ihrer kindhaften Tändelei zum Trotz nur mehr Mittel zum Zweck, ließ sich Dorothea von Waldenburg jedoch ungern auf die Folter spannen. Und so kroch sie zur Bettkante, angelte sich den Brief und faltete ihn auseinander. Johann von Brunn ließ sie gewähren, auch dann, als Dorothea das Schreiben des Erzbischofs von Köln mit dem ihr eigenen Hang zu gespielter Naivität vorzulesen begann: »Dietrich II. von Moers, Erzbischof von Köln und Kurfürst, an seine Brüder, die Erzbischöfe und Bischöfe des Reichs. Wir, Dietrich, tun Euch, Brüder in Christo und im Amte, hiermit kund, um zu wissen …«

»Der zweite Abschnitt, Liebste. Ab da wird es richtig interessant. Und peinlich obendrein.«

Dorothea blickte kurz auf, wagte jedoch keinen Widerspruch und tat, wie ihr geheißen: »Und jetzt zum eigentlichen Anliegen unseres Sendschreibens«, rezitierte sie mit aufkeimender Neugier im Ton. »Wiewohl ich Euch, Brüder im Amte, ermahnen muss, über das Folgende absolutes Stillschweigen zu bewahren.« Eine leichte Röte überdeckte die marmorne Blässe von Dorotheas Gesicht. »Klingt ja richtig aufregend!«, ging ihre kindliche Neugier sofort mit ihr durch.

»Erhitze dich nicht, Liebste. Das dicke Ende kommt nämlich noch!«, grummelte Johann von Brunn und rutschte unruhig auf seinem Scherenstuhl hin und her.

»So? Dann wollen wir mal sehen!«, gab Dorothea zurück und wollte gerade fortfahren, als die Röte in ihrem Gesicht urplötzlich verschwand und einer geisterhaften Blässe wich. »Das … das kann doch nicht wahr sein!«, kam es stockend aus ihrem Mund, in dem vergeblichen Bemühen, die Fassung zu bewahren. Die Lust auf Liebesgeplänkel war ihr jedenfalls gründlich vergangen.

»Ist es aber!«, antwortete von Brunn lapidar. »Und was sagst du nun?«

Während sie die entscheidende Stelle des Briefes überflog, war die Konkubine des Bischofs vor Schreck wie gelähmt. »Die sterblichen Überreste der drei Heiligen – gestohlen?!«, brach es förmlich aus ihr hervor. »Aber … aber wer tut denn so was?«

»Das, meine Liebe, möchte ich ehrlich gesagt auch gerne …«

Ein Klopfen, aus dem die Aufgewühltheit des Klopfenden deutlich herauszuhören war, ließ den Fürstbischof jäh verstummen.

Mit einer Gewandtheit, die man ihm angesichts seines Zustandes kaum zugetraut hätte, war Johann von Brunn plötzlich auf den Beinen, zog die Vorhänge seines Alkovens hastig zu und begab sich zur Tür. »Was ist denn, von Weißenfels?«, stieß er unwirsch hervor, während er sie einen Spalt weit öffnete. »Habe ich nicht Anweisung gegeben, mich nicht zu behelligen?«

»Fürstbischöfliche Gnaden mögen verzeihen, aber es ist dringend!«, klang es gedämpft an sein Ohr.

»Und was, bitte schön, kann so dringend sein, um mich bei meinen Amtsgeschäften zu stören?«, fragte von Brunn in ärgerlichem Ton.

Ein Hüsteln, deutlicher als viele Worte, antwortete ihm. Der Fürstbischof, offenbar durchschaut, lief vor Wut rot an und grollte: »Raus mit der Sprache – was ist denn eigentlich los?«

»Das möchte ich Euer Gnaden lieber unter vier Augen sagen.«

Kurz davor, seinen Kammerherrn nach allen Regeln der Kunst zusammenzustauchen, wechselte der Blick des Fürstbischofs zwischen dem Alkoven und der Tür hin und her. Noch so eine Anspielung, und er würde diesen alten Pedanten an die frische Luft setzen, schwor er sich. »Keine Sorge, wir sind unter uns!«, beeilte er sich zu sagen, mit dem Ergebnis, dass ein weiteres Hüsteln nicht lange auf sich warten ließ.

»Also gut!«, erklang es von jenseits der Tür. »Ganz wie Euer Gnaden wünschen!«

»Wie überaus großzügig von Euch!«, schäumte von Brunn, stützte sich auf die Wand und streckte den Kopf durch die Tür. »Nun sagt schon, von Weißenfels: Was ist los?«

»Schwester Irene, Priorin des Klosters St. Afra, begehrt Euch dringend zu sprechen, Herr!«, flüsterte der grauhaarige Kammerherr und setzte eine Verschwörermiene auf.

»Und weswegen, wenn man fragen darf?«

»Eine Angelegenheit von höchster Brisanz!«, entgegnete der Kammerherr in sibyllinischer Manier.

»Und warum? Mein, Gott, von Weißenfels – nun lasst Euch doch nicht jedes Wort aus der Nase ziehen!«

»Die Priorin lässt Euch ausrichten, sie habe eine ihrer Mitschwestern, eine gewisse Schwester Irmingardis, dabei ertappt, wie sie ohne Erlaubnis im Skriptorium herumgeschnüffelt hat.«

Johann von Brunn verzog das Gesicht. »Na und? Ein Dutzend Rosenkränze – und damit fertig! Wenn diese Schwester Irene keine anderen Sorgen hat, ist sie wirklich zu bedauern!«

»Bedaure, Euer Gnaden, das war noch nicht alles!«

»Was denn noch?«, stöhnte von Brunn mit gequälter Miene auf.

»Wie vonseiten der Priorin in Erfahrung zu bringen war, hatten die Nachforschungen dieser Schwester mit der Vita einer ganz bestimmten Person zu tun.«

»Und mit wem?«

»Mit einer Euer Gnaden wohlbekannten Person.«

»Und die wäre? Herrgott, von Weißenfels, nun macht doch endlich den …«

»Es handelt sich um Demetrius, Fürstbischöfliche Gnaden.«

»Was sagt Ihr da?! Um …«

»In der Tat, Fürstbischöfliche Gnaden. Bei der Person, welcher das Interesse besagter Schwester galt, handelt es sich um Demetrius. Mitglied des Domkapitels und Erzdiakon.«

Hieronymus von Weißenfels hatte noch nicht geendet, als ihm die Tür vor der Nase zugeschlagen wurde. Kurz darauf war ein verzweifelter Aufschrei zu hören, untermalt vom Geräusch eines Weinkruges, der in tausend winzige Scherben zerbarst.

Haus von Berengars Schwager in der Dominikanergasse, Ende der achten Stunde (14.20 Uhr)

Die Stimmung bei Tisch war gedrückt. Um nicht zu sagen schlecht. Schuld daran waren jedoch nicht Sieglindes Kochkünste. Es war der Gemütszustand ihrer Gäste, und dafür konnte sie nichts.

Dabei hatte sich die Hausherrin wieder einmal selbst übertroffen. Die Vorspeise, Mandelsuppe mit Zimt, war ein Gedicht. Die Hauptspeise nicht minder. Der Duft von gebratenem Spanferkel zog durch die Stube, mit reichlich Zwiebeln, Lauch und Mangold garniert. Und mit ihm der von Fladenbrot, Dinkelpfannkuchen, Schweinekoteletts und in Bier gesottenem Lachs.

Derlei Köstlichkeiten, selbst die zur Feier des Tages aufgestellten Duftkerzen mit Fliedergeruch, konnten die gedrückte Stimmung jedoch nicht heben. Der Einzige, der dem opulenten Mal nach Kräften zusprach, war Berengars Schwager Heribert. Sehr zum Verdruss seiner Gattin, die Bruder Hilpert wiederholt verstohlene Blicke zuwarf. Doch der war überhaupt nicht bei der Sache. Schlimmer noch, er rührte kaum etwas an. Und das, obwohl er auf dem Ehrenplatz am Kopfende der Tafel saß.

»Greift zu, Bruder!«, erriet Heribert, der am anderen Ende des Tisches thronte, die Gedanken seiner Frau und prostete Bruder Hilpert mit einem Humpen Starkbier zu. »Damit Ihr wieder zu Kräften kommt!«

Erst jetzt, da der Hausherr das Wort an ihn richtete, wurde der Angesprochene richtig wach. »Habt Dank, Meister!«, erwiderte er in ehrerbietigem Ton und nippte an dem Becher Leisten, der ihm von Sieglinde, seiner Verehrerin, eigens kredenzt worden war. »Und Ihr, edle Frau, natürlich auch!«

»Was ist denn eigentlich los?«, fragte der Hausherr und sah Bruder Hilpert, Berengar und Bruder Wilfried der Reihe nach an. »Irgendwas nicht in Ordnung mit euch?«

»Wie man's nimmt!«, murmelte Berengar mit verdrießlicher Miene und kaute lustlos auf einer Blutwurst herum. »War eben kein sonderlich erfolgreicher Tag. Zumindest bis jetzt.«

»Und warum?«

»Geht dich nichts an!«

»Jetzt komm schon, Berengar – mir kannst du nichts vormachen! Dass du und Bruder Hilpert und Bruder Wilfried für den Bischof die Kohlen aus dem Feuer holen sollt, pfeifen die Spatzen bereits von sämtlichen Dächern!«

»So leid es mir tut, Schwager: Ich kann dir nicht folgen.«

»Und ob! Ihr drei sollt die geklauten Reliquien wieder herbeizaubern, stimmt's?«, trompete der Hausherr und warf seinem Hund, einem schwanzwedelnden Wollknäuel, einen abgenagten Kotelettknochen zu. »Apropos! Was meinst du: Haben die Morde an diesem Agilulf und seiner Frau etwas damit zu tun?«

Berengar warf Bruder Hilpert einen verdutzten Seitenblick zu. Doch der war mit den Gedanken woanders und schien sich für seine Umgebung nicht zu interessieren.

»Keine Ahnung!«, log Berengar, leider aber nicht besonders gut. »Und selbst wenn – was kümmert's dich?«

»Eine Menge!«, trumpfte Heribert auf und nahm einen weiteren Schluck, was von der Hausherrin mit einem höchst ungnädigen Blick quittiert wurde.

»Und wieso?«

»Weil ich mir nach unserem gestrigen Gespräch die Mühe gemacht habe, etwas über diesen Abdecker ...«

»Sag das noch mal!«

»... in Erfahrung zu bringen. Wieso zum Teu... – verzeih mir, Sieglinde! Wieso in der drei Heiligen Namen regst du dich eigentlich so auf?«

»Weil dich die ganze Sache nichts angeht, darum!«, polterte Berengar und schlug mit der Faust auf den Tisch, sodass sämtliche Teller, Schüsseln und sogar die Karaffe mit dem Spätburgunder bedenklich ins Wanken gerieten. »Warum zum Teu... – nichts für ungut, Schwesterherz! Musst du deinen Rotzerker eigentlich laufend in anderer Leute Angelegenheiten stecken?«

»Nicht so hitzig, mein Freund!« Durch den sich anbahnenden Disput wieder bei der Sache, legte Bruder Hilpert die Hand auf Berengars Unterarm und zwinkerte Heribert versöhnlich zu. »Wenn er sich schon die Mühe macht, uns unter die Arme zu greifen, würde ich vorschlagen, deinen Schwager erst einmal ausreden zu lassen, findest du nicht auch?«

Berengar hob den Blick zur Decke und spülte seinen Ärger mit einem Becher Steinwein hinunter. »Ganz wie Eminenz wünschen!«, grummelte er und schob eine Pastete mit Kalbfleischfüllung hinterher.

Bruder Hilpert lächelte. »Wohlan, Meister Heribert!«, forderte er den Hausherrn mit einladender Geste auf. »Was gibt es zu berichten?«

Vor Freude über die Anerkennung seines illustren Gastes blühte Heribert sichtlich auf und begann mit stolzgeschwellter Brust zu erzählen. »Der Herrgott möge mir meine unziemliche Neugier verzeihen!«, begann er, freilich nicht ohne den obligatorischen Schluck Bier. »Aber das Gespräch gestern Abend hat mir halt keine Ruhe gelassen. Also: Nachdem ich meinen Brummschädel wieder einigermaßen frei hatte, habe ich mich in aller Herrgottsfrühe auf den Weg gemacht, um bei einem alten Freund ein paar Erkundigungen einzuziehen.«

»Ich denke, du machst einen Bogen um ihn?«

»Um den Abdecker? Und ob, Berengar! Glücklicherweise habe ich überall meine Quellen.«

»Wie schön. Und die wären?«

»Adalbert Fink, werter Schwager. Büttners rechte Hand. Eine Art Faktotum und für den Abdecker von geradezu unschätzbarem Wert. Führt seine Bücher, da Hochwohlgeboren nicht einmal richtig schreiben kann. Bin mit ihm zusammen auf der Lateinschule gewesen.«

»Und was habt Ihr von diesem Fink erfahren?«

»Wahrhaft Erstaunliches, Bruder.« Heribert schenkte sich nach. »Dass er allerlei halbseidene Geschäfte tätigt und seine Finger unter anderem im Reliquienhandel hat, ist nun wirklich nichts Neues. Wohingegen seine engen Kontakte zu bestimmten Mitgliedern des Domkapitels bislang unbemerkt geblieben sein dürften.«

»Wie ist das zu verstehen?«

»Ganz einfach, Bruder: Dafür, dass Büttner die Konzession übertragen wurde, sämtliche Händler der Stadt quasi exklusiv mit Reliquien zu beliefern, musste der gute Mann ganz tief in die Tasche greifen.«

»Konzession? Habe ich da gerade eben richtig gehört?«

»Hast du, Schwager, hast du. Wo es was zu verdienen gibt, bleibt nichts dem Zufall überlassen. So zum Beispiel beim Handel mit Reliquien. Vor allem, wenn Kiliani vor der Türe steht. Mit anderen Worten: Seine Fürstbischöflichen Gnaden verdienen sich eine goldene Nase dabei. Hat er auch bitter nötig, das viele Geld.«

»Und wie funktioniert das Ganze?«

»Unter dem Siegel strengster Verschwiegenheit. Und per Strohmann. Damit unser hochwohllöblicher Herr Bischof hinterher behaupten kann, vom Treiben seiner Handlanger nichts gewusst zu haben. Für den Fall, dass etwas schiefgehen sollte.«

»Handlanger?«

Heribert nickte. »Wobei sich aus den Reihen seiner Paladine vor allem eine ganz bestimmte Person um die bischöfliche Privatschatulle verdient gemacht haben soll.«

»Ihr macht mich neugierig, Meister Heribert.«

»Verständlich, Bruder! Ich selbst konnte es zunächst auch nicht glauben.«

»Und um wen handelt es sich?«

»Um Eustachius von Marmelstein, von Brunns rechte Hand. Eine schillernde Figur, um es dezent auszudrücken. Er ist es, der für den Bischof den Kopf hinhält. Freilich nicht, ohne kräftig mitzuverdienen.« Heribert lachte leise in sich hinein. »Ohne Handsalben geht es eben selbst bei den Pfaffen nicht!«

»Wie oft muss ich dir eigentlich noch sagen, dass du dich im Beisein von Bruder Hilpert etwas gewählter ...«

»Schon gut, mein Augapfel, schon gut!«, wehrte der Hausherr die Attacke seiner besseren Hälfte routiniert ab. »Ich werde mich bessern – Ehrenwort! Aber um zu unserem Thema zurückzukommen: Mit Sicherheit handelt es sich bei diesem aufgeblasenen Fett... äh ... bei Eustachius von Marmelstein um so etwas wie eine Schlüsselfigur. Eine vorgeschobene Bastion, die sich an den Einkünften aus ihrer leicht anrüchigen Tätigkeit ohne Bedenken schadlos hält.«

»Und wie?«

»Habe ich Euer Wort, dass von dem, was ich Euch nun anvertraue, nichts nach außen dringt? Vor allem nicht der Name meines Informanten?«

»Selbstverständlich.«

»Dann hört mir gut zu, Bruder: Wie mir mein Schulfreund Fink anvertraut hat, wurde die Summe, die Büttner für die Exklusivrechte am Reliquienhandel zu entrichten hatte, mit

Jahresbeginn um mehr als das Doppelte erhöht. Das Doppelte – Ihr habt richtig gehört! Und das ohne ersichtlichen Grund. Was den Abdecker ganz kräftig in die Bredouille gebracht haben muss.«

»Ein Problem, dem er durch eine Erhöhung der Standgelder, unter anderem bei einem gewissen Agilulf, beizukommen versuchte.«

Heribert nickte, nahm sich ein Stück Fladenbrot und tunkte es in eine Schüssel mit Bratenfett ein.

»Daher weht also der Wind! Jetzt wundert mich freilich gar nichts mehr. Vor allem nicht, dass er so viele Schulden hat – oder vielmehr hatte!«, fügte Berengar hinzu. »Gut nachzuvollziehen, dass er auf die Idee mit dem Erpresserbrief kam! 100 Gulden waren anscheinend immer noch nicht genug.«

»Sieht ganz danach aus!«, bejahte Bruder Hilpert in ernstem Ton. »Eines, Meister Scheuermann, würde mich in diesem Zusammenhang freilich interessieren. Und zwar brennend.«

»Und was, Bruder? Etwa die Frage, ob die Reliquien echt waren, die er feilgeboten hat?«

Bruder Hilpert senkte betreten den Kopf. »Nein«, antwortete er desillusioniert. »Diesbezüglich bin ich mittlerweile Realist genug.«

»Was dann?«

»Wer sie hergestellt hat. Und wo. Von der Frage, wie der Warentransport vonstattengegangen sein könnte, ganz zu schweigen.«

Heribert zuckte die Achseln. »Keine Ahnung, Bruder. Ist das denn so wichtig?«

»Vielleicht«, antwortete Bruder Hilpert in nachdenklichem Ton. »Vielleicht aber auch nicht. Wie dem auch sein – diesem Büttner auf den Zahn zu fühlen, wäre wahrscheinlich keine üble Idee. Obwohl wir im Moment ganz andere Sorgen haben.«

»So zum Beispiel die Frage, wer hinter den beiden Morden steckt?«

»Ihr habt es erfasst!«, gestand Bruder Hilpert ein und stützte das Kinn auf die Daumenkuppen, während er die Fingerspitzen aneinander rieb. »Wobei wir unserem Ziel schon ein erhebliches Stück näher gekommen sind.«

»Ach, wirklich?«, machte Berengar aus seiner Skepsis keinen Hehl.

»Selbstredend, mein Freund. Nur noch ein wenig Geduld. Dann fallen uns die Früchte unserer Arbeit von ganz allein in den Schoß.«

»Dein Wort in Gottes Ohr!«

»Worauf du dich verlassen kannst!«, munterte Bruder Hilpert Berengar auf. »Mit der Aufklärung der beiden Morde verhält es sich nämlich genauso wie mit einem Mosaik. Ein paar Steine mehr, und der Dämon, hinter dem wir her sind, geht uns in die Falle!«

»Und das hoffentlich bald!«, warf Bruder Wilfried ein.

»Der große Unbekannte, der dafür gesorgt hat, dass mein Schwager eins über den Schädel bekam!«, fügte Heribert überflüssigerweise hinzu. »Was wisst Ihr eigentlich über ihn, Bruder?«

»Viel zu wenig!«, musste der Angesprochene eingestehen. »Wiewohl sich seine Spur immer deutlicher abzuzeichnen beginnt.«

»Vor allem auf meinem Schädel!«, übte sich Berengar in Galgenhumor.

»Ziehen wir doch einmal Bilanz!«, schlug Bruder Hilpert vor, der Berengars Sinn für Humor nicht immer teilte. »Also: Am Freitagabend, etwa zwei Stunden vor Mitternacht, werden die Tore der Basilika geschlossen. Fredegar von Stetten, seines Zeichens Chorherr, trifft eine verhängnisvolle Entscheidung: Er lässt die Büsten mit den Reliquiaren nicht wieder zurück in die Gruft transportieren, wo sie vor Dieben sicher gewesen wären. Ein Mitglied des Domkapitels, bei dem es sich durchaus um den Täter handeln könnte, bestärkt ihn in seinem Entschluss. Gesetzt den Fall, dies träfe zu, handelt es sich bei ihm um genau den Mann, der Agilulf zu seiner Tat angestiftet hat. Jenen Mann, mit dem mein Freund Berengar so schlechte Erfahrungen gemacht hat.«

»Und weiter?«, schaltete sich Heribert ein.

»Dann«, seufzte Bruder Hilpert, »so gegen elf, nimmt das Verhängnis seinen Lauf. Agilulf, Gumpert der Schmied und ein gewisser Ansgar brechen zu ihrem Raubzug auf. Gut möglich, dass Ersterer seine beiden Kumpane über das Objekt seines Frevels bis zuletzt im Unklaren ließ. Wie dem auch sei: Kurz bevor das Trio via Seitenpforte in die Basilika eindringt, tritt Gumpert den Rückzug an. Was dann geschieht, ist teils klar, teils aber auch nebulös. Sicher ist: Agilulf und besagter Ansgar dringen in die Basilika ein, brechen die Sockel der Silberbüsten auf und bringen die Reliquienbehälter in ihre Gewalt. Was mit der Beute geschieht, bleibt ungeklärt. Fest steht allerdings, dass die beiden einen Erpresserbrief hinterlassen, der von Agilulfs Halbbruder Wigbert verfasst worden ist. Der Preis für die Rückgabe der Reliquien: 1000 Gulden. Mögliches Motiv: Schulden. Und ein gerüttelt Maß an Habgier. Alles Dinge, die in Agilulf den Plan reifen ließen, sich nicht mit den 100 Gulden Handlohn zu begnügen und stattdessen den Versuch zu unternehmen, seinen Auftraggeber mithilfe seines Halbbruders hinters Licht zu führen. Mit dem Ergebnis, dass Agilulf hierfür mit dem Leben bezahlen muss. Wo er ermordet wird und wie die Leiche an den Fundort gelangt, bleibt einstweilen ein Rätsel.«

»Und der Kapuzenmann?«

»Genau hier liegt das Problem, Berengar. Eins ist sicher: Er schöpft frühzeitig Verdacht. Kann sein, dass er Agilulf nicht über den Weg getraut und ihm deshalb hinterherspioniert hat. Oder ihm sonst irgendwie auf die Schliche kam. Tatsache ist, er läuft kurz nach Mitternacht dem Mesner in die Arme. Und sucht unbehelligt das Weite. Ein Rückzug, der allerdings nicht von Dauer ist. Will heißen: Binnen vierundzwanzig Stunden fallen ihm sowohl Agilulf als auch seine Frau zum Opfer.«

»Und was nun?«, machte Berengar dem Schweigen, das auf Bruder Hilperts Worte folgte, ein Ende.

»Gute Frage!« Bruder Hilperts Körper straffte sich, und er sah die Anwesenden der Reihe nach an. »Da unser Mosaik längst noch nicht vollständig ist, schlage ich Folgendes vor: Du, Berengar, knöpfst dir diesen Büttner vor. Und vergiss nicht: Er ist mit allen Wassern gewaschen. Ein Mann, vor dem man sich hüten muss. Wichtiger noch: Er darf nicht merken, dass wir über seine halbseidenen Geschäfte im Bilde sind. Sonst wird es reichlich ungemütlich für uns!«

»Wird gemacht!«

»An dich, Bruder Wilfried, die folgende Bitte: Nimm diesen Gumpert noch einmal ins Gebet. Wäre doch gelacht, wenn nicht mehr aus ihm herauszubringen ist!«

Bruder Wilfried nickte. »Und du?«, fragte er.

»Ich werde mir die Freiheit nehmen, einem gewissen Eustachius von Marmelstein einen Höflichkeitsbesuch abzustatten.«

»Spricht etwas dagegen, wenn ich noch die eine oder andere Quelle anzapfe?«, fügte Heribert mit Blick auf Bruder Hilpert hinzu.

»Keinesfalls!«, gab dieser zur Antwort und sah die Gefährten der Reihe nach an. »Noch irgendwelche Fragen? Nein? Dann lasst uns zu Werke gehen und uns bei Sonnenuntergang wieder hier treffen!«

Doch Bruder Hilpert hatte die Rechnung ohne die Hausherrin gemacht. »Kommt überhaupt nicht infrage!«, wies sie ihn zur allseitigen Belustigung zurecht. »Erst wird etwas Vernünftiges gegessen. Und danach ausgeruht!«

›Haus der sieben Sünden‹,
Ende der neunten Stunde (16.00 Uhr)

Finsternis. Endlose Leere. Und diese alles beherrschende Stille. So beklemmend, dass er dachte, er sei tot.

Doch dem war nicht so. Er hatte geschlafen, bisweilen unruhig, aber dennoch tief. Was er getan hatte, wusste er nicht mehr. Und wollte es auch nicht mehr wissen.

Bis er sich aus dem Meer seiner Albträume emporgearbeitet hatte, verging eine Ewigkeit, und er brauchte viel Kraft, damit es ihn nicht verschlang. Da war etwas, das ihn nicht richtig wach werden ließ. Das ihn immer wieder in die Tiefe zog. Eine Verlockung, der zu entsagen schier unmöglich war. War dies der Tod, der sich an ihn klammerte, wie eine Buhle, die nach Liebkosungen lechzt?

Gleichwohl, er war nicht tot. Nur erschöpft. Buchstäblich zu Tode erschöpft. Ein menschliches Wrack. Geschüttelt vom Fieber, gepeinigt von Schmerzen, zerfressen vom Hass auf sich und die ganze Welt. Lebendig begraben. Eine Kreatur, für die der Tod eine Erlösung war.

Wenn er denn nicht noch eine Mission zu erfüllen gehabt hätte.

Er, Demetrius. Ein Krieger des Herrn. Der Mann, den die Gefährten Kilian nannten.

Geraume Zeit lag Demetrius einfach nur auf dem Rücken, hob die Hand vors Gesicht und begutachtete den goldenen Ring, den er trug. Hoc signo victor eris! Die Andeutung eines Lächelns huschte über sein Gesicht. Dann überließ er sich wieder dem Strom seiner Gedanken. Ohne Gefühl für Zeit und Raum, ohne eine wie auch immer geartete Empfindung zu verspüren. Er lag einfach nur da und rührte sich nicht. Als hoffe er, seine Erinnerungen würden ihn dann nicht mehr quälen.

Ein Trugschluss, wie er sehr wohl wusste. Ein Sonnenstrahl zwängte sich durch die Fensterläden und traf auf den Ring. Und schon war es passiert. Die Erinnerung an das Geschehene kam zurück, schneller als befürchtet. Und mit ihr die Visionen, die ihn bis ins Reich der Träume verfolgten. Dieser unwiderstehliche Drang, seine Mission zu Ende zu führen.

Koste es, was es wolle.

Unter unsäglichen Schmerzen und noch wie betäubt vom Schlaf, richtete sich Demetrius auf. Wie viel Zeit ihm wohl noch bleiben würde? Wochen, Tage oder vielleicht nur Stunden? Er wusste es nicht. Eines jedoch wusste er genau: Er hatte einen Auftrag. Und den galt es zu erfüllen.

Als die Glocken vier schlugen, hatte sich Demetrius so weit erholt, dass er aus dem Bett kriechen konnte. Dies war zwar nur sein Versteck, ein Unterschlupf, kein Vergleich mit der Kammer daheim. Unwohl fühlte er sich jedoch trotzdem nicht. Zugegeben, das Mobiliar war spartanisch, geradezu schäbig. Eine Bettstatt, zwei klapprige Stühle, ein Tisch. Eine Waschschüssel und der Spiegel aus polierter Bronze. Sonst nichts. Außer dem Ungeziefer, vor dem es hier nur so wimmelte. Aber auch das machte ihm wenig aus. Er fühlte sich sicher hier. Gut aufgehoben.

Unbeobachtet.

Bevor er die Mappe aus Schweinsleder unter dem Kopfkissen hervorholte, verriegelte Demetrius die Tür. Schließlich war dies nicht sein Zuhause, die stattliche Residenz am Oberen Markt. Hurenhaus war nun einmal Hurenhaus. Und Vorsicht die wichtigste Regel, die es bei seinem Vorhaben zu beachten galt.

Demetrius nahm die Mappe zur Hand, legte sie auf den Tisch und ließ sich auf den klapprigen Stuhl sinken. Es war nahezu finster, mit Ausnahme des Sonnenstrahls, welcher durch die schmale Ritze zwischen den Fensterläden auf die abgenutzten, mit Schaben, zerquetschten Läusen und Rattenkot übersäten Dielenbretter fiel. Dennoch: Der qualmende Haufen Unschlitt neben ihm würde genügen. Wenn etwas nämlich noch funktionierte, dann seine Augen. Wenigstens auf sie, wenn schon nicht auf seinen durch und durch maroden Körper, konnte er noch bauen.

Während eine Woge brennenden Schmerzes über ihm zusammenschlug, unterdrückte der Erzdiakon ein Stöhnen, entknotete die Schnur, die das Aktenbündel zusammenhielt, und begann zu lesen.

Die Lektüre der Unterlagen, welche er von Marmelstein abgepresst hatte, brachte ihn indes nicht auf die erhoffte Spur. Daten, Beträge, Zahlenkolonnen. Dazu stoßweise vergilbtes Papier. Und immer wieder eine Abkürzung, hinter der vermutlich ein Name steckte: E.B. Demetrius wurde neugierig, umso mehr, als er auf die Beträge stieß, die vonseiten dieses Anonymus in von Marmelsteins – und seines bischöflichen Herrn – Schatulle geflossen waren. Der Erzdiakon hielt den Atem an. 3000 Gulden! Und das in nur einem halben Jahr. Doch wozu überhaupt das viele Geld? Wer war dieser E.B., und weshalb stand er bei von Marmelstein derart tief in der Kreide? Demetrius zermarterte sich das Gehirn. Doch wohl nur, weil er der Patron aller Reliquienhändler war, so zum Beispiel von Agilulf, nach dessen Handlanger er immer noch suchte!

Demetrius ballte die Rechte zur Faust. ›Das Kleeblatt‹ – dies eine Wort würde ihn bis an sein Lebensende verfolgen. Und wahrscheinlich noch darüber hinaus.

Wo war der Dritte im Bunde, dieser Fant, der ihm durch die Lappen gegangen war?

Der Erzdiakon biss die Zähne zusammen, während er die Aufzeichnungen zum x-ten Male überflog. Irgendwo, wenn nicht hier, musste es doch einen Hinweis geben!

Wo zum Teufel hatte sich der dritte Teil des Kleeblattes verkrochen?

Und vor allem: Wo hatten Agilulf und dieser Ansgar ihre Beute versteckt?

Wo nur, wo?

Es war zum Verrücktwerden, einfach wie verhext.

Schlimmer noch, die Zeit, sein größter Widersacher, lief ihm unweigerlich davon. In der Nacht von Montag auf Dienstag, genau um zwölf, würde er die Gefährten treffen. Bis dahin musste alles erledigt sein. Wenn nicht, konnte er ihnen nicht mehr unter die Augen treten. Und vor allem Colonna, seinem Mentor, nicht. Welch unvorstellbare Schmach, würden seine Albträume Wirklichkeit werden!

Mit eiserner Entschlossenheit, und das trotz eines Anfalls von Schüttelfrost, der ihn bis in sein verfaultes Mark erzittern ließ, bäumte sich Demetrius gegen sein drohendes Schicksal auf. Die Züge, welche der Bronzespiegel reflektierte, beachtete er dabei kaum. Er wusste, wie er aussah, nämlich wie ein Schatten seiner selbst. Ein Dämon, dessen Menschlichkeit abhanden gekommen war, hinter einer Maske, auf der die Spuren seiner tödlichen Krankheit nicht mehr zu übersehen waren.

Und dennoch: Es gab eine Mission zu erfüllen. Um jeden nur erdenklichen Preis.

Ein Klopfzeichen an der Tür, pünktlich wie immer, riss den Erzdiakon aus seinen Gedanken, und seine Mundwinkel bewegten sich kaum merklich nach oben.

Melisande. Ein Inbegriff an Zuverlässigkeit. Insbesondere, wenn es darum ging, seine Wünsche zu erraten.

Demetrius entriegelte die Tür, taumelte hinüber zum Bett und zog seine Stoffmaske über den Kopf. Dann entblößte er den Rücken, bereit, die ihm von Gott auferlegte Buße zu empfangen.

Wahrhaftig, er hatte seine Strafe verdient.

Marmelsteiner Hof, Ende der zehnten Stunde (17.20 Uhr)

Die Tapisserie, ein Meisterwerk flämischer Kunst, musste sündhaft teuer gewesen sein, und vielleicht war es gerade das, was Bruder Hilpert so verblüffte. Die Szenerie war italienisch, eine Hügellandschaft mit Pinien, Zypressen und Rhododendron, mit einer Schafherde in der Bildmitte. Das eigentlich Erstaunliche an dem mit sattem Grün, Gold und dunkelblauen Farbtönen durchtränkten Wandbehang aber war der Vordergrund, ein verwunschener, in unmittelbarer Nähe einer Quelle gelegener Hain. Die Ruinen eines römischen Tempels verliehen der Szenerie ein antikes Gepräge, wenngleich nicht er es war, der im Mittelpunkt stand.

Die Rolle des Blickfangs hatte nämlich ein auf den ersten Blick ungleiches Paar übernommen. Zum einen war dies ein nackter, mit allen Vorzügen der Natur ausgestatteter Jüngling, dunkelhaarig und mit marmorfarbener Haut. Und zum anderen ein Faun, alt, bocksfüßig und von geradezu widernatürlicher Hässlichkeit. Er spielte auf einer Hirtenflöte, eine einschmeichelnde Weise, wie es schien, und seine Absicht, den Jüngling zu verführen, wurde durch Ausdruck und Gestus mehr als klar.

Beileibe nicht prüde, obwohl ihm sein Gelübde eine Distanz zu den Verlockungen des Fleisches abnötigte, widernatürlichen allzumal, zog dieses Meisterwerk flämischer Kunst Bruder Hilpert auf Anhieb in seinen Bann. Er war einfach sprachlos, nachgerade erstaunt, dass er ausgerechnet hier, in den Gemächern eines Domkapitulars, ein solches Kunstwerk zu sehen bekam, noch dazu mit einem derart anrüchigen Motiv.

»Und was, Bruder Hilpert, führt Euch hierher?«, war Eustachius von Marmelstein bemüht, so viel Langweile wie möglich auszustrahlen.

»Ein Auftrag Eures Herrn, des Bischofs!«, erwiderte Bruder Hilpert knapp, nicht willens, sich von dem übergewichtigen Domkapitular mit der schläfrigen Stimme einlullen zu lassen. Eine Parallele zu seinem Herrn, Bischof Johann, war indes auf Anhieb zu erkennen: In seinem Gemach war kein einziges Kruzifix zu sehen, vom Bildnis eines Heiligen oder dem der Muttergottes ganz zu schweigen.

»Wie kommt es dann, dass ich nichts davon weiß?«, entgegnete der Domkapitular mit aufreizender Lässigkeit und führte eine attische Trinkschale an den Mund. Die Tatsache, dass er sich auf einem römischen Ruhebett räkelte, zeugte darüber hinaus nicht von übermäßigem Interesse für Bruder Hilperts Mission.

Dieses Desinteresse jedoch war kalkuliert, das merkte Bruder Hilpert sofort. Und er war nicht bereit, sich von diesem aufgeschwemmten Fleischberg ins Bockshorn jagen zu lassen. »Weil mein Auftrag ein geheimer ist, darum!«, erwiderte Bruder Hilpert barsch, hart an der Grenze zur Unhöflichkeit.

Von Marmelstein horchte auf und zupfte an seiner mit Purpurfäden durchwirkten Tunika herum. Ein deutliches Zeichen, dass er sich der Brisanz der Begegnung durchaus bewusst zu sein schien. Trotz dieser Tatsache ließ er sich mit seiner Antwort Zeit, taxierte die mit einem Rubin geschmückte Hand und ließ den Finger über den Rand seines Trinkgefäßes gleiten.

Als er zu einer Antwort ansetzte, kam ihm Bruder Hilpert jedoch zuvor, und dies in einer für ihn untypischen Art: »Um Eure, Herr von Marmelstein, und auch meine Zeit nicht nutzlos zu vergeuden: Was habt Ihr mit einem Weinhändler namens Eckehard Büttner zu tun?«

Die Reaktion des Domkapitulars hätte auffälliger nicht ausfallen können. Seine Froschaugen, sozusagen die Krönung in einem an Feistigkeit nicht zu überbietenden Gesicht, quollen fast aus den Höhlen, und das Kinn sackte mehrere Zoll tief ab. »Ein Weinhändler? Ich? Wie war doch gleich sein Name?«, wirkte seine Erwiderung geradezu grotesk.

Trotz der ihm von Sieglinde verordneten Mittagsruhe war es mit Bruder Hilperts Geduld nicht weit her. »Ganz wie Ihr wollt, Herr von Marmelstein!«, unterbrach er das Geplänkel in kategorischem Ton und ließ seiner Attacke eine weitere, ungleich härtere folgen: »Was hat es mit den Zahlungen auf sich, die dieser Büttner jeden Monat in Eure Schatulle fließen lässt?«

Dem Domkapitular blieb in des Wortes ureigenster Bedeutung die Spucke weg, und er glotzte Bruder Hilpert mit weit aufgerissenem Kiefer an. »Woher wisst Ihr das?«, nahm sich seine Antwort wie ein vorweggenommenes Geständnis aus.

»Das tut nichts zur Sache!«, beschied ihm Bruder Hilpert knapp. »Aber wenn Ihr schon so entgegenkommend seid – könnt Ihr mir sagen, weshalb die Konzession für den exklusiven Handel mit Reliquien innerhalb der Mauern dieser Stadt mit Beginn dieses Jahres um mehr als das Doppelte erhöht worden ist? Von 200 auf 500 Gulden – der Reliquienhandel scheint mir ja ein überaus einträgliches Gewerbe zu sein!«

»Woher wisst Ihr das?«, wiederholte der Domkapitular und sackte wie ein leerer Mehlsack auf seinem Ruhebett zusammen. Seine rechte Hand begann zu zittern, und der Wein, ein kostbarer Falerner, schwappte über den Rand der Trinkschale und besudelte sein Gewand.

»Weshalb habt Ihr den Obolus für den Erwerb der Konzession um mehr als das Doppelte erhöht?«, beharrte Bruder Hilpert in unnachgiebigem Ton. »Doch nicht etwa, um einen Teil der Summe in die eigene Tasche zu stecken?«

»Und der Beweis?«

»Derjenige Eurer Unschuld?«, drehte Bruder Hilpert seinem Kontrahenten das Wort im Mund herum. »Keine Sorge, Herr Domkapitular: Es liegt an Euch, ihn mir zu liefern!«

»Und wie?«

»Indem Ihr mir Einblick in Eure Akten gewährt. Wie gesagt, keine Sorge: Die den Reliquienhandel betreffenden würden mir vollauf genügen.«

Der Hieb saß. Eustachius von Marmelstein war ausmanövriert. Mehr noch, der Domkapitular war am Boden zerstört. »Damit wäre freilich eine kleine Schwierigkeit verbunden«, quiekte er und sabberte dabei wie ein kleines Kind.

»Und die wäre?«

»Die Akten, die Ihr zu sehen wünscht, sind verschwunden. Spurlos. Hat mir mein Secretarius just am heutigen Vormittag gesagt.«

Im Begriff, den Domkapitular weiter in die Enge zu treiben, ließ Bruder Hilpert jedoch von seinem Vorhaben ab. »Das heißt, Ihr wollt oder könnt mir die Unterlagen nicht zeigen!«, antwortete er. »Macht nichts, das Motiv, welches hinter Eurem korrupten, betrügerischen und in höchstem Maße verwerflichen Gebaren steckt, ist mir ohnehin bekannt. Zwar erst seit einer Viertelstunde – aber immerhin!«

Der Domkapitular, zu einem Häuflein Elend geschrumpft, stellte das Trinkgefäß auf dem Beistelltisch ab und richtete sich schwerfällig auf. »Mir scheint, Ihr habt übersinnliche Fähigkeiten!«, trat er die Flucht in den Sarkasmus an.

»Beileibe nicht.«

»Wozu dann diese Spekuliererei? Wärt Ihr nicht besser beraten, auf dem Boden der Tatsachen zu bleiben?«

»Wenn mir etwas verhasst ist, Herr Domkapitular, dann wilde Spekulationen. Um es einfacher auszudrücken: Die Motive, welche meiner bescheidenen Meinung nach Euer Handeln bestimmt haben, liegen offen zutage. Nur ein Narr würde sie jetzt noch leugnen«, erwiderte Bruder Hilpert, wandte sich erneut dem Wandteppich zu und ließ den Blick auf dem ungleichen Paar in der Bildmitte ruhen. Gerade so, als sei der Verdacht, den er dadurch zum Ausdruck brachte, das Naheliegendste auf der Welt.

Doch zu seiner Verwunderung gab sich Eustachius von Marmelstein noch nicht geschlagen. »Alles pure … pure Spekulation«, stammelte er.

Sein Pech, dass er an den Falschen geraten war. Bruder Hilpert war nicht gewillt, sich damit zufriedenzugeben: »Herr von Marmelstein!«, erklärte er ohne Zögern. »Hiermit gebe ich Euch exakt vierundzwanzig Stunden Zeit. Einen Tag – und nicht mehr! Bleibt Ihr verstockt und gebt mir den Namen Eures jugendlichen Liebhabers nicht preis beziehungsweise liefert mir die den Reliquienhandel betreffenden Akten nicht aus, sehe ich mich gezwungen, dafür zu sorgen, dass öffentlich Anklage gegen Euch erhoben wird! Ihr seid ein kluger Mann, darum besinnt Euch! Und nun – Gott befohlen!«

Kloster St. Afra, Ende der elften Stunde (18.40 Uhr)

»Wie oft soll ich es Euch denn noch sagen: Schwester Irmingardis ist nicht zu sprechen! Für niemanden, und für Euch schon gar nicht! Und überhaupt – wo kämen wir da hin? Einfach mir nichts, dir nichts an der Pforte anklopfen, sich nicht vorstellen, und dann, quasi als Krönung dieses rüpelhaften Verhaltens, auch noch nach einem Mitglied dieses Konvents zu verlangen! Das schlägt dem Fass doch wahrhaftig den Boden aus! Dies ist keine Trödelbude, junger Herr, verstanden?! Gehabt Euch wohl!«

Berengar hasste es, vor verschlossenen Türen zu stehen. Umso mehr, wenn man sie ihm vor der Nase zuschlug. Verglichen mit dieser Furie war die resolute Haushälterin des Abdeckers geradezu die Sanftmut in Person gewesen. Der gnädige Herr sei nicht zu Hause, hatte sie ihn wissen lassen. Und wie einen Kesselflicker abgekanzelt. Aber an diese Xanthippe von Priorin kam selbst sie nicht heran. Schwester Irene, so viel stand fest, konnte es mit jeder biblischen Plage aufnehmen. Wahrscheinlich mit allen zehn zusammen.

Doch wenn sie glaubte, ihn auf diese Art loswerden zu können, täuschte sie sich. Klein beigeben war ein Wort, das in Berengars Wortschatz fehlte.

Er war sauer, stinksauer sogar, und er fühlte sich wie ein Vulkan vor der Eruption. Zurückhaltung war jetzt nicht gefragt. Eine Abfuhr wie diese konnte man unmöglich auf sich sitzen lassen.

Und deshalb gab es für ihn auch kein Halten mehr.

Berengar nahm Anlauf und trat gegen die Tür, mit einer Wucht, dass sie fast aus den Angeln sprang. Und das gleich mehrfach hintereinander. Ein altes Kräuterweib, das im gleichen Moment vorbeihumpelte, ließ seinen Korb fallen, bekreuzigte sich und wich mit schreckerfüllten Augen zurück.

Dieser Recke im schwarzen Wams war ein Dämon, schlimmer als alle Teufel der Hölle zusammen.

Das dachte sich wahrscheinlich auch Schwester Irene, Priorin zu St. Afra, die das in die Pforte eingelassene Schiebefenster aufriss. Ihr Gesicht sah wie ein zerknüllter Lumpen aus, die Augen farblos und starr, der Blick in einem Maße boshaft, wie man es einer Ordensschwester nicht zugetraut hätte. »Was bildet Ihr Euch eigentlich ...« begann sie, nur um mitten im Satz innezuhalten. Dieser Hüne mit der finsteren Miene, der offenkundig das Waffenhandwerk betrieb, irritierte sie.

Ein Wunder war geschehen. Schwester Irene, genannt ›die Heimsuchung‹, hatte es die Sprache verschlagen.

»Wie schön, dass Ihr gewillt seid, mir Eure kostbare Zeit zu widmen!«, nutzte Berengar diese Schwäche gnadenlos aus. »Es wird auch bestimmt nicht lange dauern!«

»Euer Begehr?«

»Sagte ich das nicht bereits?«, ergriff Berengar die Flucht nach vorn und schlug einen drohenden Unterton an.

»In der Tat!«, fiel die Priorin wieder in ihren angestammten Tonfall zurück. »Aber nicht, in wessen Auftrag Ihr hierher gekommen seid!«

»Ach, wirklich?«, antwortete Berengar treuherzig und setzte eine Unschuldsmiene auf. Jetzt war guter Rat teuer. Ein Grund für sein Hiersein musste her. Und zwar ein triftiger. Der Vogt geriet mächtig ins Schwitzen. Darüber, so die verspätete Erkenntnis, hatte er sich nämlich noch keinerlei Gedanken gemacht. Doch er hatte Glück. Und eine Idee, mithin die beste in letzter Zeit.

»Ja, wirklich!«, setzte die Priorin unbarmherzig nach. »Darum nochmals: In wessen Auftrag seid Ihr hier?«

Um seinen Worten die größtmögliche Wirkung zu verleihen, ließ sich Berengar mit einer Antwort Zeit, entgegnete dann aber in umso bestimmterem Ton: »Im Auftrag des Bischofs, wenn Ihr es unbedingt wissen wollt!«

Die Finte tat ihre Wirkung, schneller und nachhaltiger, als Berengar es sich vorgestellt hatte.

Von Natur aus spröde und herb, war die Priorin wie verwandelt, von jetzt auf nachher geradezu unterwürfig geworden: »Das ist natürlich etwas anderes!«, gurrte sie, ohne seine Behauptung auch nur im Entferntesten in Zweifel zu ziehen. »Tretet ein!«

Berengar ließ sich das natürlich nicht zweimal sagen, und nachdem die Priorin die Pforte geöffnet hatte, zupfte er sein Wams zurecht, klopfte den Staub von den hirschledernen Beinlingen und trat ein. Kaum war dies geschehen, fiel die Tür hinter ihm ins Schloss.

»Bevor wir unser Gespräch fortsetzen, sollten wir das Corpus Delicti näher in Augenschein nehmen!«, war Schwester Irene im Begriff, sich an Dienstbeflissenheit selbst zu überbieten. Berengar horchte auf. Er hatte nicht die geringste Ahnung, wovon die Priorin sprach, weshalb er sich unwillkürlich fragte, ob es hier nicht vielleicht zwei Schwestern mit dem Namen Irmingardis gab. Eine Vermutung, welche die Priorin umgehend widerlegte. »Gott sei mein Zeuge!«, deklamierte sie, während sie den Vogt durch den verlassenen Kreuzgang lotste. »Nie und nimmer hätte ich daran gedacht, dass ein so junges, noch dazu bildhübsches und gottesfürchtiges Geschöpf auf Abwege kommen könnte!«

Kein Zweifel: Wenn es eine Beschreibung gab, die auf Schwester Irmingardis zutraf, dann diese. Wenngleich sich Berengar fragte, was der Grund für die nebulöse Bemerkung der Priorin war. »Abwege? Wie darf ich das verstehen?«, hakte er denn auch umgehend nach. Eine Unachtsamkeit, mit der er sich um ein Haar bloßgestellt hätte.

Gerade dabei, die Tür zum Skriptorium aufzuschließen, hielt die Priorin mitten in der Bewegung inne, drehte sich auf dem Absatz um und schien buchstäblich zu Eis zu gefrieren. Ihr bis dahin merklich entspannter Gesichtsausdruck verhärtete sich, und sie sah Berengar argwöhnisch an. »Ich dachte, Ihr wüsstet über den obwaltenden Casus Bescheid!«, antwortete sie, während ihre gelöste Stimmung im Nu verflog. »Zumal – vorausgesetzt, ich habe Euch nicht missverstanden – Ihr eigens vom Bischof mit seiner Aufklärung betraut worden seid!«

»Das bin ich auch!«, warf Berengar mit an Dreistigkeit grenzender Gelassenheit ein und passte seinen Blick demjenigen der Priorin an. »Oder besteht Ihr darauf, dass ich mir eine schriftliche Legitimation besorge?!«

So einfach, wie sich Berengar die Sache vorgestellt hatte, war sie anscheinend nicht, und es bedurfte großer schauspielerischer Fähigkeiten, um den Argwohn der Priorin zu zerstreuen. Noch einen Moment länger, und er hätte dem Blick der gräulich schimmernden, ihn wie ein lästiges Insekt taxierenden Augen nicht mehr standhalten können.

Doch dann war es endlich geschafft. Schwester Irene senkte den Blick und gab klein bei. »In Christi und der Heiligen

Namen!«, schwang trotz allem reichlich Argwohn in ihrer Stimme mit. »Wenn dies Euer und der Wille seiner Fürstbischöflichen Gnaden ist, dann …«

Fast gleichzeitig, als er bemerkte, dass sich die Priorin von der Tür des Skriptoriums abwandte und ihr Blick auf einen ganz bestimmten Punkt irgendwo hinter seiner rechten Schulter zielte, wurde auch Berengar von Unruhe erfasst, und so drehte er sich um und – erstarrte.

Das heißt, er erstarrte nicht nur, sondern eine Taubheit ergriff seine Gliedmaßen, die sämtliche Gefühle, ja sogar seinen Verstand, auf einen Schlag lähmte. Was er sah, schien nicht Teil der Wirklichkeit zu sein, was er fühlte, so unbeschreiblich, dass es mit Worten nicht auszudrücken war.

Just in dem Moment, als er sich umdrehte, kam ihm aus dem östlichen Teil des Kreuzganges eine Frauengestalt entgegen. Ein Geschöpf, bei dessen Anblick er vor Schreck zusammenfuhr. Er kannte diese Frau, wenn sie auch gegenüber der Schwester Irmingardis, die Berengar von Gamburg kennengelernt hatte, kaum wiederzuerkennen war.

Doch zu seiner Bestürzung war dies nicht der einzige Schreck für ihn. Hätte Berengar an Gespenster geglaubt, so wäre ihm der Anblick der einst bildhübschen Ordensschwester um einiges leichter gefallen. So aber empfand er nur eines: nacktes, alle fünf Sinne lahmlegendes Grauen. Und Angst. Eine Art Angst, wie er sie in Bezug auf sich selbst nicht kannte.

Angst um jemanden, für den er sein Leben aufs Spiel gesetzt hätte.

Schwester Irmingardis trug Schleier, Gürtel und Skapulier, das einzig Normale an ihr. Ganz anders jedoch ihr Gang. Die junge Ordensfrau bewegte sich wie eine Schlafwandlerin, steif, aufrecht und ruckartig, eine Marionette aus Fleisch und Blut. Und sie war barfuß, wie Berengar erstaunt registrierte. Für das Brevier in ihrer Hand hatte sie keinen Blick übrig, sondern blickte stur geradeaus. Weder nach rechts noch nach links, sondern einfach nur ins Leere, wo sich ihr Blick zwischen den verwitterten Grabplatten verlor. Als sie sich näherte, spürte Berengar einen heftigen Stich im Herzen, und obwohl ihm ihr Anblick fast den Verstand raubte, brachte er kein einziges Wort hervor.

Nur noch ein paar Schritte, dann hatte Schwester Irmingardis die Tür zum Skriptorium erreicht. Berengar schluckte nervös, und seine Hand umklammerte die schweißnasse Kehle. Die Sonne stand bereits tief und übergoss ihr Habit mit glutrotem Glanz. Schwester Irmingardis indessen bemerkte es nicht. Die einst gesunde Gesichtsfarbe, die den Vogt an die eines reifen Pfirsichs erinnerte, war gänzlich verschwunden und der Blässe eines Leichnams gewichen. Und genau so sah Schwester Irmingardis auch aus: wie ein lebender Leichnam, der ins Diesseits zurückgekehrt war.

Und dann war es vorüber. Indem sie Berengar und die Priorin völlig ignorierte, war die junge Ordensfrau am Skriptorium vorbeigegangen, um die Ecke gebogen und zwischen den Schatten, welche den westlichen Teil des Kreuzganges einhüllten, verschwunden.

Berengar war wie erstarrt, nicht im Entferntesten in der Lage, klar zu denken. Er stand einfach nur da und starrte Schwester Irmingardis hinterher, auch dann noch, als sie längst verschwunden war. Er hörte nichts und sah nichts und fühlte nichts, weder das Gezwitscher der Buchfinken, die in einem Schlehdornstrauch im Garten des Kreuzganges nisteten, noch das Abendlob der Benediktinerinnen zu St. Afra, welches durch das geöffnete Portal der Klosterkirche hinaus ins Freie drang. Berengar von Gamburg war am Boden zerstört, als sei er soeben aus einem Albtraum erwacht.

Kein Wunder, dass er den Worten der Priorin keinerlei Beachtung schenkte, weder beim ersten und noch weniger beim zweiten, ungleich barscheren Versuch. Erst als sie ihn an der Schulter rüttelte, regte sich wieder Leben in ihm, wenngleich Schwester Irene noch etliche Anläufe machen musste, bis er sie überhaupt zur Kenntnis nahm.

Ihre Worte indes ließen an Deutlichkeit nicht zu wünschen übrig: »Wer immer Ihr auch sein mögt, junger Herr!«, beschied sie ihm in unmissverständlichem Ton. »Es ist höchste Zeit, dass ihr dieses Kloster verlasst! Ich muss mich jetzt um Schwester Irmingardis kümmern! Zeit für Sie, ihre Medizin einzunehmen!«

Haus von Gumpert dem Schmied, zur gleichen Zeit

Im Licht der Abendsonne sah die Gasse vor Gumperts Haus fast idyllisch aus. Doch der Schein trog. Trotz des lauen Abends und der leichten Brise, die vom Main her über die strohbedeckten Dächer strich, ließ sich keiner der Nachbarn blicken. Und das aus gutem Grund.

Er hatte lange gebraucht, um sich vom Anblick des verkohlten Leichnams loszureißen. Nicht etwa, weil er Zweifel bezüglich seiner Identität hegte. Die wenigen Indizien, so zum Beispiel Gumperts Gürtelschnalle und ein Büschel angesengtes Haar, waren eindeutig genug. Nein, der Grund war ein anderer. Bruder Wilfried sah zwar, was geschehen war, begreifen konnte er es aber trotz allem nicht. Und auch nicht rekonstruieren. Wenngleich es in der Frage der Täterschaft nicht die Spur eines Zweifels gab.

Wieder einmal war ihnen der Kapuzenmann zuvorgekommen. Mit einer Skrupellosigkeit, die einem das Blut in den Adern gefrieren ließ. Ein Mann, der vor nichts zurückzuschrecken schien. Der keine Gnade kannte. Ein Phantom, das aufzuspüren fast ein Ding der Unmöglichkeit war.

Es waren die Gerüche, die ihn schließlich aus dem Zustand der Lähmung rissen. Zeit, zu gehen. Bruder Wilfried war schweißgebadet. So und nicht anders stellte er sich die Hölle vor. Über der Esse, immer noch glühend, lag ein infernalischer Geruch, ein Brodem aus Rauch, Kohle und verbranntem Fleisch. Gott der Herr möge seiner Seele gnädig sein!, dachte er bei sich, suchte Halt am Türrahmen und torkelte ins Freie.

Eine Viertelstunde später war er noch immer wie betäubt. Die Bank vor Gumperts Haus kam wie gerufen, und hätte ihn ein Geräusch zu seiner Rechten nicht aufgeschreckt, wäre er seine tristen Gedanken so schnell nicht losgeworden.

Bruder Wilfried blickte zerstreut auf. Ein blinder Bettler war weiß Gott keine Seltenheit. Und schon gar nicht der alte Mann mit dem Gehstock, der sich mit der Linken an der Hauswand entlangtastete. Selbst wenn er so alt wie Methusalem war.

Leute wie ihn gab es dutzendfach.

Oberflächlich betrachtet.

Dieser Mann jedoch war anders. Und beileibe kein Scharlatan. So etwas hatte Bruder Wilfried im Gefühl.

Während er noch darüber nachgrübelte, was an dem zerlumpten Greis mit dem schlohweißen Haar Besonderes war, hielt dieser etwa zehn Schritte von ihm entfernt inne, reckte die Nase in den Wind und horchte. »Gott zum Gruße, mein Freund!«, sprach der Bettler, während ein Lächeln über seine wettergegerbten Züge glitt. »Warum so allein?«

Bruder Wilfried war zwar einiges gewohnt. Aber das hier schlug dem Fass doch wahrhaftig den Boden aus. Entweder der Alte hatte übersinnliche Kräfte, oder es war soeben ein Wunder geschehen.

»Für den Fall, dass Ihr mich für einen der Betrüger drüben auf dem Domplatz haltet, muss ich Euch enttäuschen!«, konnte der Alte zu allem Überfluss anscheinend auch noch

Gedanken lesen. »Ich bin tatsächlich blind! Und das seit Kindesbeinen. Doch verzeiht meine schlechten Manieren. Ich heiße Christopherus. Oder Stoffel – ganz wie Ihr wollt! Und Ihr, *Bruder* – wie heißt Ihr?«

Bruder Wilfrieds Kinnlade kippte nach unten, und er konnte sich einen Ausruf des Erstaunens nur mit Mühe verkneifen. »Wilfried«, sagte er und traute dem Frieden immer noch nicht ganz. Dann gab er sich einen Ruck: »*Bruder* Wilfried!«

»Zisterzienser – stimmt's?«

Jetzt war es aber wirklich genug. »Woher weißt du das?«, begehrte er auf, einen Moment überzeugt, der Alte stehe mit dem Leibhaftigen im Bunde.

»Eure Kukulle, Bruder!«, gab der Alte lächelnd zurück. »Sie riecht nach Schafwolle. Nach Stall. Nach lebendem Vieh. Nach Mist und Schaf und Ochs und Kuh. Da sich die frommen Brüder in dieser Stadt für die Feldarbeit bedauerlicherweise zu schade sind, würde ich darüber hinaus sagen, Ihr seid vom Land. Und Stallmeister, hab ich recht?«

»Hast du!«, war alles, was Bruder Wilfried zu sagen einfiel. »Mein Kompliment!« Er konnte das Ganze immer noch nicht richtig begreifen. Weshalb er aus lauter Verlegenheit das Gespräch auf ein anderes Thema lenkte: »Und du –«

»Stoffel.«

»Und du, Stoffel: Wohin führt dich dein Weg?«

Mit seiner Frage hatte sich Bruder Wilfried eigentlich nichts Böses gedacht. Doch sie bewirkte das genaue Gegenteil. Ein Zucken der Mundwinkel, und die Jovialität des Alten war verpufft und tiefen Sorgenfalten gewichen.

Doch Christopherus war ein ehrlicher Mann. Infolgedessen verheimlichte er auch nichts. »Ich mache mir Sorgen!«, gestand er ein, bewegte sich mit traumwandlerischer Sicherheit auf Bruder Wilfried zu und ließ sich neben ihm auf die Holzbank sinken.

»Weswegen?« Einmal mehr erstaunt, horchte dieser auf und wandte sich seinem Gesprächspartner zu. Doch der achtete überhaupt nicht auf ihn, umklammerte seinen Gehstock und blickte stur geradeaus.

»Wegen einer Dummheit, die ich heute Morgen begangen habe. Einer Riesendummheit, um ehrlich zu sein.«

»Jeder Mensch macht eben Fehler!«, redete Bruder Wilfried dem sichtlich zerknirschten Alten gut zu. »So ist das nun mal!« Fast automatisch kam ihm dabei Gumperts verbrannter Leichnam in den Sinn.

Für kurze Zeit geriet das Gespräch der beiden Männer ins Stocken. Bruder Wilfried spürte, wie der Alte hin und her überlegte, hielt jedoch mit seiner Neugier hinterm Berg. Doch dann holte Stoffel tief Luft, riss den Kopf herum und spie ihm die Worte förmlich ins Gesicht: »Er hat ihn umgebracht, stimmt's?«

Es gab Tage im Leben, wo er auf Überraschungen hätte verzichten können. Heute war so ein Tag. Vielleicht war das auch der Grund, weshalb Bruder Wilfried zunächst dachte, er habe sich verhört. »Wer?! Wen?«, hätte seine Antwort tölpelhafter nicht ausfallen können, wenngleich ihm klar war, wen Stoffel meinte.

»Dieser Pfaffe, der mich heute Morgen zwei Straßen weiter angesprochen hat.« Die Selbstverständlichkeit, mit der Stoffel seine Schlussfolgerungen zog, ließ Bruder Wilfried erschaudern, und er rutschte unruhig hin und her.

»Wie kommst du darauf, dass es ein Pfaffe war?«, wollte Bruder Wilfried wissen, dessen Glaube an die übersinnlichen Kräfte des Alten weiter Auftrieb erhielt. Schließlich hatte er Gumpert noch mit keiner Silbe erwähnt.

»Wenn man wie ich auf die Stimme angewiesen ist, um sich ein Bild von den Leuten zu machen, entwickelt man mit der Zeit ein besonderes Gespür. Ob man es mit einem von denen da droben oder unsereinem zu tun hat, meine ich. Und in diesem Fall, glaubt mir, bin ich mir ganz, ganz sicher. Der Kerl, mit dem ich es zu tun hatte, war ein Pfaffe. Kein Dorfpfarrer, wohlgemerkt. Sondern einer von ganz weit oben. Allein schon seine Art zu reden – Dompfaffe durch und durch. Würde mich nicht wundern, wenn er eins von den ganz großen Tieren war.«

»Große Tiere? Was meinst du damit?«

»Was weiß ich – einer von den Domherren vielleicht!«, erwiderte Stoffel mit spürbarem Groll. »Wie gesagt: Einer aus dem gemeinen Volk redet ganz anders. Fränkisch – was sonst! Der da aber hat sich ganz anders angehört. Jedes Wort an der richtigen Stelle. Und gestochen scharf. Keine Unsicherheit, kein Räuspern. Nichts dergleichen. Ein Mann mit großem Selbstbewusstsein. Dazu rücksichtslos und brutal. Ohne Hemmungen. Wie einer, der mit dem Leben bereits abgeschlossen hat.«

»Klingt so, als hättest du ihn tatsächlich gesehen.«

Stoffel lächelte matt. »Besser als jeder andere, der mit intakten Augen durchs Leben geht! Genauso wie Euch, Bruder.«

»Jetzt bin ich aber wirklich gespannt!«, konnte sich Bruder Wilfried nun seinerseits eines Lächelns nicht erwehren. »Nur zu – ich bin ganz Ohr!«

»Ihr seid nicht zufällig hier, hab ich recht?«

Schon wieder eine von diesen verblüffenden Bemerkungen. Und das, ohne ihn dabei anzusehen. Bruder Wilfried kam sich reichlich hilflos vor. »Mitnichten!«, räumte er bereitwillig ein. »Das kann man weiß Gott nicht behaupten!«

»Dann ist es also wahr.«

»Was denn?«

»Was man überall im Viertel sagt. Hinter vorgehaltener Hand, versteht sich.« Der Bettler lehnte seinen Stab an die Wand, legte die Handfläche auf die Knie und ließ den Kopf langsam nach vorn sacken.

»Und was erzählt man sich so?«

»Es heißt, die Reliquien unserer drei Heiligen seien gestohlen worden.«

»So, heißt es das. Und weiter?«

»In seinem unerforschlichen Ratschluss soll unser allseits geliebter und allzeit hochverehrter Herr Bischof zwei Mönche und einen Haudegen namens Berengar von Gamburg mit der Aufklärung dieses Frevels beauftragt haben. Sofern er denn überhaupt stattgefunden hat.«

Allmählich begann Bruder Wilfried zu resignieren. »Hat er!«, gab er kleinlaut zu.

»Dann ist es also wahr.« Der Alte rieb sich das mit weißen Bartstoppeln übersäte Kinn. »Nur noch eine Frage: Hatte Gumpert etwas mit dem Diebstahl zu tun?«

»Irgendwelche Einwände, wenn ich deine Frage mit einer Gegenfrage beantworte?«

Der Bettler schüttelte den Kopf. »Warum sollte ich?«, meinte er.

Bruder Wilfried erhob sich, reckte die müden Glieder und richtete den Blick nach oben, wo sich der Himmel im Glanz der Abendsonne allmählich zu röten begann. Erst jetzt fiel ihm auf, wie schön dieser Abend war, und er bedauerte, sich mit Dingen beschäftigen zu müssen, die ihn zutiefst deprimierten und nahezu blind für Gottes Wunder machten. Aber so war das nun einmal. Bruder Hilpert, Berengar und er hatten einen Auftrag. Ob er vom Bischof oder jemand anderem kam, zählte dabei nicht.

Es galt, diese Bestie aufzuspüren. So schnell es irgend möglich war.

Bruder Wilfrieds kantige Züge nahmen einen entschlossenen Ausdruck an. »Sehr gut!«, murmelte er, keine Antwort, sondern viel eher eine Manifestation seiner Entschlossenheit. »Hättest du etwas dagegen, mich ein Stück des Weges zu begleiten?«

»Nicht im Geringsten. Und wohin?«

»Zu einem Gespräch unter Freunden.«

»Hab mir schon so was gedacht!«, entgegnete Stoffel, griff nach seinem Stab und wandte sich Bruder Wilfried zu. »Was meint Ihr: Ob wir den Kerl wohl zu fassen kriegen, bevor er noch mehr Schaden anrichten kann?«

»Mit Sicherheit!«, antwortete Bruder Wilfried mit einem Schmunzeln im Gesicht. »Was kann uns denn schon groß passieren, wenn wir jemanden wie dich in unseren Reihen haben!«

Marmelsteiner Hof, bei Sonnenuntergang

In gewisser Weise war er über all das Unheil, das über ihn hereingebrochen war, sogar froh. Und erleichtert. Primär deshalb, weil jetzt endlich alles vorüber war. Das Versteckspiel, seine Täuschungsmanöver, die Angst, das Netz seiner Betrügereien werde irgendwann einmal reißen.

Es war vorbei. Unwiderruflich vorbei. Ein Grund mehr, sich der letzten Augenblicke seines Lebens noch ein wenig zu erfreuen.

Eustachius von Marmelstein, einst schwerreich, derzeit ärmer als eine Kirchenmaus, setzte seinen Namen unter den Brief, den er soeben verfasst hatte, faltete ihn und drückte sein Siegel darauf. Beim Gedanken, dass dies wohl die letzte Amtshandlung in seinem 57-jährigen Leben gewesen war, kam er nicht umhin zu lächeln. Hatte alles so kommen müssen? Er wusste es nicht. Was er hingegen wusste, war, dass er so unmöglich weiterleben konnte. Oder dahinvegetieren. Je nachdem, aus welchem Blickwinkel man sein Martyrium betrachtete.

Fest stand jedoch eines: In diesem Zisterzienserbruder mit Namen Hilpert hatte er seinen Meister gefunden. Und zwar endgültig. Dieser Mann würde weder rasten noch ruhen, bis er ihn zur Strecke gebracht hatte. Insofern dies nicht schon längst geschehen war. Nicht zuletzt deshalb würde er seinem Leben ein Ende setzen.

Über das Gesicht des Domkapitulars huschte ein hintergründiges Lächeln. Er würde abtreten von der Bühne. Freiwillig sogar. Doch nicht, ohne sich an dem Mann zu rächen, der für seine Schmach verantwortlich war.

Er hatte alles genau geplant. Dazu gehörte die Anweisung, ihn bis morgen früh nicht zu wecken. Auf Giacomo, sein italienisches Faktotum, war diesbezüglich Verlass. Das heißt, man würde den an Bruder Hilpert adressierten Brief erst nach seinem Tod entdecken. Und damit, so sein Kalkül, würde eine Lawine losgetreten, die nicht mehr aufzuhalten war. Der Schaden würde immens sein. Irreparabel. Mehr noch: Der Mann, der ihm das Leben zur Hölle gemacht hatte wie kein zweiter, würde von ihr entwurzelt und zermalmt werden. Wie ein morscher, von Ungeziefer befallener Baum.

Demetrius. Immer nur Demetrius. Dieser Name würde ihn bis ins Grab verfolgen. Warum nur ließ er ihn nicht los? Er wusste es nicht. Eines aber wusste er genau: Mit dem Brief in seiner Hand, fast so leicht wie eine Feder, wäre das Schicksal des Erzdiakons besiegelt. Ein für alle Mal. Schade nur, dass er es nicht mehr erleben würde. Ein Wermutstropfen in dem Trank, den er sich zurechtgebraut hatte. Schierling und Schlafmohn, dazu eine Prise Arsen. Nur um ganz sicherzugehen. Ein absolut tödliches Gebräu.

Eustachius von Marmelstein atmete tief durch, klemmte den Brief in den Türspalt und begab sich von der Kanzlei aus in sein Privatgemach, das ihm auch jetzt, in der Stunde seines Todes, als Zuflucht diente. Wie so häufig fiel sein Blick dabei auf den prachtvollen Wandteppich mit dem südländischen, nichtsdestoweniger für ihn so verhängnisvollen Motiv. Trotzdem empfand er keine Reue. Auch wenn er von seinem Liebhaber mehr als schmählich hintergangen worden war.

Doch auch das zählte jetzt nicht mehr. Wie so vieles, was ihm in den letzten Stunden und Tagen widerfahren war. Er war einfach nur müde. Sich und seines Lebens längst überdrüssig.

Und so fiel ihm das, was er zu tun im Begriff war, mehr als leicht. Er entledigte sich seines brokatenen, mit Pelz verbrämten Mantels, hängte ihn mit größter Sorgfalt über den gepolsterten Ohrenbackensessel in der Fensternische und begab sich zu seinem Ruhebett, das sich in unmittelbarer Nähe der flämischen Tapisserie befand. Schon von Ferne funkelte ihm dabei der goldene Becher mit der todbringenden Mixtur entgegen. Eustachius von Marmelstein zögerte nicht lange und trank ihn auf einen Zug leer.

Er wusste, dass der Tod auf leisen Sohlen kommen würde. Langsam, dafür umso unerbittlicher. Und so ließ er den Blick ein letztes Mal durch sein Gemach schweifen, zog die Vorhänge zu und machte es sich anschließend auf seinem Ruhebett bequem. Als Letztes blies er die Kerze aus, die auf dem Nachttisch aus poliertem Sandelholz stand.

Und schon fiel der Domherr in tiefen Schlummer, ein entspanntes Lächeln auf dem Gesicht.

Als ihn Gevatter Tod in die Arme schloss, bekam Eustachius von Marmelstein nicht das Geringste davon mit. Er spürte keinen Schmerz, weder körperlicher noch seelischer Natur.

So, wie er es sich zeitlebens gewünscht hatte.

Siechenhaus vor dem Sander Tor,
kurz nach Sonnenuntergang

Wigbert der Zwerg hob den Becher zum Mund, zwinkerte seinen Zechkumpanen zu und leerte ihn mit einem Zug.

Potzblitz und zugenäht! So hatte er sich das Leben hier nicht vorgestellt.

Betrinken konnte er sich trotzdem nicht. So sehr es ihm in den Kram gepasst hätte. Er musste wachsam bleiben. Nichts schlimmer, als sich jetzt, kurz vor dem Ziel, zu verraten! Verdacht zu erregen war wirklich das Letzte, was er gebrauchen konnte.

Der Speisesaal des Siechenhauses, ein düsteres Gewölbe, das auf einer schmucklosen Säule ruhte, war nicht sehr groß, höchstens 20 auf 15 Schritt. Kahl, feucht und wenig einladend, und das galt auch für sein Mobiliar. Sankt Rochus, Schutzpatron der Pestkranken, lächelte von einem Mauervorsprung herab, und draußen vor den Gitterfenstern verglomm das Abendrot. Ein halbes Dutzend Pechfackeln, die in verrosteten Zylindern steckten, verbreitete schummeriges Licht. Der Saal war brechend voll, und der Pesthauch von Fäulnis, Krankheit und menschlicher Ausdünstung war so durchdringend, dass Wigbert fast schlecht davon wurde.

Wenn der Vorhof zur Hölle existierte, dann hier.

Die Anwesenden, von Aussatz, eitrigen Geschwüren oder verkrüppelten Gliedmaßen gezeichnet, schien dies jedoch nicht zu stören. Je mehr Wein, desto besser die Stimmung, je länger der Abend, desto derber die Zoten. Kein Mensch, der nach dem Woher und Wohin fragte, nach Hoch oder Niedrig, Reich der Arm. Hier war jeder gleich, Teil einer verschworenen Gemeinschaft, wie Wigbert erstaunt registrierte. Einer Gemeinschaft, wie es sie draußen so nicht gab.

Als es Nacht wurde, begann ein Schalmeibläser, seiner Virtuosität halber ›Flinkefinger‹ genannt, zum Tanz aufzuspielen. Eigentlich hieß er Jakob, genauer gesagt Jockel, und war blind. Genau wie sein Gefährte, der die Drehleier bediente. ›Buckel-Jakob‹, der Dritte im Bunde, spielte auf der Fiedel. Mitten im Tanz, einem Reigen des Todes, der unaufhaltsam dem Höhepunkt zutrieb, fuhr eine Windbö durchs Fenster, und die Schattenbilder der Tanzenden wirbelten wild durcheinander. An der allgemeinen Ausgelassenheit änderte dies freilich nichts. »Mein Begehr und Wille ist: in der Taverne sterben! Wo mir Wein die Lippen netzt, bis dass sie sich entfärben!«, hallte es durch das Gewölbe, doch Wigbert war nicht nach Feiern zumute. Er war zum Ausspionieren hier, nicht zum Saufen. Leider. Und so tat er sich schwer, nicht aufzufallen. Als aber genau dies eintraf, ließ ihn die Frage seines Zechkumpans buchstäblich zusammenfahren: »Was ist?!«, lallte der Rotschopf rechts von ihm. Er war betrunken wie ein Rossknecht, lang wie eine Bohnenstange und wohl auch nicht übermäßig intelligent. Eine gefährliche Mischung, vor der es sich zu hüten galt.

»Was soll denn sein?!«, lallte Wigbert zurück, mit dessen Schauspielkünsten es allerdings nicht zum Besten stand. Er hatte das Gefühl, als beobachte der Rotschopf jede seiner Bewegungen genau, und das seit geraumer Zeit. »Jetzt tu nicht so!«, raunzte er den Totengräber an. »Ich merk doch genau, dass irgendwas mit dir nicht stimmt!«

»Nicht dass ich wüsste!«, gab Wigbert zurück, eine Spur zu lässig, denn die Replik seines jugendlichen Zechkumpans ließ nicht lange auf sich warten: »Wenn du denkst, ich bin besoffen, täuschst du dich!«, fuhr der Rotschopf Wigbert mit ungeahnter Heftigkeit an. »Rotwein hin oder her – mir entgeht so schnell nichts!«

»Und was sollte ich deiner Meinung nach auf dem Kerbholz haben?«, zahlte Wigbert mit gleicher Münze heim.

»Genau das möchte ich ja von dir wissen. Besser, du packst aus, sonst –«

»Jetzt mach aber mal halblang, Krätze!«, mischte sich Skrofulus ein, ein untersetzter Kahlkopf, der an unheilbarem Hautausschlag litt.

»Halts Maul, Narbengesicht!«, stauchte ihn der Rotschopf, höchstens halb so alt wie er, zusammen. »Sonst kannst du was erleben!« Dann winkte er ab und wandte sich den übrigen Zechern zu.

Nicht so der Kahlkopf. Er wollte eine abfällige Geste machen, sah jedoch davon ab und rückte so nah wie möglich an Wigbert heran. »Bis vor Kurzem konnte man noch mit ihm auskommen!«, flüsterte er dem Totengräber ins Ohr. »Aber dann ist ihm dieser Bockmist passiert. Seitdem ist nicht mehr gut Kirschen essen mit ihm.«

Wigbert wurde hellhörig. Einem angeborenen Instinkt folgend, trug er zwar nach außen hin Gleichgültigkeit zur Schau. Insgeheim aber war er voll konzentriert. »Bockmist? Welcher Bockmist denn?«, fragte er und nippte gelangweilt an seinem Wein.

Erst jetzt, als er bemerkte, dass er sich verplappert hatte, wurde sich Skrofulus seines Versprechers bewusst. Da er Wigbert jedoch vertraute, redete er gar nicht erst um den heißen Brei herum. Stattdessen senkte er die Stimme, packte den Zwerg am Ellbogen und sprach: »Damit wir uns recht verstehen: Die Sache bleibt unter uns. Ist das klar?!«

Wigbert, dem in dieser Situation nichts anderes übrig blieb, nickte devot. »Ich kann schweigen wie ein Grab!«, war er sich der Doppelbödigkeit seiner Antwort durchaus bewusst. Dann sagte er: »Jetzt aber raus mit der Sprache – wovon redest du?«

»Von der Nacht von Freitag auf Samstag!«, gab der Kahlkopf zurück.

»Samstagnacht, soso.«

»Sonderlich interessiert hörst du dich ja nicht gerade an.«

»Jetzt hab dich nicht gleich so!«, grunzte Wigbert und schenkte sich nach. »Also – ich bin ganz Ohr: Welche Laus ist dem Rotfuchs über die Leber gelaufen?«

»Du hast gut lachen! Ich selber hätte nicht in seiner Haut stecken wollen. Nicht für viel Geld.«

»Jetzt mach's nicht so spannend! Was war Samstagnacht los?«

Skrofulus dämpfte die Stimme, setzte eine Verschwörermiene auf und sah sich unauffällig um. Erst als er sich vergewissert hatte, dass die allgemeine Aufmerksamkeit immer noch den drei Musikanten galt, wandte er sich Wigbert zu und flüsterte: »Stell dir vor: Er hat eine Leiche entdeckt! Und weißt du auch, wo?«

»Nee.«

»Jetzt hör mir mal gut zu: Wenn du nur rumsitzen und deine Ruhe haben willst, dann ...«

»Eine Leiche, soso. Und wo?« Wigbert schluckte, und ein riesengroßer Kloß saß ihm im Hals. Er wusste, was gleich kommen würde. Das Problem war nur, es den Kahlkopf nicht spüren zu lassen.

»Auf seinem Karren! Als er den Müll in die Grube hinter dem Haus kippen wollte.«

»Und wie ist sie dort hingekommen? Die Leiche, meine ich?«

»Gute Frage!«, antwortete Skrofulus und rülpste laut. »Krätze jedenfalls schwört jeden Eid, dass er nichts mitgekriegt hat.«

»Wer weiß!«, wandte Wigbert listig ein. »Bekanntlich hat man schon Pferde vor dem Pfarrhaus kotzen sehen.«

»Was willst du damit sagen?«

»Nichts!«, tat Wigbert die Frage seines Tischnachbarn mit einem Achselzucken ab. »Und was dann?«

»Wir haben den Müll wieder auf den Karren geschaufelt.«

»Ihr habt was?!«

»Was hast du denn gedacht, Klugscheißer? Bist du wirklich so naiv oder tust du nur so? Der Kerl ist erstochen worden, kapiert? Und zwar von hinten! Verblutet wie ein Schwein. Blieb uns ja wohl nichts anderes übrig, als ihn so schnell wie möglich wieder loszuwerden. Ein Ermordeter – und das ausgerechnet im Siechenhaus! Kein Mensch, und schon gar nicht die Stadtwache, hätte unsereinem geglaubt, dass wir nicht das Geringste mit der Sache zu tun haben! Wo sie uns doch alle zum Teufel wünschen und lieber heute als morgen loswerden würden!«

»Und dann?«

»Wir also nichts wie rauf mit dem Müll. Bis die Leiche nicht mehr zu sehen war. Und die Fuhre von Buckel-Jakob gleich dazu. Und dann haben wir die ganze Ladung im Schuppen versteckt.«

»Aber ich dachte, ihr wolltet ... Und überhaupt – wenn wir gerade dabei sind: Habt ihr den Toten gekannt?«

Skrofulus zuckte zusammen. »Und ob!«, lamentierte er und sah sich verängstigt um.

»Jetzt komm schon!«, stachelte ihn Wigbert mit vorgetäuschter Kaltschnäuzigkeit an. »Kein Mensch hört uns zu! Wer war der Kerl?«

»Ein gewisser Agilulf«, flüsterte ihm der Kahlköpfige zu. Obwohl längst abzusehen war, auf welchen Punkt das Gespräch zusteuern würde, fiel es Wigbert schwer, nach außen hin Ruhe zu bewahren. Schließlich ging es hier um seinen Bruder. Beziehungsweise Halbbruder, um korrekt zu sein. »Nie gehört!«, warf der Totengräber eher beiläufig ein.

»Einer von unseren Leuten.«

»Von euren ...«

»Mein Gott, wie kann ein einziger Mensch bloß so begriffsstutzig sein!«, ereiferte sich Wigberts Tischnachbar und schnitt eine Grimasse. »Um es kurz zu machen: Zu dem, was uns der Rat und andere edle Spender an Wohltaten angedeihen lassen, verdienen wir uns nämlich den einen oder anderen Pfennig dazu!«

»Indem ihr für andere den Müllkutscher spielt.«

»Bravo!«, rief der Kahlkopf mit gekünstelter Bewunderung aus. »Sieht so aus, als hätte ich dir Unrecht getan!

Mal ehrlich: Was bleibt uns denn anderes übrig, als für ehrbare Bürger die Drecksarbeit zu machen? Weißt du vielleicht was Besseres? Ich nicht!« Ein gallenbitteres Lachen kam aus seinem Mund. »Bei Nacht fallen wir wenigstens nicht so auf. Da lässt sich sowieso kein anständiger Bürger mehr auf der Straße blicken. Und selbst wenn – dann müssen wir eben Gebrauch von unseren Holzklappern machen! Muss ja schließlich alles seine Ordnung haben. Deswegen hat auch jeder sein eigenes Viertel. Wie ich. Oder Krätze. Springt zwar nicht viel raus dabei, aber ein Rausch pro Woche ist allemal drin.«

»Und Krätze?«

Skrofulus sah Wigbert verständnislos an.

»Wo er in der Nacht von Freitag auf Samstag zugange war, will ich wissen!«

»Der Rotfuchs? In der Gegend zwischen Neumünster und Dom, nach allem, was ich weiß.«

»Und wann?«

»Was weiß ich – kurz nach Mitternacht oder so. Wieso fragst du?«

»Nicht weiter wichtig!«, antwortete der Zwerg und zwirbelte an seinem Bart. »Und was habt ihr mit der Leiche von diesem …«

»Agilulf.«

»Was habt ihr mit der Leiche von diesem Agilulf gemacht?«

»Wir haben den Karren von Krätze mitsamt dem Toten den Tag über im Schuppen stehen lassen. Als wäre nichts gewesen. Und haben ihn gestern Nacht wieder rausgeholt und wie üblich unsere Runden gedreht. Der ganze verwegene Haufen. Unter anderem Krätze und ich. Jeder für sich und Gott gegen alle.« Skrofulus lachte leise in sich hinein. »Der Rotfuchs hat sich fast in die Hosen geschissen vor Angst, kann ich dir sagen! Ist aber alles gut gegangen.«

»Wie?! Soll das heißen, die Wachen am Tor haben nichts gemerkt?«

»I wo – wie kommst du denn da drauf! Ist denen doch egal, was wir durch die Gegend kutschieren! Ob Hundescheiße, Abfall, Leichen oder geschmuggelte …« Der zweite Versprecher, und das innerhalb kürzester Zeit. Skrofulus hielt erschrocken inne.

Zu spät. Wigbert biss sofort an. »Schmuggelware? Wie darf ich das verstehen?«, antwortete er übertrieben laut.

Der Trick funktionierte. »Psst!«, fuhr sein Zechkumpan dazwischen und wurde vor Angst leichenblass. »Oder willst du uns beide ans Messer liefern?«

»Ans Messer liefern – wieso?«, entgegnete Wigbert mit einer Treuherzigkeit, die seinem Tischnachbarn den Schweiß aus den Poren trieb. »Ich habe dir doch gesagt, dass ich schweigen kann wie ein …«

»Grab! Ja ja, ich weiß!«, fauchte Skrofulus und machte sich noch kleiner, als er war. »Wird dir auch nichts anderes übrig bleiben!«

»Wieso?«

»Weil du es sonst mit Lazarus zu tun kriegst. Und der macht mit Verrätern kurzen Prozess!«

»Der Poet? Was hat der denn mit der Sache zu tun?«

»Eine ganze Menge.«

»Und was?« Ein treuherziger Blick. Das wirkte. Wie fast immer. Wigbert konnte sich ein Grinsen gerade noch verkneifen.

Derart in die Enge getrieben, tat Skrofulus genau das, worauf der Zwerg hoffte: Er plauderte alles aus. Hauptsache, das kompromittierende Gespräch war möglichst schnell vorbei. »Die Sache ist die: Lazarus ist so etwas wie unser Patron«, wisperte er hinter vorgehaltener Hand. »Der Mann, über den hier alles läuft.«

»Kapiert. Und weiter?«

»Weiß der Teufel, wie sich die beiden gefunden haben – aber soweit ich weiß, geht er mit dem Abdecker durch dick und dünn.«

»Und wer soll das sein?« Wigberts Schauspielkünste erreichten ungeahnte Höhen, aber sein Zechkumpan war so sehr mit sich selbst beschäftigt, dass er es nicht bemerkte.

»Ein Weinhändler aus der Stadt. Einer wie wir, jedenfalls so lange, bis er es geschafft hat, der Tochter vom alten Büttner ein Kind hinzudrehen. Wie dem auch sei – Lazarus steckt mit diesem Büttner unter einer Decke. Eine Hand wäscht sozusagen die andere. Was nichts anderes heißt, als dass unser allseits gefürchteter Patron die Müllkarren dazu benutzt, um Ware in die Stadt zu schmuggeln. Zollfrei, versteht sich. Aus einer Faktorei drüben in Heidingsfeld. Die selbstverständlich diesem Büttner gehört. Wofür Lazarus natürlich ein saftiges Entgelt kassiert. Hin und wieder fällt dann auch für einen wie uns etwas ab.«

»Ich verstehe. Und um welche Art von Ware handelt es sich?«

»Um alles Mögliche. Meistens aber um gefälschte Reliquien.«

»Fälschungen? Was will denn dieser Büttner damit?«

»Hast du eine Ahnung! Damit kann man jede Menge Gulden scheffeln. Gerade jetzt, kurz vor Kiliani. Vor allem die Pilger vom Land lassen sich heutzutage doch jeden Mist andrehen! Vorausgesetzt, man stellt es nicht allzu ungeschickt an. Und was diesen Punkt betrifft, scheint der Abdecker ein wahrer Meister seines Fachs zu sein. Einen dicken Happen für die Pfaffen, die selbstverständlich mitverdienen, einen für Lazarus, ein paar Brotkrumen für uns – und schon flutscht das Geschäft! Gewusst wie, kann ich da nur sagen!«

»Mit anderen Worten: Um es euch mit den Stadtknechten und vor allem diesem Büttner nicht zu verderben, habt ihr die Leiche bei Nacht und Nebel zurück in die Stadt gekarrt und sie mit einem Riesenhaufen Abfall vor das nächstbeste Haus gekippt.«

»Wo man den guten Agilulf denn auch prompt gefunden hat – genau!«, fügte Skrofulus selbstzufrieden hinzu. »Gott sei Dank hatten wir keine Spuren hinterlassen!«

Wigbert rieb sich die Hände. »Sieht so aus, als hättet ihr noch einmal Glück gehabt!«, setzte er seiner Scheinheiligkeit die Krone auf, jedoch nicht ohne bitteren Beigeschmack.

»Wie man's nimmt! Damit wirklich nichts anbrennt, wollten wir uns dann noch seine Frau vorknöpfen. Weiber – man weiß ja nie! Hätte ja schließlich einiges ausplaudern können, die blöde Kuh! Dummerweise hat es dabei Ärger gegeben, und nicht zu knapp!«

»Mit wem denn?«

»Mit einem Mönch. Zisterzienser, soviel ich weiß. Riesenbrocken. Später kam dann noch ein wahrer Berserker dazu. Kriegsknecht oder so ähnlich. Und ein anderer Mönch. Ebenfalls Zisterzienser. Steckten wahrscheinlich alle drei unter einer Decke. Weiß der Teufel, was sie mit diesem Agilulf zu ...«

»Warum so ernst, die Herren? Stimmt etwas nicht?!«

Wie von einer Viper gebissen wirbelte Skrofulus herum. »Ach, du bist es, Lazarus!«, rief er aus, bemüht, sich nichts anmerken zu lassen. »Hast *du* uns vielleicht erschreckt!«

Lazarus, genannt der Poet, sprach kein Wort, sondern blieb wie versteinert stehen. Seine Augen, zwischen den zusammengepressten Lidern und dem Sehschlitz seiner Maske kaum zu erkennen, sahen wie die einer Giftschlange aus. Wigbert schluckte und zwirbelte aus purer Verlegenheit an seinen Barthaaren herum. »Gott zum Gruße!«, stieß er überflüssigerweise hervor, während sein Blick ziellos hin und her irrte.

»Die Zeit vergeht, und der Mensch gewahrt es nicht!«, war alles, was der Poet antwortete, bevor er sich umdrehte, eine Gasse bahnte und nach draußen humpelte.

Wigbert sah ihm lange hinterher, auch dann noch, als Lazarus längst verschwunden war.

Gasse in der Nähe des Hexenturmes,
eine Stunde nach Sonnenuntergang

Eckehard Büttner, genannt »der Abdecker«, war in Gedanken. Und das seit geraumer Zeit. Sonst hätte er gemerkt, dass ihm jemand auf den Fersen war. Er, der die Gefahr förmlich riechen konnte. Keine große Kunst, wenn man wie er direkt aus der Gosse kam.

Das mit dem siebten Sinn, das heißt, Ärger schon im Voraus zu erahnen, funktionierte am heutigen Abend jedoch nicht. Was beileibe kein Wunder war. Das Wasser stand ihm nämlich bis zum Hals. So hoch, dass zum Ertrinken nicht mehr viel fehlte. Der Abdecker fluchte leise vor sich hin. Pferdekot. Und das an seinen nagelneuen Stiefeln. Am heutigen Abend blieb ihm auch wirklich nichts erspart.

Zuerst diese leidige Diskussion im Rat. Wegen der Weinsteuer, die ihnen der Bischof aufgebrummt hatte. Und dann diese Gerüchte. Die Kilianreliquien – gestohlen! Einmal angenommen, es war so: die Katastrophe schlechthin. Nicht auszudenken, wenn sie nicht wiederauftauchen würden. Zugegeben, die Schädel dieser drei irischen Schweinepriester waren ihm von Herzen egal. Er glaubte an keinen Gott, höchstens an den des Geldes. Andererseits war eine Stadt wie diese ohne namhafte Reliquien nur noch die Hälfte wert. Wenn überhaupt. Keine Reliquien, keine Wallfahrer. Keine Pilger, kein Geschäft. Kein Geschäft, leere Kassen. So einfach war das.

Doch das Schlimmste sollte noch kommen. Agilulf – ermordet! Und seine Frau gleich dazu. Gumpert – nur noch ein Häuflein Asche. So zumindest ein Gerücht. Und zu allem Überfluss von Ansgar keine Spur. Gleich drei von seinen Leuten, die in eine Sache hineingeraten waren, von der er, ihr Patronus, nichts wusste. Er, Eckehard Büttner, so ahnungslos wie eine Jungfer vor der Hochzeitsnacht.

Nichts als Probleme, egal, wo man hinschaute. Einfach zum Haare Raufen. Nichts wie ab ins Hurenhaus, hatte er gedacht. Zu einem Schäferstündchen mit Melisande. So was entspannt, wirkt bekanntlich Wunder. Pech gehabt. Seine Lieblingshure war nicht da. Beziehungsweise ließ sich verleugnen. Was allemal wahrscheinlicher war.

Verdruss, Ärger und Ungemach. An sämtlichen Ecken und Enden.

Wahrlich ein Grund, um ins Grübeln zu kommen.

Plötzlich ein Geräusch. Schwer zu identifizieren. Nur wenige Schritte hinter ihm.

Mitten aus seinen Grübeleien gerissen, wirbelte der Abdecker herum. Fast gleichzeitig fuhr seine Hand zum Dolch, ein wahres Kleinod mit einem Griff aus Perlmutt, das in einer reich verzierten Scheide steckte. Vom Feinsten, genau wie das geschlitzte Wams, sein leinenes Hemd und die Bruche, die in einem Paar sündhaft teurer Lederstiefel steckte. Hast du was, zeig es auch! Sozusagen sein Lebensmotto. Und überhaupt: Wer würde es wagen, ihm, Eckehard Büttner, dem Herrn der Unterwelt, auf offener Straße die Stirn zu bieten? Nur ein Verrückter würde so etwas tun.

Schade nur, dass da niemand war. Eine kleine Messerstecherei wäre ihm im gegenwärtigen Gemütszustand nicht ungelegen gekommen. Egal, mit wem. So, wie in der guten alten Zeit, als er zusammen mit Lazarus die Stadt unsicher gemacht hatte. Bevor er sich die Lepra holte.

Fast ein wenig enttäuscht, ließ der Abdecker den Dolch

durch die Luft wirbeln, sah sich blitzschnell um und fing ihn wieder auf. Eine nutzlose Drohgebärde, denn die Gasse lag in tiefem Dunkel. Nur hie und da drang Licht durch Türritzen und Fensterläden. Wenige Schritte entfernt waren das Gekeife einer Frau und das Geräusch von zu Bruch gehendem Geschirr zu hören. Der Abdecker lächelte zufrieden. Gertrudis, seine Haushälterin, und ihre ewigen Streitereien mit dem Gesinde! Also alles in Butter. Kein Grund zur Aufregung.

Eckehard Büttner stieß den Dolch in die Scheide, wandte sich um und hatte den imaginären Angreifer im gleichen Moment vergessen. Es war eben ein harter Tag gewesen. Da konnte man schon mal Gespenster sehen.

Dachte er zumindest.

Keine zehn Schritte von seiner Haustür entfernt, bar jener Vorsicht, die ihm zur zweiten Haut geworden war, wurde der Abdecker eines Besseren belehrt. Das Unheil kam aus heiterem Himmel, ohne dass er zunächst reagieren konnte. Ein, zwei Schritte, erregtes Keuchen, und schon war es passiert.

Als sein Doppelkinn nach oben gepresst, sein rechter Arm auf den Rücken gedreht und mit einem einzigen Ruck gebrochen wurde, jaulte der Abdecker auf. Der Schmerz machte ihn rasend, ging durch Mark und Bein, schoss bis ins Gehirn. Büttner war wie gelähmt. Ein ersticktes Röcheln, und er ging in die Knie.

Doch dies, sagte ihm sein Instinkt, war erst der Anfang. Wer immer sein Peiniger war, er hatte es nicht auf seine Geldkatze abgesehen. Der spitze Gegenstand in seinem Rücken sprach eine deutliche Sprache.

Und sein Peiniger auch, denn er kam umgehend zur Sache: »Wo habt ihr die Reliquien versteckt – raus mit der Sprache!«, zischte die Stimme in seinem Rücken, die ihm auf unbestimmte Weise bekannt vorkam. »Oder ich mache Spießbraten aus dir!«

»Welche Reliquien denn?«, keuchte Büttner, ahnungslos wie ein Kind.

Ein Stich in seinen Rücken, nur so viel, dass die Haut platzte, und der Abdecker winselte wie ein tollwütiger Hund. Und das trotz seiner Bärenkräfte und dem Ruf, der gefürchtetste Mann in der ganzen Stadt zu sein.

»Genügt das?!«, raunte ihm die Stimme hinter seinem Rücken ins Ohr. »Oder muss ich etwa noch deutlicher werden?«

Nein, das musste dieser Dämon nicht. »Meinst du etwa die Kilianreliquien?«, presste der Abdecker mit schmerzverzerrter Miene hervor.

Ein kurzes Aufatmen, bevor sich der rechte Unterarm seines Peinigers unter den Kiefer schob.

Und dann kam eine alles verzehrende, Empfindungen jeder Art hinwegfegende Schmerzkaskade, als ihm der Mann auch noch den linken Arm brach.

Mit dem Kopf nach unten und reichlich Hundekot im Mund, lag der Abdecker am Boden, würgte und spie die Überbleibsel seiner letzten Mahlzeit aus. Dann entleerte er sich. Direkt in seine Hose. Aber er schrie nicht. Weder aus Angst noch der Schmerzen wegen, die ihm wie ein Kugelblitz durch die Eingeweide fuhren. Stattdessen wälzte sich Eckehard Büttner mit dem Mut der Verzweiflung auf den Rücken.

Und dies, weniger die Tatsache, dass er vor Schmerzen laut aufstöhnte, hätte seinem Peiniger zu denken geben sollen.

Doch der, kaum noch Herr seiner selbst, war wie von Sinnen, beugte das Knie und sah ihm direkt ins Gesicht. Trotz seiner Benommenheit erschrak der Abdecker fast zu Tode. Es war wie ein Albtraum. Ein Tag in der Hölle. Eine Dämonenfratze wie diese hatte er nämlich noch nie gesehen. Es sei denn an der Außenfassade einer Kirche, und dann nur aus Stein.

Und dennoch – er kannte diesen Mann. Er hatte ihn schon einmal gesehen. Ganz sicher. Die Frage war nur, wo.

Eine Frage ohne jede Bedeutung, denn kaum sah er sich seinem Peiniger von Angesicht zu Angesicht gegenüber, fuhr ihn dieser mit eiskalter Stimme an: »Spuck es aus, Abschaum – wo haben deine Handlanger die Reliquien versteckt?«

»Meine Handlanger?«

»Agilulf, der Schmied und dieser Ansgar – wer sonst?!«

»Und woher wisst Ihr, dass ich –«

»Dank der peniblen Buchführung eines gewissen Eustachius von Marmelstein. Und der Tatsache, dass Huren zumindest hin und wieder die Wahrheit sagen. Vorausgesetzt, sie spüren ein Messer an der Kehle!«

»Melisande – das darf doch nicht …«

»Ist es aber!«, übergoss ihn die Teufelsfratze mit beißendem Spott. »Doch genug der Tändelei: Wo haben diese drei Versager die Reliquien versteckt? Raus mit der Sprache – oder dein letztes Stündlein hat geschlagen!«

»Glaubt mir oder nicht – ich habe nicht die leiseste … ahhhhh!« Eine rasche Handbewegung, das Aufblitzen einer Klinge. Und ein Stilett bohrte sich tief in Büttners Schulter.

In Erwartung der nächsten Stufe seiner Marter rang der Abdecker verzweifelt nach Luft, biss die Zähne zusammen und schloss die Augen. Doch nichts geschah. Mehr noch, der Druck an seiner Kehle begann spürbar zu erlahmen. Ein, zwei Atemzüge, und Büttner spürte nichts mehr davon.

Nur eine Atempause. Oder ein Hoffnungsschimmer. Das war die Frage.

Der Abdecker schlug die schlammverkrusteten Augen auf. Und erkannte seine Chance.

Der Mann mit der Teufelsfratze, jener Mann also, der für

immer einen Krüppel aus ihm gemacht hatte, konnte sich nur noch mühsam auf den Beinen halten. Den Blick in die ihn umgebende Finsternis gerichtet, verharrte er auf der Stelle, zu einer Salzsäule erstarrt. Und dann, noch während Büttner seine letzten Kraftreserven mobilisierte, geschah es. Der Mann im dunklen Kapuzenmantel bäumte sich auf, während ein gewaltiges Zittern durch seinen wie ein Halbmond geformten Körper lief.

Büttner konnte sein Glück kaum fassen. Deswegen dachte er auch nicht lange nach und trat mit ganzer Kraft zu.

Zwar traf er seinen Peiniger nicht an der erhofften Stelle. Der Tritt erfüllte seinen Zweck aber auch so. Einen unterdrückten Fluch auf den Lippen, prallte der Kapuzenmann gegen die nächstbeste Häuserwand, stöhnte kurz auf und sackte in sich zusammen.

Im gleichen Moment öffnete sich die Tür seines Hauses, wie der Abdecker trotz heftiger Pein registrierte. Ein Aufschrei folgte, von dem er glaubte, er ginge durch Mark und Bein. Gefolgt von einer Reihe vertrauter Stimmen, die wie aus weiter Ferne an sein Ohr drangen.

Als sich ein Paar kräftiger Arme unter seine Achseln schoben, schrie der Abdecker vor Schmerzen laut auf. Und wies mit dem Kopf in die Richtung, wo er den lädierten Körper seines Peinigers vermutete.

Doch da war nichts. Weder an der fraglichen Stelle noch sonst wo. Die Gasse lag in tiefem Dunkel, mit Ausnahme seines verkrümmten Körpers, der im Schein von Gertruds Laterne wie der Torso eines tödlich getroffenen Wolfes aussah.

Der Mann jedoch, nach dem Eckehard Büttner mit fassungslosem Staunen Ausschau hielt, war und blieb verschwunden.

Haus von Berengars Schwager, zur gleichen Zeit

Wenn etwas an Christopherus dem Bettler bemerkenswert war, dann sein Appetit. Linsensuppe mit Nudeln und Speck, dazu reichlich Fladenbrot. Sieglindes ganz besondere Spezialität. Das ließ an sich keine Wünsche mehr offen. Nicht so bei Stoffel. Er verlangte nach mehr. Ein Paar Rostbratwürste mussten her. Die waren zwar für den Hausherrn gedacht. Aber Nächstenliebe war nun einmal erste Christenpflicht. Die Augen von Bruder Hilpert, Berengar, Bruder Wilfried und Sieglinde wurden immer größer und machten uneingeschränkter Hochachtung Platz, als Stoffel auch noch mehrere Scheiben Räucherschinken und als Nachspeise eine Schüssel mit Krautsalat und Eiern verzehrte.

Den übrigen Anwesenden, denen die Kunde von Gumperts Ermordung noch immer in den Knochen steckte, war dagegen der Appetit vergangen. Stoffel freilich nahm keinerlei Notiz davon. Oder tat zumindest so. Er saß am Küchentisch, schmatzte, schleckte und schlürfte, was das Zeug hielt. Selbst Sieglinde, stets um das leibliche Wohl ihrer Gäste besorgt, sah dem Bettler mit gemischten Gefühlen zu.

Als sich Stoffels Tafelfreuden dem Ende zuneigten, machte sich gespannte Erwartung in der Küche breit. Noch ganz unter dem Eindruck seiner Visite im Kloster, lehnte Berengar mit verschränkten Armen am Türbalken und war mit den Gedanken ganz woanders. Bei wem, konnte sich Bruder Hilpert natürlich denken, und der Anblick des Freundes, den das Schicksal von Schwester Irmingardis vollkommen in Anspruch nahm, schmerzte ihn. Bruder Wilfried ging es genauso, wenngleich auch er immer noch unter dem Eindruck seiner eignen, nicht minder deprimierenden Erlebnisse stand.

»Was tun?«, murmelte Bruder Wilfried vor sich hin, den Ellbogen auf das Kaminsims gestützt. »Sieht so aus, als wäre uns der Mörder immer einen Schritt voraus. Oder was meinst du?«

»Mag sein«, erwiderte Bruder Hilpert, nicht minder nachdenklich als er. »Obgleich dieser Schritt immer kürzer wird.«

»Gott erhalte dir deinen Optimismus.«

»Amen.«

Bruder Wilfried stieß sich vom Sims ab und begann, vor dem fächerförmigen Kaminschirm auf und ab zu gehen. »Und was macht dich so zuversichtlich?«, fragte er im Vorübergehen, die Hände auf dem Rücken verschränkt.

»Die Tatsache, dass es jede Menge Indizien gibt. Das Problem ist nur, die richtigen Schlussfolgerungen daraus zu ziehen – und fertig ist das Mosaik!«

»Als da sind?«

»Zum einen die Tatsache, dass mittlerweile zwei der unter uns Weilenden die Stimme des mutmaßlichen Täters kennen – Berengar und Stoffel. Beide haben unabhängig voneinander bekräftigt, dass es sich von der Art und Weise, wie er sich auszudrücken pflegt, mit hoher Wahrscheinlichkeit um einen Kleriker handeln könnte – und zwar einen gebildeten, hab ich recht?«

Stoffel und Berengar nickten, der Letztere mit gequältem Blick.

»Dies würde recht gut zur Reaktion dieses Chorherrn passen. Wie heißt er doch gleich, Berengar?«

»Fredegar von Stetten.«

»Von Stetten, genau!«, erwiderte Bruder Hilpert erfreut, in der Absicht, Berengar auf andere Gedanken zu bringen. »Seinem unfreiwilligen Versprecher zufolge muss ihn ein Mitglied des Domkapitels dazu animiert haben, die Silberbüsten samt den Reliquiaren auf dem Hochaltar stehen und nicht wieder zurück in die Krypta transportieren zu lassen. Gut möglich, dass es sich dabei um den Täter handelt.«

»Deine Kombinationsgabe in allen Ehren, Bruder –«, warf Bruder Wilfried unvermittelt ein, »aber bist du nicht auch der Meinung, dass eine derartige Perfidie – um nicht zu sagen Mordlust – nicht unbedingt zu einem Diener Gottes passt?«

»Mag sein. Kleriker oder nicht – dieser Mann ist weit schlimmer als alles, was mir bislang an Skrupellosigkeit begegnet ist.«

»Aber wer tut so etwas? Und warum? Doch wohl nur ein Mensch, der nichts mehr zu verlieren hat!«

Bruder Hilpert ließ den Mittelfinger über die Unterlippe gleiten und nickte zustimmend. »Durchaus möglich«, murmelte er. »Weitaus interessanter scheint mir jedoch die Frage, ob der Mörder aus eigenem Antrieb oder im Auftrag irgendwelcher Hintermänner agiert. Eines steht jedenfalls fest: Die Morde auf seinem Konto sind von Mal zu Mal grausamer geworden. Was auf eine geradezu diabolische Rücksichtslosigkeit oder hohen seelischen Druck schließen lässt. Oder beides. Und vor allem: Wann wird das Blutvergießen ein Ende haben? Und wo sind die Reliquien? Wenn er die nicht in die Hände bekommt, wird es vermutlich weitere Opfer geben.«

»Und an wen hast du dabei gedacht?«

Bruder Hilpert setzte zu einer Erwiderung an, hielt jedoch inne und schüttelte bedächtig den Kopf: »Nein, das wird er nicht wagen!«, sprach er zu sich selbst. »Es sei denn … nein … so weit würde er gewiss nicht gehen!«

In der Erkenntnis, dass Bruder Hilpert nichts so sehr hasste wie Spekulationen, gab Bruder Wilfried das Nachhaken auf. »Und wie geht es jetzt weiter?«, versuchte er, dem Gespräch eine andere Wendung zu geben.

»Gute Frage!«, antwortete Bruder Hilpert und fuhr mit der Handfläche an den Schläfen entlang. »Meiner Meinung nach wäre es das Beste, wenn wir –«

»Guten Abend, allerseits!«, fuhr ihm eine allseits bekannte Stimme fulminant in die Parade. »Warum so bedrückt?«

Wenn Blicke töten könnten, hätte Berengars Schwager Heribert beim Anblick seiner Frau eigentlich tot umfallen müssen. Allein, er tat dies nicht, wenngleich sich seine Miene im Zuge der nun folgenden Einflüsterungen seiner besseren Hälfte schlagartig zu verdüstern begann. »Aber das gibt's doch nicht!«, rutschte es ihm heraus, bevor er die Hand vor sein sperrangelweit offenes Sprechorgan schlug.

»Und ob!«, trug Berengar seinen Teil zur Konfusion des Hausherrn bei, während er in den Kreis der betreten dreinblickenden Anwesenden trat. »Und was nun?«

»Fragen wir lieber den Hausherrn, ob seine Erkundigungen von Erfolg gekrönt waren!«, schlug Bruder Hilpert vor.

Heribert blähte die von roten Äderchen durchzogenen Backen auf und ließ einen Schwall Atemluft entweichen. »Das kann man wohl sagen!«, verkündete er mit der Miene einer Sphinx. »Wenngleich mir das, was ich zu berichten weiß, geradezu die Schamröte auf die Wangen treibt!«

»Jetzt mach's nicht so spannend!«, erstickte Sieglinde Heriberts Hang zur Selbstdarstellung im Keim. »Bis zum Jüngsten Tag hat Bruder Hilpert keine Zeit!«

»So, wie ich ihn kenne, wird er sie sich bestimmt nehmen!«, parierte der Hausherr die Attacke seiner Frau. Und fügte mit Blick auf Stoffel hinzu: »Vorausgesetzt, wir sind unter uns!«

»Keine Sorge, Meister Heribert!«, wusste Bruder Hilpert seine Bedenken zu zerstreuen. »Der gute Mann hier ist ein wichtiger Zeuge und noch dazu verschwiegen wie ein Grab. Hab ich recht, Stoffel?«

Noch ganz unter dem Eindruck des wahrhaft königlichen Mahls, gab der Bettler einen zustimmenden Laut von sich.

»Lasst hören, Meister Heribert!«, konnte Bruder Hilpert seine Neugier fast nicht mehr bezähmen. »Was habt Ihr uns zu berichten?«

»Kaum zu glauben, was es so alles gibt!«, schüttelte Berengars Schwager den Kopf. »Nicht genug damit, dass von Marmelstein, diese fette Qualle, beim Reliquienhandel kräftig mitverdient. Beziehungsweise sein Herr und Meister droben auf der Burg. Praktiken wie diese sind heutzutage ja schon fast normal. Gemessen an dem, was der Herr Domkapitular sonst noch auf dem Kerbholz hat.«

»So zum Beispiel seine Vorliebe für Knaben?«

Heribert war so perplex, dass ihm die Kinnlade herunterklappte, und sein Respekt vor Bruder Hilpert war noch nie so groß gewesen wie in diesem Moment. »Woher wisst Ihr das, Bruder?«, fragte er, der festen Überzeugung, dass es hier nicht mit rechten Dingen zuging.

»Später!«, beschied ihm Bruder Hilpert knapp. »Zunächst einmal Euer Bericht! Und wenn wir gerade dabei sind: Woher habt Ihr eigentlich Eure Informationen?«

»Von Samuel Isaaksohn, Geldverleiher am Oberen Markt. Die beste Quelle, die man überhaupt anzapfen kann.«

»Und weshalb?«

»Weil die halbe Stadt bei ihm in der Kreide steht. Und davon nicht wenige – mit Verlaub, Bruder – Pfaffen. Wenn einer wie Marmelstein die Konzession für die Exklusivrechte am Reliquienhandel um das Doppelte erhöht, ist bestimmt etwas faul!, hab ich mir gesagt. Dann handelt er entweder auf Befehl seines Herrn, unseres allseits geliebten Herrn Bischofs, oder ihm selber steht das Wasser bis zum Hals. Wobei meinen Nachforschungen zufolge Letzteres der Fall gewesen ist.«

»Inwiefern?«

»Wie mir der alte Isaaksohn unter dem Siegel strengster Verschwiegenheit verriet, ist ihm seine Vorliebe für Knaben langsam, aber sicher über den Kopf gewachsen.«

»So sehr, dass er diesem Büttner seit Januar mehr als das Doppelte abgepresst hat? Kaum zu glauben!«

»Aber wahr, Bruder! Wobei es sich stets um das gleiche Objekt seiner fleischlichen Begierde –«

»Heribert Scheuermann, jetzt ist es aber genug!«, protestierte Sieglinde mit hochrotem Kopf.

»Für den Fall, oh du mein Augapfel, dass du es noch nicht gemerkt haben solltest: Hier geht es um die Aufklärung mehrerer Morde, nicht um schlüpfrige Geschichten!«, konterte Heribert routiniert.

»Mag sein. Das heißt aber noch lange nicht, dass ich mir deine Ausführungen auch anhören muss! Komm, Stoffel, wir gehen!«, machte Berengars Schwester aus ihrer Empörung keinen Hehl, zupfte den Bettler am Ärmel und eskortierte ihn zur Tür hinaus.

»Da geht sie hin und kehrt nicht wieder!«, deklamierte Heribert mit theatralischer Pose und wandte sich erneut Bruder Wilfried, Berengar und Bruder Hilpert zu. Dieser konnte sich ein Schmunzeln nicht verkneifen, war aber kurz darauf wieder todernst. »Wollt Ihr damit andeuten«, knüpfte er an das zuvor Gesagte wieder an, »dass sich unser tugendhafter Herr Domkapitular über einen längeren Zeitraum hinweg die Dienste von ein und derselben Person erkauft hat?«

»Genau.«

»Und für wie lange?«

»Keine Ahnung. Falls es Euch ein Trost ist, Bruder: Nicht einmal Isaaksohn wusste diesbezüglich genau Bescheid. Und der hört bekanntlich die Flöhe husten.«

»Sonst noch irgendwelche Informationen?«

»In der Tat, Bruder. Das Beste kommt erst noch.«

»Als ob dies alles nicht schon mehr als genug gewesen wäre!«, fügte Bruder Hilpert mit finsterer Miene hinzu.

»Mit Sicherheit!«, pflichtete ihm Heribert bei. »Doch hört weiter – und haltet Euch fest! Also: In seiner Verzweiflung – will heißen, weil ihm sein Gespiele immer teurer zu stehen kam – hat sich von Marmelstein Ende letzten Jahres mit der dringenden Bitte um Kredit an den alten Isaaksohn gewandt. Und dies beileibe nicht zum ersten Mal. Sein Lebensstil ist nun einmal ein sehr aufwendiger, wie jedermann weiß. Kurz gesagt: Zum fraglichen Zeitpunkt, also ungefähr an Weihnachten, stand von Marmelstein beim alten Isaaksohn bereits so tief in der Kreide, dass dieser sich weigerte, ihm weiter Kredit zu gewähren. Und zwar in aller Entschiedenheit.«

»Weshalb er auf die Idee kam, Büttner kräftig zur Ader zu lassen und die Summe für die Exklusivrechte am Reliquienhandel um mehr als das Doppelte zu erhöhen.«

»Stimmt, Bruder. Nur leider eben nicht ganz.«

Bruder Hilpert zog die Augenbrauen in die Höhe und sah Heribert mit gespannter Erwartung an. »Und wieso nicht?«

»Weil er vor dem alten Isaaksohn so lange auf den Knien rumgerutscht ist, bis der noch einmal tausend Gulden ...«

»Tausend Gulden? Heilige Muttergottes!«

»... locker gemacht hat – Ihr habt richtig gehört! Zahlbar bis Ende des Jahres. Mit Zins und Zinseszins, versteht sich. Er muss völlig verzweifelt gewesen sein. Am Boden zerstört.« Heribert blinzelte Bruder Hilpert vielsagend an. »Und jetzt kommt's: Er war derart in Rage, dass ihm sogar der Name seines ... seines ... wie drücke ich mich bloß aus?«

»Lustknaben!«, vollendete Berengar, ohne eine Miene zu verziehen.

»Dank dir, Schwager! Kurz gefasst: Er hat alles ausgeplaudert. Bis ins kleinste Detail. Fragt den alten Isaaksohn, Bruder – und er wird Euch das Gleiche sagen wie mir!«

»Verzeiht, Meister Heribert – aber draußen wartet ein feiner Herr und begehrt Bruder Hilpert zu sprechen!« Eine der Mägde, ein keckes Geschöpf mit Sommersprossen und rotblondem Haar, stand auf der Türschwelle und sah den Hausherren erwartungsvoll an. Dieser wiederum richtete den Blick auf Bruder Hilpert, der kaum merklich nickte.

»Dann also herein mit ihm!«, forderte Heribert die Dienstmagd auf. Kaum hatte er sich gesetzt, als ein mittelgroßer Höfling mit südländischem Teint ohne ein Wort des Grußes in die Küche stürmte, weder seinen noch den Namen seines Herrn nannte und eilends auf Bruder Wilfried zusteuerte. »Ihr müsst Bruder Hilpert sein!«, begann er, wurde aber durch einen Wink mit dem Daumen an den richtigen Adressaten verwiesen.

»Ich höre, mein Sohn! Welche Kunde bringt Ihr uns?«, gab sich Bruder Hilpert merklich zugeknöpft. »Wie heißt Ihr überhaupt?«

»Giacomo, Signore!«, stieß der Höfling atemlos hervor und deutete eine Verbeugung an. »Kammerdiener des Herrn von Marmelstein!«

Bruder Hilpert, Berengar und Bruder Wilfried fuhren zusammen und wechselten einen überraschten Blick.

»Und was bringt Euch hierher, Signore?«, fragte Bruder Hilpert. »Nur keine Scheu – Ihr habt nichts zu befürchten!«

Die Züge des Kammerdieners hellten sich auf, wenn auch nur kurz. »Die pure Verzweiflung!«, keuchte von Marmelsteins Faktotum, den Tränen nah. »Man stelle sich vor: Mein Herr ist tot!«

»Er ist was?!«, rief Bruder Hilpert bestürzt aus.

»Si, Signore!«, bekräftigte der Italiener mit tränenfeuchtem Blick. »Er ist tot – so wahr mein Name Giacomo ist! Schlimmer noch: Er hat sich umgebracht! Mit Gift! Nicht einmal eine halbe Stunde ist vergangen, seit ich ihn gefunden habe! Tot! Einfach so! Madonna Santa, wie konnte das nur geschehen?«

»Und wie kam es, dass gerade Ihr ihn gefunden habt?«

»Bevor sich der gnädige Herr zur Ruhe begab, hat er mir strikte Anweisung erteilt, ihn bis morgen früh nicht zu wecken. Das hat er bis jetzt noch kein einziges Mal gemacht.

Normalerweise bleibt er lange wach. Teilweise sogar bis nach Mitternacht. Versteht Ihr, Signore? Mir kam die Sache ganz einfach spanisch vor. Deswegen habe ich noch einmal angeklopft. Als ich keine Antwort bekam, habe ich die Tür aufgebrochen.«

»Das heißt, sie war abgeschlossen?«

»Precisamente!* Ein schlechtes Zeichen. Der Herr Domkapitular pflegte nämlich sonst nicht abzuschließen. Nie.«

»Und dann?«

»Dann habe ich ihn auf seinem Ruhebett liegen sehen. Als halte er seinen Mittagsschlaf. Aber dann fand ich den Becher. Und mir ist dieser unverwechselbare Geruch in die Nase gestiegen. Ab da war mir alles klar.«

Bruder Hilpert, der die neuerliche Hiobsbotschaft erst einmal verdauen musste, machte ein betroffenes Gesicht. Dann fragte er: »Versteht mich bitte nicht falsch, Signore – wieso wendet Ihr Euch in dieser Angelegenheit eigentlich an mich?«

Der Kammerdiener schlug die Handfläche gegen die Stirn. »Ach so, der Brief!«, rief er zerstreut. »Wie konnte ich das nur vergessen! Verzeiht mir, Bruder, aber ich bin immer noch völlig durcheinander.« Dann riss er beschwörend die Hände empor, kramte einen versiegelten Umschlag aus seinem buntscheckigen Wams und drückte ihn Bruder Hilpert in die Hand.

»Ein Brief?«, entfuhr es Berengar, bevor Bruder Hilpert zu Wort kam. »Hochinteressant.«

»Abwarten!«, erwiderte sein Freund zerstreut, für Berengars Geschmack allerdings eine Idee zu barsch.

»Ihre Magnifizenz mögen verzeihen!«, erwiderte dieser prompt. »Für den Fall, dass du es vergessen hast: Jeder von uns hat sein Kreuz zu tragen!«

»Das weiß ich, mein Freund!«, lenkte Bruder Hilpert ein, während er das Siegel erbrach. »Glaube mir: Wenn die Not

* Genau!

am größten ist, wird dem, der sich seiner Fürsorge würdig erweist, ein Fingerzeig des Herrn zuteil.«

»Wäre auch langsam Zeit!«, brummte Berengar und verschränkte die Arme vor der Brust.

Bruder Hilpert indes war so sehr in seine Lektüre vertieft, dass er nur noch mit einem Ohr hinhörte. Als er den Brief fertig gelesen hatte, begann er von vorn, während sich seine Miene spürbar erhellte. Berengar und Bruder Wilfried tauschten einen überraschten Blick und traten näher.

»Und?« Berengar schien vor Neugierde förmlich zu platzen. »Irgendetwas von Bedeutung?«

Bruder Hilpert ließ den Brief sinken, sah ihn geistesabwesend an und flüsterte: »Das kann man wohl sagen!«

»Und was?« Berengar verzog das Gesicht. Bei Bruder Hilpert wusste man bisweilen wirklich nicht, woran man war.

»Sieht so aus, als hätte unser Phantom einen Namen!«, murmelte sein Freund, aber so, als habe er es nicht mit ihm, sondern einem imaginären Spiegelbild zu tun.

»Worauf warten wir dann noch?«, konnte Berengar sein Temperament kaum noch zügeln. »Wenn du glaubst, den Mörder zu kennen, warum schnappen wir ihn uns nicht?«

»Glauben heißt bekanntlich nicht wissen!«, beschwichtigte Bruder Hilpert den Freund. »Was wir brauchen, sind Beweise. Solche, mit denen sich etwas anfangen lässt. Der Mann, mit dem wir es hier zu tun haben, wird sich seiner Haut zu wehren wissen. Auf bloße Vermutungen oder voreilige Schlussfolgerungen können wir uns folglich nicht stützen. Wie gesagt: Wir brauchen Beweise. Zeugen. Unwiderlegbare Fakten. Sonst werden wir uns eine blutige Nase holen. Und vor allem: Wir müssen die Spur zu den Hintermännern finden, in deren Auftrag dieser Mann tätig ist.« Bruder Hilpert atmete tief durch. »Erst dann, wenn alles wasserdicht ist, werden wir uns die Freiheit nehmen, diese Bestie in Menschengestalt nach allen Regeln der Kunst in die Enge zu treiben. Und dann Gnade ihm Gott! Er wird seine gerechte Strafe bekommen. Das sind wir seinen Opfern schuldig. Auch wenn sie allesamt keine Heiligen waren.«

Berengar gab ein zustimmendes Nicken von sich, und Bruder Wilfried ebenso. »Willst du uns nicht wenigstens sagen, wie er heißt?«, beharrte Berengar, aber die letzten drei Worte seiner Frage gingen in lautem Gepolter und aufgeregtem Rufen unter. Der Lärm kam von draußen, direkt aus der Diele, und bevor einer der Anwesenden reagieren konnte, wurde die Küchentür aufgerissen und Sieglinde stürzte herein.

»Heribert, du musst sofort kommen!«, forderte sie ihren Gatten ultimativ auf. »Und du auch, Berengar! Jetzt steht nicht rum und haltet Maulaffen feil! Tut, was ich euch sage, sonst ist es zu spät!«

»Was ist denn überhaupt los?«

»Das wirst du schon sehen, Bruder! Und jetzt komm – und Ihr, Bruder Hilpert, kommt am besten gleich mit!«

Dicht gefolgt von Bruder Hilpert, hetzte Berengar hinter seiner Schwester her, die mit gerafftem Rock in Richtung Haustür stürmte. Die Stundenglocke im Dominikanerkloster gegenüber schlug neun Mal, und im gleichen Moment, als Berengar auf die Gasse stürzte, blieb er wie versteinert stehen. Giacomo, der ihm auf dem Fuße folgte, ebenso.

Keine drei Schritte von ihm entfernt lag eine Frau. Sie sah aus wie tot, ein Eindruck, der durch das flackernde Windlicht in der Hand der wie Espenlaub zitternden Magd noch verstärkt wurde. Sie war wunderschön, trotz oder gerade wegen des schlichten Wollkleides, das sie trug. Das Gesicht, welches sämtliche Bildhauer dieser Welt, sogar die italienischen, vor Neid hätte erblassen lassen, war leicht zur Seite geneigt. So, als suche sie seinen Blick. Heribert, sein Schwager, kniete neben ihr, noch verzweifelter als die sommersprossige Magd. Als er Berengar bemerkte, sah er fragend zu ihm auf.

Berengar erwiderte seinen Blick, ebenso konsterniert wie er. Dann wandte er seine Aufmerksamkeit wieder der auf dem Pflaster liegenden, wie leblos wirkenden Frauengestalt zu.

Und dann, ganz allmählich, so als lüfte sich ein Schleier vor seinem Gesicht, begann Berengar von Gamburg zu begreifen.

Er kannte diese Frau.

Vorsichtig ausgedrückt.

Und er hätte alles getan, damit sie ein Lebenszeichen von sich gab.

»Irmingardis!«, rief er aus, aber da war Bruder Hilpert bereits niedergekniet, hatte den Arm unter ihre Achsel geschoben und sie sanft emporgehoben.

Berengar sah tatenlos zu. Er war wie gelähmt. Erst als Bruder Hilpert im Begriff war, die junge Frau ins Haus zu tragen, wachte er aus seiner Erstarrung auf.

Und dann geschah es. Irmingardis schlug die Augen auf, lächelte ihn an – und fiel zurück in die Ohnmacht, der sie einen Wimpernschlag lang entronnen war.

»Und was nun?« Als sich die Tür ihres Schlafgemaches hinter Sieglinde schloss, sah Berengar alles andere als glücklich aus. Die Sorge um Schwester Irmingardis stand ihm ins Gesicht geschrieben, mehr als allen anderen im Haus.

Wohl wissend, dass die Ordensfrau über den Berg und bei Sieglinde bestens aufgehoben war, zog Bruder Hilpert die richtigen Schlüsse daraus, lächelte den Freund an und sprach: »Ruhig Blut, Berengar! Alles, was Schwester Irmingardis jetzt braucht, ist Ruhe. Und nochmals Ruhe. Von daher mein Vorschlag, sie nicht um den wohlverdienten Schlaf zu bringen. Was ihr widerfahren ist, erfahren wir noch früh genug. Wie du siehst, ist deine Schwester rührend um sie besorgt. Und du ja wohl auch.« Bruder Hilpert konnte sich ein neuerliches, ungleich gelösteres Lächeln nicht verkneifen. »Damit du dir nicht weiter unnötig Sorgen machst, würde ich vorschlagen, du bleibst erst einmal hier. In ihrer Nähe. Oder an ihrer Seite – je nachdem!«

»Und ihr?«

»Wir beide werden alles tun, um den Mörder dingfest zu machen.«

»Und ich?«, fragte Heribert gekränkt und sah Bruder Hilpert und Wilfried mit schelmischem Grinsen an. »Jetzt, wo mir eheliche Freuden fürs Erste verwehrt bleiben, könnte ich Euch doch sicherlich von Nutzen sein!«

»Nichts lieber als das, Meister Scheuermann!«

»Und was, Bruder Hilpert, habt Ihr mit mir vor?«

»Euch mit einer überaus heiklen Mission zu betrauen. Vorausgesetzt, Ihr stimmt zu.«

»Ich soll diesen Lustknaben aufspüren und ihn mir einmal ordentlich zur Brust nehmen, stimmt's?«

»Genau. Jedoch ohne die Sache auf die Spitze zu treiben!«, warf Berengar trocken ein.

Froh darüber, dass sich sein Freund von seinem Schreck zu erholen begann, warf Bruder Hilpert einen Blick in die Runde und lächelte die Gefährten aufmunternd an. »Dann wären wir uns ja fast einig!«, fuhr er erleichtert fort. »Ihr, Meister Scheuermann, seid so gut und kümmert Euch um besagten Knaben. Um wen es sich bei ihm auch immer handeln mag. Sprecht nochmals bei Isaaksohn vor, schildert ihm die Dringlichkeit des Falles und entlockt ihm den Namen dieser Kreatur. Das heißt, falls er ihn nicht schon längst kennt.«

»Wird gemacht.«

»Und du, Wilfried, knöpfst dir diesen Abdecker vor. Wäre doch gelacht, wenn er nicht zum Reden zu bringen wäre.«

»Geht in Ordnung. Und du, Bruder?«

Bruder Hilpert rieb die Handflächen aneinander, zog einen zerknitterten Zettel aus seiner Kukulle und hielt ihn für jedermann sichtbar ich die Höhe. »Was mich betrifft, habe ich noch eine Verabredung. Wie spät ist es eigentlich?«

Der Hausherr warf dem Stundenglas auf der Kommode neben der Tür einen flüchtigen Seitenblick zu. »Etwa eine Stunde vor Mitternacht«, sagte er. »Wieso?«

»Höchste Zeit!«, erwiderte Bruder Hilpert, ohne auf Heriberts Frage einzugehen.

»Der fehlende Teil des Kleeblatts?«, warf Bruder Wilfried ein.

»Exakt! Der bereits mehrfach erwähnte Ansgar. Gumperts und Agilulfs Blutsbruder. Ebenjener Mann, der mir und Berengar heute Mittag aufgelauert hat.«

»Ratsam, sich vor ihm zu hüten.«

»Stimmt, Berengar.«

»Was hat dieser Galgenvogel deiner Meinung nach vor?«

»Die Frage aller Fragen. Aber wer weiß – vielleicht hat er auch nur Angst.«

»Und wovor?«

»Wenn überhaupt, dann vor diesem … vor dem Kapuzenmann, meine ich.«

Eine weitere Sorgenfalte trat auf Berengars Stirn, beileibe nicht die einzige an diesem Tag. »Und du willst uns wirklich nicht sagen, wer der Verdächtige ist?«

Bruder Hilpert schüttelte den Kopf. »Tut mit leid, mein Freund. Du wirst dich noch eine Weile gedulden müssen. Zumindest bis morgen früh. Dann sehen wir bestimmt klarer.«

»Und wann treffen wir uns?«

»Spätestens bei Sonnenaufgang. Und nun, treue Gefährten – mit Gottes Hilfe ans Werk!«

Bischöfliche Gemächer, kurz vor Mitternacht

Noch eineinhalb Tage. Dann würde sich sein Schicksal entscheiden.

Johann von Brunn seufzte, stützte das Kinn auf den Daumen und starrte auf die Stundenkerze, die vor ihm auf dem Schreibtisch stand. Sie war fast heruntergebrannt, die einzige Lichtquelle in seinem Gemach. Ein paar Augenblicke noch, und er säße im Dunkeln.

Der Bischof nahm jedoch kaum Notiz davon. Er hatte andere Sorgen. Jede Menge sogar. So drückend, dass sie ihm den Schlaf raubten.

Da war zum einen die leidige Angelegenheit mit den Kilianreliquien. Eine Affäre, die ihm glatt den Kopf kosten konnte. Und vielleicht auch würde. Es sei denn, dieser Hilpert würde im letzten Moment ein Wunder vollbringen. Am besten innerhalb der nächsten sechsunddreißig Stunden. Doch daran glaubte selbst er nicht mehr.

Und überhaupt – Demetrius! Und dann erst diese Ordensschwester, die im Skriptorium erwischt worden war! Wozu eigentlich ihre Nachforschungen, ihre impertinenten Schnüffeleien? War dies eine groß angelegte Intrige, ein Komplott des Domkapitels, das darauf abzielte, ihn endgültig zur Unperson zu stempeln? Johann von Brunn ballte die Rechte zur Faust. Nicht die Spur von einem Indiz. Weder im Hinblick auf eventuelle Drahtzieher, noch in Bezug auf das Versteck dieser Irmingardis, die Hals über Kopf geflüchtet war. Und das trotz seines ausdrücklichen Befehls, sie nicht aus den Augen zu lassen.

Einfach zum Haare Raufen.

Von dem mittlerweile halben Dutzend Depeschen hoher Kirchenfürsten gar nicht zu reden. Die Gebeine der Heiligen Drei Könige: gestohlen. Ebenso die von König Heinrich II. und seiner Gemahlin Kunigunde. Die letzte Ruhestätte von Stankt Ulrich und Afra zu Augsburg: geplündert. Die Gebeine des heiligen Bonifatius: verschollen. Und so weiter und so fort.

Raub, Mord und Grabschändungen. Und Hiobsbotschaften im Stundentakt.

Das reinste Martyrium.

Johann von Brunn vergrub das Gesicht in den Händen und schüttelte den Kopf.

Doch dann, in einem Anfall jähen Zorns, raffte er das ganze Bündel Depeschen, Eilbriefe und Sendschreiben zusammen, stapelte sie aufeinander und hielt sie ins Feuer. Doch was er bezweckt hatte, misslang. Die Stundenkerze leuchtete kurz auf, flackerte und erlosch schließlich ganz.

Und mit ihr der letzte Rest an Hoffnung, den Johann von Brunn noch besessen hatte.

»Seid unverzagt, Brüder, und fürchtet Euch nicht!«, sprach der Mönch mit den blauen Augen im ansonsten blassen Gesicht. Einem Gesicht, das man trotz der unauslöschlichen Spuren wochenlangen Fastens und nicht enden wollender Bußübungen so leicht nicht vergaß. Von den aufrüttelnden Predigten des jungen Mannes mit dem irischen Akzent nicht zu reden. Seine Worte waren süßer als Honig, betörender als Rosenduft, einschmeichelnder als Musik. Eine Begegnung mit ihm, und es war um einen geschehen.

So, wie damals, als Kolonat und Totnan den Gefährten zum ersten Mal trafen.

Am heutigen Tage indes war alles anders. Totnan hatte Angst, mehr noch als Kolonat, der Mühe hatte, richtig wach zu werden. Angst vor den Schergen der Herzogin, die sich ihrer lieber heute als morgen entledigt hätte, Angst vor den Häschern, die sich soeben an der Tür des Pferdestalles zu schaffen machten, Angst vor dem Sterben.

Und Angst davor, was nach ihrem Tod passieren würde.

Von Angst, sofern er dieses Gefühl überhaupt kannte, war bei Kilian jedoch nicht das Geringste zu spüren. Immer noch auf den Knien, winkte er die Gefährten zu sich herüber und wandte sich dem unförmigen Holzkreuz auf dem Strohballen zu.

Der Docht der Öllampe, die sich unweit von ihm auf dem Boden befand, war fast abgebrannt. Genau wie das Leben der drei Mönche, die nebeneinander auf dem Boden des Pferdestalles knieten, einen Psalm auf den Lippen, als ihre Mörder die Tür eintraten.

FÜNFTER TAG

Noch zwei Tage bis Kiliani, Anno Domini 1416

10

Mergentheim an der Tauber, kurz nach Mitternacht

»Ein Radau wie bei der Kirchweih – und das mitten in der Nacht! Komm ja schon, verdammt noch mal!«

Heiner, Nachtwächter und Torwärter in einer Person, war ein Gemütsmensch. Es sei denn, man riss ihn aus dem Schlaf. So, wie in diesem Moment.

Eine Viertelstunde nach Mitternacht, und ein Lärm wie beim Jüngsten Gericht!

»Immer mit der Ruhe – komm ja schon!«, grummelte Heiner vor sich hin, klein, untersetzt und mit ansehnlichem Schmerbauch gesegnet. Dann nahm er seine Laterne vom Haken, öffnete das Guckloch und lugte in den Regen hinaus.

Und wich instinktiv zurück.

Ein paar Augenblicke später, das Dröhnen des eisernen Klopfrings im Ohr, hatte sich Heiner halbwegs von seinem Schrecken erholt und riskierte einen zweiten, ungleich längeren Blick. Nur um festzustellen, dass der Mann vor dem Tor immer noch der gleiche war.

Heiner schluckte, und das Undenkbare geschah: Ihm fehlten die Worte. Kein Wunder auch, denn einen leibhaftigen Kardinal bekam man schließlich nicht jeden Tag zu sehen. Noch dazu in einem gottverlassenen Nest wie diesem.

»Im Namen des Heiligen Vaters – öffnet das Tor!«, hallte es ihm durch das vergitterte Guckloch entgegen, und ein weiterer Blick überzeugte ihn, dass mit dem hageren Mann im dunklen Kapuzenmantel, unter dem eine scharlachrote Robe samt Brustkreuz hervorblitzten, nicht zu spaßen war. Ebenso wenig wie mit seinem Gefolge, allesamt schwer bewaffnete

Reiterknechte. Heiner, Pfaffenhasser aus echtem Schrot und Korn, verzog missmutig das Gesicht.

Dann gab er klein bei.

Kardinal war nun einmal Kardinal. Und damit Schluss.

»Im Namen des Heiligen …«

»Stets zu Diensten, Hochwohlgeboren!«, rief Heiner eilfertig aus, unsicher, wer genau mit ›Heiliger Vater‹ gemeint sein könnte. Immerhin hatte es bis vor Kurzem drei Päpste gegeben. Da konnte man leicht den Überblick verlieren.

Als er das Tor aufsperrte, gab Heiner das Rätselraten auf. Der Mann in der scharlachroten Robe, der kaum einen Blick für ihn übrig hatte, wirkte wie die leibhaftige Autorität auf ihn. Welchem Herrn er diente, war auf einmal belanglos geworden.

»Der Weg zum Dominikanerkloster, aber *rapido*!«, schnarrte der hagere, fast sechs Fuß große Mann mit dem unverkennbar südeuropäischen Teint, während er seinen Mantel über die prächtige Robe zog.

»Stets zu Diensten, Herr!«, katzbuckelte Heiner und erkannte sich dabei selbst nicht wieder. »Wiewohl ich mir vorstellen könnte, dass es sich die hohen Herren in der Burg zur Ehre anrechnen würden, wenn Ihr ihnen zuvor Eure Aufwartung …«

»Er redet, wenn Er gefragt ist – ist das klar?!«, erstickte der nächtliche Besucher seinen gut gemeinten Vorschlag im Keim. »Ich bin inkognito hier. Und dabei bleibt es, verstanden? Zu niemandem ein Wort, sonst bekommt Er es mit mir zu tun!«

Heiner nickte devot. Und hielt den Mund. Eine, gemessen an den Umständen, nur allzu verständliche Reaktion.

Kurz darauf, als das Tor wieder geschlossen war und sich Ross und Reiter innerhalb der schützenden Mauern befanden, setzte sich Heiner an die Spitze des Zuges und schlug den Weg zur Burggasse ein. Beim Anblick der bis an die Zähne bewaffneten Soldknechte war ihm alles andere als wohl in seiner Haut, und so beschleunigte er seinen Schritt. Rechts von ihm, hinter dem mehrere Klafter breiten Wassergraben, ragten die Umrisse der Burg empor, und plötzlich verspürte Heiner den Wunsch, man möge dort droben auf ihn aufmerksam werden.

Doch nichts geschah, und so bog Heiner in die Burggasse ab. Aus dem guten Dutzend strohbedeckter Katen, vor denen sich Mist und Abfall türmten, drang kein Laut nach draußen, und die Gasse lag in völligem Dunkel. Eine eigentümliche Stille lag über der Stadt, selbst dann noch, als der gespenstische Zug den Marktplatz erreichte.

Auch hier das gleiche Bild. Nachtschwarze Finsternis und kein Mensch zu sehen. Heiners Atem ging rascher. Langsam, aber sicher kam er sich vor wie in einem Traum. Einem Albtraum, denn beim Umdrehen fiel ihm auf, dass die Hufe der Pferde mit Stofflappen umwickelt waren.

Jetzt war guter Rat teuer. Der Kardinal wollte unerkannt bleiben. Und ins Dominikanerkloster. Gut und schön. Aber warum? Wozu in aller Welt diese Geheimniskrämerei?

Eher instinktiv und wie in Trance bog Heiner nach links und schlug den Weg zum Dominikanerkloster ein, vorbei am Rathaus, das ebenfalls im Dunkeln lag. Ein paar Augenblicke später war es endlich geschafft. Der Reitertrupp hatte die Pforte des Dominikanerklosters erreicht.

»Wir sind da, Eminenz!«, rief Heiner erleichtert aus. Doch die erwartete Reaktion seines Auftraggebers blieb aus.

Nichts Gutes ahnend, drehte sich Heiner um. Der Mann mit der scharlachroten Robe sah stur geradeaus und würdigte ihn keines Blickes. Heiner stutzte. Und hob, der besseren Sicht wegen, die Laterne auf Augenhöhe empor.

Der zweite Fehler und zugleich sein letzter auf dieser Welt.

Das Gesicht des Kardinals erstarrte zu einer wachsbleichen Maske. Die Hakennase, auffälligstes Merkmal in dem wie erloschen wirkenden Gesicht, neigte sich, während sich sein stechender Blick direkt in Heiners Augen bohrten.

Fast gleichzeitig schnippte Oddo di Colonna, Kardinaldiakon in geheimer Mission, mit dem Finger. Eher beiläufig, als sei das, was nun folgen würde, ganz allein Heiners Schuld.

Der Mann zu seiner Rechten, ein italienischer Kondottiere, der ebenso gut als Straßenräuber hätte durchgehen können, gehorchte, ohne zu fragen. Und ohne einen Moment zu zögern. Er wusste, was er zu tun hatte.

Und er tat es schnell.

Als der Soldknecht mit dem Narbengesicht nur noch eine Armlänge von ihm entfernt war, sah Heiner die Klinge eines Dolches aufblitzen und spürte kurz darauf einen heftigen Schmerz in der Brust. »Warum?«, stammelte er, während der Kondottiere den Dolch aus seiner Brust zog, ihn an einem Grasbüschel abwischte und mit gleichgültiger Miene zurück in die Scheide steckte.

»Warum?« Oddo di Colonna lachte kurz auf. »Weil kein Mensch je erfahren darf, dass ich hier gewesen bin! Und darum, mit Verlaub: Fahr zur Hölle, nichtswürdige Kreatur!«

»Dann bis bald!«, presste Heiner zwischen seinen zusammengebissenen Zähnen hervor, beschrieb einen Halbkreis – und sackte lautlos zu Boden.

»Und Euer Gewährsmann, Bruder Prior – was war mit dem?« Kardinaldiakon Oddo di Colonna war so sehr in die Wandgemälde der Sakristei vertieft, dass er seinen Nebenmann kaum zur Kenntnis nahm. Der wiederum war leichenblass, nachgerade die Verlegenheit in Person.

»Bedaure, Eminenz!«, wimmerte Bruder Lothar, knapp 40, milchbärtig und über die Maßen nervös, und nestelte verlegen an seinem Habit herum. Die Angst vor dem hochrangigen Besucher saß ihm so tief in den Knochen, dass er keinen vernünftigen Satz zusammenbrachte. »Keine Ahnung, warum es zu diesem bedauerlichen Fauxpas gekommen ist!«

Der Kardinaldiakon zog die buschigen Augenbrauen in die Höhe und warf dem Prior des Dominikanerklosters zu Mergentheim einen geringschätzigen Seitenblick zu. Ein Blick, der nichts Gutes verhieß. »Ich weiß nicht, ob Fauxpas die richtige Bezeichnung für Euer jämmerliches Versagen ist!«, zischte er. »Oder wie darf ich es verstehen, wenn uns statt Eures Gewährsmannes dieser – wie hieß er doch gleich …?«

»Heiner, ehrwürdiger Vater.«

»… wenn uns statt Eures Gewährsmannes dieses impertinente Lästermaul von einem Torwächter in Empfang genommen hat?!« Aus den dunklen, zwischen einem Paar zusammengepresster Lider kaum mehr erkennbaren Augen des Kardinaldiakons schoss ein wahres Bündel von Blitzen. »Könnt Ihr Euch überhaupt vorstellen, Bruder, was hätte passieren können, wenn einer meiner Männer nicht so schnell und effektiv gehandelt hätte?!«

Bruder Lothar schluckte, wusste er doch nur zu genau, worauf die Bemerkung des Kardinaldiakons anspielte. »Nein!«, räumte er reumütig ein, »lieber nicht!« Um in einem jähen Anflug von Keckheit hinzuzufügen: »Zumal mich Eminenz über Sinn und Zweck Ihrer Mission im Unklaren zu belassen geruhten.«

»Gehe ich fehl in der Annahme, Bruder«, ließ Colonnas Zurechtweisung nicht lange auf sich warten, »dass Ihr dem Heiligen Stuhl und mir gegenüber zum unbedingten Gehorsam verpflichtet seid – was immer auch geschehen mag?« Im Lichtkegel der Öllampe, welche an der Decke der Sakristei hing, warf die Gestalt des Kardinaldiakons einen überdimensionalen Schatten an die Wand. Er war so groß, dass das Bildnis der Muttergottes darunter verschwand. Der Kardinaldiakon, dessen Gesicht wie ein Totenkopf aussah, bemerkte es jedoch nicht, und seine Worte klangen dem Prior wie Geißelhiebe in den Ohren: »Insbesondere deshalb, weil Euer Orden die väterliche Zuneigung des Heiligen Vaters genießt? Nennt Euch der Volksmund doch nicht zu Unrecht *Domini Canes* – Spürhunde des Herrn! Wer, wenn nicht die Dominikaner, wäre demzufolge besser imstande, die Befehle des Heiligen Vaters widerspruchslos auszuführen?«

Bruder Lothar nickte devot, den Blick auf ein Gemälde geheftet, welches das Martyrium eines Mitbruders aus längst vergangenen Tagen zeigte. Dieser wies eine klaffende Kopfwunde auf, weshalb er sich die Frage stellte, welche Folgen besagter Gehorsam gegenüber einem vom Konzil zu Konstanz rechtskräftig abgesetzten Papstes für ihn haben könne. Zugegeben, er hatte für Johannes XXIII. und seinen Gefolgsmann Colonna Partei ergriffen. Und musste mit dieser Entscheidung leben. Die Frage war nur, ob er sie im Angesicht der jüngsten Ereignisse am Ende nicht doch bereuen würde.

Als könne er Gedanken lesen, wandte sich Colonna dem Prior zu, rückte sein Brustkreuz zurecht und bedachte ihn mit einem strafenden Blick, wie der Abt einen unbotmäßigen Novizen. Sein scharlachrotes, wie blutdurchtränkt wirkendes Habit ließ Bruder Lothar vor Ehrfurcht erstarren, und was Colonnas Ornat nicht bewirkte, vollbrachte seine messerscharfe Stimme: »Damit wir uns recht verstehen, Bruder: Die Zeit, es Euch anders zu überlegen, ist unwiderruflich vorbei. Ihr habt Euch der Sache des Heiligen Vaters, die auch die meinige ist, verschworen. Und das bereits vor längerer Zeit. Woran sich im jetzigen Stadium meiner Mission nichts ändern darf und wird. Habe ich mich diesbezüglich klar ausgedrückt, Bruder?!«

Ein erneutes Nicken, noch devoter als zuvor. Und die schüchterne Frage: »Und wann werdet Ihr von hier aufbrechen, Eminenz?«

»Morgen Abend. Eine Stunde nach Sonnenuntergang. Von daher auch mein väterlicher Rat, dieses Mal den richtigen Mann am Tor zu platzieren. Und Euch der Leiche dieses hergelaufenen Tölpels auf diskrete Art und Weise zu entledigen.«

»Eminenz können sich voll und ganz auf mich verlassen.«

»Sehr schön!« Mit kaum noch zu überbietender Herablassung reckte Oddo di Colonna dem Prior des Dominikanerklosters zu Mergentheim seinen Siegelring entgegen, den dieser umständlich küsste. »Noch irgendwelche Fragen?«

»Nur eine einzige, Eminenz.«

»Und die wäre?«

»Wohin wird die Reise Eurer Eminenz gehen?«

»Wie gesagt, Bruder: Das kann und will ich Euch nicht sagen.«

»Und warum nicht?«

In Gedanken bereits bei Demetrius, dem Mann, auf dem all seine Hoffnungen ruhten, flog ein eiskaltes Lächeln über Oddo di Colonnas Gesicht. »Weil der Freund, den ich zu treffen hoffe, Euch dann töten würde!«, versetzte er mit gleichmütigem Ton, öffnete die Tür der Sakristei und strebte dem Chorgestühl zu, wo die Dominikanermönche zu Mergentheim soeben das Tedeum anstimmten.

11

Würzburg, Friedhof zwischen Neumünster und Dom, eine Stunde nach Mitternacht

Der Schlaf, Bruder des Todes, meldete sich immer lauter zu Wort. Und das sogar im Stehen. Doch seine Selbstdisziplin behielt die Oberhand. Dafür stand für Bruder Hilpert einfach zu viel auf dem Spiel.

Ansgar, der mysteriöse dritte Mann. Fehlender Teil des Kleeblatts. Ein Mosaiksteinchen mehr. Und hoffentlich ein großes.

So er denn überhaupt auftauchen würde.

Um sich abzulenken, kramte Bruder Hilpert die zerknitterte Nachricht hervor, die er seit der Begegnung mit Agilulfs Komplizen bei sich trug. Darauf stand: »Wenn du im Dunkeln tappst, Bruder, komm um Mitternacht auf den Friedhof beim Dom. Und dir wird geholfen werden!«

Bruder Hilpert zuckte die Achseln, las sich die merkwürdige Nachricht zum x-ten Mal durch und ließ sie wieder unter seiner Kukulle verschwinden. Der Ort, an dem er sich befand, wirkte alles andere als anziehend auf ihn. Direkt neben ihm, über dem Grab eines der reichen Honoratioren der Stadt, breitete ein Engel aus dunklem Marmor die Schwingen aus, und je länger Bruder Hilpert sich in seinen Anblick vertiefte, umso nachdenklicher wurde er. Nichts als Mord, Tod und Verderben, dachte er, und das seit nunmehr drei Tagen! Wohin er auch sah, verstellte ihm der Engel des Todes den Blick, und wäre nicht die unerschütterliche Gewissheit gewesen, dass sich alles, auch sein gegenwärtiger Fall, einmal zum Guten wenden würde, hätte er den Friedhof im Schatten des Domes Hals über Kopf verlassen.

So aber galt es auszuharren, trotz oder gerade wegen des ungastlichen Ortes, an dem er sich befand. Während er sich mühsam wach zu halten versuchte, spürte er eine leichte Brise im Nacken, gerade so, als strecke der Tod seine Klauen nach ihm aus.

Als er den Dolch an seiner Kehle spürte, zuckte Bruder Hilpert nicht einmal mit der Wimper. Geschweige denn, dass er sich von der Stelle gerührt hätte. Sehr zum Verdruss des flachsblonden Mannes hinter ihm, der gehofft hatte, ihm einen Schreck einzujagen.

»Kompliment, Bruder!«, witzelte die Stimme, welche Bruder Hilpert sofort als diejenige erkannte, die Berengar und ihn vergangenen Nachmittag genarrt hatte. »Ihr scheint mir ja einer von der ganz abgebrühten Sorte zu sein!«

»Ein Kompliment, das ich aus vollstem Herzen erwidere!«, gab Bruder Hilpert zurück, griff rasch zu und drückte den Arm des Mannes mit einem kräftigen Ruck zur Seite. Der wiederum war durch diesen Kunstgriff so verblüfft, dass er den Dolch aus der Hand gleiten ließ.

Als er mit leisem Klirren auf dem Kiesweg aufschlug, drehte sich Bruder Hilpert seelenruhig um, nahm seine Laterne zur Hand und schaute sich den Mann, auf dem nicht wenige seiner Hoffnungen ruhten, näher an.

Fürs Erste war er nicht wenig überrascht. Statt einem mit allen Wassern gewaschenen Beutelschneider vom Schlage eines Agilulf stand ein sommersprossiger, kaum dem Knabenalter entwachsener Blondschopf vor ihm. Ein breites Grinsen flog über sein Gesicht, auf dem sich hie und da Flaum zu bilden begann. »Sieht so aus, als hättet Ihr jemand anderes erwartet, Bruder!«, erriet der Blondschopf Bruder Hilperts Gedanken, bückte sich und hob seinen Dolch auf, den er mit spielerischer Leichtigkeit durch die Luft wirbeln und in einem Lederetui verschwinden ließ. Dann breitete er in theatralischer Manier die Arme aus, verbeugte sich und sah Bruder Hilpert belustigt an.

Dieser wiederum ließ den Schabernack des Jünglings mit stoischer Gelassenheit über sich ergehen und spendete demonstrativen Applaus. »Wie gesagt – ich bin beeindruckt!«, gab er unumwunden zu, wobei er keinen Moment vergaß, wen er da vor sich hatte. »Hast du noch mehr derartige Kunststücke auf Lager?«

»Freilich, Bruder, wie es sich für einen elternlosen Herumtreiber eben so gehört!«

»Wenn ich ehrlich bin, hätte ich dich für wesentlich älter gehalten«, gestand Bruder Hilpert ein.

»Sind 17 Lenze etwa nicht genug?«

Ehrlich verblüfft, setzte Bruder Hilpert alles daran, sich nichts anmerken zu lassen. »Für ein Gewerbe von der Art, wie Agilulf, Gumpert und du es betrieben habt – nein!«

Der Hieb saß, und das merkte man dem Blondschopf im buntscheckigen Wams und den schwarz-blau gestreiften Beinlingen auch an. »Kompliment, Bruder!«, wiederholte er, was ausnahmsweise einmal ehrlich gemeint war. »Ich sehe, Ihr kennt Euch in unserer Stadt bestens aus!«

»Wenn du darauf anspielst, wer hier mit wem krumme Geschäfte tätigt – ja!«

Mit einer Miene, die einem schuldbewussten Kind zur Ehre gereicht hätte, schlug der Jüngling die Augen nieder und schwieg. Eine Gelegenheit, die Bruder Hilpert nicht ungenutzt verstreichen ließ. »Was ist eigentlich der Grund, weshalb du mit mir Kontakt aufgenommen hast?«, hakte er geistesgegenwärtig nach. »Du könntest doch längst über alle Berge sein.«

Der Blondschopf lächelte gequält, behielt seine Gedanken jedoch für sich.

»Warum so schweigsam, Ansgar?«

Beim Klang seines Namens zuckte der Blondschopf unmerklich zusammen. Wenn ihm etwas klar war, dann dies: Der hoch aufgeschossene Mönch mit der ergrauten Tonsur konnte ihn in null Komma nichts an den Galgen bringen.

Obwohl er alles andere als Furcht einflößend wirkte. Ein Grund mehr, sich vor ihm in Acht zu nehmen.

»Über alle Berge – mit 17. Schön wär's!«, brummelte er trotzig vor sich hin. »Und wohin?«

Bruder Hilpert zog es vor, beim Thema zu bleiben. »Wie dem auch sei –«, beharrte er, »wie bist du eigentlich auf die Idee gekommen, dich mit mir zu treffen? Und woher weißt du überhaupt, wer ich bin?«

»So was spricht sich schnell rum. Schneller, als Ihr denkt. Besonders in unseren Kreisen.« Ansgars Miene verdüsterte sich. »Und was Eure andere Frage angeht, Bruder: Ich habe Angst. Schlicht und ergreifend Angst.«

»Und vor wem?«, fragte Bruder Hilpert, wohl wissend, dass dies eher eine rhetorische Frage war.

»Jedenfalls nicht vor Euch.«

»Danke für das erneute Kompliment! Im Ernst: Vor wem hast du so viel Angst, dass du dich freiwillig stellst?«

»Könnt Ihr Euch das nicht denken?«

»Schon möglich. Vielleicht will ich es aber lieber von dir selber hören.«

Der Blondschopf wurde nachdenklich. Dann sagte er: »Er würde mich umbringen. So gewiss wie das Amen in der Kirche. Genauso kaltblütig, wie er den Agilulf und Gumpert abgemurkst hat!«

»Was macht dich so sicher?«, fragte Bruder Hilpert, der es für besser hielt, das Versteckspiel aufzugeben.

»Seine Aura!«, warf Ansgar einsilbig ein.

»Was soll das heißen? Hast du ihn etwa gesehen?!«

»Und ob.«

»Bevor ihr die Reliquiare aufgebrochen habt oder danach?«

»Danach!«, gab sich der Blondschopf weiterhin zugeknöpft.

»Auf die Gefahr hin, dass unser Gespräch in ein Kreuzverhör ausartet: Wann genau und wo ist dir dieser ominöse Kapuzenmann über den Weg gelaufen?«

»Erst müsst Ihr mir etwas versprechen, Bruder.«

»Kommt drauf an, was.«

»Ein gutes Wort für mich einzulegen. Für den Fall, dass es mir an den Kragen geht.«

Bruder Hilpert war versucht, seinem Gegenüber eine abschlägige Antwort zu geben. Dank einer spontanen Eingebung überlegte er es sich jedoch anders. Er durfte jetzt keinen Fehler machen. Daher legte er sich seine Antwort so sorgfältig wie möglich zurecht und sagte: »Das hängt ganz davon ab, wie auskunftsfreudig du dich mir gegenüber zeigst.«

»Kompliment, Ihr seid ...«

»... mit allen Wassern gewaschen? Ist es das, was du sagen wolltest?«

Der Blondschopf lächelte matt. »Jedenfalls so was Ähnliches, Bruder.«

»Freut mich zu hören!«, gab Bruder Hilpert lächelnd zurück. »Und nun, mein Sohn, was hast du mir zu sagen?«

Der Blondschopf antwortete nicht sofort, sondern dachte erst einmal nach. Da er die Kunst des Gedankenlesens beherrschte, konnte sich Bruder Hilpert ausmalen, was genau in seinem Gehirn vor sich ging. Deshalb sagte er nach kurzem Innehalten: »Zugegeben: Ohne deine Hilfe wäre es viel schwieriger, den Mörder deiner Gefährten aufzuspüren. Was selbstverständlich auch für die geraubten Reliquien gilt. Die Frage ist nur, was in deinen Augen schwerer wiegt: Die Aussicht, dem Henker im Falle eines Geständnisses zu entgehen, oder die Gefahr, das Schicksal von Agilulf, seiner Frau und Gumpert zu teilen.« Dann machte er eine Kunstpause, versenkte seinen Blick in denjenigen seines Informanten und sprach in emotionslosem Ton: »Wie du dich entscheidest, liegt ganz allein bei dir.«

Bruder Hilperts Taktik zahlte sich schneller aus, als er dachte. »Na gut!«, gab sich Ansgar geschlagen, während ein Ruck durch seinen Körper ging. »Was wollt Ihr wissen, Bruder …?«

»Hilpert!«, vollendete der Angesprochene prompt. »Was mich am meisten interessiert, ist natürlich die Frage, wo sich das Versteck der Reliquien befindet.«

Ein spitzbübisches Lächeln huschte über Ansgars Gesicht. »Nicht einmal einen Steinwurf weit entfernt!«, trumpfte er augenzwinkernd auf, machte kehrt und strebte mit weit ausholendem Schritt der Friedhofspforte zu.

»Was ist denn das?«, fragte Bruder Hilpert verblüfft, kam sich dabei jedoch reichlich albern vor. Das Utensil, welches Ansgar soeben aus seinem Wams hervorgezaubert hatte, war nun einmal ein Schlüssel, ob er es nun wahrhaben wollte oder nicht.

Doch der Blondschopf war zu sehr mit dem Öffnen der nördlichen Seitentür des Neumünsters beschäftigt, als dass er sich an Bruder Hilperts ungläubigem Staunen hätte ergötzen können. Bruder Hilpert ging in die Hocke und richtete die Laterne auf das Schloss. Eine Mühe, die er sich hätte sparen können, denn im selben Moment ging die mit Bandeisen beschlagene Pforte mit einem leisen Knarren auf.

Obwohl sie Gefahr liefen, entdeckt zu werden, konnte sich Bruder Hilpert eine neugierige Frage nicht verkneifen: »Wie hast du denn das gemacht?«, fragte er, wobei ein Hauch von Bewunderung in seiner Stimme mitschwang.

»Das mit dem Aufschließen oder mir den passenden Schlüssel zu besorgen?«, feixte der Blondschopf, während sich die Tür hinter ihnen schloss.

»Letzteres«, entgegnete Bruder Hilpert und zollte Ansgars Verschlagenheit bereits jetzt heimlichen Tribut.

»Ganz einfach: Ich hab einen Wachsabdruck gemacht, Gumpert den Schlüssel – fertig!«

»Und Agilulf?«

»Der hat ganz geheimnisvoll getan, bis zuletzt. Das heißt, als er uns endlich reinen Wein eingeschenkt hat, bekam der gute alte Gumpert auf einmal Schiss. Komisch, war doch sonst nicht so. Aber als er mitgekriegt hat, was Agilulf ausgeheckt hatte, war nichts mehr zu machen. Hatte es auf einmal furchtbar eilig. So eilig, dass man hätte meinen können, der Teufel sei hinter ihm her!«

Bruder Hilpert wollte eine weitere Frage stellen, doch auf einmal legte Ansgar den Zeigefinger auf die Lippen und bedeutete ihm, die Blende seiner Laterne zu schließen.

Das ungleiche Paar rührte sich nicht von der Stelle und lauschte mit angehaltenem Atem in die Finsternis hinein. Doch nichts geschah. Die Stille war bedrückend, die gewaltigen Ausmaße der Basilika allenfalls zu erahnen. Erst allmählich, nach etwa einer Viertelstunde, zeichneten sich ihre Konturen in der Dunkelheit ab. Durch die Bogenfenster hoch über ihnen flutete das Mondlicht herein und tauchte die Pfeiler in ein gespenstisches Licht.

Eine weitere Viertelstunde verging, ohne dass etwas geschah. Bruder Hilpert atmete tief durch. Eine Sinnestäuschung, mehr nicht. So etwas konnte passieren. Selbst wenn man so abgebrüht wie Ansgar war.

»Und was jetzt?«, schien Bruder Hilperts Blick zu fragen, nachdem sich Ansgar auf Zehenspitzen zu entfernen begann. Eine Antwort blieb jedoch aus. Stattdessen gab ihm dieser einen Wink, er möge ihm folgen. Bruder Hilpert war die Sache nicht geheuer, aber er tat, was der Blondschopf von ihm verlangte.

Etwa auf halber Höhe zwischen Portal und Apsis blieb der Jüngling plötzlich stehen. An seinen Bewegungen, lange nicht mehr so behände wie zuvor, konnte Bruder Hilpert

Ansgars innere Anspannung erkennen, von der seinigen gar nicht zu reden.

Kurze Zeit später erfuhr er den Grund. »Wir sind da!«, flüsterte ihm der Blondschopf ins Ohr und sah sich rasch nach allen Seiten um. Die Luft, so schien es, war rein, die Stille fast mit Händen zu greifen.

Bruder Hilpert, der Ansgars Nervosität teilte, war sich nicht sicher, was der Jüngling mit seiner Bemerkung meinte, und ließ den Strahl seiner Laterne über die Grabplatten an den Wänden gleiten. Während er dies tat, beschlich ihn das Gefühl, als erwachten die darauf eingemeißelten Figuren zum Leben, und er musste sich zwingen, die eigene Fantasie in die Schranken zu weisen.

Doch dann, in einem Augenblick jähen Begreifens, fiel sein Blick auf einen rötlichgrauen Steinsarkophag, der auf zwei grob behauenen Stützen ruhte. Bruder Hilpert schluckte, aber der Kloß in seinem Hals saß so fest, dass er die Frage, die ihm auf der Zunge lag, lieber für sich behielt. Eine überflüssige Frage, wie sich alsbald erwies. Denn als er dem Blondschopf einen kurzen Blick zuwarf, nickte der nur kurz mit dem Kopf. Bruder Hilpert hatte Gewissheit. Er hatte das Versteck mit den Reliquien des heiligen Kilian und seiner beiden Gefährten gefunden. Daran gab es keinen Zweifel mehr.

Obwohl er nicht zu übertriebenen Gefühlsregungen neigte, drohte sein Herz fast zu zerspringen. Mit allem hatte er gerechnet, nur damit nicht. Die Reliquien der drei Frankenapostel, deponiert in einem alten Steinsarkophag: das beste Versteck weit und breit. Eine an Dreistigkeit nicht mehr zu übertreffende Idee. Kein Mensch, er mit eingeschlossen, wäre je auf so etwas gekommen.

»Des heiligen Kilian ursprünglicher Sarg!«, flüsterte ihm Ansgar zu. »Bevor er in den Schrein umgebettet wurde.« Und dann, mit dem Anflug eines Grinsens im Gesicht: »Ein ideales Versteck, findet Ihr nicht auch?«

Bruder Hilpert gab ein indigniertes Räuspern von sich. Und dabei blieb es. Bei passender Gelegenheit würde er sich den Blondschopf zur Brust nehmen. Aber nicht jetzt, so kurz vor dem Ziel. Das hatte später noch Zeit.

Derart mit sich und seinen Gedanken beschäftigt, bemerkte Bruder Hilpert die Schritte in seinem Rücken viel zu spät. Er wurde kalt erwischt, fast ebenso sehr wie Ansgar, dem es immerhin noch gelang, sich mit gezücktem Dolch in Position zu bringen.

Bruder Hilpert war wie erstarrt. Er war auf alles gefasst, sogar darauf, von hinten erdolcht zu werden.

Doch so weit sollte es nicht kommen. Dies zumindest machte ihm der Blick auf Ansgars sich zusehends entspannende Gesichtszüge klar. Die Laterne in der rechten Hand, drehte sich Bruder Hilpert nach seinem vermeintlichen Widersacher um.

Im ersten Moment war er so überrascht, dass er sie beinahe fallen gelassen hätte. Dann hob er die Laterne auf Augenhöhe empor und leuchtete dem Mann, der wie aus dem Nichts aufgetaucht war, ins Gesicht. Er kannte ihn, wenngleich er aus seiner Verblüffung keinen Hehl machte: »Herr von Stetten – Ihr?!«, stieß Bruder Hilpert entgeistert hervor, während Ansgar seinen Dolch wie ein Akrobat durch die Luft wirbeln ließ. »Was habt Ihr um diese Zeit hier zu suchen?«

Für den Bruchteil eines Augenblicks sah es so aus, als wolle ihm Fredegar von Stetten die gleiche oder eine ähnliche Frage stellen. Doch im Angesicht des bischöflichen Ermittlers und seines offenbar zu allem entschlossenen Begleiters überlegte es sich der Chorherr anders. Er war zwar sichtlich irritiert, traute sich aber nicht, ihm die Stirn zu bieten. »Ich … äh … also, das war so: Ich war auf dem Weg in die Sakristei, und da habe ich auf einmal Schritte …«

»Auf dem Weg in die Sakristei – um diese Zeit?«

Der Chorherr, der Bruder Hilperts Blick nicht standhalten konnte, kratzte sich am Hinterkopf und trat nervös auf der Stelle. »Ihr sagt es!«, bejahte er.

»Und warum ausgerechnet jetzt?«

»Weil es mir während der ersten Juliwoche obliegt, den Altar für die Vigilien herzurichten.«

Bruder Hilperts hintergründiges Lächeln hätte Fredegar von Stetten signalisieren müssen, dass er einen Fehler begangen hatte. Aber er sah es nicht, und so tappte er blindlings in die Falle.

»Hochinteressant!«, warf Bruder Hilpert ein, drückte Ansgar die Laterne in die Hand und machte es sich auf der nächstbesten Kirchenbank bequem.

»Und wieso?«

»Es ist noch nicht lange her, da habt Ihr behauptet, die Basilika erst kurz vor der Prim in Begleitung eines Domscholaren betreten zu haben!« Bruder Hilpert lehnte sich zurück, legte den Arm auf die Kirchenbank und lächelte entspannt. Eine Pose, die seinen Gesprächspartner zusätzlich irritierte. »Um nicht weiter um den heißen Brei herumzureden, Herr von Stetten: Ich wäre Euch sehr verbunden, wenn Ihr endlich mit der Wahrheit herausrücken würdet! Der reinen, wenn's beliebt!«

Als er seinen Fehler bemerkte, ließ der Chorherr den Kopf hängen und schwieg. Er saß in der Falle. Leugnen hatte jetzt keinen Sinn mehr. Und so machte er gute Miene zu bösem Spiel. »Es war so, wie ich gesagt habe«, gab er sich zerknirscht und nestelte am Kragen seines Habits herum.

»Was bedeutet, dass Ihr Euch zum Zeitpunkt des Reliquienfrevels mit an Sicherheit grenzender Wahrscheinlichkeit innerhalb dieser Mauern aufgehalten habt.«

Fredegar von Stetten schlug die Augen nieder und nickte.

»Und dies wiederum heißt, dass Ihr den Tätern, wozu der junge Mann an meiner Seite zählt, buchstäblich in die Arme gelaufen sein müsst.«

»Ich fürchte, da muss ich Euch enttäuschen.« An dem verdutzten Blick, mit dem der Chorherr Ansgar streifte, wurde sich Bruder Hilpert der Fehlerhaftigkeit seiner Hypothese rasch bewusst. Doch wenn von Stetten glaubte, doch noch den Kopf aus der Schlinge ziehen zu können, irrte er: »Wie Eurer zugegebenermaßen etwas einsilbigen Replik zu entnehmen ist, habt Ihr demzufolge die Kirche zu einem Zeitpunkt betreten, als die Täter samt Beute längst über alle Berge waren!«, fuhr Bruder Hilpert mit Blick auf Ansgar und den Steinsarkophag fort.

»Dem ist in der Tat so gewesen!«, antwortete der Chorherr mit zerknirschter Miene, woraus Bruder Hilpert folgerte, dass dieser die Wahrheit sprach und folglich keine Ahnung hatte, wie nahe er den geraubten Reliquien war.

»Woraus folgt, dass Ihr den Frevel bereits mehrere Stunden vor dem von Euch ursprünglich angegebenen Zeitpunkt bemerkt haben müsst.«

»Das stimmt.«

Als ginge ihn das Jammerbild von einem Chorherrn zu seiner Linken überhaupt nichts an, wandte sich Bruder Hilpert mit demonstrativer Gelassenheit dem Hochaltar zu und ließ den Blick auf seinen schattenhaften Umrissen ruhen. »Und warum habt Ihr mir das nicht schon während unserer ersten Unterredung gesagt?«

Der Chorherr antwortete nicht sofort, sondern verschränkte die Hände auf dem Rücken und ging zwischen den nächstgelegenen Pfeilern auf und ab. Er wirkte mitgenommen, wie unter einer schweren, kaum zu ertragenden Last. Keine Spur mehr von dem adelsstolzen Chorherrn, der er bis vor Kurzem noch gewesen war. »Eine berechtigte Frage!«, murmelte er, als Bruder Hilpert schon nicht mehr mit einer Antwort rechnete.

»Und wie sieht es mit der Beantwortung dieser Frage aus?«

Fredegar von Stetten blieb abrupt stehen und wandte sich Bruder Hilpert zu. Sein Gesichtsausdruck, aus dem die pure Verzweiflung sprach, sagte alles, mehr als die Worte, die ihm offensichtlich nicht über die Lippen wollten. »Ich möchte beichten, Bruder Hilpert«, platzte er schließlich in die bedrückende Stille hinein. »Jetzt gleich.«

»Bei allem Respekt, Bruder: Wer sagt Euch, dass dieser Blutsauger nicht bei nächstbester Gelegenheit Fersengeld geben wird?«, ließ Ansgar seinem Unmut freien Lauf.

»Hast du etwa gelauscht?«, gab Bruder Hilpert zurück.

»Natürlich nicht.«

»Das will ich dir auch geraten haben!«

Der Blondschopf setzte ein schuldbewusstes Lächeln auf. »Und was jetzt?«, fragte er und warf Bruder Hilpert einen respektvollen Seitenblick zu.

»Ich denke, es ist an der Zeit, dass du ein möglichst detailliertes Geständnis ablegst, findest du nicht auch?«

Ansgar nickte. »Gewiss doch!«, willigte er ein, während er sich instinktiv nach potenziellen Lauschern umsah. »Wann und wo immer Ihr wollt, Bruder!«

Bruder Hilpert lächelte verschmitzt. »Dein Eifer in allen Ehren, aber ich denke, du hebst dir deine Generalbeichte für später auf!«

Ansgar runzelte die Stirn, zog die Schultern hoch und kehrte die Handflächen nach außen. »Ganz wie Ihr wollt, Bruder!«, willigte er ein. »Wo wollt Ihr eigentlich hin?«

»Wirst schon sehen!«, hielt sich Bruder Hilpert bedeckt, trat auf die Gasse hinter dem Neumünster und bedeutete dem Blondschopf, ihm zu folgen.

Doch er kam nicht weit. Aus der Gasse, die seinen und Ansgars Weg kreuzte, war das Geräusch herannahender Wagenräder zu hören. Und dann war es auch schon passiert. Wigbert und Krätze bogen um die Ecke, Ersterer zu Tode erschrocken, Letzterer total verblüfft.

Der Rotschopf, im Domviertel als ›Krätze der Müllkutscher‹ bekannt, reagierte als Erster. Schneller noch als Ansgar, der die Szene mit ungläubigem Staunen verfolgte.

Bevor Hilpert wusste, wie ihm geschah, ließ der Müllkutscher die Wagendeichsel los, machte einen Ausfallschritt und ließ einen gellenden Pfiff ertönen, dessen Echo weithin hörbar durch die Gassen hallte.

Was folgte, war der reinste Albtraum. Zumindest kam es Bruder Hilpert im Nachhinein so vor. Kaum war der Pfiff verklungen, da erwachten die umliegenden Gassen zum Leben. Aber nicht so, wie dies im Morgengrauen normalerweise geschah.

Der Albtraum begann nicht sofort. Er begann schrittweise. Wie ein schleichendes Gift, das sich in den Körper seines Opfers stiehlt. Und die Sinne auf einen Schlag lähmt.

Zuerst war da nur ein Rumoren, mitunter ein Pfiff. Als nächstes das Geräusch von Holzklappern. Vieler Holzklappern. Bruder Hilperts Schätzung nach mussten es mindestens ein halbes Dutzend sein.

Oder noch mehr.

Dann das Geräusch von Schritten. Wenn auch nicht so, wie es sich anhört, wenn Stiefelabsätze auf Straßenpflaster treffen. Nein, dieses Geräusch war anders. Eher ein Schlurfen, Humpeln, Trippeln oder Watscheln. Als ob eine Legion von Kriechtieren im Anmarsch wäre.

Allein, dies waren keine Reptilien. Dies waren die Gefährten von Krätze, die Verfemten aus dem Siechenhaus.

Viel zu spät, als ein Schwarm Aussätziger bereits um die Ecke bog, hatte sich Bruder Hilpert einigermaßen gefasst. Ansgar erging es nicht viel anders, mit dem Unterschied, dass er wenigstens bewaffnet war. Und so zückte er seinen Dolch, im vollen Bewusstsein, dass sie der finster dreinblickenden Rotte nicht gewachsen waren.

Bruder Hilpert dachte genauso, und er sann fieberhaft über einen Ausweg nach. Der aber war nicht in Sicht. Erst recht nicht, als ein gellender Piff ertönte, die Aussätzigen beiseite traten und Lazarus, genannt ›der Poet‹, die Szene betrat. »Haben wir beide uns nicht schon einmal gesehen?«, zischte der Patron der Aussätzigen in sarkastischem Ton, ohne Ansgar auch nur eines Blickes zu würdigen. »Was steht zu Diensten, Bruder, wenn die Frage gestattet ist?«

»In der Annahme, es mit einem gebildeten Menschen zu tun zu haben: Kannst du dir das nicht denken?«

Unter der Gesichtsmaske von Lazarus begann es zu zucken und zu brodeln. Doch noch hatte er sich im Griff. Die Frage war nur, wie lange. »Natürlich!«, erwiderte der Poet, sehr zum Verdruss seiner Gefährten, denen das Geplänkel zwischen Lazarus und Bruder Hilpert viel zu lange dauerte. »Ich wollte einfach nur sichergehen, bevor sich meine Leute um Euer Wohlergehen kümmern.«

Wieherndes Gelächter, Gesichter voller Hass. Ein Wink ihres Anführers, und die Rotte finsterer Gestalten würde sich auf Bruder Hilpert stürzen. Es sei denn, etwas Unerwartetes würde geschehen.

Und so war es dann auch. »Wenn ich du wäre, würde ich lieber den Schwanz einziehen!«, begehrte Wigbert auf und reckte trotzig das Kinn. »Falls du es noch nicht weißt: Das Wasser steht euch nämlich bis zum Hals!«

Als der Zwerg geendet hatte, war es totenstill. Aller Augen, auch die von Bruder Hilpert, waren jetzt auf Lazarus gerichtet. Der wiederum stellte sich taub, während seine hoch aufragende Gestalt wie zu Eis erstarrte. Erst als die Stille unerträglich zu werden drohte, drehte er sich in aller Gemütsruhe zu Wigbert um.

Zu seiner Überraschung war in den Augen des Totengräbers jedoch keinerlei Furcht zu erkennen. Wigbert grinste breit, verschränkte die Arme und pfiff leise vor sich. Für Lazarus eine Provokation ohnegleichen. Einmal in Fahrt, gab sich der Zwerg damit jedoch nicht zufrieden. Die Umstehenden hielten den Atem an. Was folgte, hatte indes niemand erwartet. Kaum hatte sich ihm der Poet auf Armlänge genähert, schnitt der Totengräber eine Grimasse und spie in hohem Bogen vor ihm aus.

Seine Gefährten begehrten lautstark auf, aber Lazarus achtete nicht darauf. »Was hast du da eben gesagt?!«, flüsterte der Poet und hob die Hand, zum Zeichen, man möge den Zwerg tunlichst ihm überlassen. »Oder habe ich mich vielleicht verhört?«

»Keineswegs!«, machte Wigbert unmissverständlich klar, rümpfte die Nase und baute sich vor Lazarus auf. »Wo kämen wir denn da hin?!«

»Und welcher Teufel, tolldreister Wurm«, zischte der Poet, wobei er sich Zeit ließ, um die Wirkung seiner Worte zu erhöhen, »und welcher Teufel hat dich geritten, dass du es wagst, mir, Lazarus, die Stirn zu bieten? Ein Wink von mir, und du wirst wie eine Laus zerquetscht. Rede, Ameisenhirn, oder du bekommst eine Lektion erteilt, die du so schnell nicht vergisst!«

Derlei Drohungen ließen Wigbert freilich kalt. »Was zum Teufel hat dieser dreimal Wahnsinnige eigentlich vor?«, flüsterte Ansgar Bruder Hilpert in einem unbeobachteten Moment ins Ohr, fand jedoch kein Gehör. Der Mönch mit der hoch aufragenden Gestalt, dem er seltsamerweise blind vertraute, war ganz und gar auf die beiden Kontrahenten fixiert.

»Und was für eine Lektion sollte das …«, äffte der Totengräber die Stimme seines Widersachers nach, brach jedoch plötzlich mitten im Satz ab. Der Poet hatte ihn an der Kehle gepackt und sah ihn wutentbrannt an. »Genug der Vorrede!«, fauchte er. »Was hast du verkrüppelte kleine Pestbeule vor? Und warum hast du uns ausspioniert? Etwa, weil du im Sold von diesem Pfaffenschwein stehst?«

»Falsch geraten!«, stieß Wigbert mit krebsrotem Kopf hervor, wobei ihm fast die Luft wegblieb. »Das hier geht nur uns beide etwas an!«

»Und wieso, Sohn einer Hure?«

Wenn es einen Punkt gab, an dem es für Wigbert kein Zurück mehr gab, dann diesen. Obwohl er kaum noch Luft bekam, nahm er all seine Kraft zusammen, schöpfte Atem und presste die Worte förmlich aus seinem Brustkorb hervor: »Weil ich wissen will, wer meinen Bruder auf dem Gewissen hat!«

»Und wer – bitte schön – sollte das sein?«

»Ein Jammer, dass du so begriffsstutzig bist«, röchelte der Zwerg.

»Jetzt ist es aber genug, Auswurf der Gosse!«, fuhr der Poet sein Opfer an. »Rede, sonst wird es deinem kahl geschorenen Freund da drüben ans Leder …«

Weiter kam Lazarus nicht. Irgendetwas im Blick der Umstehenden ließ ihn zaudern, doch bevor sein Instinkt in einen Gedanken mündete, hallte eine Stimme über die Köpfe der Anwesenden hinweg, sehr zur Freude von Bruder Hilpert, der schon nicht mehr mit Hilfe gerechnet hatte. »Das lässt du mal lieber bleiben!«, rief ihm Berengar mit gezücktem Schwert zu, woraufhin sich der Pulk um Bruder Hilpert und Ansgar merklich zu lichten begann. »Sonst bist du es, dem es ans Leder geht!«

So leicht gab sich Lazarus indes nicht geschlagen. Ein kurzer Blickwechsel mit Krätze, und schon war es geschehen. Der Rotschopf zückte den Dolch, überwältigte den Zwerg und zielte mit der Klinge auf seinen Hals. Wigbert war so überrascht, dass er es nicht wagte, sich von der Stelle zu rühren.

»Wer ist es, der hier spricht?!«, gab Lazarus daraufhin in hochfahrendem Ton zurück. »Oder um mit Dante zu reden: ›Sprich, doch bleibe kurz und klar!‹«

»Keine Angst!«, wiegelte Berengar ab, dies allerdings in einem Ton, der Zweifel an seiner Entschlossenheit erst gar nicht aufkommen ließ. »Ich bin es gewohnt, mich einer einfachen Ausdrucksweise zu bedienen. Damit mich eine Rotte hergelaufener Strolche auch versteht!«

Der Hieb saß, und die Augen von Lazarus verengten sich zu hauchdünnen Schlitzen. Die Umstehenden hielten den Atem an, insbesondere Bruder Hilpert, der das tolldreiste Vorgehen des Freundes mit gemischten Gefühlen verfolgte.

Zu einem Handgemenge sollte es jedoch nicht kommen. Bruder Wilfried kam genau im richtigen Moment, und wenn jemand verblüfft war, dann Lazarus selbst. Dieser Mann hatte noch eine Rechung mit ihm offen. Das wusste er genau. Seinem Gesichtsausdruck nach zu urteilen, würde das Kraftpaket von einem Mönch auch nicht zögern, sich für die Tracht Prügel von vor zwei Tagen zu revanchieren.

»Und was, wenn Ihr mir die Frage erlaubt, ist Euer Begehr?«, wandte sich Lazarus deshalb rasch Bruder Hilpert zu.

»Nennen wir es ein Geschäft!«, warf dieser geistesgegenwärtig ein.

»Und was, wenn es mich nicht interessiert? Gesetzt den Fall, ich fände Gefallen daran, wie einem Verräter die Kehle aufgeschlitzt wird, was dann? Und kurz darauf Euch, Mönch, in dessen Sold er anscheinend steht?«

»In *dem* Fall solltest du wissen, dass einer meiner Freunde bereits auf dem Weg zur Stadtwache ist, die in längstens einer Viertelstunde hier eintreffen wird.« Berengar grinste verschmitzt. »Sollte es dich folglich nach Händel gelüsten, wirst du dich schon beeilen müssen!«

Berengars blankgezogene Klinge und Bruder Wilfrieds imposante Erscheinung verfehlten ihre Wirkung auf Lazarus nicht, wenngleich sein Hochmut einstweilen die Oberhand behielt: »Einmal angenommen, Ihr lügt mir nichts vor: Glaubt Ihr im Ernst, dass ich mich so ohne Weiteres einschüchtern lasse?«

»Und ob!«, warf Bruder Wilfried trocken ein, der seine Revanchegelüste nur mit Mühe unterdrückte. »Wo Agilulfs Mörder doch nicht einmal vor deinem Freund und Gönner Eckehard Büttner haltgemacht hat!«

An der Körperdrehung, die Lazarus instinktiv machte, konnte Bruder Wilfried dessen Erregung deutlich erkennen. Die Falle war zugeschnappt. »Was sagst du da?!«, fuhr er ihn an, nur um festzustellen, dass er sich soeben verraten hatte.

»Kein Grund zur Besorgnis: Er hat es überstanden!«, fuhr Bruder Wilfried süffisant fort. »Wenn auch etwas lädiert! Und weißt du, was das Schönste an meiner Visite bei ihm war? Nein? Dass er wie ein Singvogel geträllert und meiner Wenigkeit gegenüber sämtliche Geheimnisse ausgeplaudert hat. Besonders was dein Sündenregister betrifft, hat er jegliche Zurückhaltung vermissen lassen. Schmuggel, unautorisierter Handel mit Reliquien, dazu hin und wieder ein bisschen Falschmünzerei – schade nur, dass die Stadtwache bislang im Dunkeln tappt! Höchste Zeit, sie davon in Kenntnis zu setzen, findest du nicht auch?«

»Hört sich ganz nach Erpressung an.«

»Mein Kompliment!«, rief Berengar mit gespielter Hochachtung aus. »Du begreifst verdammt schnell!«

»Und was, wenn ich nicht mitspiele?«

»Eine Torheit, die ich mir, ehrlich gesagt, kaum vorstellen kann.«

Darauf bedacht, sich keine weitere Blöße zu geben, rührte sich Lazarus nicht von der Stelle und überlegte sich seine Antwort genau. Mittlerweile ging die Sonne auf, und aus einem der Hinterhöfe in der Nähe stieg der Schrei eines Hahns zum purpurfarbenen Morgenhimmel empor. Als sei dies das Signal, sich endlich eines Besseren zu besinnen, gab Lazarus zähneknirschend klein bei und fragte in gedämpftem Ton: »Was verlangt Ihr von mir?«

»Eine kleine Gefälligkeit, mehr nicht. Solltest du imstande sein, dich dazu durchzuringen, mögt ihr in Frieden von dannen ziehen!«, schaltete sich Bruder Hilpert mit Blick auf den Totengräber ein, der sich immer noch in der Gewalt des Müllkutschers befand.

»Und die wäre?«

»Das Leben dieses Mannes!«, lautete die entschiedene Replik.

»Damit er Euch erzählt, wie er uns ausspioniert hat?«

»Mag sein. Im Gegenzug werden wir euch allerdings laufen lassen. Falls ihr ein Interesse habt, ungeschoren davonzukommen.«

»Wie nobel von Euch.«

Bruder Hilpert ließ sich von der höhnischen Antwort des Poeten nicht beeindrucken, sondern fuhr ungerührt fort: »Auch wenn du nichts darauf gibst – mein Wort darauf! Wir – das heißt Bruder Wilfried, mein Freund Berengar und ich – sind hinter jemand ganz anderem her. Eine Bestie, mit der selbst du und deine Gefährten es nicht aufnehmen könnt. Darum, und nur darum sind wir hier. Was dich und deine Gefolgsleute betrifft, bringt euch meinetwegen in Sicherheit! Vorausgesetzt, ihr wendet euch in Zukunft einem ehrlicheren Gewerbe zu!«

Mit Blick auf Wigbert, vor dessen Kehle immer noch ein Messer blitzte, stand Lazarus geraume Zeit unschlüssig da. Dann aber gab er Krätze und seinen übrigen Gefährten einen Wink, drehte sich zu Bruder Hilpert um und sprach: »Kein Schmerz ist größer, als sich der Zeit des Glücks zu erinnern, wenn man im Elend ist!« Kurz darauf waren er und seine Gefährten im Zwielicht des heraufdämmernden Tages verschwunden.

Gerade so, als hätte es sie nie gegeben.

»Ein fauler Kompromiss, wenn du mich fragst!«, grummelte Berengar missmutig vor sich hin.

»Aber einer, der sich auszahlen wird!«, hielt ihm Bruder Hilpert entgegen. Ein paar Schritte entfernt saß Wigbert zusammen mit Ansgar auf seinem Handkarren, ließ die Füße baumeln und erstattete Bruder Wilfried Bericht. »Oder willst du etwa behaupten, die beiden Schlitzohren da drüben wären nicht von Nutzen für uns gewesen?«

»Keine Frage.« Berengar schüttelte den Kopf und lachte leise in sich hinein. »Das muss man sich mal vorstellen: Einen Diebstahl begehen und die Beute am Tatort verstecken! Und dann noch in des heiligen Kilian ehemaligem Sarkophag! Ein Bubenstück, das an Dreistigkeit nicht zu überbieten ist!«

»Aber eines, wofür Agilulf mit dem Leben bezahlt hat.«

»Allerdings. Und anschließend mit einem Müllkarren durch halb Würzburg kutschiert worden ist.« Berengar kratzte sich nachdenklich hinter dem Ohr. »Komisch, dass niemand etwas davon mitgekriegt hat!«

»Wovon denn?«

»Davon, wie dieser Dreckskerl Agilulf abgemurkst und sich anschließend aus dem Staub …«

»Verzeiht, Herr, wenn ich Euch unterbreche, aber ich denke, es ist an der Zeit, meine Beichte bei Bruder Hilpert zu Ende zu bringen!«, ließ sich Ansgar plötzlich vernehmen.

»Beichte – wozu das?«

Bruder Hilpert musste herzhaft lachen. »Das soll heißen, mein Freund, dass Ansgar mir eine detaillierte Schilderung des Raubzuges geben wollte, ich ihn aber auf später vertröstet habe. Und dann ist uns ja dieses Missgeschick mit den Aussätzigen passiert.«

»Und was gibt es zu berichten, Junge?«, wollte Berengar wissen.

»Wie gesagt – nachdem wir die Reliquien verstaut hatten, haben wir schleunigst Reißaus genommen. Oder haben es zumindest versucht. Leider kam uns dabei jemand in die Quere.«

»Agilulfs Mörder.«

»Genau, Bruder. Ich wollte gerade zur Tür, als sie aufging und er auf einmal vor mir stand. Ganz in Schwarz, mit einer Kapuze über dem Kopf.«

»Und – hast du ihn erkannt?«

»Nein, Herr! Aber eins könnt Ihr mir glauben: So eine Teufelsfratze habe ich mein Lebtag noch nicht gesehen!«

Bruder Hilpert und Berengar wechselten einen vielsagenden Blick. »Und dann?«, fragte Bruder Hilpert gespannt.

»Dann hab ich ihm den Schädel in den Bauch gerammt, die Tür hinter mir zugeschlagen und so schnell wie möglich das Weite gesucht.«

»Und das, ohne auch nur einen Gedanken an deinen Freund zu verschwenden.«

Ansgar ließ den Kopf hängen, während sein Blick irritiert hin und her irrte. »So ... so würde ich das nicht sagen, Bruder, aber ... nun ja, es ...«

»... ging schlicht und ergreifend um dein Leben. Du oder Agilulf, das war die Frage.« Bruder Hilpert seufzte gequält. »Was folgte, kann man sich an fünf Fingern abzählen: Der Kapuzenmann hat mit allen Mitteln versucht, Agilulf zum Reden zu bringen. Ohne Erfolg. Er hat dichtgehalten. Weshalb, darüber kann man nur spekulieren.« Bruder Hilpert legte die Handballen auf das Gesicht und rieb sich die Augen. »Gibt es dem noch etwas hinzuzufügen, mein Sohn?«, fragte er mit leiser Stimme.

»Nein, Bruder!«, gab sich Ansgar betont kleinlaut und machte Anstalten, sich zu entfernen. »Das ist alles, was ich Euch zu beichten habe.«

»Wiewohl mich die Beichte eines gewissen Fredegar von Stetten und der Brief des Herrn von Marmelstein mindestens genauso interessieren«, murmelte Berengar, während sich der Blondschopf wieder zu Wigbert und Bruder Wilfried gesellte.

»Und vor allem, wer deiner Meinung nach der Tatverdächtige ist!«

Wenngleich ihm vor Müdigkeit fast die Augen zufielen, konnte sich Bruder Hilpert ein Lächeln nicht verkneifen. »Nur Geduld, mein Freund!«, sprach er freundlich, aber bestimmt. »Nicht mehr lange, und es ist soweit. Die Stunde, in der alles ans Licht kommen wird, ist nah!« Und fügte mit einem weiteren, ungleich warmherzigeren Lächeln hinzu: »Wenn wir gerade dabei sind: Geht es deinem Schützling inzwischen besser?«

Berengar tat so, als müsse er seinen Schwertgurt enger schnallen, und warf mit Blick auf seine Gürtelschnalle ein: »Hoffentlich! Sieglinde sagt, Schwester Irmingardis muss sich erst mal ausschlafen. Mit ihr reden konnte ich jedenfalls noch nicht. Schläft, wie gesagt, wie ein Murmeltier. Aber mein Schwesterherz ist ja bei ihr. Damit sie jemanden hat, wenn sie wieder zu sich kommt. Weswegen ich mich guten Gewissens auf die Suche nach einem gewissen Hilpert von Maulbronn machen konnte!«

»Wofür ich dir und Bruder Wilfried zu großem Dank verpflichtet bin«, antwortete Bruder Hilpert und drückte dem Freund die Hand.

»Schon gut!« In Gedanken immer noch bei Schwester Irmingardis, starrte Berengar trübsinnig vor sich hin. »Dazu sind Freunde ja wohl da!«

Selbst ein wenig verlegen, senkte Bruder Hilpert den Blick und fragte: »Apropos – hast du erfahren, was Heribert von … von diesem …«

»Lustknaben, meinst du?«, fiel ihm Berengar leicht amüsiert ins Wort. »Am Besten, du fragst ihn gleich selbst!«

Als Bruder Hilpert seinem Blick folgte, bog Berengars Schwager gerade an der Spitze einer Schwadron Stadtknechte um die Ecke. Der Gewürzhändler hatte Mühe, mit ihnen Schritt zu halten. Berengar grinste über beide Backen. Ein paar Schritte mehr, und Heribert wäre die Luft weggeblieben.

Als er Berengar und Bruder Hilpert sah, schickte Heribert ein Stoßgebet zum Himmel, schwenkte die Arme und verlangsamte seinen Schritt. Die Stadtknechte taten es ihm gleich.

Mit hochrotem Kopf und reichlich Schweiß auf der hohen Stirn brachte der Gewürzhändler schließlich die letzten paar Schritte hinter sich. Er musste mehrere Male tief Luft holen, bevor er überhaupt ansprechbar war. »Neuigkeiten?«, keuchte er, während sein Blick zwischen den Anwesenden hin und her wechselte und auf Ansgar und Wigbert haften blieb. »Agilulfs Nachbar!«, raunte ihm Bruder Hilpert zu. »Der fehlende Teil des Kleeblatts. Und Agilulfs Halbbruder, mein Informant.«

»Mit anderen Worten: alles in bester Ordnung!«, ergänzte Heribert und rückte seinen Hut zurecht, an dem die Feder eines Auerhahns steckte.

»Wenn man von ein paar kleineren Händeln absieht – ja!«, sagte Berengar, dem wieder einmal der Schalk im Nacken saß.

Wieder halbwegs bei Kräften, sah der Gewürzhändler seinen Schwager fragend an, welcher die Schilderung der jüngsten Ereignisse nur allzu gern Bruder Hilpert überließ, da er in Gedanken woanders war. Wo genau, war nicht schwer zu erraten. Der Grund, weswegen er sich umgehend empfahl.

»Donnerwetter!«, machte Heribert aus seiner Hochachtung für Bruder Hilpert und seine beiden Mitstreiter keinen Hehl. »Wenn mich nicht alles täuscht, sind wir der Lösung Eures Falles damit ein erhebliches Stück näher gekommen!«

»Und Ihr, Meister Heribert? Was habt Ihr aus diesem … ähm … aus …«

»… Lysander?« Berengars Schwager senkte die Stimme, und das beileibe nicht nur aus Scham. »Wenn ich Euch *das* erzähle, Bruder, werdet Ihr mich einen Lügner schimpfen!«

Bruder Hilpert schüttelte entschieden das Haupt. »Das, Meister Heribert, käme mir nie in den Sinn! Ausgerechnet bei jemandem wie Euch, dem ich zu so großem Dank verpflichtet bin!«

Da er Lob fast so sehr brauchte wie gutes Essen, ließ sich Heribert nicht lange bitten, rückte näher an Bruder Hilpert heran und sprach mit stolzgeschwellter Brust: »Nicht gerade ein Kinderspiel, diesen Lysander zum Reden zu bringen. Von der Schwierigkeit, ihn aufzuspüren, gar nicht zu reden!«

»Kann ich mir denken!« Bruder Hilpert war bemüht, so schnell wie möglich auf den Punkt zu kommen. »Darüber vielleicht ein andermal mehr. Um es kurz zu machen: Was habt Ihr ihm bezüglich seiner … seiner Liaison mit dem Herrn von Marmelstein entlocken können?«

»Mehr, als ich je zu träumen wagte.«

»Und das wäre?«

»Kein Zuckerschlecken, so ein Verhör!«, wich Heribert zunächst aus. »Gutes Zureden allein hilft bei einem wie *dem* ja nicht weiter. Und da musste ich ihn halt erst ein wenig unter Druck setzen.«

Da er genau wusste, was Heribert damit meinte, andererseits aber über seine Methoden der Wahrheitsfindung nicht allzu genau Bescheid wissen wollte, überging Bruder Hilpert seine letzte Bemerkung und fügte hinzu: »Mit anderen Worten: eine freundschaftliche Unterredung, die der Mühe wert gewesen ist!«

Heribert gluckste. »Und ob! Stellt Euch vor, Bruder: Das Knäblein schwört jeden Eid, nicht mehr Handsalben kassiert zu haben, als es in diesem Gewerbe allgemein Usus zu sein scheint.«

»Aber wie kommt es dann, dass von Marmelstein …«

»… diesem Büttner den Dolch an die Brust gesetzt und sich auf derart schamlose Weise bereichert hat? Ganz einfach: Weil er das Geld gebraucht hat wie Satan die Seele einer Frau. Ein Ansinnen, dem meine Gattin bislang widerstanden hat.«

Ein Schmunzeln auf den Lippen, fuhr Bruder Hilpert mit dem Zeigefinger über den Nasenflügel und sprach: »Um es auf den Punkt zu bringen: Es gibt ganz offensichtlich jemanden, der diesen Lysander gezwungen hat, wahre Unsummen für seine Dienste einzufordern. Geld, das besagte Person anschließend wieder abkassiert hat. Abzüglich des von Euch erwähnten Obolus. Wobei, wollte er nicht mit einem Strick um den Hals enden, diesem Lustknaben kaum eine andere Wahl geblieben sein dürfte.«

Bei so viel Scharfsinn bekam Heribert fast den Mund nicht mehr zu. »Woher wisst Ihr das, Bruder?«, fragte er, außerstande, seine Verblüffung zu verbergen.

»Pure Logik, nichts weiter!«, wehrte Bruder Hilpert schmunzelnd ab. »Doch um zum Kern des Casus zu kommen, Meister: Hat Euch der Lustknabe die Identität seines Erpressers preisgegeben?«

»Hat er, Bruder.«

»Ein Mann, der Euch bekannt ist?«

»Kann man wohl sagen.«

»Könnte es sein, dass dies sein Name ist?« Damit die drei anderen es nicht hörten, trat Bruder Hilpert möglichst nah an Heribert heran und flüsterte ihm etwas ins Ohr.

Die Wirkung auf Berengars Schwager hätte einschneidender nicht sein können. Heribert riss Mund und Augen auf und konnte sich einen Ausruf der Überraschung erst im letzten Moment verkneifen. »D… d… das ist er, Bruder!«, stammelte er, der um eine Antwort nur selten verlegen war. »Woher in drei Teu… äh … in aller Welt …«

»Pure Logik, ein Abschiedsbrief – und vielleicht auch ein bisschen mehr!«, gab Bruder Hilpert stillvergnügt zu.

Berengars Schwager rieb sich die Hände. »Gehe ich recht in der Annahme, Bruder, dass es diesem Satan in Menschengestalt demnächst an den Kragen geht?«

»In der Tat, Meister Heribert. In der Tat. Bevor wir jedoch

zum entscheidenden Schlag ausholen, lasse ich mir alles noch einmal durch den Kopf gehen. Damit auch wirklich nichts übersehen wird!« Bruder Hilpert konnte ein Gähnen nur mit Mühe unterdrücken. »Außerdem bin ich todmüde und könnte ein, zwei Stunden Schlaf gut gebrauchen.«

»Und ich ein Glas Wein!«, räumte der Gewürzhändler freimütig ein, gab Bruder Wilfried, Ansgar und Wigbert einen Wink und schlug den Nachhauseweg ein. Tief in Gedanken, folgte ihnen Bruder Hilpert auf dem Fuße.

Kaum waren die Gefährten und er jedoch in die Dominikanergasse eingebogen, wurde ihm klar, dass er so schnell nicht ins Bett kommen würde.

Von seinen Begleitern gänzlich unbeachtet, die soeben Heriberts Haus betraten, löste sich eine Frauengestalt aus dem Schatten der gegenüberliegenden Klostermauer und ging mit wiegendem Schritt auf Bruder Hilpert zu. Sie war Anfang 20, brünett und über die Maßen schön. Und verströmte den Duft von Hyazinthe und Jasmin. Bruder Hilpert war sprachlos und darüber hinaus überrascht, zu solch früher Stunde eine mit derartigem Liebreiz ausgestattete Frau zu sehen. Eine Frau mit einer Haut so weiß wie Schnee und einem Blick, der selbst ihm, der er ein Gelübde abgelegt hatte, unter die Haut zu gehen drohte. Und das trotz oder gerade wegen des dunklen Überwurfs, den sie über ihrem mit Silberfäden durchwirkten Kleid aus Brokatstoff trug. »Seid Ihr der Zisterzienser, der mit der Aufklärung dieser Morde beauftragt worden ist?«, hielt sie sich denn auch nicht lange mit den üblichen Höflichkeitsfloskeln auf.

»Der bin ich!«, bekräftigte Bruder Hilpert rasch. »Und was ist Euer Begehr?«

Lag es an der Höflichkeitsform, mit der er die junge Frau anredete, dass ein amüsiertes Lächeln über ihre rosigen Lippen flog? Oder an etwas anderem? Bruder Hilpert wusste es nicht. Eines aber war ihm von Anbeginn klar: Diese Frau war wie geschaffen, die Männer um den Verstand zu bringen. Das heißt, so sie kein Gelübde einzuhalten hatten. Wie er.

»Ich bringe frohe Kunde, Bruder. Etwas, das Euch mit Sicherheit interessieren dürfte.«

»Und wie ist Euer Name?«

»Melisande, Bruder«, entgegnete die junge Frau.

»Dann folgt mir!«, forderte Bruder Hilpert sie auf, im sicheren Gefühl, dass der längste Tag seines Lebens noch lange nicht vorüber war.

Bischöfliche Gemächer, zwei Stunden nach Sonnenaufgang

»Dem Himmel sei Dank!« Normalerweise wurde Bischof Johann von Brunn erst gegen Mittag richtig wach. Doch heute, gerade einmal zwei Tage vor Kiliani, war das anders. Er war außer sich, zur Abwechslung einmal vor Freude. »Seid Ihr Euch dessen auch absolut sicher, von Weißenfels?«

Der bischöfliche Kammerherr, ein sauertöpfischer Pessimist, nickte bejahend und strahlte mehr Zuversicht aus als in all den Jahren zuvor. »So sicher, wie man es angesichts dieser wahrhaft frohen Botschaft überhaupt sein kann!«, ließ Hieronymus von Weißenfels mit Nachdruck verlauten. »Der Reliquienfrevel ist aufgeklärt, der Fall, der Euer Gnaden so viel Verdruss bereitet hat, gelöst!«

Fast automatisch musste Johann von Brunn an die schlechten Nachrichten der letzten Tage denken. All die Hiobsbotschaften – und endlich wieder ein Grund zur Freude. Und überhaupt: Was gingen ihn die Sorgen und Nöte seiner Amtsbrüder zu Köln, Mainz und Bamberg oder sonst wo an? Hauptsache, er hatte seine Schäflein im Trockenen. Die übrigen Reichsfürsten konnten ihm, mit Verlaub, wirklich gestohlen bleiben.

»Und wo, sagt Ihr, wurden die Reliquien unserer drei Heiligen gefunden?«, fragte von Brunn gelöst, während er in seinen pelzverbrämten Morgenmantel schlüpfte.

»Unweit vom Galgentor, Bischöfliche Gnaden!«, beeilte sich sein Kammerherr zu sagen, in der Hoffnung, die huldvolle Stimmung seines Herrn möge eine dauerhafte sein. »Auf dem Fronhof, der letztes Jahr abgebrannt und nicht wieder aufgebaut worden ist.«

»Ein ungeheuerlicher Frevel, die Reliquien der drei Heiligen in einer stillgelegten Jauchegrube zu verstecken!«, ließ von Brunn mit gespielter Entrüstung verlauten.

»Mitnichten, Euer Gnaden!«, stimmte von Weißenfels zu. »Ein Frevel zwar, aber ein Versteck, auf das man erst einmal kommen muss!«

Im Begriff, die Vorhänge seines Gemaches beiseite zu schlagen, hielt von Brunn kurze Zeit inne. »Sollte dies eine Sympathiebekundung gegenüber dem räuberischen Gesindel sein, welches den schlimmsten Reliquienfrevel seit Menschengedenken zu verantworten hat, dann ist sie wahrhaftig fehl am Platz!«, stauchte er den verdutzten Kammerherrn ohne Vorwarnung zusammen.

Von Weißenfels senkte devot den Kopf. »Nichts läge mir ferner als das!«, beteuerte er und deutete eine Verneigung an. »Wenn jemanden die glückliche Wendung der Dinge mit Freude erfüllt hat, dann mich, Fürstbischöfliche Gnaden!«

Johann von Brunn gab einen Laut von sich, aus dem ein gerüttelt Maß an Skepsis sprach, stützte sich auf das Sims und sah zum Fenster seines Schlafgemaches hinaus. Die gute Laune war ihm schon fast verdorben, wobei er selbst nicht genau wusste, warum. Dabei hätte er sich doch eigentlich freuen müssen. Die Reliquien wieder in seinem Besitz, das Domkapitel in die Schranken gewiesen, die aufgebrachten Pilger wieder in Festtagsstimmung. Und, wichtiger noch, die bischöfliche Autorität fürs Erste wiederhergestellt.

Allseitige Zufriedenheit. Wenn nur diese herumschnüffelnde Ordensschwester nicht wäre. Wenn ihn jemand um die Früchte seines Triumphes bringen konnte, dann sie. Zu dumm, dass es nicht die geringste Spur von ihr gab. Zu dumm auch, dass Demetrius nicht aufzufinden war.

Doch daran wollte Johann von Brunn jetzt lieber nicht denken. »Wie hieß doch gleich der Kerl, der das Versteck dieser Bastarde ausfindig gemacht hat?«

»Thankmar, Herr!«, ließ die Antwort seines wie ein Kaninchen auf die Schlange starrenden Kammerherrn nicht auf sich warten. »Ein herumstreunender Vagant, der es sich in der Ruine des Fronhofes bisweilen bequem zu machen pflegt. Zusammen mit seinem Köter, der so lange an der Jauchegrube herumgeschnüffelt hat, bis sein Herr darauf aufmerksam geworden ist.«

»Wisst Ihr eigentlich, was das zutiefst Befriedigende an dieser Angelegenheit ist?«, ging Johann von Brunn auf die Ausführungen seines Kammerherrn mit keinem Wort mehr ein, sondern wandte sich seinem reich gedeckten Frühstückstisch zu.

»Was denn, Euer Gnaden?«

»Dass ich auf die Hilfe eines gewissen Hilpert von Maulbronn samt der seines tölpelhaften Gefährten nicht mehr angewiesen bin. Höchste Zeit, den beiden den Laufpass zu geben!«

›Haus der sieben Sünden‹, kurz vor dem Mittagsläuten

Für ihn, den Todgeweihten, gab es weder Tag noch Nacht, weder Wachheit noch Traum. Es gab nur noch eins: dieses

Gefühl, noch nicht tot, aber am Ende der Kräfte zu sein. Ein Gefühl, das ihn in einen wahren Höllenschlund stürzte. Zumindest dann, wenn er für kurze Zeit aus seinen Fieberfantasien erwachte. Denn noch gab es eine Mission für ihn zu erfüllen. Wenngleich er an ihren Erfolg schon fast nicht mehr glaubte.

Das Fieber jedoch war bei Weitem nicht das Schlimmste. Verglichen mit dem Gefühl, innerlich zu verrotten, fühlte es sich wie ein Spaziergang durch den Garten Eden an. Welche Pein, dem Wüten der Krankheit hilflos ausgeliefert zu sein. Diese grenzenlose Mattigkeit, immer wieder unterbrochen von Albträumen, die ihn langsam, aber sicher an den Rand des Wahnsinns trieben. Und dann erst dieser Durst! Unstillbar wie die Sehnsucht nach einem Trugbild, das seinen Blicken längst entschwunden war.

Doch so sehr er sich danach sehnte, dem irdischen Jammertal für immer zu entsagen, so sehr klammerte er sich daran fest. Demetrius hatte Angst vor dem Sterben, fast ebenso sehr wie vor Kardinaldiakon Oddo di Colonna, der ihn bis in die schlimmsten Albträume verfolgte.

Demetrius zerrte am Kragen seiner Tunika, aber das Feuer in seinem Inneren loderte nur umso heftiger empor. Zwischen den Hautfetzen, die sich von seinem Körper schälten, stauten sich Eiter und Schweiß, doch im selben Moment, als er sich in sein Schicksal fügen wollte, war da wieder dieser Mann mit den scharfkantigen Zügen, der Hakennase und dem Kardinalshut auf dem Kopf. Wahn und Wirklichkeit waren verschwommen, Tag und Traum eins. Das Traumbild indes blieb. Und siehe da, plötzlich öffnete es den Mund und sprach: »In diesem Zeichen wirst du siegen! Darum erhebe dich und wandle immerdar!« Doch der Körper von Demetrius rührte sich keinen Zoll weit vom Fleck. Er gehorchte ihm einfach nicht mehr, allen Bemühungen zum Trotz. Da streckte ihm Colonna den Rücken seiner rechten Hand entgegen. Der Ring! Wie von einer Legion Dämonen gepeinigt, fuhr Demetrius in die Höhe und riss die Augen auf.

Und prallte fast ebenso entsetzt zurück.

Den Mann am Fußende seiner Bettstatt hatte er noch nie gesehen. Das stand ihm deutlich vor Augen. Ebenso wie die Tatsache, dass dies kein Albtraum, sondern Wirklichkeit war. Wie um dies zu bestätigen, drang der dumpfe Klang der Domglocken und das Rattern eines Fuhrwerks drunten auf der Straße an sein Ohr.

Und der gleichmäßige Atem des Mannes, der die Tracht der Zisterzienser trug.

Den ergrauten Schläfen, überschatteten Augenhöhlen und asketischen Zügen nach zu urteilen, war der ungebetene Besucher im Mönchshabit schon recht alt, aber sein wachsamer Blick verriet, dass er womöglich nicht einmal 40 war. Ein Blick auf seinen hoch aufragenden Körper und die aufrechte Haltung schien diesen Eindruck zu bestätigen. Der Grund, weshalb Demetrius instinktiv zurückzuweichen begann.

Der Ordensbruder nahm anscheinend keine Notiz davon. Er stand einfach nur da. Starr. Regungslos. Wie in Erz gegossen. Mit einem Blick, der sich wie eine glühend heiße Nadel bis in den hintersten Winkel seiner Augenhöhle bohrte. Verzog keine Miene, zuckte nicht einmal mit den Wimpern.

Ein Frösteln, und die nächste Fieberattacke brandete über ihn hinweg. Demetrius wand sich in Krämpfen, zuckte wie ein waidwundes Tier. Und mitten in den Schmerz, gleichsam als Krönung, drang diese Stimme. Eine Stimme wie die Posaunen von Jericho.

»Seid Ihr Demetrius, Diakonus und Mitglied des Domkapitels?«, fragte der Mann mit den verschränkten Armen, die er im Ärmel seiner Kukulle verbarg. Und dies, ohne mit der Wimper zu zucken, ohne eine Spur von Mitleid im Gesicht.

»Der bin ich!«, gab Demetrius ohne Umschweife zu, während eine dumpfe Ahnung in ihm emporzukeimen begann. »Was ist Euer Begehr?«

Zum ersten Mal seit seinem Auftauchen war das Gesicht des Mönches in Bewegung geraten, wenn auch nicht so, wie Demetrius es erwartete. Seine blauen, glasklaren Augen drückten etwas aus, wovor er sich fürchtete: die Fähigkeit, bis ins Innere seiner Seele zu blicken. Das heißt von dem, was von ihr übrig war. Dieser Mann, so die blitzartige Erkenntnis, war dazu imstande, selbst die kleinste Faser seiner Gedanken zu erhaschen. Und seien sie auch noch so geheim.

Seine Worte waren kaum verklungen, da lieferte der Mönch auch schon den Beweis dafür: »Wenn Ihr der seid, für den ich Euch halte, hättet Ihr das eigentlich schon längst merken müssen!«

Also doch. Er hatte es, wenn nicht gewusst, so doch wenigstens geahnt. Sie waren ihm auf die Schliche gekommen. Er wusste zwar nicht, wie, aber das war letztendlich egal. Das Spiel war verloren. Demetrius stützte sich auf die Ellbogen, während sein Unterleib den Geruch von verbranntem Fleisch auf einem Bratrost verströmte. Wenn er sich auch innerlich gegen sein Schicksal sträubte, spürte er doch, dass Widerstand so gut wie aussichtslos war. Das Handgemenge mit diesem Büttner hatte ihn einfach zu viel Kraft gekostet. Kraft, die ihm jetzt fehlte. Und das sowohl im physischen als auch im psychischen Sinn.

Aber dann, da er dem Blick dieses Zisterzienserbruders nicht standhalten konnte, fiel sein Blick auf den Ring an seiner Hand. ›In diesem Zeichen wirst du siegen!‹, hämmerte es förmlich durch sein Gehirn, wobei er die imaginäre Stimme in seinem Inneren eindeutig identifizieren konnte. Es war die Stimme von Colonna, seinem Lehrmeister. Die Stimme des Mannes, den er in circa zwölf Stunden hatte treffen wollen.

Wenn ihm der Mönch mit den hageren Gesichtszügen, der immer noch regungslos am Fußende seines Bettes verharrte, nicht dazwischengekommen wäre. Und die Krankheit, die ihn zerquetschte wie eine Faust trocknen Laubs. »Falls Euch nicht klar ist, mit wem Ihr es hier zu tun habt, Mönch, dann ...«, bäumte sich Demetrius gegen sein Schicksal auf, aber der Mönch fiel ihm mit schneidender Stimme ins Wort: »Mit dem ruchlosesten Frevler, den die Mauern dieser Stadt jemals beherbergt haben!«

»Wer seid Ihr, dass Ihr es wagt, so mit mir zu reden?«

»Hilpert von Maulbronn, Inquisitor vom Orden der Zisterzienser. Beauftragt, den Raub der Kilianreliquien und eine daraus resultierende Mordserie aufzuklären.«

Das Gesicht von Demetrius, über dem bereits der Schatten des Todes lag, verformte sich zu einem fratzenhaften Grinsen. »Soso!«, keuchte er, während sein ausgemergelter Rumpf wie unter Geißelhieben erbebte. »Und von wem?«

»Vom Bischof persönlich.«

Demetrius lachte leise in sich hinein. »Soso!«, wiederholte er und ließ sich rücklings auf sein Lager fallen. »Eine Mordserie. Und was hat das Ganze mit mir zu tun?«

»Genug der Ausflüchte!«, fuhr Bruder Hilpert Demetrius an. »Ihr habt es hier nicht mit einem Domschüler zu tun!«

»Diese Reliquien – ich hoffe, Eure Bemühungen zu ihrer Wiederbeschaffung waren von Erfolg gekrönt?«

»Wenn hier jemand Fragen stellt, dann ich. Aber wenn wir schon dabei sind: Sie waren es in der Tat. Womit meine Mission erfüllt wäre. Jedenfalls fast.« Bruder Hilpert sah Demetrius lange und eindringlich an. In der Ferne schlug es gerade zwölf, und die Sonne näherte sich dem Zenit.

»Fehlt nur noch der Mörder, hab ich recht?«

Bruder Hilpert verzog den Mund. »Weit gefehlt, Herr Domkapitular. Ich habe ihn bereits gefunden.«

»Ihr wollt doch nicht etwa behaupten, dass ich ...«

»Wie gesagt: Genug der Ausflüchte!«, sprach Bruder Hilpert in kompromisslosem Ton und trat neben das Bett. »Ihr steckt bis zum Hals im Sumpf, Demetrius, und wisst es genau! Ihr und niemand anders seid der Dämon, der Agilulf, seine Frau, Gumpert den Schmied und bis zu einem gewissen Grade auch einen Ehrenmann namens Büttner auf dem Gewissen hat!«

»Und Eure Beweise?«

»Keine Sorge, ich werde sie Euch liefern. Und zwar Stück für Stück.«

Demetrius wälzte sich zur Seite und schwieg, mit Blick auf die Spinne, die an der Wand hinter dem Bett entlangkroch.

»Wie schön, dass Ihr endlich Vernunft annehmt!«, legte Bruder Hilpert sofort nach. »Und darum wollen wir uns auch nicht länger mit Vorreden aufhalten, findet Ihr nicht auch?«

»Tut meinetwegen, was Ihr wollt.«

»Für Euer Entgegenkommen schon jetzt vielen Dank!«, erwiderte Bruder Hilpert ungerührt. Und fuhr sogleich fort: »Vergangenen Donnerstag, vor nicht ganz vier Tagen, habt Ihr Euch vermutlich von hier aus zur Schenke ›Zum roten Hahn‹ begeben, mit dem Ziel, einen Mann zu treffen, für den ihr einen ganz bestimmten Auftrag hattet, nämlich die Reliquien der drei Frankenapostel zu stehlen. Zum Erfüllungsgehilfen hattet Ihr Euch einen gewissen Agilulf auserkoren, Reliquienhändler, Hehler und Schieber und somit der ideale Mann für Aufträge dieser Art. Worum es bei Eurem Gespräch ging, war vor allem die Frage, welchen Lohn besagter Agilulf für seine Dienste erhalten sollte. 100 Gulden – und somit ein Kinderspiel für jemanden wie Euch!«

»Behauptungen sind eine Sache, sie beweisen zu können eine andere.«

»Da habt Ihr zweifellos recht. Und darum komme ich Eurem Wunsch auch gerne nach!« Die Hände auf dem Rücken verschränkt, begann Bruder Hilpert neben dem Bett auf und ab zu gehen. »Euer Pech, dass mein Freund Berengar Euer Gespräch mit Agilulf vom Hinterhof der Schenke aus mit angehört hat. Wenn Ihr Euch verstockt zeigt, wäre es somit ein Leichtes, Euch anhand Eurer Stimme zu identifizieren. Zum einen mithilfe meines Freundes, zum anderen durch einen blinden Bettler, den Ihr nach dem Weg zur Schmiede Eures dritten Opfers zu fragen geruhtet. Was dort geschehen ist, dürfte Euch wohl noch in lebhafter Erinnerung sein.« Damit ihn der Zorn nicht übermannte, holte Bruder Hilpert tief Luft. Dann kam er wieder auf Berengar zu sprechen: »Aber um beim Thema zu bleiben: Erinnert Ihr Euch an den Mann, der Euch auf den Fersen war, bevor ihm Agilulf eins auf den Schädel gab?«

Demetrius schnaubte verächtlich, sagte aber nichts.

»Wie heißt es doch so schön: Keine Antwort ist auch eine Antwort!«, konnte sich Bruder Hilpert einen Anflug von Ironie nicht verkneifen. »Wie gesagt: Nach der missglückten Intervention meines Freundes Berengar von Gamburg stand Eurem Handel mit Agilulf nichts mehr im Wege. Schade nur, dass er bei seinem Patronus, besagtem Eckehard Büttner, derart tief in der Kreide stand, dass Euer großzügiger Obolus nicht mehr war als der sprichwörtliche Tropfen auf den heißen Stein.«

»Keine Ahnung, wovon Ihr sprecht, *Mönch*.«

»Lieber ein einfacher Mönch als so tief abzustürzen wie Ihr! Doch zurück zum Thema: Um sich sämtlicher Schulden auf einen Schlag zu entledigen, schmiedete Agilulf einen Plan. Der, theoretisch betrachtet, durchaus einfallsreich war. Schade nur, dass er die Rechnung ohne Euch, seinen Auftraggeber, gemacht hat.«

»Eine Aneinanderreihung von Hypothesen. Mehr nicht.«

»Findet Ihr?«, fuhr Bruder Hilpert unbeeindruckt fort. »Um Euch auf den neuesten Stand der Geschehnisse zu bringen: Vor einer knappen halben Stunde wurde mir durch einen Emissär des Bischofs mitgeteilt, in der Jauchegrube eines abgebrannten Fronhofes unweit des Galgentores seien drei Schädel nebst sterblicher Überreste gefunden worden. Der Raub der Kilianreliquien, so ein gewisser Herr von Weißenfels, sei somit aufgeklärt. Wobei neben meiner Wenigkeit insbesondere Ihr, Demterius, ganz genau wisst, dass Fürstbischöfliche Gnaden einem Irrtum aufgesessen sind.«

»Und wieso?«

»Weil es sich nicht, wie erhofft, um die sterblichen Überreste der drei Heiligen, sondern um die dreier armer Teufel vom Schindanger auf dem Galgenberg handelt. Leichenteile, die dazu dienen sollten, Euch in die Irre zu führen. Pech für Agilulf, dass Ihr ihm kurz vor dem geplanten Raub der Kilianreliquien auf die Schliche gekommen seid. Und zwar indem Ihr, misstrauisch geworden, der als Versteck für die Kilianreliquien vorgesehenen Jauchegrube einen kurzen Besuch abgestattet habt. Und zwar *vor* dem Raub. Nur um festzustellen, dass sich die vermeintliche Beute bereits in ihrem Versteck befand. Kein Wunder, dass Ihr sofort Verdacht geschöpft habt. Dies umso mehr, da Ihr wusstet, dass Agilulfs Raubzug erst viel später, gegen Mitternacht, über die Bühne gehen sollte. Irgendetwas, so Euer Instinkt, war hier faul. Und darum habt Ihr Euch schnurstracks auf den Weg zum Neumünster gemacht. Dort angekommen, musstet Ihr feststellen, dass Euer Argwohn gegenüber Agilulf nicht unbegründet war. Um es kurz zu machen: Er war darauf aus, Euch zu täuschen, mit den sterblichen Überresten dreier Strauchdiebe abzuspeisen. Mit dem Ziel, den verabredeten Lohn für sich zu behalten und vom Bischof anschließend eine stattliche Summe Geldes zu erpressen. So etwas nennt man zwei Fliegen mit einer Klappe schlagen, hab ich recht?«

Ein Anfall von Schüttelfrost ließ den Körper von Demetrius bis in die Grundfesten erzittern. Da Bruder Hilpert ohnehin keine Antwort erwartet hatte, fuhr er mit der Rekonstruktion der Ereignisse fort: »Wie gesagt – was Agilulf betraf, scheint Euer Argwohn durchaus berechtigt gewesen zu sein. Konntet Ihr Euch doch quasi aus erster Hand davon überzeugen.«

»Und wie?«

»Indem Ihr genau im richtigen Moment zur Stelle wart. Nämlich dann, als Agilulf und seine beiden Helfershelfer im Begriff waren, sich durch die nördliche Seitenpforte Zugang zum Neumünster zu verschaffen.«

»Pure Spekulation.«

»Wohl kaum. Schwer vorauszuahnen, dass Euch der Hund des Messdieners in die Quere kommen würde. Aber so war es leider nun mal. Wie mir von seinem Herrn berichtet wurde, konntet Ihr ihn zwar auf Distanz halten, aber das ändert nichts daran, dass Ihr durch sein plötzliches Auftauchen von Eurem Vorhaben für kurze Zeit abgelenkt worden seid. Um es präzise zu formulieren: Just in dem Moment, als der Hund des Messdieners durch den Kreuzgang geprescht kam, ist es Agilulf gelungen, sich in der Basilika in Sicherheit zu bringen.«

»Und seine Helfershelfer?«

»Ich sehe, Ihr denkt mit! Wobei es Euch freilich ein Leichtes wäre, Euch selbst die entsprechende Antwort zu geben!«

»Wieso das?«

»Weil Ihr unmittelbar nach Eurem Eintreffen Zeuge einer heftigen Auseinandersetzung zwischen Agilulf und seinen beiden Handlangern geworden seid.«

»Ein Mönch als Hellseher – wie praktisch!«

»Spart Euch den Sarkasmus!«, fuhr Bruder Hilpert Demetrius an. »Und gebt Eure Hinhaltetaktik endlich auf! Ich weiß zwar nicht, wie Ihr den Namen von Gumpert dem

Schmied herausbekommen habt – eines aber steht fest: Ihr konntet beobachten, wie sich die drei in die Haare bekamen und wie Gumpert kurzerhand kehrtgemacht und so rasch wie möglich das Weite gesucht hat. Wer weiß, vielleicht seid Ihr ihm auch gefolgt. Bevor Ihr mich fragt: Wie ich aus zuverlässiger Quelle weiß, war Gumpert der geplante Raubzug einfach eine Nummer zu groß. Mithilfe eines Wachsabdrucks Schlüssel anfertigen, um anschließend damit einzubrechen – warum nicht! Aber wenn, dann keinen Frevel, und schon gar keinen in einer derartigen Dimension! Kurz gesagt: Gumpert sucht das Weite, Ihr tut es ihm gleich, aber im Gegensatz zu diesem eher harmlosen Tagedieb verfügt Ihr über so viel Kaltschnäuzigkeit, dass Ihr beschließt, Agilulf auf der Stelle sein verräterisches Handwerk zu legen. Nicht zuletzt deshalb, um sich seiner Beute, der Kilianreliquien, zu bemächtigen. Der echten, wie ich nochmals betonen muss.«

»Ein Vorschlag: Wie wäre es, wenn Ihr meine Kammer nach ihnen durchsucht?«

»Euer Hang zur Ironie in allen Ehren: Stünde es Euch nicht besser zu Gesicht, zuzugeben, dass Ihr gegenüber Agilulf den Kürzeren gezogen habt?«

»Und wieso?«

»Weil Ihr zu spät dran wart, darum! Zu spät, um mitzubekommen, wo genau der Reliquienhändler seine Beute verschwinden ließ. Dass sich das Versteck in der Kirche befand, war von Anbeginn klar. Nur wo, das war die Frage!«

»Eine Frage, auf die es bedauerlicherweise keine Antwort gibt.«

»Und ob! Doch darüber später mehr.« Die vergangene Nacht forderte ihren Tribut, wenngleich sich Bruder Hilpert nichts anmerken ließ. »Was daraufhin geschah, wollt Ihr wissen? Kein Problem. Also: Wie mir der Dritte im Bunde, ein gewisser Ansgar …«

»… der vermutlich längst über alle Berge ist …«

»… anvertraut hat – wobei Ihr Euch diesbezüglich im Irrtum befindet –, sind Euch die beiden direkt in die Arme gelaufen. Überflüssig zu betonen, dass sie überhaupt nicht wussten, wie ihnen geschah! Wie dem auch sei: Ansgar, der gewöhnlich Schmiere stand, reagiert offenbar am schnellsten. Er rammt Euch den Kopf in den Leib, schlägt die Tür hinter sich zu und entkommt.«

»Das reinste Schauermärchen.«

»Wenn, dann aber eines, in dem das Böse obsiegt. Wenn auch nur temporär.« Bruder Hilpert beugte sich zu Demetrius hinab und sprach: »Der Rest der Geschichte ist rasch erzählt. Wie nicht anders zu erwarten, ist Agilulf Euch nicht gewachsen. Im Klartext: Nachdem Ihr ihn überwältigt habt, fesselt und knebelt Ihr ihn. Plündert seine Geldkatze und knöpft ihm seinen Lohn wieder ab. Droht ihm. Setzt ihn auf jede nur erdenkliche Weise unter Druck. Vergebens. Agilulf gibt das Versteck nicht preis. Aus welchem Grund, ist nicht klar. Möglich, dass er Frau und Gefährten schützen will. Vielleicht aber auch deshalb, weil er ahnt, dass er ohnehin sterben muss. Egal, ob er Euch das Versteck verrät oder nicht. Und diesen Triumph – ihm das Handwerk gelegt, des verdienten Lohnes beraubt und seine Beute wieder abgejagt zu haben – diesen Triumph will er Euch wohl nicht gönnen. Deshalb, und wohl weniger aus einem anderen Grund, musste Agilulf der Reliquienhändler sterben.«

»Einmal angenommen, es war so, wie Ihr sagt: Dann, geschätzter Bruder Hilpert, hätte ich mir doch wohl ins eigene Fleisch geschnitten!«

»Schon möglich. Aber schließlich war da ja noch seine Frau. Und Gumpert, der Schmied. Und ein gewisser Eustachius von Marmelstein.«

»Was hat der denn damit zu tun?«

»Rein gar nichts. Und wenn, dann höchstens als Randfigur.«

»Wozu dann das Ganze?«

»Wenn ich den Brief, den er vor seinem Selbstmord hinterließ, richtig deute, war er Euch stets ein Dorn im Auge. Aus Gründen, die nachzuvollziehen sich in diesem Zusammenhang nicht lohnt. Was Euer Tun selbst im Nachhinein noch so verwerflich macht, ist, dass Ihr seine widernatürliche Neigung ausgenutzt habt, um ihn aufs Schändlichste zu erpressen. Ersparen wir uns, in diesem Punkt allzu sehr ins Detail zu gehen.«

»Erpressung, soso. Und weshalb?«

»Um sich seiner bei passender Gelegenheit zu entledigen. Ein Rivale weniger, wer weiß. Dass es im Domkapitel bisweilen wie in einer Schlangengrube zugeht, ist ja wohl hinlänglich bekannt.«

»Gebt acht, *Mönch*, sonst redet Ihr Euch noch um Kopf und Kragen.«

»Wenn das jemand tut, dann Ihr! Wie dem auch sei: Verzweifelt bemüht, die Kilianreliquien aufzustöbern, muss Euch irgendwann einmal der Gedanke gekommen sein, dass vielleicht mehr als nur ein Gelegenheitsdieb hinter der ganzen Sache steckt. Die sprichwörtlichen Hintermänner – Ihr versteht. Weshalb, so von Marmelsteins Brief, Ihr anscheinend auf den Gedanken gekommen seid, Euch seiner Geheimakten zu bemächtigen und diesbezüglich Nachforschungen anzustellen. Mit Erfolg, wie Eure Attacke auf Eckehard Büttner beweist. Ein Akt der Verzweiflung, zumal weder Agilulfs Frau noch sein Busenfreund Gumpert einen blassen Schimmer hatten, wo die Reliquien versteckt worden waren. Was Ihr ihnen wiederum nicht abgekauft habt. Der Grund, weshalb die beiden eines grausamen Todes sterben mussten. Ein Schicksal, welches dem Abdecker, wie Büttner genannt zu werden pflegt, einstweilen erspart geblieben ist. Wenngleich er bis zu seinem Lebensende ein Krüppel bleiben wird.« Den Blick auf Demetrius geheftet, der mit fieberglänzendem Blick an die Wand starrte, blieb Bruder Hilpert mit dem Rücken zur Tür stehen.

»Drei Morde – gut und schön. Und die Zeugen dafür?«

»Gegenfrage: Warum habt Ihr am Vorabend des Raubes den Euch bekannten Fredegar von Stetten dazu ermuntert, des heiligen Kilian Büste auf dem Hauptaltar stehen und sie nicht wieder zurück in die Gruft transportieren zu lassen? An einen Ort, wo sie vor Diebstählen sicher gewesen wäre?«

»Ein Akt der Nächstenliebe, nicht mehr.«

»Wenn, dann aber einer mit Folgen! Einerlei: Fredegar von Stetten, an Leichtgläubigkeit nicht zu übertreffen, sollte Euch indessen zum Verhängnis werden.«

»Spekulation oder harte Fakten?«

»Letzteres.«

»Ein aufgeblasener Wichtigtuer, der nur darauf gewartet hat, mir eins auszuwischen.«

»Wenn hier jemand Euer Feind ist, Demetrius, dann Ihr selbst. Um nicht weiter um den heißen Brei herumzureden: Zum Zeitpunkt der Tat befindet sich von Stetten in der Sakristei. Aufgeschreckt durch den Lärm, den Euer Handgemenge mit Agilulf verursacht hat, beschließt er, nach dem Rechten zu sehen. Und wird Zeuge, wie Ihr, Demetrius, Euch über den leblosen Körper Agilulfs beugt, ein blutverschmiertes Stilett in der Hand.« Ohne Rücksicht auf sein Siechtum packte Bruder Hilpert Demetrius an der Schulter und riss ihn zu sich herum. »Schaut mich gefälligst an, wenn ich mit Euch spreche!«

»Was? Immer noch kein Ende?«

»Nur noch ein wenig Geduld! Der Chorherr, auf seinen und der Kirche Ruf bedacht, zerbricht sich folglich den Kopf, was er mit dem Leichnam von Agilulf anfangen soll. Und verfällt auf eine makabre Idee: Er schleift denselben auf die Straße – und hat Glück. Nur einen Steinwurf weit entfernt sieht er nämlich den Karren von Krätze dem Müllkutscher stehen, wartet einen unbeobachteten Moment ab und hievt Agilulfs sterbliche Hülle kurzerhand hinauf. Er ist sogar kaltblütig genug, sie unter einem Haufen Müll, Kot und Abfall zu verbergen. Wo sie dann auch gefunden wurde. Aber das ist eine andere Geschichte! Fest steht indessen, dass der Reliquienhändler von hinten erstochen wurde. Mit einem Stilett. *Eurem* Stilett, das in den Trümmern von Agilulfs Haus wiederaufgetaucht ist.« Bruder Hilpert holte tief Luft, kniff die Augen zusammen und sah Demetrius eindringlich an. »Noch irgendwelche Fragen?«

»Nur noch eine.«

»Und die wäre?«

»Wer hat Euch mein Versteck verraten?«

»Darf ich Eure Frage mit einer Gegenfrage beantworten?«

»Nur zu.«

»Zu gütig. Um Euch nicht unnötig auf die Folter spannen: Was, wenn die indiskrete Frage gestattet ist, habt Ihr mit einer Frau namens Melisande zu tun?«

»Ach so – daher weht der Wind!«

»Noch dazu ein recht heftiger, wie mir scheint! Pflegtet Ihr doch, nachdem Ihr ihre Dienste in Anspruch genommen hattet, bisweilen im Schlaf zu sprechen. Und sich bei ihr nach Büttner zu erkundigen. Was Melisande wiederum erhebliches Kopfzerbrechen bereitet hat. Um nicht zu sagen Gewissensbisse. So viele, dass sie keinen anderen Ausweg wusste, als sich mir zu offenbaren!«

»Kompliment, *Mönch*, Ihr seid ein wahrer Meister Eures Fachs! Und was habt Ihr jetzt vor mit mir?«

»Das hängt nicht zuletzt von Euch ab, Herr *Domkapitular!*«

»Eines dürfte Euch doch wohl klar sein: Mich vor Gericht zu stellen, wäre der Mühe nicht wert.« Demetrius sah Bruder

Hilpert mit schmerzverzerrter Miene an, die Augen blutunterlaufen und starr. »Und einen Leichnam hinzurichten wohl auch nicht. Warum in drei Teufels Namen lasst Ihr mich dann nicht einfach verrecken?«

»Weil Ihr noch etwas gutzumachen habt, bevor Ihr vor Gottes Richterstuhl tretet.«

»Reue? Und das bei einem Dämon wie mir? Ist das nicht ein bisschen viel verlangt?«

»Für Reue ist es bekanntlich nie zu spät. Als ein Mann, der sein Leben Gott geweiht hat, solltet Ihr das eigentlich wissen.«

»Gott? Habe ich da eben richtig gehört: ›Gott‹?«

»In der Tat.«

Demetrius atmete tief durch und richtete sich mit schmerzverzerrter Miene auf. »Wenn Ihr wissen wollt, zu welchem Zweck oder in wessen Auftrag ich meine Mission durchgeführt habe, gebt Euch keine Mühe, Bruder.«

»Immerhin ein Fortschritt.«

»Was denn?«, fragte Demetrius verstört.

»Dass Ihr mich Bruder nennt!«, gab Hilpert postwendend zurück.

»Wie gesagt: Gebt Euch keine Mühe! Foltert mich, rädert mich, vierteilt mich – meinen Eid werde ich trotz allem nicht brechen!«

»Etwa jenen Eid, der Euch an den Geheimbund bindet, welcher sich den Kampf gegen den Reliquienkult zum Ziel gesetzt hat?! Ein Geheimbund, dessen Mitglieder allesamt einen Ring mit einer ganz bestimmten Eingravierung tragen? Von der Art, wie auch Ihr ihn am Finger tragt?« Außer sich vor Erregung, schüttelte Bruder Hilpert den Kopf. »›In diesem Zeichen wirst du siegen‹ – wenn es je eine Lästerung gab, dann diese!«

Mit dem wenigen an Energie, zu dem er noch fähig war, schraubte sich Demetrius in die Höhe, stützte sich auf die Handflächen und starrte Bruder Hilpert entgeistert an. »Was wisst Ihr darüber?«, stieß er keuchend hervor. Und fügte, als er seinen Fehler bemerkte, in deutlich milderem Tonfall hinzu: »Wovon redet Ihr überhaupt?«

»Das wisst Ihr selbst nur zu genau!«, antwortete Bruder Hilpert ungerührt. »Offen gestanden bin ich es allmählich leid, mich weiter um Euch zu bemühen. Daher nochmals und in aller Deutlichkeit: Nennt mir die Namen Eurer Mitverschworenen, insbesondere denjenigen Eures Auftraggebers, und ich werde dafür sorgen, dass Euch ein gnädiger Tod beschieden sein wird.«

Aus dem Munde von Demetrius erklang ein schauerliches Lachen. »Und was genau ist darunter zu verstehen?«, würgte er mühsam hervor, während sich sein Gesicht bläulich zu verfärben begann. »Hängen statt vierteilen? Oder sämtliche Grade der Folter, bevor man mich enthauptet? Tut mir einen Gefallen, Bruder: Lasst mich einfach liegen. Der Rest erledigt sich dann quasi von selbst.«

»Oder auch nicht!« Kaum war die Frauenstimme hinter ihm verklungen, stieg eine dumpfe Ahnung in Bruder Hilpert empor, und er drehte sich langsam um.

Schwester Irmingardis sah blass aus, kein Wunder angesichts der Tortur, die hinter ihr lag. Sie trug ein schlichtes Wollkleid und hatte schulterlanges, dunkles, wie Seide glänzendes Haar. Selten zuvor hatte Bruder Hilpert so viel Liebreiz und Anmut in einer einzigen Frau vereint gesehen. Berengar, der hinter ihr den Raum betrat, dachte genauso. Trotz der prekären Situation hing sein Blick wie gebannt an der berückend schönen Frau, die einmal Schwester Irmingardis gewesen war.

Diese wiederum achtete nicht darauf, und so blieb ihr Blick nach der Andeutung eines Nickens in Bruder Hilperts Richtung wie selbstverständlich an Demetrius haften. Ein Blick, den dieser, schon halb im Delirium, mit dem Ausdruck wachsender Beunruhigung erwiderte.

Schwester Irmingardis blieb stumm, die Gedanken hinter der Fassade aufgesetzter Gleichgültigkeit verborgen. Nicht so Demetrius, dessen wachsende Erregung niemandem verborgen blieb. »Wer immer Ihr seid –«, schleuderte er ihr entgegen, »warum, zum Teufel, lasst Ihr mich nicht einfach verrecken?«

»Weil wir aus dem gleichen Mutterleib stammen!«, lautete die Antwort, bevor sich Schwester Irmingardis auf die Bettkante setzte und seine zitternden Hände ergriff.

Es war totenstill in der Kammer, Bruder Hilpert zum Statisten degradiert und Berengar nicht minder.

Eine Zeit lang saßen Bruder und Schwester einander gegenüber. Keiner der beiden sprach ein Wort. Dann aber, als sich das Schweigen zur Ewigkeit dehnte, hob Schwester Irmingardis den Blick, setzte eine entschlossene Miene auf und sprach: »Es ist Zeit, Bruder. Höchste Zeit. Willst du nicht der Verdammnis anheimfallen, öffne dein Herz! Öffne dein Herz, Demetrius, sonst ist es zu spät!«

Als die Bewaffneten den Pferdestall stürmten, blieben sie verdutzt stehen. Der Tarnung halber hatten sie sich die Gesichter mit Ruß geschwärzt. Eine Mühe, die sie sich hätten sparen können.

Obwohl das Schwertergeklirr, Keuchen und der Klang ihrer Schritte nicht zu überhören war, rührten sich die drei vor dem Kruzifix knienden Mönche nicht vom Fleck. In den Augen der beiden Haudegen an der Spitze des Trupps war dies natürlich eine Provokation, ihr Zögern nur von kurzer Dauer. Die drei irischen Wanderprediger mussten sterben, egal, wie. So und nicht anders lautete ihr Befehl. Und den galt es auszuführen. Sonst würde ihnen das Gleiche blühen.

Dass diese drei Herumtreiber sich nicht wehrten, erfüllte den Anführer des Trupps mit ohnmächtigem Zorn. Er zog sein Schwert aus der Scheide, machte ein paar Schritte nach vorn und ging neben dem Mönch rechts von ihm, dem jüngsten der drei, in Position. Eine weit ausholende Bewegung, das Surren der Klinge, welche die zum Zerschneiden dicke Luft durchtrennte – und Totnans Haupt kullerte auf den Boden, während sich sein Rumpf noch geraume Zeit aufrecht hielt. Sehr zum Erstaunen seines Mörders, der beim Anblick der gefalteten Hände, die sich seinem Willen partout nicht beugen wollten, zusehends in Harnisch geriet.

Dem bis an die Zähne bewaffneten Krieger zu seiner Linken waren derartige Regungen völlig fremd. Bar jeglicher Gefühle, erledigte er seinen Auftrag mit an Gleichmut grenzender Präzision. Er hatte das Schwert noch nicht richtig aus der Scheide gezogen, da war Kolonats Leben auch schon vorüber.

Was bedeutete, dass die Reihe jetzt wieder beim Anführer war. Während Kolonats Mörder seine Klinge mit Stroh abrieb, in die Scheide steckte und ihm einen ausdruckslosen

Seitenblick zuwarf, stand der Anführer des Trupps immer noch reglos da. Eigentlich hätte der Rumpf dieses irischen Hurensohnes doch schon lange auf die Seite kippen müssen!, dachte er. Dass er dies nicht tat, erzürnte ihn, im gleichen Maße, wie ihn dessen zum Gebet erhobene Hände in Erstaunen versetzten.

Quasi um sich abzulenken, wandte sich der Anführer der gedungenen Rotte dem Mönch in der Mitte zu. Er kannte ihn. Und hatte ihn vom ersten Moment an gehasst. Einer dieser Christenhunde, die das Land wie eine Heuschreckenplage überzogen! Aber damit war jetzt endgültig Schluss. Schluss, aus und vorbei. Odin, Freya und Thor, Gottheiten seines Stammes, waren immer noch mächtig genug. Und würden es auch bleiben. Ein verlauster irischer Wanderprediger wie dieser Kilian würde nichts daran ändern. So wahr er die rechte Hand der Herzogin war.

Sein Auftrag lautete, diesen Schmutzfink mitsamt der beiden anderen Schweinepriester zu töten. Unter allen Umständen und egal, wie. Und das würde er auch tun.

Jetzt gleich.

Leider war die Sache nicht so einfach wie gedacht. Irgendetwas hatte dieser irische Herumtreiber an sich. Schwer zu erklären, was. Irgendetwas, das ihn davon abhielt, die Sache möglichst schnell hinter sich zu bringen. Eine unsichtbare Wand, die zwischen ihm und seinem Opfer stand.

Der Anführer zögerte, wie gebannt von den Blutspritzern, mit denen Kilians Kutte besudelt war. Dass Totnans Rumpf soeben auf dem Boden aufschlug, berührte ihn kaum. Was ihm dagegen auffiel, waren seine schweißnassen Hände. Und das ausgerechnet bei ihm, dem gefürchtetsten Krieger weit und breit. Dieser irische Bastard hatte es in sich. Das musste ihm der Neid lassen.

Doch dann, als sich die Spitze seines Schwertes in bedenklicher Weise zu senken begann, geschah es. Der irische Schweinepriester begann zu sprechen. In einer Art Singsang, die ihm von Anbeginn an verhasst gewesen war. Ein Akzent, der ihn in Rage brachte wie noch nie. »Was zögerst du?«, sprach der Mönch, und das, ohne sich nach ihm umzudrehen. »Du hast doch nicht etwa Angst?!« Und weiter: »Warum in Gottes Namen führst du deinen Auftrag nicht endlich aus? Je früher ich mit meinen Gefährten vor den Stuhl des Herrn trete, umso besser!«

Der Anführer des Mordkommandos rieb sich verwundert die Augen. Hatte er da eben richtig gehört? Wollte dieser dreckige irische Straßenköter wirklich sterben? Anscheinend schon, und wenn, dann musste dies gleich geschehen. Bevor die anderen merkten, dass ihm der Angstschweiß aus sämtlichen Poren drang.

Der Anführer des Mordkommandos schloss die Augen, umklammerte den Knauf seines Schwertes – und tat, wie ihm geheißen.

Einen Tag noch und eine Nacht. Und dann würde er den Verstand verlieren. Aber das konnte er in dem Moment, als er und seine Handlanger die Leichen der drei Mönche verscharrten, noch nicht wissen.

SECHSTER TAG

Noch ein Tag bis Kiliani, Anno Domini 1416

12

St. Ulrichkapelle in Standorf, kurz vor Mitternacht

So kurz vor dem Ziel würde sie niemand mehr aufhalten. Nicht einmal der Leibhaftige in Person. Das Werk war getan, die Mission der ›Milites Christi‹ erfüllt. Bis auf einen ihrer Brüder hatten sich alle am verabredeten Treffpunkt eingefunden. Exakt zur richtigen Zeit. Keine Macht der Erde hatte sie aufhalten können. Gott der Herr war auf ihrer Seite.

Nur noch dieser eine Mitstreiter, und sie wären komplett. Dann, und erst dann, wäre ihr Triumph vollkommen.

Acht. Zahl der Vollendung.

Doch noch war es nicht so weit. Ein Krieger des Herrn musste wachsam sein. Und durfte sein Gelübde auf keinen Fall brechen. Sonst war sein Leben verwirkt.

Und so harrten sie der Dinge, die da kamen. Auf ihren Schwertknauf gestützt, regungslos, wie in Erz gegossene Standbilder, die wie durch Zauberhand in die entlegene Wallfahrtskapelle gelangt waren.

Nur noch einer ihrer Brüder. Dieser eine noch. Die letzte Stufe vor dem endgültigen Sieg.

Jeder für sich an einer Kante der achteckigen Kapelle postiert, starrten die hochgewachsenen, mit dunklen Kapuzenmänteln bekleideten Gestalten mit erwartungsvollem Blick zur Tür. Die Fackeln in ihrer Hand tauchten den Kirchenraum in diffuses Licht. Plötzlich war in der Ferne leises Donnergrollen zu hören. Kaum war es verklungen, flog die Pforte der Kapelle mit lautem Krachen auf. Ein eiskalter Luftzug brachte die Altarkerzen zum Erlöschen, und ein Mann im wehenden Ornat betrat den Raum. Nicht etwa der erwartete

Gefährte, dafür aber jemand, bei dessen Anblick die Kapuzenmänner instinktiv Haltung annahmen.

Eine eigentümliche Stille machte sich im Kirchenraum breit. Der Wind legte sich, wenn auch nur für einen Augenblick. Im Widerschein der Fackeln sah der Neuankömmling im Kardinalsornat wie um Jahre gealtert aus. Weit älter als jemand mit knapp 50 Lenzen auszusehen pflegte.

Die Kapuzenmänner rührten sich nicht von der Stelle und sahen wie in Bronze gegossene Statuen aus. Dies war der Mann, den sie alle fürchteten. Dem sie zu unbedingtem Gehorsam verpflichtet waren. Ein Mann, vor dem selbst die mächtigsten Fürsten zu Kreuze kriechen würden.

Als die Stille unerträglich wurde, ergriff Kardinaldiakon Oddo di Colonna das Wort. »Bonifatius, wo bist du?«, rief er mit herrischer Stimme, während der Abglanz eines Wetterleuchtens das Innere der Kapelle in grelles Licht tauchte.

»Hier!«, lautete die markige Replik, welche das Rollen des Donners mühelos übertönte.

»Kaspar, Melchior und Balthasar?«

»Hier!«

»Carolus Magnus?«

»Hier!«

»Sankt Ulrich?«

»Hier!«

Einer nach dem anderen meldeten sich die Kapuzenmänner mit ihrem Pseudonym zur Stelle. Bis die Reihe an den noch fehlenden der Gefährten kam.

»Kilian, wo bist du?«, bellte Colonna in das Kapelleninnere hinein.

Eine Frage, auf die er keine Antwort erhielt.

Atemlose Stille. Donnergrollen. Und ein Kardinal, fast so bleich wie der Tod.

Oddo di Colonna, mit den Wechselfällen des Lebens bestens vertraut, reagierte jedoch erstaunlich schnell, und auf einen Wink des Kardinaldiakons betrat seine bis an die Zähne bewaffnete Eskorte den Raum. Das halbe Dutzend italienischer Söldner und ihr Anführer verloren keine Zeit, sondern gingen schnurstracks auf die zu Füßen der Kapuzenmänner postierten Ossarien zu, wuchteten sie in die Höhe und verschwanden lautlos in der Nacht.

Doch damit war die Prozedur noch nicht vorüber. Während er die Reihe seiner Getreuen abschritt, sah es so aus, als verwandle sich Colonnas Kardinalshabit in Blut, und im Schein der Fackeln sahen die Kapuzenmänner wie dem Erdreich entstiegene Untote aus. Ein Hauch von Herbst lag in der Luft und über allem ein Hauch von Verwesung. Mit ein Grund, weshalb Colonna seine Schritte merklich beschleunigte. Vor dem Altar und dem darauf postierten Gnadenbild angekommen, schlug er ein Kreuz, drehte sich um und versenkte den Blick in die hölzerne Säule, von der es hieß, sie ginge auf heidnische Götzenanbetung zurück. Ein bösartiges Lächeln trat auf die Züge des Kardinals, und während das Donnergrollen rasch näher kam, setzte er seinen Weg fort.

Wieder am Portal, verschwand das siegesgewisse Lächeln, welches er bis dato zur Schau getragen hatte. Sorgenfalten legten sich über seine Stirn, und wer immer ihn in diesem Moment beobachtete, konnte Colonnas Gedanken förmlich lesen.

Jeder seiner Jünger an seinem Platz.

Bis auf einen.

Demetrius.

Wo in aller Welt war Demetrius geblieben?

Bevor er sich in den Sattel schwang, sah sich Kardinaldiakon Oddo di Colonna rasch um. Und das beileibe nicht zum ersten Mal in dieser Nacht. Doch der Pfad, der sich vom Dorf hinauf auf die Anhöhe schlängelte, war und blieb leer. Der Vollblüter, dessen Zügel einer der Condottieri in der Hand hielt, tänzelte unruhig auf der Stelle, und der Kardinaldiakon wich reflexartig aus.

Wo war Demetrius? Wo nur, wo?

Ausgerechnet er, Treuester der Treuen. Einfach nicht zu fassen. Colonna schüttelte ratlos den Kopf.

Der Kardinaldiakon warf einen sorgenvollen Blick zum Himmel. Keine Sterne, und der Mond von einem pechrabenschwarzen Wolkengebirge verschluckt. Die Luft stickig und feucht, die Baumwipfel jenseits der Friedhofsmauer wie Grashalme im Wind. Und irgendwo in der Ferne, inmitten nachtschwarzer Finsternis, das Läuten der Sturmglocke. Oddo di Colonna stöhnte kaum hörbar auf und wischte sich den Schweiß von der Stirn. Eine Viertelstunde, höchstens eine halbe. Dann würde sich das Unwetter mit voller Wucht entladen. Ausgerechnet dann, wenn sein Unterfangen auf des Messers Schneide stand.

Was also tun? Colonna schlüpfte in seinen Kapuzenmantel, stieg auf sein Pferd und ließ den Blick über das Fuhrwerk schweifen, auf dem sich die Beute seiner Gefolgsleute befand. Beutestücke der besonderen Art, aber solche, mit denen sich etwas anfangen ließ.

Doch dann, im Begriff, das Zeichen zum Aufbruch zu geben, schweiften die Gedanken des Kardinaldiakons ab. Demetrius, immer wieder Demetrius. Der Name genügte, und schon legten sich tiefe Sorgenfalten über Colonnas Stirn. Zugegeben, seine Gefolgsleute waren erfolgreich gewesen. Mit dem, was sich bereits in seinen Händen befand, konnte man zweifellos etwas anfangen. Aber was, fragte sich der Kardinaldiakon, war das ganze Unternehmen wert, wenn ihm das wichtigste Beutestück durch die Lappen gegangen war? Etwas wahrhaftig Unersetzliches, sozusagen der Schlussstein seiner Mission? Die Reliquien der drei Frankenapostel in seinen Besitz zu bringen, war sein ganzes Bestreben gewesen. Und jetzt dies!

Der Kardinaldiakon sah sich erneut um. Immer noch nichts. Nur der Wind und die Bäume und das Donnergrollen, welches mit jedem Moment, in dem er untätig blieb, näher zu kommen schien. Eine Viertelstunde noch, und ein Gewitter würde losbrechen, dass ihm Hören und Sehen vergehen würde.

»Wie lauten Eure Befehle, Eminenz?«, hörte er den Anführer seiner Begleiteskorte fragen, einen Soldknecht, dem das Töten zur zweiten Haut geworden war. Dementsprechend verwegen sah er aus, mit Schwert, Dolch und Armbrust bewaffnet und mit Sicherheit nur so lange loyal, wie das Gold des Heiligen Vaters in seine Taschen floss.

Mit Demetrius hingegen verhielt es sich anders, ebenso wie mit den sieben Namenlosen, die in der Kapelle des heiligen Ulrich immer noch seiner harrten. Was sie taten, taten sie nicht für Geld. Sondern weil sie einen Schwur geleistet hatten. Einen ritterlichen Schwur. Sie, die Auserwählten. Die ›Milites Christi‹, Krieger des Herrn.

Dennoch: Auch sie, die Treuesten der Treuen, waren nichts als ein Mittel zum Zweck. Der Kardinaldiakon lächelte. Trotz seiner Enttäuschung über Demetrius hatte er die richtige Wahl getroffen. Jugendliche Idealisten, wie es größere nicht gab. Dem Heiligen Vater und ihm, seiner rechten Hand, aufs Innigste verbunden. Nur gut, dass sie seine Pläne nicht durchschauten. Sonst hätte ihm dies mit Sicherheit eine Menge Scherereien eingebracht. Und die konnte er zu einem Zeitpunkt, da sein Plan kurz vor der Vollendung stand, mit Sicherheit nicht brauchen.

»Wie lauten Eure …«, wiederholte der narbengesichtige Condottiere, riss seinen Schecken mitten im Satz herum und galoppierte auf den Rand der Anhöhe zu. Ein stürmischer

Wind aus Südwest peitschte ihm ins Gesicht und hätte ihn beinahe aus dem Sattel geworfen. Eine Weile kämpften Pferd und Reiter gegen die wütenden Elemente an. Dann stemmte sich der Condottiere mit aller Kraft gegen den Wind, hob die Hand hinters Ohr und lauschte in das heraufziehende Unwetter hinein.

Colonna runzelte die Stirn. Doch bevor er überhaupt einen Gedanken an das merkwürdige Verhalten des Soldknechtes verschwenden konnte, formte dieser seine behaarten Pranken zu einem Trichter und rief ihm über das Brausen, Heulen und Tosen hinweg zu: »Reiter, Eminenz! Schwer zu sagen, wie viele! Auf jeden Fall zu viele für uns! Zwei, drei Vaterunser, und sie haben den Dorfplatz erreicht! Nichts wie weg, Eminenz!«

Wenn Kardinaldiakon Oddo di Colonna etwas hasste, dann unziemliche Hast. Nicht so am heutigen Tag. Jetzt hieß es Fersengeld geben, wollte er der Sache des Heiligen Vaters nicht schweren …

Ein Gedanke durchzuckte Oddo di Colonnas Gehirn, gefährlicher als der Blitz, der sich unweit der Kapelle des heiligen Ulrich in den Boden bohrte, aber verlockend genug, als dass ihm der Kardinaldiakon nicht einen Atemzug lang Beachtung geschenkt hätte.

»Es ist Zeit, Eminenz, nichts wie weg von hier!«

»Du weißt, was du zu tun hast! Spute dich, aber rapido!«

»Und Ihr, Eminenz?!«

»Darüber zerbrich dir mal nicht den Kopf! Ich finde den Weg schon allein! Und nun mach, dass du fortkommst, sonst lasse ich dich in den nächstbesten Kerker werfen!«

Nachdem er seinem Begleittross das Zeichen zum Aufbruch gegeben hatte, verharrte der Kardinaldiakon wie ein Marmorstandbild inmitten scharfkantiger Hagelkörner, die wie tödliche Wurfgeschosse vom schwefelgelben Nachthimmel prasselten. Erst als sich die unbekannten Reiter bereits in

Hörweite befanden, wendete er seinen Vollblüter und preschte auf die nächstgelegene Anhöhe zu.

Dort angekommen, warf er einen Blick auf die Kapelle des heiligen Ulrich zurück, während der Gedanke, der seine gesamten Pläne über den Haufen warf, immer mehr Gestalt annahm. Ein dämonisches Lächeln glitt über Colonnas Gesicht, und das Unwetter über seinem Haupt nahm wahrhaft biblische Ausmaße an. Sonderbar, dass ihm die Idee nicht schon früher gekommen war. Wie dem auch sei!, sagte sich der Kardinal. Lieber zu spät als nie! Schade um die armen Teufel drunten in der Kapelle. Aber sie hatten ihre Schuldigkeit getan. Und das, nicht etwa ihr Überleben, war für ihn nun einmal das Wichtigste. Sie würden ihr Geheimnis mit ins Grab nehmen. Wer auch immer ihnen auf die Spur gekommen war. Dafür hatte Colonna gesorgt. Schließlich gab es ja noch das Gelübde, welches einzuhalten die ›Milites Christi‹ verpflichtet waren. Keiner der sieben jugendlichen Heißsporne würde es brechen. Dessen war er sich absolut sicher. Lieber würden sie von eigener Hand sterben, als lebend in die Hände ihrer Feinde fallen.

Und so bugsierte Oddo di Colonna seinen Vollblüter in die Richtung, in die das Fuhrwerk mitsamt seiner Eskorte verschwunden war, entledigte sich des goldenen Ringes an seiner Hand und warf ihn verächtlich ins Gras. Dann gab er seinem Pferd die Sporen und preschte mit wehendem Mantel davon. Für die Reiter, die soeben vor der Kapelle auftauchten, hatte er nicht viel mehr als einen Seitenblick übrig. Er würde ihnen entkommen. Daran hegte er nicht den geringsten Zweifel.

Genauso wenig wie an der Tatsache, dass er seine Pläne in die Tat umsetzen würde.

In nomine Patris et Filii et Spiritus Sancti.

Amen.

Berengar von Gamburg war so richtig in seinem Element. Ganz nach meinem Geschmack, dachte er, während er die schmiedeeiserne Friedhofstür aufstieß und mit gezücktem Schwert in Richtung Kirchenportal stürmte. Keine spitzfindigen Diskussionen, stundenlangen Verhöre oder fingierten Zeugenaussagen mehr. Die hingen ihm nämlich zum Halse heraus.

Bruder Hilpert, trotz seines Regenmantels nass bis auf die Haut, teilte die euphorische Stimmung des Freundes nicht. Mehr noch, er hatte ein ausgesprochen ungutes Gefühl. Nicht etwa wegen des guten Dutzends Kriegsknechte, die nach allen Richtungen ausschwärmten und die Kapelle hermetisch abriegelten. Sondern weil er nicht wusste, mit wem er seine Kräfte würde messen müssen.

Groß zum Überlegen kam er freilich nicht. Denn ein paar Augenblicke später hatten er, Berengar und weitere Bewaffnete das Portal der Kapelle erreicht. Taubeneigroße Hagelkörner prasselten vom Himmel herab, und der Wind blies mit einer Heftigkeit, dass er Mühe hatte, sich auf den Beinen zu halten.

»Aufmachen!«, brüllte Berengar, als er das Portal verschlossen fand. »Oder wir treten die Türe ein!«

Keinerlei Reaktion. Blitz, Donner, Hagel und eisige Böen, die einem unaufhörlich ins Gesicht peitschten. Es schien, als hätte die Hölle ihre Pforten geöffnet. Kein Mensch, der bei diesem Inferno auf die Idee käme, dass jetzt erst Juli war.

»Macht die Tür auf!«, schrie Berengar mit wutentbrannter Stimme und hämmerte mit dem Schwertknauf gegen die Tür. »Sonst könnt ihr Scheißkerle da drinnen was erleben!«

Bruder Hilpert zog den Kopf ein. Ohne Erfolg. Die nächste Bö brauste heran und riss ihm die Kapuze vom Kopf. »Berengar, sollten wir nicht besser …«, brüllte er dem Freund ins Ohr. Der aber winkte unwirsch ab. »Nichts da!«, stieß er mit zusammengebissenen Zähnen hervor. »Wir werden die Sache zu Ende bringen, so oder so!«

Wild entschlossen, seinen Worten auch Taten folgen zu lassen, trat Berengar mit voller Wucht gegen das Portal, und die beiden Türflügel sprangen mit lautem Krachen auf.

Mit allem hatte der Vogt gerechnet. Nur damit nicht.

Das Innere der Kapelle war festlich erleuchtet, und das nicht etwa von zwei oder drei, sondern exakt acht Kerzen, alle gleich groß, jede einzelne ein Vermögen wert. Das merkte man allein schon an ihrem Duft, einer Mixtur aus Lavendel und Jasmin. Dieser Duft freilich war eine Sache, der Standort des Kandelabers eine andere. Er entsprach einem genauen Schema, dem eines Oktogons. Dies alles, einschließlich der orientalischen Wohlgerüche, welche aus vier Räucherbecken in die Höhe stiegen, war schon unwirklich genug. Noch unwirklicher, ja geradezu absurd, war das Tedeum, welches aus dem Munde der sechs dunkel gewandeten Gestalten vor dem Hochaltar kam. Von den waffenstarrenden Würzburger Kriegsknechten, allen voran Berengar, schienen sie keinerlei Notiz zu nehmen, sondern drehten ihnen demonstrativ den Rücken zu.

Berengar war so verblüfft, dass er sich nicht von der Stelle bewegte. Das plötzliche Abklingen des Unwetters nahm er nur noch am Rande wahr, genauso wie den feierlich anmutenden Gesang. Bruder Hilpert, mindestens genauso überrascht wie er, erging es nicht anders. Der Sinn der Inszenierung war ihm ein Rätsel, die Absicht, welche seine Widersacher damit verfolgten, dagegen kaum.

»Na los doch, bringen wir's hinter uns!«, fand sein Freund als Erster die Sprache wieder, doch kaum hatte er den rechten Fuß vor den linken gesetzt, blieb er unverrichteter Dinge stehen. Und dies, wie Hilpert blitzartig erkannte, nicht ohne Grund.

Die Gestalt, welche sich aus dem Schatten neben der Eingangstür löste, glich derjenigen von Demetrius fast aufs Haar. Dunkle Stiefel, Sporen, Kapuzenmantel: Fast schien es, als habe sich der Erdboden aufgetan und einen Dämonen ausgespien. »Wer seid Ihr, dass Ihr es wagt, die Ruhe dieses Ortes zu stören?«, fuhr er Berengar mit gezogener Klinge an. Und als hätte es eines Beweises seiner Überheblichkeit bedurft, ließ er das flache Ende seines Schwertes wiederholt in die geöffnete Fläche seiner linken Hand fallen.

Dies war natürlich genau der Ton, um Berengar zur Weißglut zu treiben, doch kam ihm Bruder Hilpert mit seiner Antwort zuvor: »Mein Name ist Hilpert, *Bruder* Hilpert, und der freundliche Recke zu meiner Linken ist mein Freund Berengar. Vogt des Grafen von Wertheim, wie ich korrekterweise betonen muss. Und wie, junger Freund, heißt Ihr?«

Ein Flackern, heller noch als bei einem auflodernden Feuer, trat in die Augen des jungen Mannes. Augen, deren Blick standzuhalten fast unmöglich war. Es sei denn, man hieß Hilpert und kannte sich in den Abgründen der menschlichen Seele bestens aus.

»Bonifatius!«, erwiderte der Kapuzenmann in einer Weise, dass es nicht nur Bruder Hilpert eiskalt den Rücken hinunterlief. »Und nun – mit Verlaub: Entfernt Euch und lasst meine Brüder und mich tunlichst allein!«

»Bedaure, aber das wird nicht gehen.«

»Und wieso nicht, Bruder? Habe ich mich etwa nicht klar genug ausgedrückt?«

Täuschte er sich, oder hatte Bruder Hilpert sein Gegenüber nicht zusammenzucken und an einem imaginären Gegenstand Halt suchen sehen? »Das habt Ihr, mein Sohn. Wobei ich betonen muss, dass mein Freund Berengar und ich Eurer Aufforderung nicht Folge leisten können. Oder vielmehr werden. Ganz gleich, was Ihr sonst noch alles auf Lager habt!«

Der Wechsel in Bruder Hilperts Tonlage kam so überraschend, dass es dem Kapuzenmann glatt die Sprache verschlug.

Zeit für Bruder Hilpert, ihn näher in Augenschein zu nehmen und seinen Verdacht bestätigt zu finden.

Flackernder Blick, Schweißtropfen auf der Stirn. Immer rascher gehender Atem und ein Paar Augenpaare, die kaum noch in der Lage waren, ihn zu fixieren.

Irgendetwas an seinem Kontrahenten stimmte nicht. Ein Eindruck, der sich umgehend bestätigen sollte: »Wie … wie könnt Ihr es …«, setzte der Mann zu einer Erwiderung an, bevor sich sein Jähzorn urplötzlich in nichts auflöste. Der Griff um den Schwertknauf lockerte sich, und ehe es sich Bruder Hilpert versah, entglitt die Waffe seiner Hand, schlug auf den Steinfliesen auf und blieb dort liegen. Es gab nichts, was der junge Mann dagegen tun konnte, weder gegen die Krämpfe, unter denen er sich wand, noch gegen den Schaum, der aus seinen wild zuckenden Mundwinkeln drang. Die Hände gegen den Magen gepresst, taumelte der Kapuzenmann bald nach rechts, dann nach links, bis er am Ende das Gleichgewicht verlor und mit einem erstickten Röcheln zu Boden sank.

Erst jetzt, da ihr Gegenspieler außer Gefecht gesetzt war, lösten sich die Anwesenden aus ihrer Erstarrung, allen voran Bruder Hilpert, der neben dem jungen Mann niederkniete, sich hinunterbeugte und in beschwörendem Ton auf ihn einzureden begann: »Wie lautet Euer richtiger Name?«, flüsterte er, in der vagen Hoffnung, die Wahrheit zu erfahren.

Kaum noch Herr seiner selbst, zwang sich der junge Mann zu einem Lächeln. »Gebt … gebt Euch keine Mühe, Bruder!«, röchelte er, dem Tode nah. »Ihr werdet ihn nicht erfahren!«

»Wer hat Euch dazu angestiftet, Schindluder mit den Reliquien unserer Heiligen zu treiben? Und wieso? Wer ist der Mann, bei dem alle Fäden zusammenlaufen?! Und wer in der himmlischen Heerscharen Namen hat Euch so sehr unter Druck gesetzt, dass ihr es vorzieht, den Giftbecher zu leeren, anstatt …«

»Hilpert, da!«

Berengars Stimme klang so aufgeregt, dass sie sich fast überschlug. Bruder Hilpert wirbelte herum, erhob sich und starrte mit ungläubigem Blick zum Altar. Paradoxerweise fiel ihm als Erstes der silberne Kelch auf der Mensa auf, weniger das halbe Dutzend kniender Gestalten, die dem jungen Mann zu seinen Füßen zum Verwechseln ähnlich sahen. Dies sollte sich jedoch rasch ändern. Kaum hatte er sich nämlich voll und ganz auf sie konzentriert, sank einer nach dem anderen nahezu lautlos in sich zusammen.

Der junge Mann, der von all dem nichts mitbekam, lächelte. Im Verlauf seines Todeskampfes war ihm die Kapuze vom Kopf gerutscht, unter der sein kurz geschorenes Haar und die faltenlosen Züge zum Vorschein kamen. Züge eines bleichgesichtigen, gerade dem Jünglingsalter entwachsenen Mannes, die sich jetzt, nur ein paar Lidschläge vom Jenseits entfernt, merklich entspannten. »Nichts für ungut, Bruder!«, flüsterte der junge Mann, dessen Namen Bruder Hilpert nie erfahren sollte. »Aber … aber ich ziehe das Martyrium dem Dasein eines Judas Ischariot vor!«

Dann drehte er sich auf den Rücken, breitete die Arme aus und verschied.

Kapelle des heiligen Ulrich, bei Tagesanbruch

Über den sanft gewellten Hügeln am Horizont stieg die Sonne empor, und aus dem Wäldchen in der Nähe der Kapelle war der Ruf einer Lerche zu hören. Alles war friedlich und still, bis auf das gute Dutzend Würzburger Kriegsknechte, welche die frisch ausgehobenen Gräber jenseits der Kirchhofsmauer in weitem Bogen umringten und sich im Flüsterton unterhielten.

»In diesem Zeichen wirst du siegen!«, rezitierte Bruder Hilpert die Eingravierung des Ringes, welcher sich in der Fläche seiner rechten Hand befand und im Schein der aufgehenden Sonne jäh zu funkeln begann. »Merkwürdig, findest du nicht auch?«

»Und selbst wenn: Wir werden den Ohrenbläser dieser … dieser armen Teufel wohl so schnell nicht zu fassen kriegen!«, erwiderte Berengar in prosaischer Manier und fügte hinzu: »So es ihn denn überhaupt gibt.«

Bruder Hilpert, wohl wissend, dass der Vogt seinen Hang zur Reflexion nicht teilte, ließ den Ring unter seiner Kukulle verschwinden und sprach: »Den gibt es mit Sicherheit, lieber Freund, die Frage ist nur, wie wir ihn zu fassen kriegen!«

»Wagenspuren, Bruder! Mitten auf dem Feld! Und Abdrücke von Hufen – im Ganzen so um die sechs!«, rief ihm der alte Haudegen an der Spitze einer Kolonne von Kriegsknechten zu, welche die Gegend nach Spuren durchkämmt hatten. Bruder Hilpert unterbrach sich und lief ihnen entgegen. »Sonst noch etwas?«, fragte er, vor Müdigkeit kaum noch in der Lage, klaren Kopf zu bewahren.

»Kann man wohl sagen!«, versetzte der Haudegen, griff in die Tasche und zog einen goldenen Ring hervor. »Na, Bruder – was sagt Ihr dazu!«, fragte er mit sichtlichem Stolz.

Bruder Hilpert kam nicht mehr dazu, den Ring zu begutachten. Ein neuerlicher Ausruf Berengars, beunruhigender noch als der in der Kapelle, sorgte dafür, dass er sich auf dem Absatz umdrehte und zusammen mit den übrigen Kriegsknechten in die Richtung der aufgehenden Sonne starrte.

Zuerst glaubte Bruder Hilpert, er träume. Erkannte er doch auf Anhieb, wer der Reiter war, der sich unter Aufbietung sämtlicher Kräfte auf dem Rücken seines Rappens hielt. Die Szene wirkte zutiefst unwirklich, wie ein böser, nicht enden wollender Traum. Einen Moment standen Pferd und Reiter reglos. Doch dann änderte der Mann im dunklen Mantel die Richtung, richtete sich auf und zückte sein Schwert.

Von hier an, spätestens jedoch in dem Moment, als Demetrius die Kapuze vom Kopf rutschte, blieb die Welt für Bruder Hilpert stehen. Er konnte sich nicht rühren, nichts sagen, keine Kommandos mehr geben. Er konnte sogar nicht einmal mehr denken.

Und so nahm das Verhängnis seinen Lauf. Mit einer Konsequenz, gegen die er, Bruder Hilpert, nichts ausrichten konnte.

Welcher der Kriegsknechte als Erster die schussbereite Armbrust im Anschlag hielt, war hinterher nicht mehr klar. Und auch nicht wichtig. Klar war nur eines: Keiner von ihnen verspürte die geringste Lust, sich von dem Reiter im schwarzen Kapuzenmantel massakrieren zu lassen. Sie würden sich ihrer Haut zu wehren wissen.

So oder so.

Dass der Reiter sein Schwert wegwarf und mit ausgebreiteten Armen auf sie zu galoppierte, bekam kaum einer der Kriegsknechte richtig mit. Genauso wenig wie die Tatsache, dass ihnen Berengar laut rufend Einhalt gebot.

Sie würden den Reiter mit den entstellten Zügen und dem totenkopfartigen Schädel zur Strecke bringen.

So oder so.

Und so schlug ein Bolzen nach dem anderen in der Brust des schwarzen Reiters ein. Bald waren es vier, bald fünf, zuletzt sogar acht. Während ihm die Zügel aus der Hand glitten, bäumte sich Demetrius mit schmerzverzerrter Miene auf. Der Kriegsknecht, welcher sich in unmittelbarer Nähe von Bruder Hilpert befand, bekreuzigte sich. »Heiliger Sebastian!«, murmelte er und ließ seine Armbrust achtlos ins Gras fallen. »Heiliger Sebastian – steh uns bei!«

Doch da war die Gefahr bereits gebannt. Der schwarze Reiter, der nicht nur auf Bruder Hilpert wie ein Vorbote der Apokalypse wirkte, stürzte aus dem Sattel, überschlug sich und war tot.

13

Würzburg, kurz vor dem Mittagsläuten

»WER IHN DAZU ANGESTIFTET HAT, willst du wissen?«, fragte Irmingardis gequält, die Ellbogen auf den Tisch in Sieglindes guter Stube gestützt. »Um ehrlich zu sein: Ich habe nicht die geringste Ahnung. Wirklich nicht!«

»Und warum hast du ihm dann zur Flucht verholfen?«, warf Berengars Schwester mit einem raschen Seitenblick auf Bruder Wilfried ein. »Und ihm obendrein auch noch ein Pferd besorgt?«

In ihrer Verzweiflung legte Irmingardis den Kopf in die Handflächen und schwieg. Erst als ihr Bruder Wilfried versöhnlich auf die Schulter klopfte, hob sie den Kopf und sah Sieglinde mit tränenfeuchten Augen an. »Heißt es nicht, man solle den letzten Wunsch eines Sterbenden erfüllen, noch dazu, wenn es der eigene Bruder ist?«

Sieglinde machte ein skeptisches Gesicht, sagte aber nichts. »Wo wollte er überhaupt hin?«, ließ sie trotz der bekümmerten Miene ihrer Gesprächspartnerin nicht locker.

»Ich weiß es nicht!«, antwortete Irmingardis zerknirscht. »Wahrscheinlich dorthin, wo er sich mit seinen Mitverschwörern hat treffen wollen. Ich denke, nachdem er gegenüber Bruder Hilpert und Berengar reinen Tisch gemacht hatte, kam er sich wie ein Verräter vor. Ich weiß, es klingt absurd, wenn man in einem derartigen Zusammenhang von Gewissensbissen spricht, aber ich bin mir sicher, es war so. Die Sache hat ihm keine Ruhe gelassen. Und er wollte nur noch eins: sterben. Aber nicht auf dem Schafott, sondern so, wie es sich für ihn geziemte.« Irmingardis schüttelte verständnislos den Kopf. »Welche Verblendung, sein bevorstehendes Ende als

Martyrium zu bezeichnen! Und für jemanden in den Tod zu gehen, der einen nur als Werkzeug benutzt! So etwas zu verstehen, fällt mir wirklich schwer.«

»Mir auch!«, gestand Sieglinde postwendend ein. »Das Wichtigste ist, die beiden kommen wieder heil nach Hause!«, fügte sie mit einem lauten Stoßseufzer hinzu.

»Dafür sollten wir beten!«, meldete sich jetzt auch Bruder Wilfried zu Wort.

»Nicht nötig!«, antwortete ihm eine wohlvertraute Stimme, und als sich die drei der Tür zuwandten, trat Berengar zur Stube herein. Ein sichtlich erleichterter Heribert folgte ihm auf dem Fuße.

Den beiden Frauen und Bruder Wilfried verschlug es zunächst die Sprache, und sie starrten Berengar einfach nur an. Wie nicht anders zu erwarten, überwand der Hausherr seine Scheu als Erster, doch bevor er seinem Redeschwall freien Lauf lassen konnte, lagen sich Irmingardis und Berengar schon längst in den Armen.

»Und Demetrius?«, flüsterte sie ihm ins Ohr, als sich Bruder Wilfried, Sieglinde und ihr Gemahl auf leisen Sohlen entfernten. »Er hat gefunden, wonach er suchte!«, antwortete Berengar mit belegter Stimme, während die Last der vergangenen Tage wie von Zauberhand hinweggefegt von ihm wich.

Bischöfliche Gemächer, zur gleichen Zeit

»Fortes fortuna adiuvat*, mein lieber Hilpert!«, rief Bischof Johann von Brunn erleichtert aus. »Gratuliere – somit wäre der Fall dann ja wohl gelöst und Ihr, lieber Hilpert, Eurer Pflichten entbunden. Apropos Pflicht: Aufgrund Eurer Ver-

* Den Tapferen hilft das Glück!

dienste halte ich es für angezeigt, Euch eine bescheidene Gratifikation …«

»Bei allem gehörigen Respekt, Fürstbischöfliche Gnaden: Mit Geld allein lässt sich das, was Ihr zu verantworten habt, nicht gutmachen!«

»Wie bitte?!«

Johann von Brunn, der es sich in seinem Lehnstuhl bequem gemacht hatte, schnellte wie ein Geschoss nach vorn. Wäre der Schreibtisch aus massiver Eiche nicht gewesen, hätte er Bruder Hilpert vermutlich am Kragen gepackt. So aber blieb der verhasste Zisterzienser wie ein ehernes Standbild stehen und blickte mit verschränkten Armen auf ihn hinab.

»Ihr habt richtig gehört, Fürstbischöfliche Gnaden!«, erwiderte Hilpert ungerührt. »Besser, Ihr setzt Euch, bevor ich mich offenbare.«

Die Hand, unter der sich bereits die Schweißperlen stauten, auf die Schreibtischkante gestützt, starrte Johann von Brunn seinen Gesprächspartner wutentbrannt an. Hass loderte in ihm auf, und es fiel ihm schwer, die Beherrschung nicht zu verlieren. »Und was kann so wichtig sein, dass ich meine kostbare …«

»Keine Sorge, Fürstbischöfliche Gnaden. Nur noch eine Viertelstunde, und Ihr seid mich los. Vorausgesetzt, Ihr stimmt meinen Bedingungen zu.«

»Bedingungen?!«

»Ganz recht, Euer Gnaden.«

»Und die wären?«

»Ad eins: Ihr werdet dafür Sorge tragen, dass das Vermögen des Demetrius, dem Vernehmen nach nicht unbeträchtlich, denjenigen zugute kommt, welche maßgeblich zur Lösung des Falles beigetragen haben!«

Völlig außer sich, hieb Johann von Brunn mit der Faust auf den Tisch. »Wie bitte?! Habe ich da eben richtig gehört?

Wer seid ihr, dass Ihr Euch erdreistet, mir, dem rechtmäßig gewählten Bischof, meine angestammten Rechte streitig zu machen?«

»Ich denke, wir können es kurz machen, Euer Gnaden. Wenn ich die Situation im hiesigen Bistum richtig einschätze, würde sich das Domkapitel die Finger danach lecken, mehr über die fleischlichen Eskapaden Ihrer Bischöflichen Gnaden zu erfahren. Habe ich mich klar genug ausgedrückt?«

Eben noch der Jähzorn in Person, wich die Farbe aus seinem Gesicht, und Johann von Brunn ließ sich wieder in seinen Lehnstuhl sinken. »Und was noch?«

»Ad zwei: Ihr werdet Euch eidlich verpflichten, die aus dem Benediktinerinnenkloster St. Afra zu Würzburg geflohene Schwester mit Namen Irmingardis hinfort nicht mehr zu behelligen.«

»War das alles?«

»Mitnichten, Euer Gnaden.«

»Was denn noch?«

»Ihr werdet – ad drei – dafür Sorge tragen, dass ein gewisser Eckehard Büttner, genannt ›der Abdecker‹, sämtliche Bürgerrechte verliert, sein Vermögen zugunsten des Siechenhauses eingezogen wird und er binnen achtundvierzig Stunden die Stadt verlassen muss.« Bruder Hilpert holte kurz Luft und sah Bischof Johann mit versteinerter Miene an. »Einverstanden?«

Ein Nicken, das knapper nicht ausfallen konnte. »Ende der Litanei?«

»Nur noch ein wenig Geduld.« Bruder Hilpert stemmte die Handflächen gegen die Hüften und richtete sich zu voller Größe auf. »Ad vier: Ihr werdet dafür Sorge tragen, dass sämtliche Opfer Eures ... des unter dem Namen Demetrius bekannten Domkapitulars ein würdiges Begräbnis erhalten, wenngleich sie allzumal Sünder waren. Habe ich Euer Wort?«

»Habt Ihr.«

Bruder Hilpert tippte den kleinen Finger seiner rechten Hand an, ein verschmitztes Lächeln im Gesicht. »Ad fünf: Aus Anlass der Kilianimesse werdet Ihr eine Armenspeisung ausrichten, für die aus Eurer Privatschatulle tausend Gulden beizusteuern sind.«

»Wollt Ihr mich ruinieren?!«, begehrte Bischof Johann auf. »Und was, wenn ich mich weigere?«

»Das, Fürstbischöfliche Gnaden, wird mit Sicherheit nicht geschehen.«

»Und warum nicht?«

»Weil ich das Versteck der *echten* Kilianreliquien sonst unter keinen Umständen preisgeben werde.«

»Echt?! Was soll das heißen?«

»Dass Euer Gnaden einem bedauerlichen Irrtum aufgesessen sind. Ein Irrtum, der, würde er publik, Euer Gnaden den – verzeiht, wenn ich mich so ungehobelt ausdrücke – Todesstoß versetzen würde.« Um seinen Worten die entsprechende Wirkung zu verleihen, legte Bruder Hilpert eine kurze Pause ein. Dann führte er den alles vernichtenden Streich aus: »Die Reliquien in der Jauchegrube des Fronhofes stammen vom Schindanger auf dem Galgenberg. *Erwiesenermaßen*. Eine Blamage, würdet Ihr auf einer genaueren Untersuchung bestehen.«

»Und was nun?«

»Wie pflegten die alten Römer doch so schön zu sagen: ›Manus manum lavat‹*. Was, wie ich finde, auch für uns beide gelten sollte!«, fügte Bruder Hilpert hinzu und zog eine eng beschriebene Pergamentrolle unter seiner Kukulle hervor. »Hier, Euer Gnaden – damit auch alles seine Richtigkeit hat! Was fehlt, ist lediglich Eure Unterschrift!«

»Und die Reliquien?«

»Sobald unsere Vereinbarung besiegelt und unterschrieben ist, werde ich Euch mitteilen, wo ihr Versteck zu finden

* ›Eine Hand wäscht die andere‹.

ist«, antwortete Bruder Hilpert und wandte sich zum Gehen. »Darauf mein Wort.«

Bischof Johann verkniff sich die Bemerkung, die ihm gerade auf der Zunge lag, und nickte. »Ihr findet den Weg hinaus?«

Bruder Hilpert gab keine Antwort, sondern kehrte noch einmal um, zog einen goldenen Ring unter seiner Kukulle hervor und legte ihn auf den Tisch. »Sein Ring!«, sprach er im Stile eines Richters, der seinen Angeklagten mit einem Beweisstück konfrontiert.

Dann drehte er sich um, ging zur Tür und verließ grußlos den Raum.

SIEBTER TAG

Tag des heiligen Kilian, Anno Domini 1416

14

Domplatz, kurz vor dem Festgottesdienst

In puncto Prunk, Farbenfreude und Prachtentfaltung ließ die Prozession keine Wünsche offen. Der Himmel über dem Dom erstrahlte in makellosem Blau, und der Duft von Weihrauch, Myrrhe und Rosenblättern lag in der Luft. Als der gläserne Schrein mit den Silberbüsten der drei Heiligen vorübergetragen wurde, brachen die Pilger in Jubel aus, nicht wenige unter ihnen sogar in Tränen. Ekstatische Schreie erfüllten die Luft, Choräle, laut rezitierte Psalmen. Für alle, die ihn erlebten, war dies ein besonderer Tag.

Ein Tag, der den drei Heiligen alle Ehre machte.

»Ich weiß nicht so recht!«, murmelte Berengar verdrossen, als der Bischof samt Gefolge, Domkapitel und einer unübersehbaren Schar von Klerikern an ihm vorüberzog. »Eigentlich ist der alte Rosstäuscher doch viel zu billig davongekommen!«

»Er wird nicht umhin kommen, sich an unsere Vereinbarung zu halten, glaube mir!«, antwortete Bruder Hilpert voller Zuversicht. »Doch lasst uns lieber das Thema wechseln: Wo sind denn eigentlich Sieglinde, Bruder Wilfried und die anderen geblieben?«

»Sieglinde?«, erwiderte Irmingardis, mit dem türkisfarbenen Übergewand, der schneeweißen Haube und rosigen Gesichtsfarbe schöner denn je. »Die hat ihre liebe Mühe damit, ihren Gästen ein ansprechendes Mahl zuzubereiten. Wigbert, Ansgar und vor allem dieser Stoffel können ja bekanntlich einiges vertragen! Von ihrem Gatten überhaupt nicht zu reden! Ein Glück, dass sie in Melisande eine wissbegierige Helferin gefunden hat!«

»Ein Christenmensch, wie man ihn sich großzügiger nicht wünschen kann!«, warf Bruder Hilpert anerkennend ein.

»Amen!«, vollendete Berengar. »Und wo bleibe ich?«

»Du?«, fragte Irmingardis und drückte ihm einen verstohlenen Kuss auf die Wange. »Was dich und Bruder Hilpert angeht, hätte ich einen Vorschlag zu machen, dem ihr beide sicherlich nicht widerstehen könnt!«

»Und der wäre?«, entgegnete Berengar, tiefrot im Gesicht.

»Wie wär's mit einer Stippvisite im ›Stachel‹? Ein Glas Frankenwein kann an so einem Tag bekanntlich nicht schaden!«

»Nur eins?«

»Ein Glas, und keinen Tropfen mehr!«, ließ sich Irmingardis auf keinerlei Kompromisse ein, hakte sich bei Berengar und Bruder Hilpert unter und zog sie lachend und scherzend mit sich fort.

EPILOG

Manus manum lavat

Am 11.11.1417 wurde Kardinaldiakon Oddo di Colonna vom Konzil zu Konstanz zum Papst gewählt. Er gab sich den Namen Martin V. und war 13 Jahre, drei Monate und 13 Tage Papst. Das abendländische Schisma (1378–1417), die Zeit der miteinander konkurrierenden Gegenpäpste, war somit vorüber.

Weitere historische Romane finden Sie auf den folgenden Seiten oder im Internet: www.gmeiner-verlag.de

Uwe Klausner
Pilger des Zorns
978-3-8392-1019-2

Mainfranken 1416. Auf der Suche nach Ruhe und Kontemplation macht sich Zisterziensermönch Hilpert von Maulbronn per Schiff auf den Weg von Würzburg in das weit entfernte Kloster Himmerod in der Eifel.

Kaum an Bord, muss Bruder Hilpert die Hoffnung auf eine geruhsame Reise begraben. Anscheinend gibt es keinen Passagier auf der »Charon«, der nicht irgendetwas zu verbergen hätte, und so kommt es, dass die Kette mysteriöser Vorfälle an Bord des Zweimasters einfach nicht abreißen will.

Hilpert wäre nicht Hilpert, wenn er sich damit zufriedengeben würde. Doch muss der Detektiv im Mönchshabit bald einsehen, dass er auf verlorenem Posten steht. Was als Pilgerreise begann, wird zu einer Fahrt ins Ungewisse. Schon bald beschleicht ihn das Gefühl, dass sich auf dem Main eine Katastrophe anbahnt …

GMEINER

Wir machen's spannend

Uwe Klausner
Die Pforten der Hölle
978-3-89977-729-1

Frühjahr 1416, wenige Tage vor Palmsonntag. Bibliothekarius Hilpert von Maulbronn trifft im Kloster Bronnbach im Taubertal ein. Als Inquisitor soll er einer geheimen Bruderschaft satanischer Novizen auf die Schliche kommen. Den rätselhaften Tod des Priors der Abtei kann er indes nicht verhindern, ebenso wenig die bestialische Ermordung eines Novizen. Und bald scheint es, als hinge sein eigenes Leben nur noch an einem seidenen Faden.

Unsere Lesermagazine

2 x jährlich das Neueste aus der Gmeiner-Bibliothek

24 x 35 cm, 32 S., farbig; inkl. Büchermagazin »nicht nur« für Frauen

10 x 18 cm, 16 S., farbig

Alle Lesermagazine erhalten Sie in Ihrer Buchhandlung oder unter www.gmeiner-verlag.de.

GmeinerNewsletter

Neues aus der Welt der Gmeiner-Romane

Haben Sie schon unsere GmeinerNewsletter abonniert?

Monatlich erhalten Sie per E-Mail aktuelle Informationen aus der Welt der Krimis, der historischen Romane und der Frauenromane: Buchtipps, Berichte über Autoren und ihre Arbeit, Veranstaltungshinweise, neue Literaturseiten im Internet und interessante Neuigkeiten.

Die Anmeldung zu den GmeinerNewslettern ist ganz einfach. Direkt auf der Homepage des Gmeiner-Verlags (www.gmeiner-verlag.de) finden Sie das entsprechende Anmeldeformular.

Ihre Meinung ist gefragt!

Mitmachen und gewinnen

Wir möchten Ihnen mit unseren Romanen immer beste Unterhaltung bieten. Sie können uns dabei unterstützen, indem Sie uns Ihre Meinung zu den Gmeiner-Romanen sagen! Senden Sie eine E-Mail an gewinnspiel@gmeiner-verlag.de und teilen Sie uns mit, welches Buch Sie gelesen haben und wie es Ihnen gefallen hat. Alle Einsendungen nehmen automatisch am großen Jahresgewinnspiel mit attraktiven Buchpreisen teil.

GMEINER

Wir machen's spannend